가마우지는
왜
바다로
갔을까

제11회 세계문학상 우수상

가마우지는
왜
바다로
갔을까

이성아 장편소설

나무옆의자

차례

가마우지는 왜 바다로 갔을까

프롤로그

8월의 교토는 몹시 무더웠다. 토요일 저녁, 미오와 강호, 그리고 나는 한 량짜리 전차를 타고 아라시야마로 갔다. 주말을 즐기는 가족과 연인들이 탄 전차는 목조 아파트가 늘어선 사이를 철커덕철커덕 소리를 내며 달렸다. 아파트들이 부딪칠 것처럼 가까웠고 집 안까지 들여다보일 것 같았지만, 막상 보이는 건 엷은 커튼밖에 없었다.

아라시야마 역에 내렸을 때는 해가 져서 어둑어둑했다. 늘씬하게 잘빠진 근육질의 청년들이 인력거를 끌고 사뿐사뿐 달리는 길을 따라서 강변까지 걸었다. 산 그림자가 내린 강은 먹빛이었고 둥근 지등(紙燈)을 잔뜩 매단 배가 여기저기 떠 있었다. 지등에는 양 날개를 활짝 펼친 가마우지가 그려져 있었다. 하늘에는 짙은 먹구름 사이로 보름달이 들락거렸다.

매표소에서 입장권을 사고 기다리니 우리 차례가 되었다. 지붕을 없는 나룻배에 손님들이 차례대로 올라타 뱃전에 빙 둘러앉았다. 뱃사공이 노를 저어 천천히 상류로 올라갔다. 우리 뒤로도 십여 척이 넘는 배가 따랐다. 강과 산이 짙은 어둠에 싸여 있었다. 구경꾼을 태운 배와 가마우지 낚시꾼을 태운 배가 대열을 맞추어 정렬했다. 조용하게 해전이라도 벌이는 것 같았다. 시연을 하는 배에는 치마처럼 넓은 바지의 전통 복장을 입은 낚시꾼과 북을 치는 고수가 타고 있었고, 철사로 만든 초롱에서 횃불이 활활 타올라 물속을 비추었다.

둥둥둥, 북소리가 울리자 낚시꾼이 줄에 묶인 가마우지 다섯 마리를 휙 날렸다. 밤보다 새까만 가마우지가 물속으로 뛰어들었다. 먹빛 강에 불똥이 뚝뚝 떨어지고 가마우지가 자맥질하는 소리가 첨벙첨벙 들렸다. 가마우지가 물 위로 떠오르면 낚시꾼은 줄을 당겨 가마우지 부리를 벌리고 물고기를 낚아챈 다음 다시 물속으로 날려 보냈다. 낚시꾼은 마치 춤을 추듯이 유연하게 다섯 개의 줄을 풀었다가 잡아당기고, 잡아당겼다가 풀면서 가마우지를 조종했다. 날려 보내도 날려 보내도 물속으로만 날아드는 건 잡아도 잡아도 채워지지 않는 허기 탓일 거였고, 그래서 손에서 놓여날 때마다 하늘로 날아갈 생각은 해보지도 못한 채 자맥질만 하는 것 같았다. 낚시꾼의 손놀림이 얼마나 능란한지 다섯 마리의 가마우지는 그의 손가락을 길게 늘여놓은 끝에 매달려 있는 것 같았다. 가마우지가 갈 수 있는 곳은 딱 거기까지였다.

가마우지가 물속 깊이 자맥질해서 물고기를 잡아먹는 걸 보았을 때, 어부들이 던져주는 물고기나 죽은 물고기만 먹어야 하는 갈매기들은 자기 신세를 한탄했을까? 수면 아래 세상을 모르는 새들은 가마우지를 부러워했을까? 박쥐 같은 놈이라고 손가락질했을까? 그리고 사람들 손에서 낚시가 되어버린 가마우지를 보면 넘보지 말아야 할 세상을 넘본 죄라고 고소해할까?

우리는 이런 이야기를 하면서 다시 전차를 타고 집으로 돌아왔다. 하늘은 잔뜩 습기를 머금고 무겁게 가라앉았지만 비는 내리지 않았다.

그날 밤, 미오는 내게 캔버스 가방 하나를 내밀었다.

*

남들이 바다로 산으로 피서를 떠나는 한여름에 나는 습하고 덥기로 악명 높은 교토로 날아갔다. 그때 내게는 그보다 좋은 곳이 없었다. 교토 오미야에 가면 내 친구의 집이 있고 거기 가면 숨어 있기 좋은 방과 술이 있었다.

하여튼 나는 떠나지 않을 수 없었다. 다행히도 내게는 약간의 돈과 기력, 그리고 유효기간이 6개월 이상 남은 여권도 있었으며 더욱 다행스럽게도 언제든지 오라고 문 열어놓고 기다려주는 친구가 있었다. 몹시 이성적인 판단이라고 흡족해했지만 돌아보면 살고자 하는 본능이 시킨 일일지 모른단 생각이 든다.

수천, 수만 킬로미터를 날아 살 곳을 찾아가는 철새들의 뇌에 내장되어 있을 법한 칩 같은 것이, 인간에게도 있는 것이다. 하지만 짐을 꾸릴 당시 나의 칩은 상당히 불안정한 상태였다. 1년 넘게 취재원과 도서관을 오가며 집필한 책은, 줄줄이 쏟아져 나오는 유명 작가들의 책에 묻혀 신간 귀퉁이에 조그맣게 소개되는 것으로 간신히 출생신

고를 마치고 곧바로 소멸해버렸다. 다른 건 다 제쳐두고라도, 취재원을 볼 면목이 없었다. 노인은 처음부터 나와의 만남을 거절했었다. 기억하기도 싫고 말도 꺼내고 싶지 않다는 노인에게 책 이야기는 씨알도 먹히지 않았다.

뭘 남긴다고?

기록?

그걸 누가 보는데?

누가 기억해주는데?

지금도 외면하는데 나중에, 후대에 누가?

다 부질없는 짓이야.

완강하게 버티던 노인이 말문을 열기 시작했는데, 매일 찾아가는 내가 갸륵해서가 아니라 어쩌다 보니 그렇게 되었다. 자기도 모르게 혹은 내가 하는 말을 정정해주려고 조금씩 이야기를 흘리다 보니 그 이야기의 배경을 설명해야 했고 그러다 보면 이유를 설명해야 했고, 남들 다 외면하는 이야기를 듣겠다고 매일 찾아오는 지극정성도 아주 무시가 되지 않아서 딱딱하게 응어리져 사리가 될 것 같던 울화가 조금씩 풀리는 것 같기도 했고, 그랬을 것이다. 응어리진 한은 조금 풀렸을지 모르겠다. 그러나 한이 풀린 그곳에, 그것과는 다른, 그래서 더 난해한, 인간 실존에 대한 무언가가 자리 잡기 시작했다는 것을, 나는 까맣게 모르고 있었던 것이다.

어쨌든 바다밖에 모르는 노인에게 나와의 만남이 위로만 준 게 아닌 것은 분명했다. 간첩조작 사건에 대한 내용은 이미 송장이나 변론서에 나와 있었다. 내가 듣고 싶은 이야기는, 그 밖에 있는 것이었다.

감금, 구타, 고문, 감옥, 독방 그 이상의 디테일한 묘사 그리고 몸으로 전해지던 감각과 느낌이었다. 그러니까 나는 노인의 상처에 소금을 뿌린 것이다.

"요즘 그렇게 불편한 소설 안 팔려요. 정작 제대로 알지도 못하지만, 다 안다고 생각하는, 뭐 일종의 피로감 같은 거 아니겠어요? 안 그래도 사는 게 팍팍한데 그런 얘기까지······. 너무 힘들잖아요."

편집자가 그렇게 말했을 때 그만둬야 했을까. 하지만 자살이라니······. 20년이 넘는 감옥 생활도 견뎌내고, 몇 년간에 걸친 끈질긴 소송도 견뎌내고, 마침내 무죄판결을 받고 보상금을 받아 부산 앞바다가 내려다보이는 고층 아파트도 장만해서 이제는 사람답게 살아보겠다던 노인이 스스로 목숨을 끊은 것이다.

그의 책을 들고 찾아갔을 때 그는 이미 만날 수 없는 곳으로 떠난 후였다. 무슨 말이라도 좋으니 한마디만 해달라고 간절하게 영정을 바라보았지만, 부질없던 그의 말만이 머릿속을 맴돌았다.

"간첩 자식이라는 거 광고할 일 있어요?"

노인의 아들이 나타나 영정 앞에 놓인 책을 집어 던졌을 때는 정말이지 혀를 깨물고 콱, 죽고 싶었다.

현실은 늘 소설보다 한발 앞서서 나를 조롱한다.

나는 깨끗이 항복하고 여행사 홈페이지에 들어갔는데, 휴가철 피크타임이어서인지 비행기값이 혀를 날름거리며 나의 통장 잔고를 비웃고 있었다. 돌아오지 않아도 좋다는 오기와 출국이라도 하자는 애절함으로 편도 티켓을 사려고 시도해보았다. 그러나 돌아오는 날을 입력하지 않으면 항공권 구매가 아예 불가능했다.

나는 인간 세상의 융통성을 모르는 인터넷 대신 쌍방향 아날로그의 온기를 느낄 수 있는 콜센터로 전화를 걸었다. ARS의 지시대로 숫자 버튼을 누르면서, 인간의 온기를 느끼기 위해서 약간의 인내심은 지불해야 하는 거라고 나를 다독였다. 마침내 인간의 목소리와 접선이 되었을 때, 나는 비인간적인 구매 시스템에 대해 고자질이라도 하듯이 불평을 털어놓으며 편도 티켓을 살 수 없느냐고 물었다.

"고객님, 정 원하신다면 구매하실 수는 있습니다. 하지만 편도 티켓으로는 다른 나라에 입국하는 게 불가능합니다. 그건 불법체류자가 될 가능성이 있다는 뜻이거든요."

상담사의 목소리는 실망스러운 내용과는 상관없이 너무나 달콤하고 다정했다. 당장이라도 전화기에서 튀어나와 내 볼을 쓰다듬으며 위로해줄 것 같았다.

제발 부탁인데, '고객님, 사랑합니다'는 말만은 하지 말아주세요.

교토 오미야의 골목은 뜨겁게 내리쬐는 여름 햇살에 소음마저 증발한 것처럼 적막했다. 길게 뻗은 골목길을 캐리어를 끌고 걸어갈 때 세로로 가로지르는 골목에서 문득, 자전거가 나타났다가 맞은편으로 빨려들듯 사라졌다. 자전거는 천 년의 시간을 거슬러 올라온 듯했고 그 뒤를 따라가면 나 또한 천 년의 시간을 거스를 수 있을 것만 같은 몽환적인 느낌이 들었다. 천 년 고도이며 계획도시인 교토의 도로를 '바둑의 눈(基盤の目, 가로세로로 나뉜 바둑판의 한 칸)'이라 부른다고 한다. 오미야의 집을 나와 마트에 가거나, 밤이면 고양이 나라로 바뀌는 공원을 지나거나, 도쿠가와 이에야스가 살던 니조 성[二条城]을 어슬

렁거리거나, 사케집이나 우체국에 갈 때면 나는 '나'라는 돌을 바둑판 위에서 옮기는 상상을 하곤 했다.

백 년도 더 된 친구의 이층 목조주택은 미로 같았다. 조그만 석등과 돌 함지, 단풍나무, 치자나무, 담쟁이가 어우러진 조그만 정원은 본채와 별채를 나누는 공간이었고 두 공간은 한 사람이 겨우 다닐 만큼 좁은 마루 회랑으로 연결되어 있었다. 집 안 곳곳에는 숨은 문이 많았다. 벽인가 싶으면 문이고, 문인가 싶으면 벽이었다. 그 집을 세 번째 방문할 때까지도 나는 강호가 술을 마시고 나서 이층 침실로 가는 입구를 모르고 있었다. 여닫이문 뒤로 계단이 숨어 있는 것도 몰랐다. 집은 입체적인 삼차원 공간의 바둑판 같았다. 여하튼 그곳에는 숨기 좋은 방이 있는 것이다.

거친 삼베 노렌(상점 입구의 처마 끝이나 현관에 치는 막)에 쓰여진 한자가 먼저 나를 맞았다.

'晴雨'.

맑은 날이나 비 오는 날이나, 주인이 있거나 없거나, 잠겨 있지 않는 문이다. 문은 부드럽게 열렸다. 이어서 맑고 높은 미오의 목소리가 날아왔다.

"준, 와주었구나."

현관에 들어서자 마주 보이는 부엌 싱크대에서 강호가 돌아보며 웃었고 거실에서 식탁을 닦던 미오가 행주를 들고 나왔다. 미오와 나는, 20년 전 우리가 동시에 알고 있던 일본인 교수가 꾸린 한국기행 팀에서 만났다. 어색한 조선말을(조선말이라고밖에 할 수 없는 게, 70년대에 미오가 일본 조선학교에서 배운 말은 나조차 잊어버린 고어나 북한식 말투에 일본식 억양까지 뒤섞여, 묘한 매력과 아련한 향수를 자아냈다) 쓰던 조선국적의 그녀는 내 단편소설의 주인공이 되었다.

그날 밤, 우리는 강호가 살짝 데쳐서 차게 식힌 장어를 안주로 4홉들이 사케 됫병 하나를 다 비웠다. 다음 날은 주말이니까 아라시야마에 있는 강으로 가마우지 낚시를 보러 가자고 미오가 말했다. 내 소설에(바로 그 간첩조작 사건에 대한) 가마우지 이야기가 자주 나와서 이번에 내가 오면 꼭 데려갈 생각이었다는 거였다. 나는 내가 무슨 소설을 썼는지도, 내가 소설가인지도 다 잊어버렸다고 자조적으로 말했으나 나의 의지를 배반하는 기억에 의하면 내 소설에 나오는 건 바다가마우지라고 말했다. 우리는 민물가마우지가 따로 있는 건지, 가마우지도 장어처럼 바다에서 살다가 민물로 올라오는 건지, 일본 말로 장어가 '우나기(うなぎ)'인 것과 가마우지가 '우(う)'인 것이 무슨 연관이 있는지, 말꼬리를 잡듯이 떠들다가 다음 날 가마우지 낚시를 보러가기로 했다.

*

캔버스 가방 속에는 여러 권의 공책이 들어 있었다. 크기나 두께 무엇 하나 일정치 않았고 고문서라도 되는 것처럼 누렇게 색이 바랜 갱지 공책들이었다. 그 사이에 껴 있는 하얀색 스프링노트는 너무 이질적으로 보였다. 심란한 조합이었다.

"이것도 가마우지처럼 준을 기다리던 것."

빙그레 웃는 미오를 바라보는데 어쩐지 등골이 으스스해졌다. 받아서는 안 될 것 같다고 생각하면서도, 손은 이미 공책들을 휘리릭 넘기고 있었다. 모두 일본어로 쓰여 있었다. 아, 역시 이건 내가 볼 수 있는 게 아니야, 하며 밀치는데 미오는 그동안 일본에 왔다 갔다 하면서 공부한 정도면 충분히 읽을 수 있을 것이며 무엇보다도 바로 옆에 훌륭한 일본어 선생이 둘이나 있는데 뭐가 걱정이냐며 가방을 다시 내 앞으로 밀었다. 마치 판도라의 상자를 앞에 둔 기분이었다.

"도대체 뭔데?"

"읽다 보면 자연스럽게 알아지게 될 거니까, 꼭 필요한 정보만 주겠어. 이 누런 공책들을 쓴 사람 이름은 백소라. 1960년생. 우리와 동갑이야. 태어난 곳은 후쿠오카 나가하마, 조선인 부락이야. 그런데 1972년 열두 살 되던 해에 부모님, 오빠하고 북한으로 가게 돼. 북송선 얘기 들어봤지? 1959년부터 1980년 초까지 재일동포들이 만경봉호를 타고 북한으로 이주했는데, 그걸 조총련(재일본 조선인 총연합회)에서는 귀국사업이라고 말했어. 백소라는 일본에 살던 때 어린 나이에도 하이쿠를 좋아한 문학 소녀였나 봐. 일기는 시처럼 보이기도 하고 소설처럼 보이기도 하고 어떤 때는 넋두리처럼 보이기도 하고 짧게 단상만 적은 것도 있는데, 꾸준히 쓰는 게 어려웠는지, 어떤 시기에는 몇 년씩 깊은 침묵에 빠져 있기도 해.

그리고 스프링노트의 주인은 신화자. 올해 5월에 내가 북한 다녀온 거 알지? 그때 평양 가는 비행기에서 우연히 만난 재일동포야. 첫 장은 나하고 처음 만나는 이야기로 시작해. 중간에 자기 과거를 회상하는 글도 꽤 많아. 준이 잘 이해하지 못하는 일도 있을 거야. 내가 알고 있는 건, 그때그때 설명해줄게. 참, 신화자는 백소라와 친척 사이인데 백소라가 언니라 불러. 백소라 아버지가 신화자의 외삼촌이거든."

'오, 미오, 아모레미오, 너 왜 이러니. 나는 폭염에 시달리면서 고문서를 해독할 기분이 아니라고.'

나는 캔버스 가방과 눈을 마주치지 않으려고 이리저리 도망 다녔다. 한낮의 열기에 질식할 것 같으면 지하철을 타고 니세탄백화점을 한 바퀴 돌고, 니조 성을 어슬렁거리다가, 두 사람이 퇴근할 무렵이면 마트에서 장을 봤다. 어묵과 단무지와 햄을 사다가 김밥을 말고 중국식 당면으로 잡채를 무치고 무와 콩나물을 넣고 북엇국을 끓였다. 그날은 소고기를 사다가 불고기를 볶은 날이었다. 퇴근해서 돌아온 두 사람은 불고기에 환호성을 올리며 4홉들이 사케병을 땄다.

그리고 병이 반쯤 비어갈 때 미오가 북한에서 신화자를 만난 이야기를 꺼냈는데 이야기는 무슨 신문 연재소설처럼 바야흐로 흥미진진해지려는 찰나에 끊어졌다. 어느새 자정이 넘었고 다음 날 출근해야 하는 두 사람은 자야 했다.

"다음에 계속……."

미오는 볼에만 살짝 키스를 해주고 돌아서는 야속한 애인처럼 손을 흔들었다. 그런데 알고 보니 신문 연재소설도 아니고 주간지 연재소설이었다. 연재는 닷새 혹은 엿새 만에 이어졌다. 그사이에 고문서 같은 글을 읽으란 의미였다.

나는 더 이상 버티기를 포기하고, 누렇게 바랜 공책을 시간 순서대로 추려서 읽어나가기 시작했다.

미오

•

우연이 필연이 되려면
얼마나 많은 인연을 필요로 하는가

조까치……. 하하, 물론 나는 좆같이라고 했지만 조까치라고 들렸을 거야. 마스크를 끼고 있었고, 혼잣말로 중얼거렸으니까 아무도 못들었을 거야. 준이 보내준 소설책을 읽던 중이었지. 선원 아저씨가 사복형사들한테 끌려갔다가 잠깐 풀려나는 대목이었어. 바다에 관한 거라면 모르는 게 없고, 바다에서는 정말 멋진 사나이인데……. 해류를 타고 물고기 떼를 좇아서 열 달 이상을 바다에서 사는 원양어선 어부니까. 물빛이랑 바다의 깊이, 바람의 방향에 따라 물고기 움직임이 어떻게 달라지는지, 아, 남미의 어느 항구 어떤 창녀촌에 기막힌 글래머걸들이 있는지, 몸값이 얼마인지도 아주 잘 알고 있고……. 친구들에게 그런 이야기를 들려줄 땐 세상 모든 걸 다 정복한 사내처럼 거드름도 피우지만, 진짜 세상은 따로 있었다고 할까? 오십이 넘도록 사내가 전혀 모르는 세상 말이야. 하여튼 어느 날 갑자기, 그래, 이런 건 어느날 갑자기라고밖에 말할 수 없지. 꿈틀거리는 지렁이 속의 미늘이 자기를 겨냥하는지도 모르고 덥석 무는 물고기처럼. 며칠 후면 다시 남태평양으로 참치잡이를 나가기로 계약이 되어 있었지만, 다시는 바다로 돌아가지 못할 거라는 걸, 대신 사방이 막힌 독방에서 무려 20년 가까이를 보내고 폐인이 되어서야, 몸만이 아니고 영혼까지 산산이 부서지고 나서야 밖으로 나오게 될 거라는 걸 까맣게 몰랐으니까. 자신의 의지를 완전히 박탈당한 채 말이야.

사실, 자기 의지대로 사는 인간이 얼마나 있을까? 자기 의지가 뭔지, 순수한 자기 의지라는 게 과연 있기나 한 건지, 그것도 모르는 마당에. 이야기가 너무 비약했나? 화가 나서 그래. 한 사람의 삶을 그런 식으로 조작하고 짓밟으려면 좀 더 치밀하게, 적어도 그 정도 노력은 해야 하는 거 아냐?

부산항에 부두가 몇 개 있는지 알고 있는 게 남한의 지형지물을 정찰한 거고, 요코하마 항구에 들렀을 때 친척 어른이 어머니에게 전해 달라고 준 용돈이 공작금이라니. 그런 코미디가 어디 있어? 이 소설을 블랙코미디 수법으로 풀어나간 건 잘한 것 같아. 어쨌든 그 사내는 잠깐 풀려난 게 자기를 더욱 옭아맬 올가미란 것도 모르고 고작 형사들 안 보이는 곳으로 도망쳐서 욕이나 하는 게 다였잖아. 너무나 무기력하게.

준은 알 거야. 내가 그 말에 어떤 향수 같은 걸 느낀다는 거. 그걸 보는 순간, 나는 타임머신을 탄 것처럼, 휘리릭 시공간을 이동하는 기분이었어. 그래서 나도 모르게 중얼거린 거지. 마법사의 주문처럼.

조까치!

그리고 비행기가 막 내려앉으려는 순간, 뒷자리에서 큰 소리가 터져

나온 거야.

"이런 문디 같은 경우가 어디 있노."

깜짝 놀라서 고개를 돌리려는데 웃음이 터졌어. 꼭 연극 같았거든. 거기는 비행기잖아. 그것도 평양행 고려항공. 반 이상이 중국 사람이었어. 키가 크고 얼음장같이 찬 바이칼 호를 닮은 눈동자의 러시아 사람도 좀 있었고, 하얀 터번에 기다란 치마 같은 걸 질질 끌고 다니는 아랍인도 많았어. 서양인도 있었고. 모험심 많은 서양인들에게 북한은 지구상에 마지막 남은 오지인 거야. 그런 곳에서 너무나 생생한 경상도 억양을 들을 줄은 생각도 못 했지. 마치 국기를 앞세우고 입장하는 올림픽 선수처럼 자기 뿌리의 근원을 생생하게 드러냈다고 할까.

그녀의 말을 알아들은 사람은 나밖에 없었을 거야. 내 옆자리에 앉아 있던 교포는 국적은 한국인데 한국말을 거의 잘 못했거든. 12년 만에 자식들을 만나러 간다고 했어. 그 사람은 좀 초조하고 산만하게 의자 포켓에 꽂혀 있는 비상시 탈출에 대한 요령을 들여다보다가 이어폰을 꽂고 음악 채널을 이리저리 돌리더니 비행기가 평양 상공으로 들어오자 멍하니 창밖을 내다보고 있었지. 그러니 강력한 억양을 발사하면서 소리친 말을 알아들은 건 나밖에 없는 게 분명했어.

아, 또 한 사람 있다. 스튜어디스. 빨간 투피스를 입은, 정말 상냥하고 예쁜 아가씨였어. 키가 늘씬하고 아기처럼 솜털이 보송보송한 게 귀한 집 딸 같다고 할까. 중국어는 또 얼마나 유창하던지. 조선말을 할 때도 중국어의 성조가 그대로 남아 있는 것 같았어. 높고 가느다란 목소리가 꼭 종달새가 지저귀는 것처럼 아름답고, 그리고 슬프게 들렸어.

"손님, 다시 말씀드리지만 규정상 중국 돈을 내셔야 합니다."

"지금 없는데 우야란 말이고. 하늘 위에서 갑자기 중국 돈을 어디서 구하란 말이고."

"손님, 미리 준비를 하셨어야죠."

"몰랐는데, 우예 미리 준비한단 말이고?"

공항세를 걷겠다는 방송이 있었고 스튜어디스는 그걸 걷고 있었어. 다른 나라는 공항세가 항공료에 포함되어 있잖아. 그런데 고려항공은 기내에서 따로 걷어. 그 전에는 엔화로 걷었는데 중국 돈으로 바뀐 건 아마 2, 3년쯤? 그건 중국 사람들 입김이 커졌다는 말이고, 그걸 모른다는 건 경상도 억양의 여자가 북한에 다녀간 게 그 전이라는 의미겠지? 어쨌든 딱하더라고. 중국 돈이 없다는 사람한테 중국 돈을 내라고 우기는 스튜어디스나 그걸 언제 알려줬냐, 미리 알려줘야 하는 거 아니냐면서 따지는 여자나. 결국 내가 대신 내줬어. 내 지갑에는 돌아갈 때에 대비해서 바꿔둔 중국 돈이 있었거든.

경상도 억양의 여자가 벌떡 일어나서 고맙다고 인사를 하는데 첫인상은 크다, 였어. 키는 별로 크지 않은데 풍만한 가슴 때문이었을까? 입도 크고. 하여간 좁은 기내 복도에서 벌떡 일어섰을 때 내 눈앞에 가슴이 출렁거렸던 게 아마 충격? 하하하.

나는 다시 '조까치'로 돌아왔어.

내 발음을 듣고 사람들이 와, 하고 웃었잖아. 지리산에 있는 어떤 시인의 집이었어. 작가들 술자리 모임이 있다고 해서 준이 데려갔지. 거기에서 내가 졸지에 주인공이 됐잖아. 해마다 북한에 결핵약을 가지고 가는, 조선국적의 재일동포라고 준이 소개하니까 작가들이 일제히 나한테 관심을 가지고 호의를 보여주었지. 그 사람들 웃음소리가 얼마나 정다웠던지, 아무런 거리낌이 없는, 어떤 저의도 악의도 스며 있지 않은 웃음소리였어. 그날을 떠올리면 지금도 그 웃음소리가 들리는 거 같아. 재일동포, 북한, 조선국적 이런 것에 대해서 아무런 편견이 없다고 할까. 나는 사실 국적에 큰 의미를 부여하지 않아. 처음부터 그랬던 건 물론 아니야. 일본에서 조선이나 한국국적으로 산다는 건, 거리에서 쇼윈도에 부닥치듯이 정체성에 대한 질문에 부닥쳐야 한다는 걸 의미하거든. '너는 누구냐', '나는 누구인가.' 이게 종교적인 거라면 곧 해탈해버렸을 거야. 하지만 우린 생활인이잖아. 그런데도 자이니치(在日)들은 무방비 상태로 그런 펀치를, 언제 어디에서 날아올지 모르는 펀치를 맞으면서 살아가. 내가 제주도에 묻힌 아버지 산소에 성묘할 수 있었던 건 군사독재가 끝나고 김영삼 정부가 들어섰을 때야. 그때 처음 한국에 간 거야. 아버지 돌아가신 지 7년 만이었고 내 나이 서른다섯이었지. 그나마도 수속이 복잡해서 교토대학 교수가 대학생들 수학여행단에 나를 끼워주어서 갈 수 있었어. 아버지는 내가 그렇게 늦게 성묘하러 온 걸 이해할 거야. 뭐, 그러면 됐다, 이러실 거야. 그때 준을 처음 만났지. 벌써 20년이나 흘러버렸네. 휴, 우리도 늙어버렸구나.

좆같이란 욕을 진즉에 알았다면 아주 잘 써먹었을 텐데. 아버지는 제주에서 태어났지만 다섯 살 때인가, 여섯 살 때 외삼촌을 따라서 일본으로 와서 해방이 된 후에 한 달 정도 제주에 다녀온 게 다야. 아버지는 그렇게 평생을 일본에서 살다가 죽었고 어머니는 일본 사람이고 나는 일본에서 태어나서 일본에서 자랐는데, 내 국적은 조선이야.

지금 조선이란 나라는 있지도 않지? 반세기도 전에 사라진 나라잖아. 하지만 일본이 조선인들을 일본 땅에서 몰아내려고 했을 때, 이제 식민지 따위는 없다, 그러니 너희들의 일본국적은 박탈한다, 그리고 너희 나라로 돌아가라, 너희 나라의 국적으로 바꾸어주마, 라고 했을 때 한반도는 해방은 되었지만 아직 정부가 수립되기 전이었잖아. 그 공백 상태에서 조선인들이 내몰렸을 때 일본은 국적란에 이미 사라지고 없는 나라 조선을 적어 넣은 거야. 그래서 아버지의 국적이 조선이 되었고 나도 조선국적을 갖게 되었지.

조선이란 국적이 나에 대해 말해주는 건 뭘까? 어디에도 없는 나라를 국적란에 적어 넣고 다니는 나는 투명 인간인가? 일본시립병원에 취직해서 일본에 세금을 내고 일본인 환자들과 상담하고 하루 종일 일본 말을 하고 일본 땅에서 난 곡물을 먹고 일본 뉴스를 보면서 살아도, 일본인들은 끊임없이 자이니치들을 금 밖으로 밀쳐내고 있어. 돌아가라고.

한국 사람들은 국적이 조선이라고 하면, 그럼 북한 사람이에요? 혹시 조총련? 이렇게 말해. 조선국적은, 일본에서도 떠밀리고 조국에서도 떠밀렸지만 그래도 남과 북으로 나뉘지 않았던 조국에 대한 슬픈 문신, 순정 같은 건데…….

조선이라는 국적, 그거 무국적이라는 말이랑 다르지 않아. 이런 상태에서 배타적인 민족주의에 대한 증거들을 볼 때마다 대로에서 뺨따귀를 맞는 기분이야. 하지만 바로 그것 때문에 절대로 저 안으로 들어가지 말자고 결심하게 돼. 국적, 민족 이런 것들이 다른 인간에 대해 저토록 무례해도 되는 특권을 부여하는 것이라면, 차라리 뺨을 맞으

면서 수모를 받으면서 생생한 감각의 삶을 살아가자, 그리고 그것을
비웃어주자, 하고.

다 코미디 같아. 흥, 국적 따위! 이렇게 무시하고 조롱하고 싶은 게
내 솔직한 심정이야.

그런데 그날 지리산에서는 그런 거 다 잊고 너무 포근하고 안전한
느낌이, 웃음소리가 목화송이같이 마구 날아다니다 솜이불처럼 나를
감싸는 것 같았어. 마음 놓고 까불어도 솜이불을 확 빼가는 일 같은 건
일어나지 않을 거란 안도감이 들었고, 허물없이 웃어주는 그 사람들
한테 할머니 할아버지에게 하듯이 어리광부리고 장난치고 싶어졌어.

"즈, 조옷, 좃. 이렇게 해봐요."

누군가 무슨 교정사라도 되는 것처럼 잇몸을 훤히 드러내면서 나
에게 얼굴을 들이댔잖아. 그도 나와 장난치고 싶었던 거겠지. 나는 입
근육을 총동원해서 따라 했어. 똑같이 하려고 아무리 애를 써도 그들
은 우스워했어. 그 웃음소리를 더 들을 수 있다면 나는 어릿광대짓도
할 수 있을 것 같았어.

태어난 곳의 말과 어머니의 말이 일치하는 모국어 사용자들은 외
국어로 그 말을 사용하는 사람들이 절대로 따라 하지 못하는 부분을
귀신같이 알아채잖아.

주고엔 고줏셴, 그게 그런 말이었어.

주고엔 고줏셴은 15엔 50전이라는 일본 말이야. 고줏의 첫소리 자
음은, 일본어를 모국어가 아닌 외국어로 습득한 조선인들은 발음하기
어려운 말이야.

1923년, 도쿄에서 지진이 일어났을 때 대학살극이 벌어졌잖아.

조선인이 우물에 독약을 탔다, 폭동을 일으켰다, 이런 말도 안 되는 유언비어를 퍼뜨리고는 일본 군대랑 경찰들이 쇠갈고리, 죽창, 일본도로 조선인들을 무차별적으로 죽였어. 그때 일본인들 사이에 섞여 있던 조선인을 골라낼 때 들이댄 방법이 바로 이 발음을 시키는 거였어.

주고엔 고줏센.

이 말이 생과 사를 가르는 기준이었던 거야.

정말 좆같은 일이지.

그런데 좆이 어쩌다가 욕이 되었을까?

그러고 보면 일본 말에는 욕이랄 게 별로 없는 게 아닐까. 아호(바보), 고노치쿠쇼(개새끼), 쿠소(똥) 정도. 내가 가장 심한 욕이라고 알고 있는 건 바카야로 정도야.

그날 작가들은 좆과 욕의 상관관계에 대해 목소리 높여 설명하기 시작했지. 작가란 게 말하기 좋아하는 족속인 데다 나름대로 자기만의 연구가 깊은 이들이라 자기들끼리 설전을 벌이기도 했어. 어떤 시인은 성기가 들어가는 말이 욕이 된 건 거의 모든 나라의 공통적인 현상이라면서, 자기가 전 세계의 욕을 다 연구한 것처럼 말하기도 했고, 성기는 과거와 미래를 연결하는 웜 홀 같은 거라는 심오한 말도 나왔지. 우리 모두는 어머니의 성기를 통해 나온 순간 더 이상 순결하지 않다는 말은, 신선한 충격이었어. 그리고 그건 또 미래와 연결된다는 말도 했지. 프랑스 오르세 미술관에서 보았던 그림 이야기를 한 작가도 있었어. 화면 가득 여자의 음부와 음모를 확대해서 그린 쿠르베의 〈세상의 기원〉이란 그림 말이야. 쿠르베의 그림처럼 성기란 무릇 세상의 근원이니 가장 신성한 것인데, 그걸 비하하고 조롱하는 것이야말로 큰 모욕이 되지 않겠는가, 그래서 욕설에 성기가 등장한다는 말이었지.

성기와 욕에 대해서 국제학술포럼처럼 거창하게 흘러가던 이야기는 누가누가 좆이 들어간 말을 많이 알고 있는지 경연대회장처럼 변해갔어. 좆 하자는 대로 하면 신세 조진다, 고자 좆 자랑하기다, 화투와 좆은 만질수록 커진다, 좆 작아 장가 못 간 놈 없고 좆 짧아서 새끼 못 난 놈 없다, 아침 좆 안 서는 놈은 돈도 빌려주지 마라, 먼저 난 눈썹보다 나중 난 좆 털이 먼저 빠진다, 에휴, 다 기억하지도 못하겠네.

그때까지 벽에 기대 묵묵히 듣고만 있던 시인이 저음의 목소리로 심드렁하게 말했던 거 기억해?

"좆 쩡기는 소리들 하고 자빠졌네."

그 말이 우리를 초토화시켜버렸지. 모두 데굴데굴 구르면서 웃었어.

좆이 들어가는 말이 그렇게 많다니…… 어떤 건 우습고, 어떤 건 징그럽고, 어떤 건 얼굴이 화끈거릴 정도로 모욕적인 것도 있었지만 다시 생각해보면 귀여운 면도 있는 것 같아. 욕이라기보다는 카타르시스를 준다고 할까.

거기에 비하면 바카야로, 고작 바보? 김빠진 맥주처럼 시시하지 않아? 하지만 오해하면 안 돼. 바카야로는 김빠진 욕이 아니야. 어쩌면 김빠지고 무미건조한 그게 바로 바카야로의 함정인지 몰라. 바카야로는 적을 겨냥하는 총구 같은 말이거든. 자기 비하나 인간적 연민이 배제되고 오직 타인을 향한 멸시의 언어, 인간 이하의 모멸감으로 치가 떨리게 만드는, 그 모든 것이 함축된 말. 놀라운 반전이잖아? 또 한 번의 반전은, 한국 노래에 바보란 말이 너무 많이, 그것도 사랑에 대한 애착심이나 투정을 담아서 즐겨 쓰고 있다는 걸 알고는 좀 놀랐어.

평양공항에서 입국 수속을 마치고 나오니까 그녀가 기다리고 있더라.

"아까는 정말 고마웠어요. 덕분에 곤란한 지경에서 빠져나왔어요. 그런데 언제부터 중국 돈으로 바뀐 거예요? 바뀌었으면 미리미리 안내를 잘해줘야지."

그녀의 일본어는 더없이 완벽했어. 발음으로 조센징을 가려내는 건 이제 불가능하겠지? 커다란 짐 가방을 보니 한눈에 가족을 만나러 왔다는 걸 알겠더라. 그날 우리가 묵는 곳은 둘 다 평양호텔이었어. 그녀는 소녀처럼 팔짝팔짝 뛰면서 기뻐하더라. 큰 가슴이 출렁거렸어. 답례로 꼭 저녁을 사게 해달라길래 호텔 로비에서 일곱시에 만나기로 했어. 그러고 나서도 이야기가 자꾸 길어지니까 안내원이 짜증스러운 얼굴로 데리러 왔더라. 꼭 선생님한테 끌려가는 학생처럼 돌아서던 그녀가 얼른 내 귀에 대고 속삭였어.

"8년 만에 와서 이렇게 어설퍼요. 다시는 안 온다고 했는데, 왜 또왔는지……"

그러고는 큰 소리로 하하하하, 웃으면서 돌아서는데 그 웃음소리가 좀 묘했어. 어딘지 그로테스크한 느낌이랄까? 웃고 있지만 속으로는 피눈물을 흘리는 것 같은, 자학적인 것 같은 그 웃음소리가 메스처럼 가슴을 스윽 긋고 지나갔어. 그게 기시감이었을까? 어쩐지 아는 여자 같았어. 저렇게 큰 입으로 잘 웃고 억센 경상도 사투리를 쓰는 여자를 언젠가 만났던 거 같은 거야. 하지만 경상도 사투리를 쓰는 자이니치 할머니들은 많고 많으니까, 깊이 생각하지는 않았어.

그 화자 언니를 다시 만난 건 호텔 매점에서야. 다음 날이 5·1절 행사라서 평양 시내가 온통 펄럭펄럭거리더라. 건물마다 빨간 현수막이 펄럭거리고 여학생들은 한복을 펄럭거리면서 줄지어 다니고 호텔까지 외국인 내국인 정신없이 복잡하게 북적거렸어. 나는 방에다 짐을 두고 내려와서 서점을 한 바퀴 돌아봤어. 『겨레는 6·15에 산다』, 『6·15의 메아리』…… 6·15 기념 문학작품집이 여러 권 눈에 띄는데, 울적하더라. 갱지로 만들어진 책이 너무 가난해 보여서 울적했던 건 아니고 표지 그림이나 제목만으로도 내용을 다 알 것 같은 작품들이 울적했어. 준의 책도 울적하고 북한 책도 울적하고, 훌쩍훌쩍 눈물이라도 흘리고 싶은 심정이었어. 그래도 읽어보자! 주먹 불끈 쥐면서 외치듯이 결심하고 작품집 네 권을 샀어. 평양에 있는 동안 읽고 나서 준에게 주려고. 준의 책은 평양호텔에 두고 간다면? 그러면 내가 남북 문화교류 일꾼이 되는 건가? 하하하……. 엽서도 몇 장 골랐어. 작년에는 판화작품 엽서가 괜찮았는데 이번에는 행사 기간이어선지 만경대, 백두산 밀영, 금강산 같은 명소 사진밖에 보이지 않더라. 강호 씨에게도 보내고 친구들에게도 다 보낼 수 있지만, 준에게만은 보낼 수 없어.

그런데 우체국이 보이지 않는 거야. 로비 왼쪽 모퉁이를 돌면 거기 전화국이랑 우체국이 있었거든.

그때 또 화자 언니를 봤어. 하하, 이번에도 목소리가 먼저였어.

"그라믄 이거는 어디로 가서 부치야 되는 겁니까?"

엽서 몇 장을 든 손을 치켜들고 복무원이랑 얘기하고 있었어. 진짜로 싸우거나 그런 건 아닌데 목소리가 크고 경상도 억양이 독특해서

인지 외국 사람들도 돌아보더라. 그때도 야릇한 느낌을 받았어. 다혈질이랄까, 말썽이 따라다니는 사람이랄까, 잡힐 듯 말 듯 어떤 기억의 실마리가 뱀 꼬리처럼 스윽 사라지는 걸 본 느낌이었어.

내가 무슨 일이냐 물으며 다가가니까 화자 언니가 어깨를 탁 치면서 반가워하는데, 손탁(손아귀의 북한말)이 얼마나 센지 휘청거릴 정도였어. 우린 고작 몇 시간 전에 만난 사람이에요, 이렇게 외치고 싶었어.

"미오상, 여기 우체국이 있지 않았어요?"

우체국이 감쪽같이 사라진 자리에는 매대가 차려지고 고려인삼이랑 북한술이랑 말린 버섯 선물세트 같은 게 진열되어 있더라. 아마 5·1절 행사 때문에 급하게 바뀐 것 같았어.

"네, 옳게 보셨습네다. 외국에서 오신 손님들한테 고려인삼의 인기가 높기 때문에 어쩔 수 없이 진열대를 설치한 겁네다."

볼우물이 예쁜 아가씨는 우체국 업무는 모르는 거 같았어. 그런데 얼마나 친절하고 착한지, 인삼 사려고 줄 서 있는 사람들 돈 계산을 다 해주고 또다시 우리에게로 왔어. 우표값을 주면 자기가 대신 부쳐주겠다는 거야. 자기가 근무 끝날 때면 우체국도 문을 닫는다는 생각도 못 하고서. 그래도 그 마음이 얼마나 예쁜지 내가 꼭 안아줬어.

그런 나를 화자 언니가 유심히 보고 있더니 물었어.

"여기에 가족이 있습니까?"

내가 고개를 저으니까, 다시 물었어.

"그럼 북한에는 무슨 일로?"

북한에 오는 사람들, 사연도 가지가지, 곡절도 가지가지니까 섣부르게 물어볼 수 없고 말하는 사람도 상대를 가려가며 하고 다들 귓속

말로 소곤거리는 얘기지만, 나는 그런 것도 아니니까 별생각 없이 말해줬어. 나는 의사이고 해마다 결핵약을 가지고 방문하고 있다고. 그랬더니 화자 언니가 내 손을 덥석 잡고는, 고맙다고, 훌륭한 일을 한다고 했어. 가만 두면 엎드려서 절이라도 할 것 같더라. 나는 절대로 훌륭한 사람이 아니고 그냥 내가 좋아서 하는 일이라고 하니까, 다시 또 아까처럼 유심히 바라보면서 혹시 도쿄에 사느냐고 물어서 어렸을 때 살았다고 대답했는데, 또 가만히 바라보는 거야.

어쩐지 눈동자가 좀 흔들리는 것 같기도 하고. 그런데 화자 언니 안내원이 호텔 입구에 나타나는 바람에 더 이상 이야기를 나누지 못했어. 그때 호텔 프런트에 걸린 시계가 다섯시쯤을 가리키고 있었던 거 같아. 화자 언니가 급히 안내원에게로 가고 나는 매대에 진열된 상품들을 구경했어. 그리고 잠시 후에 돌아서다가 누가 허둥지둥 짐 가방을 끌고 호텔 현관을 나가는 걸 봤는데, 화자 언니야. 10분도 채 안 되는 사이에 무슨 일이 생긴 건지 영문을 알 수 없었어.

*

완벽한 일본어만큼이나 완벽한 경상도 사투리를 구사하고, 큰 가슴 큰 입으로 유쾌하게 웃는 웃음의 밑바탕에 평생 속죄의 그림자를 끌고 온 여인, 화자 언니와 그렇게 만난 거야.

화자

•

자기도 모르게 끌리는 그것을
무엇이라고 불러야 할까

(2010년 4월 30일)

아, 이런. 호텔 현관에 서 있는 저 여자. 저녁 약속을 지킬 수 없게 됐다. 자동차는 이미 호텔을 벗어나고 있다. 이름이 리미오라고 했던가. 짧게 커트한 생머리, 수수한 티셔츠와 베이지색 면바지, 작은 키에 여린 몸, 미소년 같은 인상, 얇고 하얀 피부 아래 희미하게 번지는 기미와 눈가의 잔주름이 아니면 중학생이라고 해도 믿을 것 같다. 불필요한 호기심을 자제하고 필요한 말을 골라서 하는 예절 감각은 일본인의 기질 같지만 어딘지 모르게 단단하고 따뜻한 느낌을 준다. 고개를 가웃, 기울이고 서 있는 모습이 의젓한 소년 가장처럼 보인다. 그런데 어디서 보았을까?

나도 모르게 핸드백을 뒤진다. 아, 동시에 가시에 찔린 것 같은 신음 소리가 새 나오고 어깨 힘이 죽 빠진다. 허탈한 실소가 흘러나온다. 휴대폰은 공항 보관함에 있잖아. 그리고 오늘 처음 만난 여자의 전화번호를 알 리도 없잖아. 그 여자인들 휴대폰을 가지고 있을 리도 없고. 핸드백을 뒤진 건 일종의 습관적인 반작용 같은 거다. 속옷을 잊어먹고 안 입을지언정 휴대폰을 잊는 일은 없으니까. 보험 일을 하는 내게 휴대폰은 몸의 일부나 마찬가지다. 그렇다고 개목걸이처럼 달고 다니는 휴대폰을 좋아해본 적은 한순간도 없다. 이를테면 슬픈 끈이라고 할까. 좋아하지는 않지만 그것 덕분에 살고 있다는 안도감을 주는. 그것과는 다르지만 그렇다고 아주 다르지 않은, 묘하게 비슷한 감정을 평양공항에서 일괄적으로 휴대폰을 압류할 때 느꼈다. 어이없는 폭력처럼 모욕감이 느껴지다가도 한편으로는 일말의 해방감을 준다고 할까. 하루도 휴대폰을 끄지 못하는 노예 같은 일상을 국가가 나서서 해결해주니 고맙다고 해야 할까. 하지만 이내, 뭐 그런 것까지, 라는 조소가 튀어나왔다. 이러다가 삼류 철학자라도 되는 거 아닐까. 북조선에만 오면 사소한 일 하나에도 너무나 많은 생각이 가지를 친다. 사회주의 조국의 관점에서 보면 보험 외판을 하는 나는 더러운 자본주의에 오염된 사람.

김책은 내일 가기로 되어 있었다. 그곳에서 외숙모와 외사촌동생 소라, 그 딸 해랑을 만나서 이틀을 지낸 후, 원산으로 이동해서 소라의 오빠 경엽 부부와 그 쌍둥이 아들딸들을 만나는 것이 총련(조총련의 북한어) 교토 지부에서 알려준 일정이다. 어차피 두 곳을 방문하는 것이 목적이니까 순서가 바뀌는 것이 문제되지는 않는다. 평양에서 시간을 허비하고 싶지 않은 건 오히려 나니까. 하지만 갑작스럽게 일정이 뒤바뀌는 건 불길하다.

안내원은 거두절미하고 말했다.

"김책에 연락이 안 돼서 원산으로 먼저 갈 것입네다."

왜? 라는 말이 미처 목구멍으로 튀어나오기도 전에 안내원은 "지금 떠날 거니까 날래 짐 챙겨서 내려오시라요" 하고 돌아섰다. 철커덕! 육중한 철문이 닫히는 느낌.

왜? 라는 말이 북한에서는 모두 사라진 게 아닐까. 지나치게 친절한 일본과 지나치게 일방통행적인 북한, 나는 양극단의 두 나라를 오가는 시계추 같다. 왜라는 의문을 무시해버리는 나라와 왜라는 의문을 가질 사이도 주지 않는 나라. 이상하기는 둘 다 마찬가지다. 그런 두 나라를 오가며 살아서 그런가. 나 자신, 그 어디에도 길들지 못한 이상한 사람이 되어버린 건 아닌지……. 북한에서는 일본의 습관을 확인하고, 일본에서는 북한의 습관을 확인하는 것, 그게 버릇이 된 게 아닌지……, 정말로 그런 건지, 아직도 그런 건지, 결국 그렇구나 체념할 수밖에 없는 건지, 단지 그걸 확인해보겠다는 듯 나는 안내원에게 묻는다.

"왜 원산부터 갑니까? 김책에 있는 외숙모는 내가 온 거 알고 있겠지요?"

"그쪽에서 방금 연락을 받아서 나도 모릅네다."

조수석에 앉아 있는 안내원은 자세를 조금도 흐트러뜨리지 않고 앞만 바라보며 말한다. 딱딱한 목소리가 나를 밖으로 튕겨내기라도 할 것 같다. 한두 번 겪는 일도 아니다. 그러거나 말거나, 물음표가 비눗방울처럼 계속 솟구치고 터진다. 왜? 왜? 왜? 왜? 왜? 비눗방울이 자꾸만 뽀글거려서 숨이 막힐 것 같다. 의문의 비눗방울은 분노의 비눗방울이 된다. 여기까지 어떻게 왔는데……. 북조선 한 번 다녀가려면 1년 내내 일한 모든 걸 쏟아부어야 하는데……. 식구들 얼굴 한 번

보려고 죽을 둥 살 둥 오는데……. 그 대답도 못 해줘? 세상에 이유 없는 일이 어디 있어? 의문은 분노가 되고, 분노는 서서히 불길함으로 바뀐다.

다시 한 번 물어보자. 성질을 누르고 성대가 허락하는 가장 부드러운 목소리로. 왜는 빼고.

"동생한테 무슨 일이 생겼답니까?"

"저는 모릅네다."

"선생님이 제 안내원 아닙니까?"

대답이 없다. 대답은 없고, 대답하지 않는 뒤통수만 보인다.

"선생님이 모른다카믄 내는 누구한테 물어봐야 됩니까?"

뒤통수는 꿈쩍도 않는다.

"어디다가 물어보면 됩니까?"

뻣뻣한 뒤통수.

"도대체 알고 있는 건 누굽니까?"

뒤통수는 내가 터질 때를 기다리고 있었던 것 같다. 내가 고함을 치고 나서야 마치 즐기고 있었다는 듯이 너무나 평온하게 대답한다.

"서둘지 마시라요. 결국 다 알게 되지 않갔습네까."

이런 자가 앞으로 6일간 함께할 동반자라니. 혈압약을 단단히 챙겨야겠다. 차라리 벽에다 대고 얘기하는 게 나을까. 벽에다 얘기해도 이 정도의 세월과 지성이면 가여워서라도 한마디 해주지 않을까. 그러나 모른다는 그의 말이 거짓은 아닐 것이다. 김책으로 오지 말고 원산으로 가라는 연락을 받았을 때 그는 알았다고만 대답했을 것이다. 자기 일도 아니니 궁금하지도 않았겠지만, 이미 그의 사고 속에는 물음표 같은 게 사라진 지 오래일 테니까. 광대뼈가 유난히 도드라진 얼굴과 군살 하나 없는 몸은 마치 물음표가 빠져나간 몸을 보여주는 것 같다.

"그리고 안 동무라고 부르시라요."

그놈의 동무란 소리. 나는 온몸으로 항복을 선언하듯 바람 빠진 풍선 같은 몸을 의자에 푹 파묻는다. 속엣것 한 번 다 토해내지 못한 세월을 그만큼 살았으면서도 다혈질의 성질은 죽지 않았다. 그 성질이 내 숨통을 조이고 있다는 걸 알면서도 어쩌지 못한다. 내 속에 괴물 하나를 키우고 있는 것 같다.

창밖으로 고개를 돌리니 도시 풍경은 어느새 사라지고 시골 풍경으로 바뀌었다. 잠깐 말씨름하는 사이에 평양 시가지를 벗어난 것이다. 봄이 오고 있건만 거리는 스산하다. 봄도 비켜 가나. 황사 바람까지 불어 시야는 부옇고 간간이 눈에 띄는 행인들은 어깨를 옹송그린다. 뼈만 앙상한 노인이 자기 몸처럼 가느다란 나뭇가지 몇 개를 지게에 지고 가고 머릿수건을 쓴 여인네들이 호미와 낫을 들고 걸어간다. 발길 닿는 곳이 그 어디라도 상관없다는 듯 터덜터덜 걷고 있다. 무기력한 사람들 사이에서 초인적인 힘을 발휘하는 사내가 눈에 띄었다. 대꼬챙이 같은 사내가 자기 몸의 세 배는 될 것 같은 소파를 짊어지고 걸어가는 중이었다. 타고 다닐 차도 없는 판에 짐을 싣고 다닐 차가 있을 리 없지만, 그렇다고 저렇게 커다란 소파를 메고 가다니 놀라운 괴력이었다. 어디에서 저런 기운이 나올까. 헐값에 샀든지 아니면 얻었을 것이다. 집에 소파를 놓을 수 있다는 기쁨이 엄청난 기운을 솟구치게 만들었을까.

평양 시내 초고층 빌딩과 어마어마한 규모의 인민대학습당, 주체

탑 같은 것들이 시골 풍경과 겹쳐지자 신기루 속을 헤매는 기분이다. 5·1절까지 겹쳐 한껏 들떠 있는 평양 분위기와 너무나 대조적이다. 그래도 회색빛 도시보다는 벌거숭이 산일망정 시골 들판이 훨씬 마음을 안정시켜준다. 어디선가 분명 봄은 오고 있을 것이다.

"내도 인자 늙어갖고 더 이상 못 오지 싶다. 정신 바짝 차리고 잘 살 그레이. 우짜든지 살아남아야 된대이."

그렇게 말한 게 벌써 8년 전이다. 8년이 어떻게 흘러갔는지, 흘러서 어디로 간 건지, 세월은 손가락 사이로 빠지는 모래처럼 순식간에 흘러가 텅 빈 바닷가에 혼자 서 있는 기분이다. 벌써 예순이 넘어 칠순을 바라본다는 것도 믿을 수 없다. 어, 떠밀리다가 여기까지 와버린 것 같다. 젊은 시절 따위는 그립지도 않다. 아니, 끔찍하다. 누가 청춘을 돌려준다고 할까 봐 겁난다. 젊은 시절에 발목이 잡혀, 꼼짝없이 한평생 가위눌린 기분이다.

솔직히 고백하면, 지긋지긋했다. 벌써 30년이다. 나는 밑 빠진 독에 물을 갖다 부으며 늙어버렸다. 밑 빠진 독인 줄만 알았는데 아예 밑이 없는 독이었다. 무엇이든 꿀꺽꿀꺽 집어삼켰다. 봉고차도 삼키고, 트럭도 삼키고, 오토바이도 삼키고, 배 한 척도 감쪽같이 삼켰다. 어머니가 연탄 냄새 맡아가며 야키니쿠와 밀주를 팔고, 이모가 룸살롱에서 불법체류 한국 여성들을 팔아서 번 돈, 그리고 추악한 자본주의의 꽃 보험 외판을 해서 번 돈이다. 지상낙원을 향하여, 니가타 항에서 청진항으로 뱃길을 따라 해류를 따라 엔화도 흘러갔다. 그곳은 거대한 블랙홀이었다. 배로, 인편으로, 돈으로, 물건으로, 보내고 보내도 다음에 가보면 흔적도 없었다. 그게 잘못이었을까. 뿌리를 내리고 적응하는 걸 방해하고 의타심만 키운 것일까. 그러나 물에 빠진 사람에게, 수영을 배워서 살아나오라고 할 수는 없지 않은가.

김책을 처음 방문했을 때의 충격, 뼛속에 박히고 심장에 박힌 충격이 30년 세월을 일본과 북한을 오가게 만들었다. 한 번씩 갈 때마다 무릎이 푹푹 꺾이듯이 집안이 망해가는 게 눈에 보였다. 그때마다 죽었다가 다시 살아나 지옥 같은 삶을 또다시 사는 형벌을 받는 기분이었다.

늙어간다는 건 헐거워지는 것인가. 근육이 헐거워져 노안이 오고 뼈가 덜그럭거리고 머리카락도 빠지고 이도 빠지고, 짱짱하던 마음도 자꾸만 헐거워졌다. 너무나 사소한 기억도 비수처럼 가슴을 찔렀다.

"네짱, 하느님을 일본 말로 뭐라고 해요?"

언젠가 조카 해랑이 내게 물었다. 네짱은 언니란 말인데, 자기 엄마가 나를 부르는 걸 듣고 해랑은 내 이름인 듯 불렀다.

"가미사마. 그건 왜?"

"네짱, 네짱이 우리에겐 가미사마예요."

그렁그렁한 눈으로 말하던 해랑의 얼굴이 불쑥불쑥 튀어나왔다. 어쩌다 외식 한 번 하려고 해도, 옷 한 벌을 사려고 해도 가미사마란 말이 자꾸만 떠올랐다.

"네짱, 일본 돈 만 엔이면 1년을 살 수 있어요."

그 말이 떠오르면 온몸이 얼어붙었다. 고급 식당 한 끼 식대가 그들의 목숨 줄이란 걸 떠올리면 먹고 있던 걸 다 토해버렸다.

"여기서 저녁식사하고 가겠습네다."

눈을 떠보니 어느새 땅거미가 내리고 있었다. 신평휴게소라는 간판이 보이고, 주차장에는 미니버스 한 대가 서 있다. 미니버스에도 내가 탄 승용차와 똑같이 'Korea International Travel Company(조선국제려행사)'라는 로고가 찍혀 있다. 식당에는 열 명가량의 서양인들이 식사를 하고 있었다. 저들에게 북조선은 『이상한 나라의 앨리스』 같은 곳쯤 될 것이다. 지구 반대편에서 일어나는 일까지 실시간으로 들여다볼 수 있는 지금, 반세기가 넘도록 전쟁 구호만 외치며 미 제국주의를 물리치고 마침내 사회주의 강성대국을 건설할 것이라는, 어린애들도 코웃음을 칠 자가당착적 신념에 빠져 살아가는 사람들을 구경하려고 오는 게 아닌가? 서빙하는 접대원 아가씨들을 몰래 카메라로 찍어대는 걸 보고 있자니 공연히 내가 부아가 나려고 했다.

"랭면 어떠십네까?"

안 동무가 물었다. 나는 정말 먹고 싶다는 표정을 지으며 얼른, 좋다고 대답했다. 그리고 마치 가면을 바꿔 쓰듯이 공손하고도 낭패스러운 표정으로, 미오의 안내원을 아는지 물었다. 갑작스럽게 원산으로 가게 되는 바람에 저녁 약속을 지키지 못해서 연락을 하고 싶다는 구차한 변명도 덧붙였다. 안 동무는 역시나 거만하게 멀뚱거리는데 기사가 대신 대답했다.

"그쪽 기사를 제가 압네다."

"그래요? 그라믄 전화 좀 부탁합니대이."

안 동무가 못마땅한 표정을 감추지 않고 고개를 끄덕이자 기사가 전화를 걸었다. 신호가 가고 기사가 여차저차 사정을 설명하고 저쪽에서 뭐라 뭐라 하고 나서야 전화기가 내 손으로 왔다. 나는 일부러 목소리를 높여, "모시모시" 하면서 자리에서 일어났다. 안 동무의 시선이 뒤통수에서 느껴졌지만 산전수전 다 겪은 할매 맛 좀 봐라, 하며 당당하게 식당 문을 열고 밖으로 나왔다. "미오상" 하고 부르니, 곧바로 반갑게 응답한다.

"아, 네, 신 선생님."

"선생님은 무슨? 그냥 언니라고 해요. 화자 언니."

"아, 네, 알겠어요. 화자 언니."

"미안해요. 갑자기 떠나게 돼서 자초지종을 말할 새가 없었어요. 오늘 저녁을 사기로 했는데."

"괜찮아요. 그런데 별일 없어요? 무사합니까?"

오늘 처음 만난 사람이다. 그러나 일본어로 자유롭게 말할 수 있다는 것만으로도 불안하고 초조한 마음이 큰 위로를 받는 기분이다. '부지데스까'(무사합니까)라는 말을 들을 땐 울컥할 뻔했다. 돌이킬 수 없이 할매가 돼버린 것이다. 그 기분에 젖었는지 아니면 전화를 오래 하지 못할 거란 생각에 쫓겼는지, 나도 모르게 속사포처럼 내 사정을 쏟아냈다.

"외숙모와 사촌동생이 김책에 살고 있어요. 그래서 내일 김책부터 가는 일정이었는데 갑자기 원산으로 가고 있어요. 원산에도 사촌동생과 조카들이 살고 있기는 하지만 어쨌든 이유도 모르게 갑자기 변경이 돼버려서, 그래서 저녁도 같이 못 먹고."

어리둥절한지 한동안 잠자코 있던 그녀가 하이, 하이, 하며 새겨듣고 있다는 반응을 한다.

"미오상은 일정이 어떻게 됩니까?"

"저는 금천진료소와 육아원하고 예방원에 갈 건데요, 내일은 5·1절 행사에 참여할 거예요. 그사이에 의학 토론회도 있고. 저는 병원과 약속이 잡힌 대로 움직이니까 언제가 될지 모르지만, 원산의료원도 가보려고 생각 중이에요."

"원산의료원이요?"

"네, 거기 부원장님이 귀국자신데, 얘기를 하다 보니 아버지들끼리 친구였더라고요. 그런데 3년 동안 못 가고 있어서, 이번에는 가보려고 노력 중이예요."

"돌아가는 날은 언제?"

"6일 일정이에요."

"나와 같군요. 그리고 집이 어디예요?"

"네? 집이요?"

"일본 어디에 사는가 해서……."

"교토예요."

"그래요? 나도 교토예요."

"어머나, 반갑네요."

"그러면 도쿄에서는 몇 살까지?"

"대학 가기 전까지 살았어요. 그런데…… 무슨 일 있어요? 괜찮아요?"

운전기사가 식당 문을 열고 빨리 오라고 손짓하는 게 보인다.

"실례되는 질문을 너무 많이 했군요. 원산의료원, 거기에서 만날 수 있으면 좋겠네요. 밥 먹으러 오라고 해서 그만 끊을게요. 그리고 내 이름은 신화자예요. 잊지 말아주세요."

식탁에는 냉면 세 그릇과 백김치 한 보시기가 놓여 있었다. 전화 요금을 달라는가 보자 하는 심정으로 말없이 휴대전화를 돌려주는데, 안동무가 젓가락을 든다. 운전기사도 따라서 젓가락을 들면서 말한다.

"요거이 닭고기 육수로 만든 랭면이라요."

"그렇습니까?"

얼른 젓가락을 양손에 들고 냉면 가닥을 섞는데 그가 덧붙인다.

"김정일 지도자 동지께서 교시를 내려서 새롭게 만든 랭면입네다."

아……, 냉면을 젖던 젓가락이 나도 모르게 멈춘다. 우리의 위대한 지도자 동지는 식당 메뉴까지 신경 쓰느라고 얼마나 바쁠까. 언젠가 회냉면을 시켰을 때 회는 없고 말린 북어가 들어 있어서 깜짝 놀란 적이 있었다. 말린 북어를 회라고 하는가? 그것도 지도자 동지의 교시로 만든 것일까. 닭육수 냉면을 먹는데 머릿속에서는 자꾸만 회냉면이 떠올랐다.

소라

•

비틀스와 바쇼*가 숨바꼭질을 한다

(1972년~1974년)

보물찾기 놀이(1973년 4월 16일)

"반다지는 안 돼." 오빠가 말한다. 반다지가 우리 집에서 가장 그럴듯한 가구이기 때문이란다. 그럴듯한 가구라는 오빠의 말은 맞지 않다고 쏘아붙인다. "반다지를 빼고 나면 가구라는 게 아예 없는데 '가장 그럴듯한'이란 말은 어울리지 않잖아." 그러나 그건 마음뿐, 우리는 그런 식으로 말꼬리 잡는 장난은 더 이상 하지 않는다. 가장 그럴듯한 것으로 치자면 주크박스가 있지만, 주크박스는 가구인가 아닌가.

이런 거까지 가져갈 필요가 있을까? 이건 너무 거추장스럽지 않아? 이건 너무 낡았지. 거기 가면 다 있다는데 뭐. 이런저런 사연과 추억이 쌓인 물건들이 이런저런 이유와 변명을 달고 버려졌고, 우리의

---

* 마쓰오 바쇼: 들판에 해골로 뒹굴겠다면서 평생을 방랑하며 하이쿠 기행을 했던 일본인이 가장 사랑하는 하이쿠 시인.

귀국 소식을 듣고 온 이웃들이 이런저런 이유를 대면서 하나씩 들고 사라졌다.

나무로 만든 반다지는 흑단처럼 반질거렸지만 모서리가 찍히고 갈라진 틈으로 가시가 삐져나와, 한눈에 봐도 너무 낡아 보였다. 어머니는 자기가 없는 사이 누가 들고 가버릴까 봐 불안해했다. 어머니는 아버지와 이모와 할머니와 우리들에게까지 몇 번이나 못을 박았다. '저건 안 된다. 절대로 안 된다.' 그건 공습(도쿄 공습) 때 돌아가셔서 내가 한 번도 본 적이 없는 외할머니의 유품이었다. 그리고 어머니가 시집올 때 가져온 유일한 어머니 것이었다. 사실 반다지는 너무나 요긴했다. 이런저런 짐을 담아 옮기기에도 보관하기에도 모자람이 없었다. 북조선에 와서는 더욱 요긴해졌다.

오빠가 어머니처럼 악착같이 주크박스를 사수할 필요가 없었던 건, 누구도 그걸 버릴 물건이라고 생각하지 않았고 오빠가 얼마나 애지중지하는지 모르는 사람이 없기 때문이었다. 오빠가 막노동까지 해가며 모은 돈으로 주크박스를 사 왔을 때, 친척 어른들은 언제 철드냐며 혀를 끌끌 찼지만 나중에는 막걸리 한 병 차고 노래를 들으러 왔다. 〈신라의 달밤〉에 〈황성옛터〉를 찾아가서 〈빨간 구두 아가씨〉를 애타게 그리다가 〈동백아가씨〉를 만나 〈갈대의 순정〉을 목 놓아 부르고 〈이별의 부산정거장〉에서 〈무너진 사랑탑〉을 슬퍼하면서 비장하게 〈사의 찬미〉를 부르다가 마지막에는 〈타향살이〉로 끝났다. 마지막은 늘 〈타향살이〉였다. 비틀스와 롤링스톤스와 핑크플로이드와 도어스와 에릭 클랩턴과 에니멀스와 존 바에즈와 밥 딜런과 재니스 조플린과 톰 존스와 주디 콜린스와 더스티 스프링필드와 레너드 코언은 〈타향살이〉가 끝나야 들을 수 있었다. 레코드판의 마력에 푹 빠진 어른들은, 우리가 알아듣지도 못하는 양놈 노래를 틀어도 더 이상 야단치지 않았다.

"즈그들 좋아하는 게 따로 있는데 우짜겠노."

어른들과 우리는 서로의 취향을 인정했다. 우리 집에서, 아니 조선인 부락에서 주크박스와 레코드판은 개인의 취향이라는 걸 나타내는 유일한 것이었다.

그러나 이제 그것은 불길하다. '개인'도 '취향'도 불온한 것이 되어버렸다. 집 안의 그 무엇과도 어울리지 않는다. 우리는 일부러 대수롭지 않다는 듯 함부로 대한다. 책을 마구 얹어놓고 이불을 쌓아놓고 모자나 수건을 던져놓기도 한다. 그래도 튄다. 송곳처럼, 못처럼 도드라진다.

오빠와 나는 마치 알을 품을 곳을 찾아다니는 암탉처럼 쩔쩔맨다. 오빠는 레코드판을, 나는 하이쿠 시집 몇 권을 품에 안고 숨길 곳을 찾는다. 그동안은 반다지 뒤가 가장 안전하다고 생각했다. 반다지는 벽에 붙어있는 데다 늘 이불이 올려져 있기 때문이다. 가장 안전하다는 생각이 뒤집히는 데 이유 같은 건 없다. 불안은 불시에 찾아온다. 그동안 안전했다는 것이 앞으로도 안전하다는 뜻이 아니란 걸 오빠와 나는 알아가는 중이다. 우리는 학교에서 돌아오면 반다지 아래 꼭 맞추어 끼워둔 종이부터 살핀다. 카드처럼 네모반듯한 종이는 얼굴을 방바닥에 붙이고 납작하게 엎드리지 않으면 보이지 않는다. 그래도 우리는 매번 가슴이 철렁 내려앉는다. 불안은 풍선처럼 부풀어 올라 방 안을 가득 채운다. 안전은 점점 밀려난다. 발 딛고 선 자리도 불안하다. 발바닥이 간지럽다. 내가 반다지 뚜껑을 열고 옷가지를 헤집는 걸 쳐다보던 오빠가 말한다.

"반다지는 안 돼."

오빠가 부엌으로 나간다. 오빠는 흙바닥으로 내려가 찬장과 냄비가 놓인 부뚜막을 살핀다. 부뚜막 아래 화덕 주변을 살펴보던 오빠가 장작더미 아래를 가리키며 말한다.

"여기를 파자."

오빠 눈이 고양이 눈처럼 빛난다.

청진항에서 날아오른 바비 인형(1972년 4월 16일)

니가타 항에서 배를 탄 건, 내가 열두 살이 되던 1972년 4월 14일, 주먹밥 한 개, 유부된장국, 두부 반 모, 세 조각의 다쿠앙으로 점심을 먹은 후였다. 아버지는 여행을 떠난다고 했고 오빠는 자랑스러운 조국으로 귀국하는 거라고 했다. 귀국이 뭐냐고 물었을 때, 오빠가 말했다. 우리의 미래가 있는 조국으로 가는 거라고. 다시 돌아올 수 없는 거냐고 묻자, 조선인을 차별하고 무시하는 나라에 다시 돌아갈 일은 없을 거라고 했다. 그럼 내 친구 유리짱과 하루미짱도 다시 못 보는 거냐고, 여름방학 때 바닷가로 놀러 가기로 한 약속은 어떡하냐고 울먹이자 아버지가 말했다. 통일이 되면 다시 올 수 있을 거야. 통일이 뭔지 몰랐지만, 나는 물었다. 여름방학 전에는 통일이 되는 거냐고. 아버지는 대답 대신 고개만 끄덕거렸다. 나는 친구들에게 수첩을 돌리며 주소를 받아 적었다. 편지를 받으면 꼭 답장을 쓰겠다면서 유리짱과 하루미짱이 자기가 가장 아끼는 손수건과 머리핀을 선물로 주었다.

여행은 신나는 일이었다. 열두 살이 되도록 한 번도 타본 적이 없는 기차를 지겹도록 탔고 달콤한 장어조림 도시락도 사 먹고 배까지 탔으니까. 여름방학에 바다를 보러 가기로 약속한 친구들에게 미안했다. 배가 얼마나 큰지, 그걸 어떻게 편지에 써야 할지 나는 고민스러웠다. 배 안에 목조 아파트 같은 방이 셀 수 없이 많고 학교 강당처럼 커다란 식당이 있고 화장실까지 있다는 내 말을 친구들이 믿어줄지 걱정스러웠다. 니가타에서 배를 타기 전, 며칠 동안 지낸 커다란 강당이 피난민 수용소같이 지저분하고 식사도 형편없었다는 말은 쓰지 않을 작정이었다. 배에서 우리의 시중을 들어준 언니들이 얼마나 친절하고 예쁜지, 한복이 얼마나 고운지, 언니들이 내 서툰 조선말을 귀엽다며 웃었던 일이며, 돌고래를 볼 수 있다는 말에 세 시간이나 뱃전에 붙어 있느라 골치가 지끈지끈 아팠지만 결국 보지 못했다는 이야기, 언니들이 보여주는 칼라 화보 책자에서 본 북조선의 과수원과 시뻘건 쇳물이 흐르는 용광로와 수많은 공장들, 그리고 버드나무가 척척 늘어진 강가에 늘어선 하얀 아파트는 목조 아파트와 비교할 수도 없이 멋졌다는 이야기만 해도 편지에 다 쓸 수 없을 테니까.

바다가 얼마나 넓은지에 대해서는 어떻게 써야 할까. 셀 수 없이 많은 방과 화장실, 그리고 학교 강당 몇 개쯤은 가뿐하게 들어갈 것처럼 커다란 배도, 바다로 나가는 순간 한 잎 낙엽처럼 보였다. 그리고 니가타 항에서 손 흔들던 사람들이 개미처럼 작아지고 마침내 아무것도 보이지 않게 되었을 때, 나는 수평선이 직선이 아닌 걸 알았다. 갑판에서 빙그르르 돌면 수평선도 빙그르르 돌았다. 나는 거대한 원의 중심이었다. "오빠, 지구가 둥글어." 내가 양팔을 벌리고 뱅글뱅글 돌면서 소리치자 오빠가 어깨를 으쓱하며 말했다. "갈릴레이 갈릴레오는 이 진실을 말하기 위해서 목숨을 걸었어." "왜?" "지구가 둥글다고 아무리 말해도 믿어주지 않으니까." "바보, 나 같은 꼬마애도 아는데." "바보들은 진실을 좋아하지 않거든."

한 척의 배도 한 조각의 섬도 없을 때, 배는 움직이지 않는 것 같았다. 배는 둥근 수평선을 거대한 그물마냥 끌고 나아갔다. 바보들이 진실을 좋아하든 말든, 나는 내 일을 할 뿐이라는 듯 묵묵히 나아갔다. 배에서 두 밤을 자고 사흘째가 되는 날, 수평선이 바글바글 끓는 것처럼 무언가 보이기 시작했다.

사람들이 갑판으로 몰려나왔다. 사오백 명쯤 되는 사람들이 일제히 왼쪽 뱃전으로 몰려들었기 때문에 나는 배가 기울어져버릴까 봐 겁이 났다. 나라도 오른쪽 뱃전을 붙들고 있어야 할 것 같은 생각이 들었는데, 그 생각이 미처 사라지기도 전에 사람들 물결에 휩쓸려버렸다. 보인다, 보여, 어디어디…… 사람들은 흥분해서 옆 사람들을 끌어안고 소리치고 옷소매에 코를 킁킁 풀고 눈물을 찍어댔다. 그러나 육지가 조금씩 가까워질수록 사람들은 하나둘 입을 다물었고, 발끝부터 서서히 침묵으로 얼어붙어가면서도 눈동자만큼은 점점 커졌다. 보물 상자를 앞에 둔 도적들처럼, 두근거리는 가슴을 누르고 침도 못 삼키면서 눈동자만 반짝거렸다. 개봉박두, 영화관이라면 이쯤에서 이런 글자가 튀어나와주면 좋을 것 같았다. 오빠와 나는 손을 잡고 뱃전에 붙어 있었고, 어머니는 내 어깨를 잡고 아버지와 나란히 뒤에 서 있었다.

사람들 눈에 무엇이 제일 먼저 들어왔을까. 무엇을 제일 먼저 보았을까.

아마 부두에서 빨간 별이 그려진 깃발을 흔들고 있던 사람들 눈에는 천 개의 눈동자가 반짝거리며 빛을 쏘아대는 통에 눈이 부셨다고 말할지도 모르겠다.

배에 탄 사람들도 그런 걸 보고 싶지 않았을까? 뭔가 반짝거리는 것, 보석은 아니어도 좋으니 반짝반짝 빛을 보내는 무엇이 보이기를……. 니가타 항에서 보았던 버드나무의 물오른 연둣빛 새순이나 하얗게 꽃비를 내리던 벚나무의 화사함은 아니어도 누렇게 벌거벗은 민둥산이나 우울한 무채색의 벙커 같은 건물을 기대하지는 않았을 것이다. 그곳이 북조선의 전부도 아니고 누가 당장 우리에게 민둥산을 초록색으로 바꾸라고 명령한 것도 아니지만, 그것이 결정적인 첫인상으로 날아와 박혔다는 것만은 부정할 수 없었다. 환영객으로 나온 사람들의 모습과 표정이 카메라 초점을 맞추듯 조금씩 선명해졌다. 새빨간 바탕에 하얀 글씨, 하얀 바탕에 새빨간 글씨(물감 통에는 아름다운 색깔이 얼마든지 많은데 어째서 이 두 가지 색깔밖에 쓰지 않는지 의아했다), 거기에 써 있는 한글은 오빠가 가져온 책자에서 보고 또 본 것이라 나도 알 수 있는 것들이었다. 축 귀국, 재일동포들의 귀국을 열렬 환영, 조선민주주의인민공화국 만세, 위대한 김일성 수령님 만세, 조선로동당 만세. 그러나 깃발을 흔들고 있는 사람들의 표정은, 열렬하지 않은 건 고사하고 벙커 건물들과 다를 바 없는 무채색이었다. 학교에서 재미없는 교장선생님의 훈시를 들을 때 아무래도 좋으니 시간만 빨리 흘러가라 하고 서 있는 나 같았다. 비슷한 옷을 입고 비슷한 표정을 짓는 사람들이 잔뜩 모여 있는 광경은 좀, 아니 몹시 충격적이었다. 하얀 머릿수건을 쓰고 탐스러운 사과나무 아래서 웃던 언니들은 다 어디로 갔을까. 한쪽 다리를 트랙터에 걸친 채 하얀 이를 드러내며 서글서글하게 웃던 오빠들은 다 어디로 갔을까. 하얀 블라우스에 빨간 스카프를 매고 머리에는 커다란 꽃을 꽂고 생글거리던 여학생들은 다 어디로 갔을까.

짧고 단호한 외침이 터져 나왔다.

"속았다!"

마치 그걸 일본어로 번역하듯이 어머니의 독백이 내 귀에 박혔다.

"오나지데스(똑같아요)."

어머니는 왜 '구와사레타'(속았다)라고 하지 않고 '오나지데스'라고 했을까. 내 어깨에 놓여 있던 어머니의 두 손이 움찔하더니 내 어깨를 꽉 움켜잡았다. 뱃전에 모인 사람들은 일시에 고압 전류가 흐른 것 같이 완전히 얼어붙었다.

얼음처럼 열렬한 환영을 받으며 내린 청진항에서 제일 먼저 짐 검사를 받았다. 의례적인 절차가 아니었다. 그들은 정확히 찾는 게 있었다. 찾은 것들은…… 버려졌다. 주인에게 허락을 받거나 양해를 구하거나 타협을 하거나, 그런 과정은…… 없었다. 너무나 자연스럽게 패대기쳐진 물건들의 주인은, 애초에 주인이 아닌 게 아니었을까 반성하듯이 고개를 숙였는데, 아무리 봐도 살붙이처럼 낯익은 것들이어서 수줍게 항의하기도 했다. 왜 버리세요?

그들의 대답은 간단했다.

사회주의를 좀먹는 것들!

그들이 골라낸 건 책, 음반, 테이프 같은 것들이었다. 그들은 책 표지만 보고도 사회주의를 좀먹을 것인지 아닌지를 아는 것 같았다. 영어책은 무조건 패대기쳤다. 일본책 중에서 사진이나 삽화 하나 없이 깨알 같은 글자만 빼곡하고, 사진이나 삽화가 있기는 한데 어딘지 조금이라도 불쾌하거나, 너무 화려해도 패대기쳤고, 이해가 안 돼도 여자들이 너무 벗고 있어도 이상하게 입어도 패대기쳤다. 동식물이나 돌멩이, 풍경화나 설계도면 같은 그림 정도가 통과되는 것 같았다. 서양 팝 음반은 좀벌레 정도가 아니라 거머리, 해충, 독충, 도깨비, 마녀, 흡혈귀쯤 되는 것 같았다. 얼굴을 잔뜩 찡그리면서 팝 음반들을 집어 던졌는데, 얼굴을 찡그리는 정도가 사회주의를 좀먹는 척도인 듯했다. 한국가요 음반도 패대기쳐졌다. 금지곡이라고 했다. 이유는, 혁명성을 흐린다는 것.

음반이 땅바닥에 패대기쳐질 때마다 내 손을 잡고 있던 오빠의 손이 움찔거렸다. 반다지 속에는 오빠가 하나씩 장만한 레코드판과 화자 언니가 내게 준 하이쿠 시집 몇 권이 들어 있었다. 오빠는 애지중지하는 레코드판이 행여나 깨질까 봐 두꺼운 종이로 몇 번을 싸고 그것도 모자라 옷가지로 둘둘 말아서 옷 사이사이에 끼워놓았다. 오빠 손이 진땀으로 흥건했다. 뜨겁게 달아오른 오빠 손아귀에서 내 손이 녹아버릴 것 같았다.

롤링스톤스가 패대기쳐지고 도어스가 나가떨어지고 비틀스가 엎어지고 에니멀스가 뒤집히고 밥 딜런이 깨지고 에릭 클랩턴이 날아가고 핑크플로이드가 비명을 질렀다. 비틀스는 수도 없이 나가떨어지

고 깨졌다. 아마 그 시각, 존과 폴, 조지와 링고는 어쩐지 몸 어딘가 아
프고 공연히 슬퍼지지 않았을까. 우리의 반다지 속에도 비틀스 앨범
이 제일 많았다. 오빠의 손톱이 내 손등에 박혀버릴 것 같았다. 우리
차례가 다가오고 있었다.

우리 앞에는 젊은 부부가 어린 여자아이 손을 잡고 서 있었다. 초라
한 살림살이가 고스란히 드러났다. 정말 가난한 건지 밥그릇, 숟가락,
도마까지 다 준다는 선전 때문인지 옷과 신발, 그리고 책 몇 권이 부
부의 것이었고 대부분이 아이의 것이었다. 아이의 소꿉놀이 장난감,
그림책, 앙증맞은 핸드백과 양산, 그리고 인형들. 보기만 해도 입에 저
절로 흐뭇한 미소가 걸리는 것들이었다.

갑자기 여자아이의 입에서 날카로운 울음이 터져 나왔다. 마치 가
시바늘인 것처럼 높고 날카로운 소리였다. 조그만 아이 몸에서 나온
소리라고는 믿어지지 않았다. 부두의 모든 사람들의 시선이 여자아이
에게로 쏠렸다. 아이가 울음을 터뜨린 건, 꼭 끌어안고 있던 인형을 북
조선 관리가 뺏었기 때문인데, 미처 다 빼앗지 못한 상태였다. 북조선
관리는 인형의 몸통을, 아이는 인형의 다리를 꼭 붙잡은 채 울고 있었
다. 처음에 사람들은 북조선 관리가 장난치는 거라고 생각했다. 장난
치는 얼굴이라기에는 두 눈을 너무 부릅뜨고 있었는데, 아이는 그 눈
이 무서워서 울음을 터뜨린 것 같았다. 눈이 너무 튀어나와서 장난치
는 게 장난치는 것처럼 보이지 않는 북조선 관리가 딱하다고 동정할
뻔도 했다. 그런데 어딘지 좀 이상했다. 장난이라고 하기에는 두 사람
다 너무 진지했다. 얼굴이 새빨개진 여자아이의 울음소리는 소방차의
사이렌 소리 같았다.

그제야 사람들은 인형을 보았다. 그건 서양 여자아이 바비 인형이었다. 일본에서 최고의 인기를 누리고 있는, 팔등신 금발머리 바비의 다리가 엿가락처럼 늘어나 구등신, 십등신이 될 판이었다.

"이거 놓지 못하네?"

아아아아아아아아……

"어디서 앙탈이네?"

아아아아아아아아아……

"놓으라."

아아아아아아아아아아……

"이따위 미제 장난감 같은 거는 아이 된다."

아아아아아아아아아아아아……

여자아이는 마치 자기 아기를 빼앗기지 않으려고 놀라운 모성애를 발휘하는 것처럼 보였다. 그러나 여자아이의 엄마는 겁에 질려 있었다. 엄마가 아이의 팔을 잡아당기며 말렸지만 아이는 꿈쩍도 하지 않았다. 아이 얼굴은 더욱 시뻘겋게 달아올랐다. 아이는 인형을 내어줄 마음이 눈곱만큼도 없다고 온몸으로 말하고 있었다.

그날 그곳에서 자기 의사를 분명하게 밝힌 사람은, 그 여자아이 하나뿐이었다. 어른들은 조마조마한 표정으로 지켜보기만 할 뿐이었다. 아이 아빠도 그때까지 가만히 지켜보고만 있었다. 무엇을 기다리고 있었던 걸까. 자신이 나서야 할 때를 찾고 있었던 걸까. 마침내 그가 움직였다. 고심의 결과는 인형을 빼앗는 것이었다.

북조선 관리와 여자아이가 팽팽하게 잡아당기고 있던 인형이 순식간에 아빠 손으로 넘어갔다. '아, 그래, 아빠가 있었지, 아이에게는 든

든한 아빠가 있었구나', 안도의 한숨을 막 내쉬려던 그때 인형이 허공으로 붕 떠올랐다.

'이건 또 뭐지? 인형이 왜?' 의문을 가질 새도 없이 인형은 그곳에 모인 모든 사람에게 짧은 작별 인사라도 하듯이 잠깐 허공에 떠올랐다가 떨어졌다. 바다로.

우리 모두가 경악할 때 북조선 관리는 몹시 흐뭇한 표정을 지었다. 그가 젊은 부부를 밀쳐내고 우리 가족의 짐 앞으로 왔다. 그는 갑자기 피로해진 표정으로 이마를 잔뜩 찌푸리더니 몸을 비틀어댔다. 내가 얼마나 짜증스럽고 피곤한 일을 하는지 다들 보았겠지, 뭐 이런 말을 하고 싶은 것 같았다. 그는 한쪽 팔을 허리에 척 얹고는 한쪽 팔로 우리 가족의 짐을 뒤적거렸다. 그게 짐 검사만 아니었으면 너무 무성의한 거 아니냐고 따졌을지도 몰랐다. 그러나 그 무성의함의 고마움이라니……. 권태롭게 몸을 비틀어대는 그 앞에서 쪼그라든 우리 모습이 그의 거만함을 충족시켰을까. 그의 손이 옷가지 사이에 넣어둔 책과 음반으로 막 뻗쳐오려던 순간, 그가 소리쳤다.

"다음!"

내 손의 뼈마디가 으스러지도록 힘을 주고 있던 오빠 손이 스르르 풀려나갔다. 오빠 손이 스르르 풀리면서 내 손이 툭 떨어졌고 다리까지 풀려버렸다.

바쇼와 부손과 잇사(17, 18세기 일본의 하이쿠 시인)가, 비틀스와 앨런 파슨스와 에릭 클랩턴과 롤링스톤스와 핑크플로이드와 에니멀스와 도어스가 이렇게 살아남았다. 살아남아 흙구덩이 속으로 들어갔다.

바쇼와 비틀스를 살려준 여자아이는 어떻게 살고 있을까. 꼬마의 아빠가 인형을 바다에 던진 장면은, 이곳에서의 삶을 상징하는 것 같다. 아빠는 그걸 딸에게 분명히 가르쳐주는 길을 선택한 것인지 모른다. 앙탈을 부리며 앙칼지게 울어대던 꼬마는, 아빠가 빼앗은 인형을 자기에게 주기는커녕 바다에 던지고 그것도 모자라 자신의 등짝을 짝짝 내려 갈길 때, 오히려 울음을 뚝 그치고 그 매를 고스란히 맞았다. 아픔보다 더 커다란 놀라움과 공포가 아로새겨진 눈동자로. 그 눈동자에 새겨진 공포와 놀라움은 그대로 나의 눈에 복제되었다. 몹시 성공적으로, 조금의 아픔도 없이.

사회주의가 원래 이렇게 재미없는 거니(1973년 5월 18일)

오빠와 나는 늘 불안에 시달린다. 집에 돌아오면 반다지 아래 끼워둔 종이가 움직였는지 그것부터 살핀다. 그렇게 불안과 공포에 시달리면서도 어느 순간이 되면 놀랄 정도로 대담해진다. 오빠는 그걸 용기라고 말한다. 진심으로 원하면 공포를 이기고 용감해지는 거라고. 그건 일본에 있을 때 일본 애들이랑 패싸움하던 경험에서 나온 말이다. 나는 갈증이라고 말한다. 사막에서 목이 말라서 죽어갈 때 그때 마시는 한 모금의 물 같은 거라고. 하지만 사막에 가본 적도 없고 목이 말라서 죽어간 경험도 없는 나는, 물을 마시지 않고 버텨보았다. 정확히 하루하고 13시간 47분 만에 손을 들었다. 그리고 물 한 사발을 마셨다. 온몸의 세포가 깃발을 흔들며 아우성치는 것 같았다. 환희의 송가를 부르고 있었다. 나의 실험 결과, 시와 음악은 물과 똑같다.

어머니는 깊은 한숨을 내쉬며 나직한 목소리로 말하곤 한다.

"말투가 너무 상스럽고 거칠어."

"도무지 쉴 짬을 주지 않는구나."

작업과 동원은 끝도 없이 이어진다. 농촌노력동원이 끝나면 70일 전투가 시작되고 그게 끝나면 100일 전투가 기다리고 있다. 작업, 노동, 일, 동원, 노동, 작업, 일, 그리고 작업, 노동, 일, 동원 사이에 사상 학습이 샌드위치처럼 끼어 있다.

작업, 노동, 총화, 일, 동원, 강연, 작업, 총화, 동원, 일, 강연, 일, 노동, 학습, 동원, 작업, 총화, 노동, 일, 작업, 노동, 일, 총화, 동원, 강연, 동원, 노동, 일, 작업, 강연, 일, 동원, 노동, 작업, 총화……

모든 노력동원은 전투다. 전투에는 깃발이 먼저 내걸리고 이름이 따라붙는다. 붉은기 쟁취 운동, 천리마운동, 숨은 영웅 따라 배우기 운동, 3대 혁명소조운동, 그리고 속도전. 전투의 승패는 속도로 나타난다. 천리마처럼 달려서 붉은기를 쟁취해도, 총화시간에는 서로 비판하고 끝없이 반성하면서 인간개조를 해야 한다.

그때마다 엄마는 한숨을 내쉬며 말한다.

"사회주의가 원래 이렇게 재미없는 거니?"

어머니의 한숨은 점점 깊어지고 있다. 처음에는 가느다란 피리 소리처럼 들리더니, 한 번 본 적도 없는 외할머니의 노랫소리가 들리는 것 같기도 하고, 사람 발길 닿은 적 없는 깊은 동굴에서 불어오는 바람처럼 서늘하고 음산해졌다. 그리고 안 돼, 위험해, 조심해, 그리고 또 조심해, 이런 말이 메아리처럼 따라붙는다.

오빠의 용기와 나의 갈증이 만나는 날이면, 우리는 주크박스에 이불을 두 개, 세 개 뒤집어씌우고 그 속에 들어가서 음악을 들었다.

존, 폴, 조지, 그리고 링고. 당신들은 모르죠? 조선민주주의인민공화국에서 당신들의 노래 한 곡에 뼈와 살이 전율하는 사람들이 있다는 걸, 당신들 노래를 듣기 위해 목숨을 걸어야 한다는 걸. 당신들은 상상할 수 있을까? 음악은 물 같아요. 한 모금의 물처럼 내 몸의 피와 살과 뼈로 스며들어요. 물 없는 세상을 상상할 수 없는 것처럼, 물 없이 살 수 없는 것처럼, 음악과 시는 상상도 할 수 없는 곳에서 상상도 할 수 없는 방법으로 살아남을 거예요. 고마워요.

위험해, 조심해를 입에 달고 사는 어머니와 아버지까지 이불 속 음악회에 슬그머니 끼어들었다. 아버지가 제일 좋아하는 〈타향살이〉도 금지곡이기 때문이다.

이불 속 음악회는 신데렐라의 호박마차 같다. 용기와 갈증이 채워지면 우리를 조롱하듯 공포와 두려움이 마녀의 검은 망토처럼 서서히 덮쳐오기 시작한다.

반쪽바리(1973년 7월 23일)

오빠가 잡혀갔다. 우리가 조마조마해하던 음반 때문도 아니고, 우리가 상상하듯 손에 땀을 쥐는 공포나 긴장감도 없이 조용히 다가오는 그물처럼 덮쳤다.

"백경엽이, 종간나 새끼, 이리 나오라!"

한밤중에 들이닥친 이들이 우리의 유일한 이불을, 신발도 벗지 않고 무례하게 짓밟으며 자고 있던 오빠의 덜미를 잡아 질질 끌고 가면서 남긴 말은 그게 다였다.

뭐지? 잠에서 빠져나올 새도 없이 오빠가 사라졌다. 오빠가 쏙 빠져나간 빈 이부자리를 보면서도 현실로 받아들여지지 않았다. 멍한 중에도 면도날처럼 뇌리에 박힌 한마디가 있었다.

종간나 새끼.

그러자 무슨 자동기계처럼 휘리릭 흥분해서 떠들던 오빠의 말이 떠올랐다. 오빠는 새끼란 말을 싫어하는데…….

"이 새끼라고 했어, 이 새끼, 이 새끼 말이야."

"이 새끼? 그게 누구야?"

"이 말이야. 이."

"이?"

"시라미, 시라미 말이야."

"시라미?"

"그래, 시라미. 머릿속에서 기어 다니는 벌레, 시라미 말이야. 그 시라미의 새끼란 거야. 나보고 이 새끼라고 했다고."

오빠가 흥분해서 설명해주던 그때는 나도 '이 새끼'가 시라미 새끼인 줄 알았다. '이'가 시라미가 아닌 지시대명사란 걸 내가 언제 알게 되었는지, 오빠가 고쳐서 제대로 알게 되었는지는 기억나지 않는다. 그 후로 벌어진 일은 '이' 따위와는 비교도 안 되었으니까.

할 말은 하는 사람. 오빠에 대해 말할 때 친척 어른들이 하는 말이었다. 일본 애들과 싸우고 흙투성이가 되어 돌아올 때도, 아버지가 경찰서에 불려갈 때도, 어른들은 그렇게 말했다.

"엽은 못 참는 아이야."

"엽이 왜 그랬는지 이해는 하지만 말이야."

"누굴 닮아서 저렇게 못 참는 거지?"

"하고 싶은 말을 다 하고 사는 거 아니야?"

"요즘 애들이 그렇지 뭐. 우리 때하고는 달라."

"할 말은 하고 살아야지."

할머니나 외삼촌, 이모 들이 그렇게 한마디씩 툭툭 던지는 표정이 너무 한가하고 태평스러워서 야단치는 건지 칭찬하는 건지 알 수 없었다. 할 말은 하는 오빠와 달리 말수가 많지 않은 아버지는(그렇다면 엄마를 닮았다고 해야 하나? 하지만 엄마도 할 말을 다 하고 사는 사람은 아니었다) 역시 애매모호하게 '할 일은 해야지' 하는 표정으로 경찰서로 학교로 오빠를 찾으러 가곤 했다. 그래도 아버지가 오빠에게 큰 소리로 야단치거나 화내는 걸 한 번도 보지 못했다. (혹시 내가 보지 않는 곳에서 야단을 쳤을까. 아버지는 온화한 사람이지만 화가 나면 무섭기도 하다. 이모부를 주먹으로 쳐서 코피를 쏟게 한 걸 본 적도 있고 이모부를 죽이겠다고 칼을 휘두르다가 자기 허벅지를 찌른 적도 있었다.) 묵묵히 오빠의 뒤처리를 하는 아버지의 표정을 보고 있으면 차라리 자기 자신을 때리고 싶어 하는 것 같았다.

하지만 나는 오빠가 좋았다. 깡패가 될 거냐고, 저러다 깡패가 되고 말 거라고, 어른들은 혀를 찼지만 내가 애들한테 히야카시(놀림)를 당하거나 이지메를 당할 때 정의의 사도처럼 어디선가 짠 나타나는 오빠를 어떻게 좋아하지 않겠는가. 오빠는 그런 애들을 끝까지 쫓아가서 손을 보고야 말았다.

사람은 달라지지 않는다. 달라지기 어렵다. 오빠는 사람이다. 따라서 오빠도 달라지기 어렵다. 북조선에 와서도 오빠는 원주민 아이들이 놀릴 때마다 한 번도 그냥 지나치지 않았다. 그것이 늘 더 큰 놀림감이 되어 돌아오는데도, 피하지 않았다. 꼬박꼬박 맞받아치고 끝까지 따라가 뒤엉켜서 싸웠다. 오빠는 독화살 같은 말보다 차라리 피를 보는 쪽을 선택했다.

원주민 아이들은 악착같이 대들고 따지는 오빠에게 조금 질렸던 게 아닐까. 언젠가부터 그들은 오빠에게, "야, 너네 나라로 돌아가버려"라고 말했고 오빠는 걔들 턱밑에 대고 소리쳤다.

"니가 도로 보내줄래? 도로 보내달라고!"

"하하하, 도로? 도로도로? 하하하, 도로도로상? 그래, 도로 가. 가라고, 이 새끼야."

"이 새끼? 너, 이 새끼라고 했어?"

"그래, 이 새끼. 이 새끼라고 했다, 어쩔 테냐?"

울끈불끈거리는 오빠의 주먹을 기어이 날아가게 만드는 건 독 묻은 말의 화살 때문이었다.

"꺼지라고, 이 반쪽바리 새끼야."

픽!

오빠는 할 말은 하는 사람이지만 함부로 말하는 사람은 아니었다.

할 말은 해야 하는 오빠가, 하고 싶은 말을 꾹 참고 마침내 말의 씨앗조차 말려 죽여버리게 되기까지는 시간이 좀 걸렸다.

숨기려고 해도 숨겨지지 않는, 일본어 투의 어색한 조선말은 아무리 물속으로 밀어 넣어도 떠오르고 마는 풍선처럼 드러났고, 그들은 그걸 꼭 집어서 놀렸다. 그들의 말은 독화살처럼 오빠의 심장을 정확히 쏘았고 오빠는 순식간에 화르르 타올랐다.

반쪽바리.

조센징이 반쪽바리로 바뀌었다. 반쪽바리에 비하면 조센징은 차라리 정겨웠다고 해야 하나. 반쪽바리는 어머니와 아버지까지 욕보이는 말이었다.

오빠는 대나무밭에서 임금의 비밀을 털어놓던 이발사처럼 뒷산에 올라가서 땅바닥에 머리를 쿵쿵 찧으며 울부짖었다. 머리를 쿵쿵 찧고 주먹으로 벽을 쾅쾅 때리고 심장에서 불이 날 것 같은 사람은 오빠만이 아니어서, 강 하구에서 모래와 자갈이 끼리끼리 모이듯이 비슷한 증상을 가진 이들이 하나둘 모이더니 마침내 패거리가 되었다.

공포에 대해 그동안 내가 알던 것들(1973년 7월 26일)

그동안 내가 알고 있던 것들은 공포가 아니었다는 걸 알게 되었다. 어릴 때 할머니가 해주던 귀신 이야기들은, 무서웠다. 몽달귀신, 처녀귀신, 애기귀신, 도깨비불, 묘지귀신, 구미호, 그리고 밤. 귀신 이야기는 자다가 일어나 화장실에만 가려고 하면 귀신같이 알고 기억 속에서 눈을 떴다.

"무서워하지 마라. 그거 다 지어낸 얘기일 뿐이야."

할머니는 다 지어낸 얘기라고 했지만, 때로는 살아 있는 사람들보다 더 생생하게 살아나는 때가 있었다. 거의, 늘, 항상, 언제나 무서웠지만 때로는 슬프고 신비하고, 때로는 가엽고 우스꽝스러웠다. 그것은 공포가 아니었다.

공포는 달랐다. 다르다는 걸 알게 되었다. 그건 귀신과는 비교도 안

58

되게 생생했다. 그건 칠흑 같은 어둠의 덩어리인 것 같아서 눈으로 보이는 것 같고 만져질 것 같기도 했는데, 막상 만져볼 엄두가 나지는 않는 것이었고, 하지만 비릿하고 역겨운 맛까지 날 것 같은 무지막지한 존재감 그 자체였다. 그것은 밑도 끝도 없는 추측과 풍문을 먹으며 무럭무럭 자라났다.

그리고 망막에 끌로 조각을 하듯 너무나 사실적으로 아로새겨지는 공포도 있다.

광장에는 이상한 공기가 감돌았다. 그곳의 하늘과 햇살, 공기와 먼지 냄새까지, 어딘지 다르게 느껴졌다. 광장은 매일 한두 번 이상 꼭 지나다니는 길이었다. 아침이면 줄서서 학교로 가는 아이들이 모이는 곳이고 출퇴근하는 어른들이 지나다니는 곳이었다. 나무그늘 아래서는 노인들이 쪼그려 앉아 이야기를 나누고 저녁에는 아이들이 뛰어놀았다.

한 사람도 빠짐없이 광장으로 나오라는 방송이 있었고 사람들은 하던 일을 멈추고 자동 조정되는 인형들처럼 집에서 나와 광장으로 모여들었다. 광장은 금방 사람들로 가득 찼는데 그렇게 많은 사람들이 한 공간에 모인 건 처음 보았다. 이렇게 많은 사람들이 도대체 다들 어디에서 나온 것인지 신기했다. 사람들은 무표정했고 또 무표정했다. 웃으면서 또는 떠들면서 나오던 사람들도 광장 한가운데로 다가올수록 표정을 지워나갔다. 사람들은 누가 시키지 않아도 모두 한쪽을 향해 섰는데 내겐 어른들에게 가려 보이지 않았다. 어른들 사이로 틈을 비집고 들어갔을 때 눈에 들어온 건 아무것도 없었다. 뭔가를 위해 비워놓은 듯한 공간뿐이었다. 나무 기둥 두 개가 세워진 그곳이 무엇을 위한 것인지는 알 수 없었다. 내가 뒤를 돌아보자 어느 새 오빠가 서 있었고, 그 뒤로 아버지가 보였고 그 옆에 어머니가 서 있었다. 어머니 쪽으로 가려고 몸을 돌리는데 흙먼지를 일으키며 트럭 한 대가 멈췄다.

거칠게 멈춰 선 트럭에서 사람들이 우루루 뛰어내렸다. 다급하면서도 일사분란한 움직임이었다. 그들 중 몇몇이 들고 있는 게 총이란 걸 한참 후에야 알았다. 총을 들고 있지 않은 사람들은 걸레 뭉치(처음엔 정말 걸레 뭉치이거나 옥수수 부대인 줄 알았다)처럼 더러운 무엇을 끌고 와서 나무 기둥에 묶은 후에 자루를 벗겨냈다. 빵처럼 부풀고 찌그러지고 시퍼렇게 멍이 든 데다 피딱지로 덮인 그건 사람의 얼굴이었다. 그리고 그들을 향하고 있는 건 총이었다.

한 사람은 고개를 푹 떨구었고 한 사람은 꼿꼿하게 서보려고 연신 다리를 버팅겼다. 그러나 허연 뼈가 드러난 다리는 자꾸만 푹푹 꺾였다. 무언가를 찾는 듯 검은 눈동자를 필사적으로 두리번거렸지만 짓눌리고 부풀어 오른 눈두덩 사이로 보이는 그의 눈은 이미 빛이 꺼져 있었다.

반쯤 돌아서던 나를 오빠가 끌어안았다. 내 얼굴이 오빠 배에 파묻혔다. 확성기를 타고 소리가 울려 퍼지기 시작했다. 왕왕거리며 고막을 울리는 확성기 소리는 지나치게 크거나 작았고, 거친 숨소리와 바람 소리가 뒤섞여서 분명하지 않았다. 어느 순간, 오빠가 내 귀를 막았다. 몇 가지 단어만 분명했다. 부화방탕, 남조선, 라디오, 괴뢰도당, 반역죄, 그리고 총소리…….

우리 가족이 니가타에서 바다를 건너 청진항에 내리고 그들이 점지해준 김책이란 곳에 살기 시작한 지 1년도 채 못 되었을 때의 일이었다. 오빠는 열일곱, 나는 열세 살이었다.

집에 돌아와서야 나는 내 바지가 젖었다는 걸 알았다.

공포는 무기였다. 쌀이 배급되듯 공포도 배급되었다. 공포는 연기처럼 집 안 구석구석으로 스며들었다. 스며들어 이불과 옷가지, 벽과 머리카락에 들러붙었다. 도마와 칼, 밥그릇과 숟가락, 신발, 손가락, 발가락, 콧구멍, 귓구멍, 목구멍, 들러붙을 수 있는 곳이라면 어디든 들러붙었다. 그것은 어느 순간 눈이 되었다가 어느 순간 귀가 되었다. 수천수만 개의 눈과 귀가 거리 곳곳에 건물 곳곳에, 학교에도 집에도, 깜빡깜빡 쫑긋쫑긋 벚꽃처럼 퐁퐁 터졌다.

구루빠(1973년 8월 1일)

언젠가 친구들과 싫어하는 것과 좋아하는 것의 목록을 만들던 생각이 난다. 유리짱은 좋아하는 게 더 많았고 히로미짱은 싫어하는 목록이 더 길었고 나는 싫어하는 게 별로 없고 좋아하는 것이 넘치게 많았다. 히로미짱이 말했다. '소라짱은 긍정적인 사람이야.' 유리짱은 고개를 살랑살랑 저으며 말했다. '소라짱은 시를 좋아하니까 아름다운 걸 보는 눈이 있는 거야. 모든 사람이 추하다고 해도 소라짱은 아름다운 걸 찾아내는 사람이야.' 열 살도 되지 않았던 그때, 우린 어떻게 그런 생각을 했을까. 유리짱과 히로미짱은 편지도 보내지 않는 나를 싫어하는 목록에 올려놓지는 않았을지. 유리짱과 히로미짱은, 내가 아름답지 않은 말을 하고 싶지 않아서 편지를 쓰지 못한다는 걸 이해해줄까. 나의 조국이, 좋아하는 것보다 싫어하는 게 더 많다는 얘길 하고 싶지 않은 내 마음을 이해해줄까.

나의 조국은 싫어하는 게 이루 헤아릴 수 없을 정도로 많아서 일일이 나열하기도 어렵지만, 그중에서도 소름끼치게 싫어하는 게 구루빠란다. 구루빠는 그루프(group)의 러시아식 발음이야. 우리가 학교 다닐 때 방과 후에 하던 크라브(club) 활동을 떠올리면 곤란해.

나의 조국에서 구루빠를 형성한다는 말은 아주 나쁜 거야. 아주 불순하고 불온한 거야. 내 생각을 다른 사람에게 전해서도 안 되고 다른 사람 얘기에 솔깃해서도 안 되고, 그러니까 당연히 무슨 토론 같은 건 꿈도 꾸면 안 되는 짓이야. 개인의 의견, 생각, 창의성, 그런 건 필요 없어. 당에서 결정하면 우린 하면 되는 거야.

구루빠라고 해서 꽤 숫자가 많을 거라고 생각하면 안 돼. 둘 이상은 구루빠야. 그러니까 '너와 나'도 구루빠인 셈이지.

오빠가 끌려간 이유는 패싸움 때문이었다. 오빠 또래의 아이들은 지남철과 쇳가루처럼 아무리 흩어놔도 모여들고 달라붙었는데 하필 그들은 일본에서 한창 유행하던 깡패영화 속 우상을 하나씩 가슴에 품고 있었다. 그들에게 가장 기억에 남는 장면은 거의 다 패싸움 장면이었고, 비겁하게 살아남는 사람보다는 비장하게 싸우다가 죽어가는 장면에서 늘 장엄하고 아름다운 배경음악이 흘렀다. 청소년들의 반항심은 국경이 없는 것 같았다. 원주민 청소년들까지 패거리에 하나둘 끼어들었다. 그들의 치기가 어느 정도였는지는, 양쪽 패거리 이름이 간사이파와 동경파였다는 것만으로도 짐작이 가고도 남았다.

아버지와 어머니는 터질 것 같은 가슴을 부여잡고 이리저리 뛰었다. 조금이라도 안면이 있거나 조금이라도 지위가 있는 사람이면 무조건 붙잡고 물어보고 애원하고 눈물을 흘렸다. 인민반장을 붙잡고 물어보고, 마을 보위부원을 붙잡고 물어보고, 우리의 귀국 선배 한택 아제를 붙잡고 호소했다.

끌려간 건 오빠만이 아니었다. 패싸움한 패거리들이 모조리 끌려갔고 감옥에 갇혔다. 면회는 되지 않았고 감옥에서 무슨 일이 일어나는지도 알 수 없었다. 어떤 재판이나 시시비비를 가리는 절차도 없었다. 그런데 가족들은 항의도 불평도 하지 못했다. 봐달라고 살려달라고 무릎 꿇고 싹싹 비는 것밖에 할 수 있는 게 아무것도 없었다.

인민을 위해 복무함(1973년 8월 30일)

'인민을 위해 복무함'

보위부 분주소 앞으로 오빠를 만나러 갔을 때 문 위에 걸린 푯말에는 이렇게 써 있었다.

오빠는 한 달 만에 풀려났다. 그사이에 오빠는 폭삭 늙어 있었다. 오빠는 잠시 하늘을 쳐다보더니 고개를 가누는 것조차 힘겨운지 고개를 숙이고 팔을 축 늘어뜨린 채 걷기 시작했다. 그러나 두 걸음도 내딛지 못하고 푹 고꾸라졌다. 마치 뼈가 없는 사람처럼 스르르 흘러내리듯이 주저앉았다. 아버지가 달려가서 팔을 부축했지만 웬일인지 오빠는 아버지의 손을 뿌리쳤다. 어머니의 손을 뿌리치지는 않았다.

어머니의 부축을 받아 일어선 오빠의 한쪽 팔을 내가 가만히 다가가 잡았다. 한여름인데도 손이 얼음장처럼 차가웠다.

푹푹 찌는 한여름에, 지하 감옥에서 하루 스무 시간 이상 무릎을 꿇고 앉아 있었다고 했다. 오빠는 선천적으로 무릎 꿇는 자세를 하지 못한다. 내가 무릎 꿇고 앉아 있는 걸 보기만 해도 자기 다리가 저리다면서 제발 일본인처럼 앉지 말라고 진저리를 쳤다.

"옆에 톱이 있었다면 내 다리를 잘라냈을 거야."

절반이 부러져나간 앞니를 혀끝으로 쓰다듬으며 오빠가 말했다. 조금이라도 움직이면 곤봉이 날아들고, 졸면 두 팔을 뒤로 꺾어서 천장에 매달았다고 했다.

"사람이 말이야, 로보트 같아. 어깨가 빠졌다 들어갔다 그러더라. 끼우면 들어가고 빼면 빠져."

왼쪽 귀에서는 진물이 흐르고 악취가 났다. 상처는 조금씩 아물어 갔지만 왼쪽 귀로는 아무것도 들을 수 없었다. 오빠가 조금씩 걷기 시작하고 웃을 때마다 작은 동굴처럼 까만 앞니에도 익숙해지고 오른쪽 귀에 대고 이야기하는 것에도 익숙해질 무렵, 함께 갇혔던 사람이 죽었다는 이야기가 들려왔다. 일주일 사이에 그렇게 세 명이 죽었다. 그중에는 간사이파 두목도 끼어 있었다.

그 말을 하는 오빠의 두 팔에 굵은 소금 같은 소름이 돋아나는 걸 나는 보았다. 철부지 청소년은 친구 하나를 보내고 나서야 철이 들기 시작하는 것 같았다.

나무 아래 두고 온 나(1974년 4월 19일)

저녁 벚꽃아
집이 있는 사람은
이내 돌아간다(바쇼)

꿈에서 자꾸만 나무가 보인다. 내가 태어난 후쿠오카의 니카 강둑에 서 있는 그 나무는 어디에서나 보였다. 다리를 건너 학교에 갈 때, 집으로 돌아갈 때, 울고 싶을 때나 가슴이 아프거나 먹먹할 때, 나무는 거인처럼 나를 굽어보고 있었다. 나무를 꼭 끌어안고 귀 기울이면 나무의 말이 들렸다.

'다 괜찮아, 그런 건 다 흘러간단다. 나는 500년 넘게 이 자리에 서 있었지만, 이 자리에서 꼼짝도 못하지만, 사람들은 나에게로 와서 자기들 이야기를 들려주는데, 그 이야기가 나에게로 흘러들어와 봄이 되면 새순으로 돋아나고, 그들은 다시 내게로 와서 나뭇잎과 바람과 새가 전하는 말을 듣는단다.'

그 품에 안겨 나무의 이야기를 듣고 속삭이던 소녀가 보인다. 진짜 나는 아직도 그 나무를 끌어안고 있는 것 같다.

내가 이런 말을 하면 할머니는, 이런 얼빠진 가시나를 봤나, 하고 소리칠지 모른다. 할머니 최고의 욕이 얼빠진 놈이다. 얼이 뭐냐고 했더니, 얼이 빠지면 껍데기라고, 얼이 빠지면 죽은 거나 마찬가지라고 했다. 그런데 나는 간을 빼놓고 온 토끼처럼 그 나무 아래 얼을 빼놓고 온 것 같은 생각이 자꾸만 든다. 나는 얼빠진 년이 되어서 살고 있는 것이다.

내가 일기를 쓰기 시작한 건, 그 나무와 아직도 나무를 끌어안고 있을 진짜 나에게, 껍데기의 이야기를 들려주기 위해서다.

"쓰지 마라."

오빠가 힘없이 고개를 저었다.

"그런 거 쓰면 안 돼. 글로 써놓으면 빼도 박도 못하는 거야."

까딱 잘못하면 죽을지도 몰라. 오빠는 그렇게 말하진 않았지만 오빠가 하고 싶은 말은 그 말이었을 것이다. 하지만 나는 죽지 않으려고 쓰는 것이다. 쓰다가 죽을지 몰라도, 죽은 채로 살고 싶지는 않다. 갈증으로 졸아든 냄비 바닥에 마지막까지 눌어붙어 있는 게 용기란 걸 오빠는 잊어버린 걸까.

다행히 나는 일본 말을 쓸 줄 아니까, 만에 하나 들키더라고 약간의 시간은 벌 수 있을 것이다. 스파이영화에서 본 것처럼 발각되면 저절로 소각되는 장치를 만들 수 있다면 좋을 텐데. 몹시 비장한 이 느낌…… 좋다. 내가 아주 중요한 인물이 된 것 같은 느낌이다. 마지막 순간, 주인공은 일기장을 끌어안고 죽는 거다.

하지만 내가 진짜로 원하는 건 그런 게 아니다.

나는 기억한다. 저녁 벚꽃 아래서 화자 언니가 읊조리던 하이쿠를. 하이쿠를 읊던 언니의 얼굴이 저녁 강에 떨어진 황금빛 태양을 받아 빛나고, 벚꽃 흐드러진 하얀 그늘은 세상의 지붕처럼 아늑했다. 고개를 한껏 젖혀 꽃을 바라보던 소녀. 하이쿠를 읊으며 가슴이 저미도록 슬퍼져 강물처럼 울음이 차올랐던 소녀. 나는 그 소녀를 만나고 싶다. 그 소녀를 만나러 가고 싶다. 살아서……

미오

•

노랑머리와 옥류관에서 마주치다

다음 날 아침에 일어나니까 머리는 무겁고 허리도 아프고, 거기에 다 기분까지 엉망이었어. 대체로 첫날은 녹다운이야. 한번 가려면 챙기고 준비하고 신경 쓸 일이 너무 많으니까, 평양에 가면 팍 퍼지는 거야. 전날 밤에 책이라도 좀 보다가 자려고 했는데 조명이 너무 어두워서 글씨를 읽을 수가 있어야지. 그냥 자자, 하고 누웠지만 아홉시도 안 됐는데 잠이 오겠어? 그래서 이리 뒤척 저리 뒤척 하는데, 자꾸만 화자 언니 전화가 떠오르는 거야. 좀 이상하잖아. 나한테 자기 가족 얘기를 줄줄이 하는 것도 그렇고, 그 말을 할 때 꼭 쫓기는 사람처럼 서두르는 것도 그렇고, 나에 대해서 자꾸 물어보는 것도 그렇고, 어디선가 본 사람 같기는 한데 떠오르지는 않고. 이러다가 잠이 들었으니 꿈자리가 얼마나 복잡한지, 누군지도 모르겠고 얼굴도 없는 괴상한 사람한테 쫓겨서 도망 다니고 있었는데 그러다가 갑자기 장면이 바뀌면 내가 누굴 쫓아다니고 있고……. 줄거리도 없고 내용도 없는 뒤죽

박죽 정신 사나운 꿈속을 헤매다가 잠을 깼더니 잔 것 같지도 않고, 누구한테 두들겨 맞은 것처럼 온몸이 다 아프더라고.

그게 첫날 아침이라니…… 얼마나 막막하던지. 그런데 룡해 동무가 내 기분을 풀어주더라.

"오늘은 축하 행사도 보고 평양 시민들이 공원에서 도시락 먹고 술도 마시고 장구 치면서 노는 모습을 볼 수 있을 겁네다. 우리 리미오 선생님도 즐거우실 겁네다."

로비에 내려온 나를 보고 얼른 달려와 그렇게 말하는데, 꼭 엄마한테 칭찬받으려는 아이 같은 표정이더라. 아주 의기양양하게 어깨까지 으쓱거리면서 말하는 거야. 내가 뻔한 관광이나 참배를 끔찍이도 싫어한다는 걸 알고 있거든. 룡해 동무랑도 벌써 10년이 다 돼가니까. 평양외국어대학을 나왔는데 일본어도 잘하고 러시아 말도 아주 유창해. 하지만 나는 룡해의 조선어가 더 좋아. 칼제비란 말 들어봤어? 룡해가, '칼제비 좋아하십니까?' 그랬을 때 나는 날아다니는 제비로 만든 료리인 줄 알았어. 하하……. 그런데 칼국수더라고. 룡해 어머니가 칼제비를 잘한다고, 그래서 언젠가 먹어보고 싶다고 했는데, 그런 날이 올런지. 그것 말고도 룡해가 하는 말 중에는 아름다운 조선말이 많아. 내가 조선학교 다닐 때 쓰던 말도 있는데, 까맣게 잊고 있던 말이 룡해 입에서 나오면 얼마나 반가운지. 일본 말은 명사형으로 만들어서 쓰는 게 많거든. 그런데 조선어에는 어떤 모습이나 색깔을 묘사하거나, 소리나 맛을 표현하는 말이 정말 풍부해. 그런 말을 들을 때마다 수첩에다 받아 적어. 준에게 보여준 수첩들, 그게 다 룡해와 다니면서 쓴 것들이야. 아리잠직하다는 말도 참 예쁘지? 온화하고 솔직한 사람을 이렇게 표현한대. 낱말 하나의 뜻이 이렇게 풍부하다니, 짐작도 못할 일이잖아?

이렇게 아름다운 말이나 묘사를 소설 속에서는 왜 찾기 어려운지, 아쉽기만 해. 어쨌든 책을 사면 유용한 점이 있어. 룡해와 하루 종일 함께 다녀야 하는데 나나 룡해나 하고 싶은 말을 다 할 수 없으니까, 그럴 때 말에 대한 이야기를 하면 시간이 잘 가거든.

룡해는 유머도 점점 늘고 있었어. 아침을 먹고 호텔을 나오면서 나는 돼지에게 인사하러 갔어. 평양호텔 앞에 련광정이라는 정자가 있고 그 앞에 하얀 석회로 부조를 뜬 돼지상이 있는데, 내가 제일 좋아하는 거야. 북한에 있는 수많은 동상 중에서 가장 유머를 아는 동상이라고 할까. 엉덩이를 쑥 내밀고 허리를 비틀면서 비스듬히 누워 있는데 얼마나 요염한지 볼 때마다 웃음이 터져. 그런데 돼지가 빨간 팬티를 입고 있는 거야. 내가 어머, 하고 놀라니까 룡해가 싱긋 웃으면서 농담을 하네.

"짜식, 그동안 부끄러웠나?"

"왜 갑자기? 그동안 조금도 부끄러워하지 않고 당당했는데."

"그러고 보니 정말 그렇네요. 누가 이렇게 해놨지?"

"여기 손도 깨졌어요."

"아이쿠, 아무래도 리미오 선생님이 수술을 좀 해주셔야겠습네다. 그래서 선생님 방만 바라보고 있었나 봅네다."

굉장히 긍정적인 사람이야. 하지만 내가 알 수 있는 건 거기까지. 그렇게 오래 만나도 진짜 이야기는 하지 못하니까. 저녁에 맥주 한잔 할 때면 아주 조금 속내를 비치기도 하는데 그것만으로도 큰 발전이야. 자기는 공부를 더 하고 싶었는데 이렇게 안내원이나 하고 있다고 조금 자조적으로 말하더라. 그것도 딱 거기까지만.

"안내원이 어때서요? 룡해 동무가 없었으면 내가 이렇게 오랫동안 북한에 올 수 없었을 거예요. 나에게는 룡해 동무가 있어서 너무 고마운데, 내가 너무 이기적인가요?"

그 말은 진심이었어. '딱 그 정도가 좋아요. 더 성공하려고 하지 마요.' 하는 말은 꿀꺽 삼켰어.

정말이지 룡해가 아니었으면 북한에서의 스트레스를 혼자 감당하기 어려웠을 거야. 총련 교토 지부에 있는 김규식 씨보다 훨씬 융통성이 있어. 그 사람, 내가 뭘 부탁하면 그 무엇도 단 한 번에 흔쾌히 들어준 적이 없는 사람이야. 이번에 갈 때 '원산보육원에 들를 수 있게 해주세요, 작년에 젖병을 부탁해서 보냈는데 다시 한 번 가보고 싶어요.' 그러면 그건 물어봐야 된대. 대답이 늘 똑같아. 물어봐야 한다는 건 나도 이미 알고 있는 거야. 물어봐서 일이 되도록 애써주는 거, 그 사람이 거기 앉아 있는 건 그런 일을 하기 위해서잖아. 벌써 몇 해째, 내가 어떤 후원도 없이 개인적인 차원에서 북한에 가고 있다는 걸 누구보다 잘 알고 있는 사람일 거야. 그런데 서류 접수받고 물품 접수받고 돈 계산하고, 자기에게 맡겨진 일에서 한 치만 금 밖으로 벗어나도 고개를 젓는 거야. 그저 도장이나 찍는 기계를 갖다 놓아도 될 거란 생각이 들 정도야. 일반 사회운동단체도 그 단체의 이념에 동조하는 열정적인 활동가들 때문에 굴러가는데, 하물며 총련이라면 그 어떤 단체보다 더더욱, 이상주의에 함몰되었다 해도 좋으니 열정을 보여줘야 하는 곳 아닐까? 하지만 이제는 기대를 접어버렸어. 그 사람은 활동가라기보다 그저 한 달 한 달 월급을 받아야 하는 소시민일 뿐이야. 자본주의에 포섭된 소시민. 그렇다면 룡해는 자본주의에 물들지 않아서 그렇게 여유로울 수 있는 걸까?

날씨가 정말 화창했어. 하늘은 파랗고 구름 한 점 없고, 거칠 것 없는 햇살에 눈이 부셨어. 마치 오늘부터 5월이라고 소리 높여 선언이라도 하는 것 같았어.

웃음 띤 룡해의 얼굴도 밝아 보였고, 자동차를 닦고 있는 기사의 손놀림도 가벼워 보였어. 우리는 마치 소풍이라도 가는 가족 같았어. 운전기사가 큰 소리로 아침 인사를 했어.

"오늘 5·1절이라고 날씨가 이렇게 좋네요."

"네, 이게 다 수령님이 굽어 보살펴주신 덕 아니겠어요?"

내가 농담처럼 수령님 이야기를 했는데 룡해와 운전기사가 허허 웃더라.

"아침에 욕실에서 갑자기 뜨거운 물이 나와서 깜짝 놀랐어요. 어제만 해도 안 나왔는데…."

"제가 특별히 미오 선생님 방에 뜨거운 물 좀 넣어드리라고 말해놓았습네다."

룡해가 뜨거운 물을 넣어달라고 말했을 리가 없지만 우리가 그런 정도의 말장난을 할 수 있다는 것만으로도 기뻤어.

호텔을 나서자마자 거리에는 사람들로 넘쳐났어. 어제보다 더 화려하고 더 펄럭거리는 거 같았어. 화장을 진하게 한 여성들이 색색의 한복을 펄럭거리면서 무리를 지어 인민학습 대광장 쪽으로 줄지어 가는데 공연단인 거 같았어. 각종 예술단체 공연 포스터가 여기저기 붙어 있었어. 개선문 광장이랑 대성산 유원지에서도 공연이 있어서, 가는 데마다 사람들이 넘쳐났어. 공장, 기업소, 협동농장에서도 예술 공연과 무도회를 한다고 했어. 인민문화궁전에서는 5·1절 경축연회가 있다고 했는데, 우리는 모란봉공원으로 갔어. 공원 입구에서 을밀대전망대까지 그리고 개선문 광장으로 가는 길까지 사람들이 정말 신나게 먹고 마시고 놀고 있었어. 아마 10만 명쯤? 평양 시민들이 총출동했을 거야. 가족끼리 둘러앉아 도시락을 먹고 있는데 도시락을 참 곱게도 싸갖고 나왔어. 술도 마시고 장구 치면서 노래도 불렀어. 그건 영락없이 일본에서 조선인들이 노는 풍경과 똑같아. 조고(조선학교) 다닐 때 학교에서 체육회나 소풍을 가면 어머니들이 꼭 그렇게 놀았거든. 아무리 힘들고 어렵게 살아도 그날만큼은 숯불 풍로까지 들고 와서 야키니쿠(불고기)와 호르몬구이(곱창구이)를 해 먹었고, 거기에 술이 빠질 수 없지. 술이 들어가면 춤과 노래는 자동적으로 따라나와. 분명히 학생들 체육회, 소풍이라고 따라온 건데 행사 끝날 때쯤 되면 누구 잔치인지 모르게 뒤바뀌어 있어. 그런 광경은 일본학교에서는 절대로 볼 수 없는, 너무나 조선인답고 정겨운 풍경이야. 평양도 꼭 그랬어. 줄당기기(줄다리기의 북한어) 시합을 하는데, 줄 하나 가지고도 어른이고 아이고 흥분해서 얼마나 즐거워하는지. 마치 오늘은 기를 쓰고 놀아보고야 말겠다는 결기 같은 게 서려 있다고 할까? 오늘 하루 놀아도 좋다고 허락한 날이니까, 이때다, 하고 노는 모습이었어.

지하철 락원역 앞에서는 차가 막혀서 지하도로 들어갈 수가 없었어. 아마 자동차도 총출동했나 봐.

"이래가지구서야 못 지나가갔습네다."

운전기사가 차창 밖으로 고개를 내밀고 둘러보더니 룡해 동무에게 말했어. 룡해가 얼른 밖으로 나가더니 교통 지도하는 여성 지도원을 붙잡고 실랑이하는 게 보였어. 뭔가 문제가 있는지 룡해는 자기보다 키가 작은 여성 지도원에게 애원하는 거 같았어. 다시 돌아온 룡해는 큰 소리로 불평을 털어놓았어.

"아니, 간부만 지나갈 수 있다니 말이 되오?"

불평을 늘어놓고는 있지만 어쩔 수 없다고, 나 들으라고 하는 소리 같았어.

"일본에서 오신 선생님은 못 지나가게 하고 간부만 지나가게 하다니. 하지만 날이 날인만큼 양보할 수밖에 없겠지요. 리 선생님, 아무래도 차를 어디다 세워놓고 걸어가야겠습네다."

야호! 나는 신이 나서 얼른 내렸어. 교통지옥 만세! 나쁜 일인 거 같지만 들여다보면 좋은 일, 뭐 그런 경우지. 그런데 열 걸음도 걷지 않아서 노랑머리가 눈에 띈 거야. 한국도 아니고 일본도 아니고 북한에서 노랗게 물들인 머리가 얼마나 눈에 잘 띄던지. 나는 얼른 룡해 동무 뒤로 숨었어.

"왜 그러십네까?"

"쉿! 모른 척 그냥 걸어요."

우리 옆으로 일본인 관광객들이 우르르 지나갔어. 노랑머리는 뭐라고 떠드느라 나를 보지 못하고 지나갔어.

"보기 싫은 사람이 있습네까?"

"맞아요. 보기 싫은 사람이에요."

"누군데요?"

"미운 사람."

"하하, 우리 리미오 선생님도 미운 사람이 있습네까?"

"그럼요. 없을 거 같아요?"

"리미오 선생님이 지난 10년간 한결같이 약품을 가지고 우리 공화국을 방문하는 것만 보면 알 수 있디요."

"그게 다는 아니잖아요."

"한 가지를 보면 열 가지를 안다고 하지 않습네까."

"사람 마음속이 그렇게 단순하다면 얼마나 좋겠어요."

"하하, 리미오 선생님, 심사가 복잡하십네까?"

"나도 나를 잘 모를 때가 많아요."

"하지만 나는 압니다. 리 선생님은 좋은 사람이라는 거."

"룡해 동무, 아첨하는 말도 잘하네요?"

"이런 건 아첨이 아니고, 기분 좋은 말이라고 하는 겁네다."

몇 년 전에, 아는 교수가 주선해서 북한방문 보고회를 하는 자리를 만든 적이 있었어. 주위에 아는 지인들을 부른 조촐한 자리였어. 우토로 문제로 교포 사회가 시끌시끌할 때였는데, 노랑머리가 우토로 모임에 갔다가 우리 모임 소식을 듣고 왔어. 노랑머리는 일본 사람. 소설 쓴다는 말을 들었지만 책은 한 번도 본 적이 없어. 정말로 쓰고 있는지, 그건 알 수 없어. 직장을 다니는 것도 아니고 딱히 뭘 하는 사람인지 나도 정체를 모르겠어. 그냥 사회부적응자라고 할까? 머리가 나쁜 사람은 아닌 기 같은데 사람들 시선을 전혀 의식하지 않고, 아무튼 괴짜야. 하하, 내가 너무 편견을 가지고 있나? 그런 거 있잖아. 어쩐지 그냥 마음에 안 드는…… 이유가 아주 없는 것도 아니야. 그날 내가 북한에 갔다 온 이야기를 다 하고 나서 사람들이 질문을 몇 가지 했는데, 노랑머리도 손을 들더라.

"북한에서 장애인들이 어떻게 생활하고 있습니까? 휠체어 타고 생활하는 사람 보았나요?"

일본신문에 그런 기사가 가끔 나오거든. 평양에는 장애인들이 나다니지 못하게 어디에 숨겨놓는다는 식으로 비방하는 기사들. 신문기사라는 거, 시류에 따라서 논조가 달라지잖아. 교포들을 만경봉호(북송선 이름)에 태워 보내고 싶어 할 때는 북한을 얼마나 예찬했는지 몰라. 가보지도 않고 정부에서 준 지침대로 기사를 쓰거나, 직접 갔다 와서 쓴 거라고 대대적으로 선전한 책은 북한 관리들이 보여주는 데만 보고 쓴 거였어. 코끼리 다리만 만지고 쓴 글. 나는 내가 본 것만 솔직하게 얘기했어. 나는 장애인이 어떻게 생활하는지 못 보았다. 북한이 일부러 감추고 있다고 말할 수도 없고, 다만 내가 간 곳에서는 못 보았다.

그날 이후, 북한지원사업에 자기도 뭔가 돕고 싶다고 해서 그렇다면 약품 박스에 주소라도 쓰라고 시킨 적이 있었어.

"혹시 고양이 좋아해요?"

"싫어하지는 않습니다만, 그렇다고 예쁘다고 생각하지도 않아요."

"그렇다면 밥은 줄 수 있겠네요. 내가 북한에 다녀올 동안 우리 집 고양이밥 좀 주겠어요? 이것도 북한지원사업을 돕는 길이니까."

"그런 정도라면 할 수 있습니다."

그거 한번 해준 후로 우리 집에 얼마나 자주 들락거리는지……. 우리 집이 대문을 안 잠그니까 우리가 없을 때도 수시로 와서 혼자서 텔레비전을 보고 앉아 있기도 하고 냉장고에서 과일을 꺼내 먹고 낮잠을 자고 가기도 하고 그래. 그러더니 자기도 북한에 가보고 싶다는 거야.

"저도 북한에 가고 싶은데, 총련에 말 좀 해주실래요?"

내가 총련하고 따로 밀접한 관계가 있는 것도 아니니까 직접 찾아가서 말하라고 했어. 그랬다가 일본 사람이 갈 상황이 아니라고 거절 당했나 봐. 시무룩해서 우리 집에 와서 맥주를 마시다가 총련 소식지를 뒤적거리더니 거기 사진에 있는 교수를 안다면서 찾아가보겠다는 거야. 노랑머리가 집념을 가지고 뭔가를 추진하는 건 그때 처음 본 거 같아. 어느 날 의기양양하게 들이닥치더니, 5·1절 방문단에 합류하게 됐다고 소리치는 거야. 그렇다면 나를 좀 도와달라고 부탁했어. 늘 북한 지원하는 일에 동참하고 싶다고 했으니까.

종하 씨라고, 유기농 농사를 짓는 친구가 있어. 그 친구가 벌레와 가뭄에 강한 현미 종자를 개발했는데, 그걸 꼭 원산에 가져가달라고 부탁받은 게 있었거든. 그런데 내가 허리가 안 좋잖아. 그래서 노랑머리에게 절반만 날라달라고 부탁했어. 그런데 노랑머리의 반응이 어땠는지 알아?

"그거 법률 위반 아니에요?"

어디선가, '얏바리(역시)'라는 소리가 들리는 것 같았어. 맥이 풀려서 더 말하고 싶지 않았지만 그래도 힘을 내서 설득해봤어.

"위반 좀 하면 어때요? 북한 사람들이 배불리 먹을 수 있는 첫걸음이 될지도 모르는 일이잖아요. 만약에 공항에서 걸리면 내가 현미주의자라서 내가 먹으려고 가져가는 거라고 하면 괜찮을 거예요."

하지만 법을 엄청나게 존중하고 수호하는 그의 마음은 바위처럼 끄떡도 하지 않았어.

평양 사람들 사이를 걸어서 옥류관까지 갔어. 게사니라고 알아? 고기 료리인데, 거위라고 했어. 난 고기를 별로 좋아하지 않는데 거위라니, 이상한 느낌이 들어서 조금 먹다 말았지만 랭면과 육수는 역시 최고였어. 그런데 노랑머리랑 일본 관광객들이 줄줄이 옥류관으로 들어오고 있었어. 내가 룡해에게 속삭이듯 물었어.

"미운 사람은 꼭 어디에선가 만난다는 그런 속담이 있지 않아요?"

"원수는 외나무다리에서 만난다고 해요."

"그렇다면 옥류관이 외나무다리군요."

룡해는 영문을 몰라서 눈이 동그래지고, 노랑머리는 나를 발견하고 실실 웃으면서 다가왔어.

"미오상, 여기서 만나는군요. 안 그래도 어디에 있을 텐데, 하고 가는 데마다 찾았어요."

"나를 보려고 평양까지 온 건 아니잖아요."

"평양에서 만나면 더 반갑잖아요. 저는 양각도호텔에 묵고 있는데 작은 섬 같은 곳이예요. 주변에는 으리으리한 건물도 얼마나 많은지. 하지만 이거 너무한 거 아니예요? 관광지만 따라다니고 있어요. 가고 싶은 데가 있어도 아무 데도 갈 수가 없어요."

노랑머리는 룡해가 일본어를 알아듣지 못할 거라고 생각하는지 입을 비죽이면서 불평을 털어놓았어.

"그런 거야 요즘 같은 인터넷 시대에 집에서도 다 볼 수 있잖아요."

"자유롭게 다니고 싶으면 북한에 오면 안 되었죠."

"하지만 이건 너무해요. 오리 새끼들처럼 안내원만 졸졸 따라다니고 있다고요."

"그 나라의 법이 그렇다면 어쩌겠어요? 우리 자이니치들도 일본의 법을 따르고 있잖아요."

그렇지 않아요, 준법주의자씨? 하하, 이 말은 안 했어. 눈치 없는 노랑머리도 내 말 속의 가시를 알아챘는지 말없이 고개를 꾸벅 숙이고는 일행에게로 갔어. 룡해는 눈을 찡긋거리면서 웃더라.

"일본 놈들하고 우리 조선인들하고는 절대로 좋아질 수가 없나 봅네다."

그러고는 갑자기 내 쪽으로 몸을 기울이더니 소리 죽여서 말하는 거야.

"사실 우리 공화국 사람들도 남한하고 일본하고 축구 시합할 때만은 철저히 조선민족으로 뭉칩네다."

쿡, 웃음이 터지더라. '고작 축구 할 때나 뭉치나요?'라고 말하고 싶었지만, 그게 룡해 잘못도 아니고, 그나마 축구 할 때만이라도 뭉치는 걸 장하다고 해야 할까? 룡해는 모를 거야. 일본에 살고 있는 동포들이, 북한에서 사건을 일으킬 때마다 온갖 냉대와 욕설, 심지어 협박과 린치까지 당한다는 걸.

재특회라는 말 들어봤어? 처음엔 나도 이게 뭘 줄인 말이란 생각은 못 하고 무슨 특별한 모임 이름이라고만 생각했어. 그런데 알고 봤더니 '재일본조선인의 특권을 반대하는 모임'의 줄임말이야. 도대체 재일본조선인에게 무슨 특권이 있다는 거지? 나만 모르고 있는 특권이 있나? 하하하하, 저절로 폭소가 터졌어. 폭소는 터지는데 머리는 싸늘하게 식고 온몸에 소름이 좍 돋아났어.

지금 내 국적이 조선이잖아. 이것이 나에게는 숙제야. 아버지가 남긴 숙제. 지구가 하나라며? 지구촌이라면서? 미국, 영국, 캐나다, 프랑스로 이민 가는 사람들이 얼마나 많아? 중국인 아버지와 미국인 어머니, 홍콩인 어머니와 일본인 아버지, 독일인 남자와 한국인 여자, 프랑스 여자와 한국인 남자. 결혼에 국경 같은 게 없어진 게 얼마나 오래되었어? 결혼 때문에 그리고 이민을 가면 국적을 바꾸잖아. 한국 사람들 미국 영주권 따고 시민권 따려고 원정 출산도 간다면서? 그런데 유독 조선국적은 너무나 예민한 문제인 거야.

내 어머니와 아버지가 아이를 낳을 때는 더 했겠지. 5, 60년대였으니까. 우리 부모님 꽤 인텔리잖아. 그래서 첫아이는 일본, 둘째를 낳으면 조선, 셋째를 낳으면 일본, 넷째를 낳으면 조선, 이렇게 합의했대. 우습지? 나름대로 공평한 거였지만, 그 아이의 입장에서도 그렇게 말할 수 있을까? 운명인가? 주사위를 던지듯이? 하여간 그렇게 해서 언니의 국적은 일본이 되었고 나는 조선이 되었어. 이후로는 부모님 사이가 아주 나빠지는 바람에 더 이상 아이가 태어나지 않았으니, 다행인가? 러시안룰렛게임 같은 이런 걸 우리말로 뭐라고 하지? 그래, 복불복!

그 시절 분위기를 생각해보면 언니의 인생은 순탄하게 풀리고 내 인생은 복잡하게 꼬여나가는 게 맞았을 거야. 하지만 우리는 그때 세탁기 속처럼 역사의 소용돌이에 휘말리고 있었어. 우리학교(조총련계에서 세운 재일조선인학교)도 그 소용돌이를 피해갈 수는 없었어. 우리 학교는 조선인 사회의 축소판이었거든.

70년대에 김일성 우상화가 조금씩 노골화되고 주체사상을 퍼뜨리기 시작했는데, 그건 사회주의에 어긋난다고 반대하는 사람들이 생기면서 조총련 조직 내부에서 심각한 권력투쟁이 벌어졌어. 사실 권력투쟁이라고 할 수도 없는데, 반대파들이 일방적으로 숙청당했으니까. 실종되거나 의문사를 당한 사람들까지 생기고, 살벌했어. 일본인과 결혼한 사람들은 모두 이혼하라는 교시가 북한에서 내려올 정도로 극단적인 민족주의로 몰고 갔어. 우리 아버지는 그때 어머니와 이혼하지 못하겠다고 해서 조총련에서 숙청당했는데 그래도 다행히 살아남아주었어. 그 파문이 우리학교에까지 몰아닥쳤어. 일본국적을 가지고 있거나 조선말을 잘 못하는 아이들은, 총화시간에 집중적으로 비판의 대상이 되었어. 그거, 아이들 잘못 아니잖아. 그런데 아이들을 마치 민족의 반역자들처럼 몰아붙여서, 아이들이 테러를 당하거나 집단 린치를 당하기도 하고 거기에 선생님이 가담한 경우까지 있었어.

언니도 학교에서 집단 이지메를 심하게 당하다가 일본학교로 전학했는데, 거기에서는 조선인이라고 이지메를 당하고……. 결국 언니의 선택은 가출. 하지만 지금 언니는 결혼해서 잘 살고 있어. 남편은 국적이니 이념이니 이런 거 잘 모르는, 성실하고 유머 감각 있는 일본 남자야. 할아버지 때부터 스시집을 대물림하고 있는데, 언니 남편도 거기 료리사야.

저녁 먹고 나서는 고려호텔에 가서 흑맥주를 마셨어. 내가 흑맥주를 좋아하잖아. 룡해가 흑맥주 얘길 하길래 나도 마시고 싶다고 했더니 룡해가 특별 대우라고 몇 번을 강조하면서 데려간 거야. 김정일 장군님 교시로, 유럽에서 기술자가 와서 만들었대. 1번부터 7번까지 커다란 일곱 개의 탱크에 담긴 맥주 도수가 다 다른데, 그중에서 7번이 흑맥주야. 탱크마다 한 명씩 서서 맥주를 따라주는데 정신없이 바빠. 노동자들이 하루 일 마치고 집에 가기 전에 마시고 가라고 다섯시부터 일곱시까지 딱 두 시간만 하는 곳이래. 그래서 의자도 없이 다들 서서 마시더라. 작은 컵 하나에 1.1불. 우리는 문 닫기 전에 간신히 도착해가지고 개인 방에 들어가서 마셨어. 룡해 동무가 일본에서 온 귀중한 손님이니까 딱 한 병만 달라고 했는데, 나중에 보니 세 병 마셨어. ㅎㅎ······.

소라

•

하이쿠와 유일사상체계확립의 십대 원칙

(1974년~1975년)

바쇼와 화자 언니(1974년 12월 1일)

고요함이여
바위에 스며드는
매미의 소리

사방이 적막할 때면 떠오르는 하이쿠. 얼마나 고요해야 매미 소리
가 바위에 스며들까? 일본에서는 그렇게 생각했다. 그러나 북조선에
와서는 바위가 아닌, 나의 피부로 고요함이 스며드는 걸 느낀다. 어린
영혼들마저 떠나버린 적막함.

그리고 화자 언니와 함께 갔던 절 마당이 떠오른다.

화자 언니가 또 가출했다가 돌아온 날이었다. 언니와 나는 기차를
타고 절에 갔다. 기차역에서 절 입구까지 펼쳐진 긴 가로수 길에는 자

같이 깔려 있었다. 벚꽃은 지고 하나미즈키(미국 산딸나무)가 붉은 꽃과 하얀 꽃을 피우고 있었다. 하나미즈키는 일본이 패망한 후 미군이 가져와서 심은 나무라고 했다. 절에 들어가기 전, 절 앞에 있는 100년 전통의 소바집에서 냉메밀을 먹었다. 운이 열린다는 이름의 간판을 달고 있는 소바집의 다다미가 깔린 넓은 방에는 사람들이 메밀국수 먹는 소리만 들렸다. 꼭 빗소리처럼 들렸다. 국수를 다 먹고 절에 들어가서야 오지조본(죽은 어린이들의 영혼을 위로하고 마을 어린이들을 위해 작은 축제를 열어주는 행사) 기간이란 걸 알았다. 절 마당 구석에는 빨간 목도리를 두른 꼬마 불상들이 옹기종기 모여 있었다. 오전 행사가 끝나고 모두 점심을 먹으러 갔는지 절 마당은 조용했다. 어린 영혼들만 두고 다들 어디로 갔는가.

'고요함이여 바위에 스며드는 매미의 소리.'

바쇼의 하이쿠 구절이 떠올랐지만 그걸 입 밖으로 내서 고요함을 깨고 싶지 않았다.

절 마당을 한 바퀴 돌아 연못가로 갔다. 연못에는 연잎이 넘칠 것처럼 많았다. 절정은 이미 지나 꽃잎은 다 떨어지고 연밥을 높이 치켜들고 있었다.

언니가 연못가에 있는 넓적한 바위에 앉더니 나지막이 읊조렸다.

"연꽃이 피었는데, 만장같이 피었는데……."

못 들어보던 하이쿠였다. 언니의 즉흥시인가. 어딘지 모르게 할머니 할아버지의 타령 같은 운율이 느껴졌다. 그러고 보니 시들어버린 꽃잎은 정말 만장처럼 보였다. 이모부가 한 번씩 집을 난장판으로 만들면 언니는 가출을 한다. 가출에서 돌아온 언니를 이모부는 또 때린다. 처음 가출이 어렵지 두 번째 세 번째는 아무것도 아니라고 언니는 말한다. 그리고 이번 가출은 좀 길었다.

"교토까지 갔다 왔어. 교토에서도 오쓰[大津]라는 데까지 갔는데 바다처럼 큰 호수가 있었어. 호수에는 흰 뱀과 인간 남자가 연애를 했다는, 이루어지지 않은 사랑에 대한 전설이 있어. 보름달이 뜨는 밤이면 남자를 잊지 못하는 흰 뱀의 휘파람 소리가 들린다고 해. 흰 뱀의 휘파람 소리는 어떤 소리일까?"

언니는 핸드백에서 바쇼의 시집을 꺼내서 읽었다.

"'산길 넘어가다가 무엇일까 그윽해라 조그만 제비꽃'."

시집을 덮은 언니는 꿈꾸는 눈빛이 되어서 말했다.

"오쓰는 에도시대 때부터 교토에서 에도로 넘어가던 사람들이 지나다니던 길이야. 이 고개를 넘어야 사랑하는 사람에게 갈 수 있는데 가지도 오지도 못하는 그런 이야기를 적어놓은 시비가 길목에 아직도 서 있어. 마쓰오 바쇼도 그 길을 걸어갔을 거야. 「제비꽃」은 오쓰를 지나면서 지은 하이쿠라고 해."

"바쇼랑 같이 다닌 문하생이 누군지 알아?"

내가 대뜸 묻자 언니가 눈을 동그랗게 뜨고 나를 쳐다보았다.

"소라."

"그래, 맞아, 소라. 그런데 그걸 어떻게 알았어?"

"나도 그 정도는 안다고."

"너하고 이름이 같구나."

"그걸 알고 나서 바쇼가 더 좋아졌어."

"난 지금껏 그 생각도 못 했네."

"언니, 다음엔 나도 데려가면 안 돼?"

"넌 아직 어리잖아."

"언니는 내가 어리다고 생각해?"

"하하, 그건 절대 아니지. 나하고 제일 말이 잘 통하는 게 넌데……. 하지만 네가 조금만 더 크면 그땐 가출이 아니고 정식으로 여행을 떠나자. 바쇼의 방랑길을 따라서."

"정말이지?"

"그러자. 그게 뭐가 어렵겠어?"

"약속한 거다."

겨울이 되면, 그곳에는 눈이 정말 많이 온다고 했다. 연꽃 가득 핀 연못에 겨울이 오면 폭설이 내린다고 했다. 연꽃잎 떨어지고 대궁만 남은 곳에 눈 쌓이는 걸 보여주겠다고 화자 언니는 새끼손가락을 걸고 약속했다. 여기저기 접힌 바쇼의 시집은 우리 약속을 기념하며 내게 주었다. 내가 소학교에 입학하던 해 겨울이었다.

불꽃 위에 내리는 눈(1974년 12월 12일)

불꽃 위에 자꾸만 눈이 내리네.
돈도야키여, 불꽃 위에 자꾸만 눈이 내리네.
돈도야키여, 불꽃 위에 자꾸만 눈이 내리네.(잇사)

여름이면 연꽃이 피던 연못에, 연꽃은 지고 대궁만 삐죽삐죽 하늘 향해 손 내밀고 있는 그곳에 눈은 내리는가.

'돈도야키여, 불꽃 위에 자꾸만 눈이 내리네.'

화자 언니는 오쓰에 내리는 눈을 보았을까. 오쓰에 내리는 눈을 보러 갈 날을 기다리는 나를 잊지 않았을까. 나와의 약속을 기억할까.

눈이 내렸다. 오후 수업을 두 시간만 하고 산으로 나무하러 가는 날이 계속되고 있다. 교실에 땔감을 쌓아둬야 하는 것이다. 아이들이 여기저기 흩어져 나뭇가지를 모으고 있었다. 그러나 아래쪽은 이미 깨끗이 훑어버려서 잔가지 하나 남아 있지 않다. 매일 더 깊은 곳으로 들어가야 한다. 더 깊은 곳으로 들어가다 보니 어느새 혼자가 되었다. 나뭇가지 몇 개를 주워 드는데 차가운 혓바닥이 뜨거운 볼을 쓰윽 핥는 것 같았다. 눈송이였다. 눈송이는 차가운데 얼굴은 점점 뜨겁게 달아올랐다. 고개를 젖히고 눈송이 떨어지는 하늘을 올려다보고 있으려니 현기증이 났다. 하늘로 빨려 올라가는 기분이었다.

"설날이면 대문 앞에 소나무를 세우거나 금줄 같은 걸 걸어놓는데, 정월 보름날 이것들을 모아서 태우는 행사를 돈도야키라고 해. 이때 불길이 얼마나 기세 좋게 타오르는가를 보고 1년 농사의 길흉을 점치는 거야. 이 불꽃 위로 눈이 내리는 거야."

언니가 해주던 말이, 곁에서 속삭이듯 생생하게 떠올랐다. 언니와 여기저기 다니면서 하이쿠에 대해 나누던 이야기는 시간이 흐를수록 더욱 선명해졌다. 그러나 하이쿠는 민족의 원수인 일본의 시. 그걸 좋아하는 나는 친일파인가?

"누구랑 얘기하는 거냐?"

깜짝 놀라서 돌아보니 사내아이가 서 있다.

"너 그렇게 앉아서 하염없이 하늘만 보고 있으면 나무는 언제 주우려고 그래?"

사내아이는 품 안에 나뭇가지를 잔뜩 끌어안고 있다.

나는 아무 말도 하지 않고 일어섰다.

어느새 산길에는 눈이 하얗게 덮여서 아무것도 보이지 않는다. 사내아이는 한발 앞서서 산을 내려가기 시작했다. 나도 그 뒤를 따라 내려가며 주위를 살폈지만 더 이상 나무는 보이지 않았다.

앞서가던 사내아이가 돌아서며 말했다.

"넌 내가 누군지 아니?"

나는 그 아이를 물끄러미 바라보았다.

"넌 언제나 땅바닥만 보고 다니더라. 학교 갈 때마다 제일 앞에서 우리 분단을 인솔하는 게 난데, 넌 그것도 몰랐지?"

같은 마을에 사는 아이인가? 김책으로 온 지 2년이 넘었는데도 나는 단짝 하나 없다. 따돌림은 너무나 익숙한 것. 조금도 새롭지 않다. 조센징에서 귀포(북송선을 타고 귀국한 동포들을 북한에서는 귀포 또는 째포라고 불렀다)가 되었을 뿐. 낯선 곳에서 익숙한 것을 발견했으니 다행이라고 해야 할까.

히로미짱은 어렸을 때부터 같이 놀던 친구였지만 학교에 입학한 후 나와 어울리는 것 때문에 다른 아이들한테 따돌림당한 걸 나는 알고 있었다. 그래도 히로미짱은 나를 따돌리지 않은 유일한 일본인 친구였다. 김책에 히로미짱 같은 아이는 아직 없었다. 나는 가만있어도 구별되었고, 말을 하면 더욱 구별되었다. 호기심 어린 시선은 나의 시선을 떨구었다. 나는 땅에 뭐가 떨어지기라도 한 것처럼 땅만 보고 다닌다. 그러다 보니 땅에 볼 만한 게 정말 많다는 걸 알게 되었다. 민들레, 질경이, 소루쟁이, 사라구(씀바귀), 양지꽃, 냉이꽃, 고들빼기……. 잘 만하면 그날 나물거리를 한 소쿠리도 넘게 캘 수 있었다.

사내아이는 스스럼없이 내게 말을 걸었다.

"일본에서도 교실에서 나무를 때니?"

"아니, 석탄을 땠어."

"뭐? 그럼 석탄을 캐와야 되는 거야?"

"그걸 우리 같은 애들이 어떻게 캐니?"

"그럼 어드러케 하니?"

"몰라. 바케쓰를 가져가면 소사 아저씨가 삽으로 퍼줬어."

"야, 그럼 소사 아저씨가 석탄 캐는 사람이로구나."

"소사 아저씨는 그냥 소사 아저씬데?"

"소사 아저씨는 그냥 소사 아저씨라고? 알았어."

"뭘 알았던 기야?"

"이젠 내려가야 돼. 눈이 더 내리면 큰일이야."

나는 사내아이가 엉덩이로 미끄러진 길을 뒤따라서 산길을 내려갔다.

나뭇단 검사를 받으러 선생님 앞으로 나갈 때 누가 뒤통수를 때리는 것처럼 정신이 번쩍 들었다. 다른 아이들은 내가 해온 나무보다 두세 배는 많았다. 내 팔에 있는 나무는 정말이지 눈에 확 띌 만큼 적은 양이었다. 팔이 부들부들 떨렸다. 나는 들고 있는 나뭇가지가 부끄러워 고개가 자꾸만 내려갔고 그럴수록 나뭇가지는 더 적어지는 것 같았다. 나뭇가지가 내 가슴을 콕콕 찌르는 듯했다. 청진항에서 짐 검사를 받을 때가 떠올랐다. 손바닥에서 땀이 배어나왔다. 선생님 얼굴을 쳐다볼 수가 없었다.

내 차례가 다가왔다. 나뭇가지가 자기들끼리 떨면서 부딪쳤다. 나뭇가지를 내려놓는데, 뒤에서 사내아이 목소리가 들렸다.

"선생님, 여기 위에 건 소라 겁니다. 눈에 미끄러져서 제가 좀 들어준 겁니다."

그 말을 듣는 순간, 심장을 찌르는 듯한 아픔이 느껴졌다. 사내아이가 내 앞으로 나가 나뭇가지를 내려놓았다. 부끄러운 나뭇가지를 굵고 단단한 나뭇가지가 덮었다. 둘러서 있던 아이들이 야유하는 소리가 들렸다.

"담덕이, 니가 한 건 아니다, 이 말이네?"

빙글빙글 웃는 선생님의 말투는 놀리는 것처럼 가벼웠다.

"네, 들어준 겁니다. 눈이 많이 쌓여서……."

"하하, 도와준 거라면 그렇게 변명하지 않아도 된다."

선생님이 사내아이의 뒤통수를 퉁, 때렸다. 퉁, 아니고 퉁, 가볍게 퉁. 사내아이가 헤헤, 웃으며 머리를 긁적였고 선생님도 웃었다. 아이들의 야유도 그런 것이었나. 나는 아직 사람들의 말이 풍기는 분위기를 파악하지 못한다. 어떤 것이 농담이고, 야유이고, 비판이고, 칭찬인지, 그것을 판단하는 게 쉽지 않다. 사내아이가 돌아서고 뒤의 아이가 나설 때야 나도 쭈뼛거리며 자리로 돌아왔다.

담덕이라고 했나. 그게 네 이름이구나.

그런데 그게 끝이 아니었다. 수업이 끝나고 총화시간, 분단장이 일어나 나의 문제를 지적하고 나섰다.

"당의 유일사상체계확립의 십대 원칙, 제3조 5항에는 조직생활은 사상단련의 용광로이며 생명적 교양의 학교입니다. 누구나 다 강한 조직생활을 통하여 혁명화하여야 됩니다. 그런데 오늘 백소라 동무는 자신이 마땅히 해야 할 과업을 여성이라는 핑계를 대며 남성 동무에게 의지하는 나약한 혁명성을 드러내었습니다. 이는 마땅히 비판받아야 할 일이라고 생각합니다."

개인생활과 조직생활, 성적, 방과 후 과업, 일거수일투족이 다 점수로 매겨진다. 도 단위, 전국 단위로 경쟁을 하고 거기에서 모범분단에 선정이 되면 모범분단 깃발이 내려오고, 아이들은 휘장을 가슴에 다는데 그것이 크나큰 영예였다. 분단장에게는 더욱 큰 영예가 돌아갈 것이다. 그것은 생활기록부에 남아 중학교에 갈 때도 나중에 대학에 갈 때도 가산점을 받는다고 한다.

나에 대한 비판이 줄을 이었다. 나의 나약한 혁명성 때문에 자신들의 혁명성이 평가절하되는 것에 분노하고 있었다.

"백소라 동무는 평소에도 분단 과업에 충실하지 않았습니다."

"백소라 동무는 분단의 일원으로서 성실하지 않았습니다."

"백소라 동무는 모든 일에 소극적입니다."

"말도 잘하지 않습니다."

"우리 분단원들을 무시하는 태도입니다."

대부분 우리 분단원들이었다. 그동안 꾹 참고 있었나 보다.

"좋다. 백소라는 지금까지 분단원들의 비판을 받았으니 자아비판을 하라."

선생님의 얼굴은 아까와는 완전히 딴판이다.

"선생님."

손을 든 건 담덕이었다. 나는 그 아이가 무슨 이야기를 하기 전에 벌떡 일어났다. 그리고 교단으로 걸어 나갔다. 나는 더 이상 그 아이가 나를 대변해주는 걸 원치 않았다. 절대로 눈물을 보이지 않겠다는 생각으로 이를 악물었다. 정작 무슨 말을 할 것인지 머릿속이 하얬다. 나는 교단에 서서 반 아이들을 둘러보았다. 처음으로 아이들 얼굴을 보는 것 같았다. 아이들의 얼굴에 호기심이 보글보글 끓어 넘치고 있었다. 연필 한 자루, 손수건 한 장에서도 나는 아이들의 시선을 느끼고 있었다. 아이들처럼 해보려고 해도 절대로 똑같아지지 않는 게 있었다. 어느 순간, 포기해버리고 나만의 고치 속으로 숨어들었다. 말이 무서웠다. 입만 열면 내가 마귀처럼 변해버릴 것 같았다. 난, 너희들과 달라, 라고 말하는 괴물이 내 입에서 튀어나올 것 같았다.

그런데 좀 당황했다. 단상에서 내려다본 아이들 얼굴은 내가 생각하던 얼굴이 아니었다. 아이들이 너무 어리게만 보였다. 아니면 내가 갑자기 어른이라도 됐나? 아이들 얼굴은 천진하기까지 하다. 아이들의 호기심은 너무나 순수하다. 마치 다른 세상의 이야기를 전해주러 온 이야기 할머니라도 바라보는 표정이다. 나는 조심스럽게 입을 떼었다.

"불꽃 위에 눈이 내립니다. 설날이면 대문 앞에 소나무를 세우거나 금줄 같은 걸 걸어놓는데, 정월 보름날이 되면 이걸 모아서 태웁니다. 이때 불길이 활활 잘 타오르면 그해 농사는 풍년이 든다고 합니다. 그 불꽃 위에 눈이 내립니다. 나무를 하고 있는데 눈이 내리기 시작했습니다. 경사가 급한 산을 오르느라 내 볼은 뜨거워졌는데, 뜨거운 볼에 차가운 눈이 닿았습니다. 그때 이 시가 떠올랐습니다. 눈을 바라보며 시를 음미했습니다. 그러다가 나무를 하는 데 소홀했습니다. 깊이 반성합니다. 다음에는 시보다는 나무를 하는 데 더 열중하겠습니다. 미안합니다."

나는 허리를 굽혀 인사를 하고 교단을 내려갔다. 나는 또박또박 천천히 말했지만, 어쩔 수 없이 나의 말투에는 일본어 억양이 고스란히 묻어나왔다. 다른 아이들이 총화를 지을 때의 말투를 나는 흉내도 낼 수 없었다. 나는 그게 가장 큰 걱정이었지만 내가 그렇게 길게 말하는 걸 처음 들어본 아이들은 내 어눌한 말투를 무슨 음악처럼 듣는 표정이었다.

내가 자리로 돌아올 때까지 교실은 조용했다. 선생님이 흠흠, 헛기침을 하며 말했다.

"좋다. 백소라는 자기가 뭘 잘못했는지 분명히 알고 있고, 다시는 그런 일이 생기지 않게 하겠다고 우리에게 약속했다. 앞으로 다시는 이런 일이 없도록!"

"선생님"

다시 분단장이 손을 번쩍 들고 자리에서 일어났다.

"선생님, 백소라 동무가 이번 일에 대해서는 자아비판을 했는지 모르겠습니다만, 자아비판하는 태도가 잘못됐다고 생각합니다. 백소라 동무가 우리 공화국에 온 지 2년이 넘었습니다. 그런데 자아비판을 어떻게 해야 하는지조차 아직 모르고 있습니다. 과연 당의 유일사상 체계확립의 십대 원칙을 제대로 외우고, 위대한 수령님의 혁명 력사에 대해서 제대로 암기하고 있는지 검사해야 한다고 생각합니다. 처음엔 우리말을 잘 모른다고 봐줬지만 이제 더 이상 봐주는 건 백소라 동무에게도 도움이 되지 않는다고 생각합니다."

아이들이 하나둘 고개를 끄덕거리더니 박수가 터져 나왔다. 선생님도 흐뭇하게 웃으면서 박수를 쳤다.

"역시 마현실은 훌륭한 분단장이다. 선생님이 미처 생각하지 못한 걸 지적해주어서 고맙다."

나에게 2주일의 시간이 주어졌다. 선생님이 처음에 한 달의 말미를 주었지만 시간을 너무 많이 주면 오히려 느슨해진다는 분단장의 야멸찬 지적에 따라 2주일로 싹둑 잘렸다. 선생님은 분단장의 지적에 대해 열렬히 동감을 표시하면서, 한꺼번에 하려면 힘들 것이므로 매일 하교 전에 검사를 받는 게 좋겠다고 덧붙였다.

"그리고 마현실 동무가 분단장이니 백소라 동무를 도와주도록 한다."

어떤 말들은 절대로 입 밖으로 나오지 않는다. 아무리 밀어내려고 해도 나오지 않는 말이 있다. 이해할 수 없는 말, 인정할 수 없는 말, 복종할 수 없는 말, 상상할 수 없는 말, 추한 말, 역겨운 말, 강요하는 말, 네모난 말, 딱딱한 말, 날카로운 말, 이런 말들은 마음으로 들어오지 않는다. 마음으로 들어오지 않는 말은 소화되지 않는다. 소화되지 않은 말은 혀가 거부한다. 혀가 거부하는 말은 발음되지 않는다. 발음되지 않는 말은 입 밖으로 나오지 않는다.

혀가 굳어갔다.

분단장의 혀가 노련하게 돌아갈수록 나의 혀는 각목을 물고 있는 것처럼 굳어갔다. 제1조를 간신히 끝냈을 때 나의 혀는 더 이상 움직이기를 거부했다. 마현실이 너무도 기가 막히고 한심하다는 표정으로 나를 쳐다보더니 자기가 하는 걸 보라는 듯 제2조를 외우기 시작한다.

　"당 유일사상체계확립의 십대 원칙 제2조. 위대한 수령 김일성 동지를 충성으로 높이 우러러 모셔야 한다. 위대한 수령 김일성 동지를 높이 우러러 모시는 것은 수령님께 끝없이 충직한 혁명 전사들의 가장 숭고한 의무이며 수령님을 높이 우러러 모시는 여기에 우리 조국의 끝없는 영예와 우리 인민의 영원한 행복이 있다.

　제1절, 혁명의 영재이시며 민족의 태양이시며 전설적 영웅이신 위대한 김일성 동지를 수령으로 모시고 있는 것을 최대의 행복, 최고의 영예로 여기고 수령님을 끝없이 존경하고 흠모하며 영원히 높이 우러러 모셔야 한다.

　제2절, 한순간을 살아도 오직 수령님을 위하여 살고 수령님을 위하여서는 청춘도 생명도 기꺼이 바치며 어떤 역경 속에서도 수령님에 대한 충성의 한마음을 변함없이 간직하여야 한다.

　제3절, 위대한 수령 김일성 동지께서 가리키시는 길은 곧 승리와 영광의 길이라는 것을 굳게 믿고 수령님께 모든 운명을 전적으로 의탁하며 수령님의 령도 따라 나아가는 길에서는 못해낼 일이 없다는 철석같은 몸과 마음을 다 바쳐야 한다."

　마현실은 토씨 하나 틀리지 않는다. 마치 타자기처럼 입에서 종이가 줄줄 흘러나오는 것 같다. '어때?' 하는 표정으로 마현실이 두 팔을 허리에 착 걸치며 쏘아붙인다.

"정말로 발음이 안 되는 거네?"

나는 고개를 끄덕인다.

"너만 일본에서 살다 왔네? 다른 귀포들은 다들 잘만 외우고 있다. 그런데 왜 너만 안 되는 거네?"

마현실이 나를 닦달할수록 나는 할 말이 더 없어진다. 그러면 마현실은 더욱 화를 낸다.

"너, 지금 나를 무시하는 거네? 아마 나이가 같다고 니가 나를 무시하는 거 같은데, 선배한테 데려가주련? 그때는 내가 그리울 건데? 그걸 바라네?"

나는 고개를 흔든다. 마현실이 피식 웃는다.

"그래? 그렇다면 나를 선배라고 부르라. 그런다면 선배한테 인계하지 않갔어. 어드레?"

마현실이 한쪽 입술을 삐죽거리며 묻는다. 나는 고개를 끄덕인다.

"흥! 좋아. 그렇다면 내 명령에 철저히 복종하갔네?"

나는 고개를 끄덕인다.

"대답을 하라. 네!"

"네."

"더 크게."

"네!"

"좋아."

마현실은 흡족하게 웃는다. 마현실은 발음부터 교정해야겠다면서 교실을 두리번거리다가 장작이 쌓인 곳에서 나뭇가지 하나를 골라서 뚝 끊는다.

"이거 물으라."

마현실은 나에게 나무를 물게 하고는 가, 나, 다, 라를 따라 하게 시킨다. 가나다라, 가나다라, 가나다라, 좋아, 마바사, 마바사, 마바사, 다음, 아자차, 아자차, 아자차……

그날부터 우리의 수업은 체계적으로 진행된다. 나무를 물고 발음 교정하는 것을 날마다 하면서, 당 유일사상체계확립의 십대 원칙을 하루에 한 장씩 외운다. 날마다 새로운 규칙도 늘어간다. 발음이 틀릴 때마다 입에 무는 나무 막대기가 커진다. 낱말 하나가 틀리면 나무 막대기로 손바닥을 한 대씩 맞기로 한다. 손바닥이 시뻘겋게 부어오르자 엎드려뻗친 자세로 엉덩이를 맞기로 한다.

입술이 부어오르고, 혀가 단단해지고, 발음은 네모반듯해진다. 한 번씩 맞을 때마다 당 유일사상체계확립의 십대 원칙이 우뚝우뚝 확립되어간다. 마현실은 나를 조련하는 재미에 푹 빠져든다. 조금씩 달라지는 내 모습에 성취감을 느끼고 더욱 열성을 낸다. 암기의 여왕 마현실은 그 비법에는 왕도가 따로 없다고 말한다. 앉으나 서나, 밥 먹을 때나 똥 눌 때나, 잘 때 꿈속에서도 외우고 또 외우는 것만이 비법이라고 가르쳐준다. 오직 외우고 말겠다는 일심, 집념으로 그 자리에 다른 잡념이 끼어들지 못하도록 오로지 한마음으로 붙들고 늘어져야 한다고 말한다.

그러나 나는, 그럴 마음이 없다. 나의 마음은 조금도 움직이지 않는다. 완강하게 버틴다. 다만 혀가 단련되고 있을 뿐이다. 혀가 꼬이고 굳어버릴 것처럼 딱딱하고 역겨운 말에 적응되자, 결코 외울 수 없을 것 같던, 엄청나게 많아 보이던 십대 원칙의 내용이, 실은 같은 말이 계속 반복된다는 게 눈에 들어왔다. 끝까지 우러르고 선전하고 절대화하고 체득하고 투쟁하고 보위하고 고수하고 관철하고 극복하고 강화하고 배격하고 보답하고 개조하고 수행하고 끝없이 사수하고, 목숨으로 사수한다. 결국 비슷한 말의 반복이었다. 나는 끝까지 우러르고 선전하고 절대화하고 체득하고 투쟁하고 보위하고 고수하고 관철하고 극복하고 강화하고 배격하고 보답하고 개조하고 수행하고 끝없이 사수하고, 목숨으로 사수할 마음이 없다. 다만 암기한다. 앵무새처럼 외운다.

2주일의 기한이 끝나는 날, 나는 당의 유일사상체계확립의 십대 원칙을 끝까지, 토씨 하나 틀리지 않고 외웠다. 마현실의 과업은 훌륭하게 달성되었다. 마현실은 나를 조련했고 나는 조련되었다.

그러나 마현실의 얼굴은 싸늘하다. 마치 나를 조련하는 예술가처럼 흥분하던 모습은 찾아볼 수 없다. 마현실이 한참 동안 나를 바라보다가 이윽고 말을 한다.

"잘했다, 이러고 내가 박수라도 칠 줄 알았겠지?"

나는 마현실이 무슨 말을 할지 몰라 당황한다.

"너는 내 머리 꼭대기에 있다고 생각할지 모르지만, 나는 그런 니 생각까지도 다 읽고 있어. 위대한 김일성 수령 동지는 태양이시다. 이 말을 할 때 너는 김일성 수령 동지가 위대하다는 것을, 그리고 태양이시다는 말을, 마음 깊은 곳으로부터 받아들이고 있지 않아. 내가 그걸 모를 거 같네?"

나는 놀란다. 놀란 표정을 드러내지 않으려고 무진 애를 쓴다. 그러나 그다음 말이 나를 더욱 놀라게 했다.

"네 말에서는 조금도 온기가 느껴지지 않아. 말에는 그 사람의 마음이 고스란히 담긴다는 거 모르네?"

다음 날 수업이 끝난 교실에서 마현실과 나는 담임에게 나의 과업을 검사받았다. 담임은 몹시 흡족한 표정으로 마현실과 나를 격려하며 다음 날 총화시간에 우리 이야기를 하겠다고 했다.

교실 밖으로 나오니 또 눈이 내리고 있었다. 나는 마현실에게 포장지로 싼 조그만 선물을 내밀었다.

"뭐네?"

"마음의 선물이야."

포장지 안에는 손수건이 들어 있었다. 나는 마현실이 내 말에서 마음의 온기가 느껴지지 않는다고 말했을 때 이상한 감동을 받았다. 그리고 '말에는 그 사람의 마음이 고스란히 담긴다는 거 모르네?'라고 했을 때 마현실이 좋아졌다. 단짝이 될 수는 없겠지만, 마음의 선물은 주고 싶었다.

새는 울고 물고기 눈에는 눈물*(1975년 1월 6일)

교실에는 우리가 개미처럼 끌어 모은 장작이 아직 남아 있는데 겨울방학이 되었고 집에는 자주 장작이 떨어진다. 아버지와 오빠가, 그리고 나와 어머니까지 나서서 틈날 때마다 나무를 해와도 아궁이에서 재로 변해가는 속도를 따라잡을 수가 없다. 마을과 가까운 산에는

* 바쇼의 하이쿠 「가는 봄이여, 새는 울고 물고기 눈에는 눈물」 중.

나무가 더 이상 남아 있지 않다. 나무 한 짐을 하려면 두 시간 이상 깊은 산으로 들어가야 한다. 어머니와 나는 그렇게 멀리 갈 수 없다. 가까운 산에서 주워오는 것들은 마치 지푸라기처럼 화르르 타버린다. 꽁꽁 언 손발이 녹기도 전에 타버리는 잔가지들을 주우러 가야 하는지 망설여진다. 빨갛게 타오르는 불꽃이 야속해진다. 야속한 불꽃은 따뜻하지 않고 차갑다. 불 속으로 손을 넣어도 따뜻할 것 같지 않다. 교실에 쟁여둔 장작이 자꾸만 아른거린다.

기온은 영하 20도까지 떨어진다. 그런 날은 별도 얼고 바람도 얼어붙는다. 옷을 다 껴입어도 입김이 나온다. 장작 한 개도 못 때는 날도 있다. 그런 날은 잠이 오지 않는다. 잠도 오지 않는데 배까지 고프다. 나무를 때지 못하면 밥도 할 수 없다. 어머니는 그런 날에 대비해서 불이 있을 때 옥수수를 미리 삶아놓는다. 옥수수 알갱이가 내 이빨보다 단단하다. 그런 날은 집보다 바깥이 더 낫다. 해가 비치는 담벼락에 기대서 있는다. 해가 비치는 곳을 따라 움직인다. 해를 따라 움직이다 보면, 민족의 태양이시며 전설적 영웅이신 위대한 김일성 동지를 수령으로 모시고 있는 것을 최대의 행복, 최고의 영예로 여기고 수령님을 끝없이 존경하고 흠모하며 영원히 높이 우러러 모셔야 한다는 말이 뇌수에 새겨지는 것 같다.

꽁꽁 얼어붙은 하늘이 풀리면 눈이 내린다. 눈이 내리면 포근해진다. 날이 포근해져서 눈이 내리는 건지, 눈이 내려서 포근해지는 건지 몰라도 눈 내리는 날은 뭔가 풍성해지는 기분이다. 솜이불이 내려오는 것 같고, 하얀 쌀밥이 내려오는 것 같아서 따뜻하고 배부르다. 눈은 밤이 되어도 그치지 않았다. 눈 쌓이는 소리가 들렸다. 밤하늘에 얼어붙어 있던 별들이 떨어져 쌓이는 것 같았다. 불꽃 위에 자꾸만 눈이 내렸네. 나도 모르게 자꾸만 그 구절이 떠올랐다. 불꽃 위에 자꾸만 눈이 내렸네. 몸이 뜨거워지는 것 같았다.

아침에, 눈이 부셔서 눈을 떴다. 방 안이 훤했다. 이상한 열기가, 빛의 열기가 방 안에 가득했다. 어머니가 소리쳤다.

"문이 열리지 않아요."

아버지와 오빠가 문을 밀었지만, 꿈쩍도 하지 않았다. 창문을 열어보니 위로 한 뼘 정도의 하늘을 남겨놓고 하얀 벽으로 가로막혀 있었다. 하얀색과 파란색을 칠해놓은 것 같았다.

오빠가 창문으로 넘어갔다. 쌓인 눈 위로 헤엄을 치듯이 기어서 갔다. 아버지도 삽을 들고 눈 속에서 헤엄을 쳤다. 한참 동안 삽질 소리가 난 후에야 문이 열렸다. 간신히 문만 열렸을 뿐 거대한 눈의 성벽에 갇혀 있었다. 오빠가 온통 눈을 뒤집어쓴 채 말했다.

"뭐하러 눈을 치웠나 모르겠네요. 어디 갈 데도 없고 갈 수도 없는데…… 배만 고프네요."

그러나 아버지와 오빠는 곧 마을 길을 치우기 위해 불려나갔다. 점심때가 다 되어서야 돌아온 아버지와 오빠는 걸음도 제대로 걷지 못했다. 몇 시간 새, 아버지와 오빠의 눈이 쑥 들어가 있었다. 어머니가 희멀건 강냉이죽을 가져왔다. 죽 한 그릇을 싹싹 비운 아버지와 오빠는 눈 녹듯이 스르르 이불 속으로 기어들어가더니 조용히 잠들었다.

찬란한 슬픔의 맛(1975년 1월 7일)

아침에 담덕이 나를 찾아왔다. 아버지와 오빠는 겨울잠이라도 자듯이 숨도 크게 쉬지 않고 자고 있었고, 어머니는 이불을 뒤집어쓴 채 바느질을 하고 있었고, 나는 책을 읽던 중이었다.

"너한테 보여줄게 있어서……."

"뭔데?"

"따라와보면 알아."

"지금?"

"응."

내가 방과 후에 마현실과 당의 유일사상체계확립의 원칙을 외우던 2주일 내내 담덕은 나의 하교 길을 지켜주었다. 처음 교문 앞에 서 있는 담덕을 발견했을 때, 마음 한구석에 와락 반가운 마음이 일었다. 그러나 그걸 어떻게 표현해야 할지 알 수 없었다. 담덕은 나를 바라보고 있었고, 나는 담덕을 그냥 지나쳐 걸었다. 마음은 그게 아닌데, 걸음이 멈춰지지 않았다. 담덕이 서너 걸음 뒤에서 걸어오는 소리가 들렸다.

한참을 걸은 뒤 담덕의 발걸음이 빨라지더니 내 옆에서 걸었다. 담덕이 말했다.

"미안해. 나 때문에……."

나는 걸음을 멈추고 물었다.

"왜 미안하다는 거야? 너는 나를 도와주었잖아."

"그게 너를 더 힘들게 할 줄은 나도 몰랐어."

"괜찮아. 그건 네 탓이 아니야."

담덕은 다음 날도, 그리고 그다음 날도 교문 앞에서 나를 기다렸다.

교문을 나설 때가 되면 나는 녹초가 되어 있었고 혀가 빳빳하게 굳어서 아무 말도 할 수 없을 지경이었지만 나를 기다려주는 담덕을 보면 이상하게 기운이 났다. 또또 같았다. 후쿠오카에 살 때 키우던 강아지 또또도 학교 앞에서 나를 기다리곤 했었다.

담덕과 나는 하얗고 좁다란 통로를 따라 걸었다. 눈으로 담을 쌓아놓은 것 같은 좁다란 길이 집과 집으로 연결되어 있었다. 아주 높은 사다리나 키 큰 나무 위에 올라가서 내려다볼 수 있다면, 하얀 길이 핏줄처럼 이어져 있는 걸 볼 수 있을 것 같았다.

담덕은 마을이 끝나는 막다른 곳까지 가더니 왼쪽으로 꺾어 돌았다. 열 걸음쯤 더 걸어가던 담덕이 갑자기 쪼그려 앉더니 나를 바라보았다. 담덕이 쪼그려 앉은 곳에는 딱 앉은키 높이의 굴이 뚫려 있었다.

"이게 뭐야?"

"내가 뚫었어."

"그래? 얼마나?"

"하여간 들어와봐."

담덕은 씩 웃더니 네발짐승처럼 기어서 굴로 들어갔다. 나도 담덕을 따라서 들어갔다. 굴은 똑바로 10미터쯤 이어지다가 왼쪽으로 꺾였다. 다시 10미터쯤 가자 이번에는 오른쪽으로 꺾였다. 그리고 거기에서 조금 더 가자 서너 사람이 앉을 수 있을 정도로 넓은, 소인국의 광장이라고 할 만한 동그란 공간이 있었다. 앉으면 머리가 위에 살짝 닿았다.

"이걸 너 혼자서 한 거야?"

"어때?"

"멋지다. 어떻게 이런 생각을 한 거야?"

"내가 어릴 때도 이렇게 눈이 많이 왔었어. 그때 아버지랑 둘이서 이렇게 굴을 파고 놀았던 적이 있어."

"멋진 아버지네."

담덕은 옷 속에서 뭔가를 꺼냈다. 가느다란 막대기 같은 것이 헝겊에 싸여 있었다.

"피리?"

"아네? 정확히 말하면 단소야."

"단소?"

담덕은 씩 웃으며 단소를 입으로 가져갔다. 단소 가락이 흘러나오기 시작했다. 그 오묘한 소리를 어떻게 표현할 수 있을까. 적막이 바위에 스며들듯이 단소 가락은 눈 속으로 스며들었고, 스며드는가 싶으면 공명했다. 단소의 음율은 동그란 공간을 뱅그르르 돌다가 머리에서 와르르 쏟아져 내렸다. 연주는 계속 이어졌다. 담덕은 지그시 눈을 반쯤 감은 채 고개를, 팔을, 입술을 떨었다. 나도 스르르 눈을 감았다. 눈앞에서 눈꽃이 피어났다. 벚꽃이 퐁퐁 터지듯이 눈꽃이 퐁퐁 꽃송이를 틔웠다.

연주가 끝났을 때 내가 담덕의 볼에 뽀뽀를 한 건 나도 모르게 저지른 충동적인 것이었지만, 그것 말고는 그렇게 아름다운 연주를, 그것도 눈 속에서 들려준 담덕에게 고마움을 표현할 방법이 없었다. 나는 난생처음 남자아이에게 뽀뽀를 했지만 부끄럽지 않았다.

담덕의 눈이 휘둥그레지더니 볼이 빨갛게 달아올랐다.

"너무나 멋진 연주야. 고마워."

담덕은 흠흠, 헛기침을 하더니 말했다.

"그럼 나도 나만 알고 있는 비밀 얘기 하나 해줄게."

"비밀 얘기?"

"너만 알고 있어야 해."

'비밀이 있을까?' 생각하며 고개를 끄덕였다.

"겨울이 가고 봄이 오고 이 눈이 다 녹으면 말이야, 내가 연주한 단소 가락이 아지랑이처럼 피어오르는 걸 볼 수 있을 거야."

'무슨 말이야?' 하려는데 문득 입이 다물어졌다. 담덕이 말한 풍경이 눈앞에 그려졌다. 오선지와 음표가 아른아른 피어오르는 게 보이는 것 같았다. 나는 뭔가에 사로잡힌 것처럼 고개를 끄덕거렸다.

"그리고 우리가 지금 여기서 하는 이야기들도 봄이 되면 꽃송이처럼 터질 거야. 그런데 눈 밝은 사람만 볼 수 있어. 봄에는 다른 꽃들도 많이 피니까, 그게 우리가 뿌려놓은 말 꽃인지 아닌지 잘 관찰해야 해."

말 꽃이 핀다고? 눈 속에 갇혀 있던 우리의 말이 꽃으로 피어난다고? 오선지와 음표가 아른거리는 봄날, 우리의 말이 꽃잎처럼 날린다고?

나는 홀린 것처럼 담덕을 바라보면서 말했다.

"너…… 누구니? 누군데 그런 말을 하니?"

담덕이 싱긋 웃으며 말했다.

"나, 담덕이야. 리담덕."

"내가 이름을 모를까 봐? 너 방금 한 말, 네가 생각한 거야?"

나의 생각은 그동안 가리고 있던 검열관을 제치고 마구 말이 되어 쏟아져 나왔다. 생각이 곧바로 말이 되어서 나온 게 얼마 만인지…….

"너, 그런 말도 할 줄 아는 아이구나. 멋지다."

"히힛, 너라면 내가 하는 말을 알아들을 거라고 생각했어."

담덕은 어깨를 으쓱하더니 다시 단소를 연주하기 시작했다. 나는 눈을 감았다. 겨울이 가고 봄이 오고 머리까지 쌓인 눈이 녹아, 우리가 지금 앉아 있는 소인국의 광장도 녹아 사라질 때, 눈에 스며들었던 단소 운율이 아지랑이처럼 피어오르고, 담덕과 한 이야기가 꽃이 되어 음표 사이로 피어오르는 그림을 그려보았다.

그러나 눈이 머리 위까지 쌓여 지붕만 간신히 보이는 설국에서 봄은 상상되지 않았다. 모스부호로 수학을 풀고, 거대한 사막에 사람들을 매장시켰다가 몇 년 후 다시 살아나게 하고, 물에서도 살고 뭍에서도 살며 소름 끼치는 소리를 내는 량서인을 잡으려는 이야기가 오히려 현실적으로 들렸다. 소비에트의 과학환상소설에 나오는 이야기라고 담덕이 말했다. 겨울방학 동안 나는 하얀 실핏줄 같은 눈길을 따라 담덕의 집으로 책을 빌리러 다녔다. 담덕의 집은 벽 한쪽이 모두 책이었다. 역시나, 아버지가 작가라고 했다. 『톰 아저씨의 집』, 『집 없는 아이』, 『허클베리 핀』, 『해저 2만 리』, 『보물섬』, 『몽떼끄리스또 백작』, 『셜록 홈스』 같은, 내가 읽은 책도 있어서 반가웠다. 『레미제라블』은 환멸이란 제목을 달고 있었다. 톨스토이와 도스토옙스키, 그리고 러시아 탐정소설도 있었고, 북조선 작가들의 작품도 많았다. 그중 어떤 작가의 작품은 정치적으로 모호하다는 이유 때문에 각 집에 있던 책을 몽땅 회수해간 적도 있다고 했다.

미오

·

먼저 바보가 되거나 나중에 바보가 되거나

사흘째가 되니까, 허리 병이 도지는 거야. 나도 모르게 허리에 자꾸만 손이 가고 얼굴을 찡그렸나 봐. 룡해가 '어쩌나 어쩌나' 걱정하더니 말했어.

"부항을 좀 떠보시렵네까?"

"부엉?"

룡해가 하하 웃더군.

"부엉이는 새고요. 부엉부엉 하고 밤에 우는 새 말입니다."

"부엉이는 나도 알아요. 눈이 커다란 새."

"제가 말한 건 부항."

"부……황?"

"부항."

"항."

"네, 부항."

내가 지금 흉부외과병원을 그만두고 호스피스 일을 하는 게 다 허리디스크 때문이잖아. 내가 외과 의사면서도 막상 수술받는 건 무서워서, 복대를 하고 다니거나 가끔 호텔에서 안마를 받는 게 유일한 치료야. 그런데 평양호텔에서도 객실로 와서 서비스해주는 여성이 있다는 걸 알고 놀랐어.

여성 복무원이 화과자 상자만 한 걸 두 손에 받쳐 들고 왔어. 일본 안마사들도 아로마 오일이랑 마사지 도구 같은 걸 들고 다니는데, 비슷한 느낌이었어. 여성이 침대에 내려놓은 상자를 여니까 사기로 된 조그만 종지 같은 게 나란히 줄지어 있었어. 성냥을 탁탁 긋고 초에 불을 붙이고는 종지의 옴폭한 부분을 달구더라. 그걸 내 허리에 척 갖다 대는데 뜨거운 불기운이 느껴지더니 허리 살이 종지 안으로 주욱 빨려 들어가는 거야.

엎드려서 생각해보니 허리 아픈 게 다 강호 때문인 것 같아서 새삼스럽게 다시 화가 났어. 평양으로 출발하던 날 아침에, 강호가 커다란 박스를 내놓았어. 뭐냐고 하니까 마취제랑 의료기구래. 원산 구강병원에서 필요하다고 말하지 않았냐고 하면서. 말했지. 하지만 그걸 떠나는 날 아침에 내놓으면 어떡하라는 거야. 벌써 일주일 전에 결핵약을 화물로 부친 거 강호도 알아. 그리고 이번에는 내가 현미까지 몰래 가져가야 하잖아. 그거 누구야? 목화씨를 숨겨서 가져온 사람. 그래, 문익점처럼 말이야. 하하하…….

나한테 시위하는 거야. 몇 년 전부터 강호에게 방북 허가가 나오지 않으니까, 가지 못하고 있잖아. 그 화풀이를 나한테 하는 거야. 혼자서 북한에 가서 좋겠다고 비아냥거리지 않나, 공항까지 차 태워주는 것도 결국에는 태워줄 거면서 왜 미리 택시를 예약하지 않았냐고 하고, 사람을 벼랑 끝까지 밀어놓고는 내가 구해준다, 이런 식이야. 얼마나 화가 나던지 공항에서 비행기 기다리면서 캔 맥주를 마셨어. 그래, 아침부터. 그리고 마스크를 했지. 아무 말도 하고 싶지 않다는 시위로. 하하하. 나중에 그 피해는 북한 사람들이 봤지.

강호가 북한에 가지 못하는 진짜 이유? 그건 나도 몰라. 총련이나 룡해에게 물어봐도 모르겠다는 대답만 돌아와. 그 사람들은 정말로 모르는 거야. 룡해라면 짐작은 하겠지만, 그걸 말할 수는 없으니까. 그래서 위에 물어봐달라고 부탁해봤어. 그랬더니, "고강호 선생님이 이미 알고 있을 거라는데요?" 이러는 거야.

나는 어떨 거 같아? 나는 이명박 정권 이후로 한국에 못 가는데, 강호는 마음대로 갈 수 있잖아. 한국에 마라톤대회가 그렇게 많은지 난 처음 알았네. 준이 강호 대신 마라톤대회 접수해주기 시작한 게 언제부터였지? 5년쯤 됐지? 북한에 가지 못하게 되면서부터였으니까. 그런데 오사카 한국영사관에서는 강호가 북한에 다녀온 걸 알고 협박을 하더래. 국보법에 저촉된다고. 그럴 때는 자국민 취급을 하려는 걸까? 아니면 재일동포 간첩조작 사건이라도 만들겠다는 건가? 강호는 그런 거 눈도 깜짝 안 해. 마라톤 뛸 때 자기만 입는 전용 티셔츠 봤잖아. 파란 한반도 그림 위에 조선인민공화국이라고 써놓은 거. 잘 모르는 사람들이 보면 그게 북한을 말하는 거라고 오해할 수도 있을 거야. 나도 오해할 뻔했으니까. 그거 해방 후에 남북으로 분단되기 전에 건국준비위원회에서 만든 우리나라 최초의 국호라고 강호가 말해주었어. 그 전에는 소매에 조그만 북한 인공기를 붙이고 달렸으니 그나마 좀 나아진 거야. 하하하…… . 그건 한국에서 마녀사냥 하듯이 말하는 종북 아니야. 물론 내가 북한에 약 갖다 주는 것도 종북 아니고. 해방도 남북분단도, 그리고 내가 조선국적인 것도 강호가 한국국적인 것도 다 우리 의지가 아니잖아. 깊이 따지고 들어가보면 결국 정치인들 농간이잖아. 우리는 그런 거 모르는 가련한 백성일 뿐이고. 가련한 백성들끼리 서로 도와주고 통일되어서 함께 잘 살면 좋겠다는 소박한 소망의 표현일 뿐이잖아.

강호가 마라톤대회에서 거의 꼴찌로 들어온다는 걸 준이 말해주지 않았으면 나는 영원히 모르고 있었을 거야. 하하하, 어쨌든 내가 한국에 가지 못하니까 준이 가끔 우리 집에 오고, 준은 작가니까 우리 두 사람 이야기를 물어봐주고 그 덕에 우리는 평소에 잘하지 않던 이야기를 하게 돼. 이미 다 알고 있다고, 그래서 물어볼 필요도 없다고 생각했고, 그런 얘기 해봐야 싸움밖에 더 하겠나 해서 덮어둔 것들을 끄집어내게 되면서 오해했던 것들, 짐작으로만 넘겨짚었던 것들이 얼마나 많았는지 알게 되고 이해하고 있는 중이야.

강호에게도 그런 게 자극이 되었나 봐. 자이니치에게는 일상적인 일들, 예를 들면 북엇국의 마늘 같은 거. 작년에, 준이 우리 집에 왔을 때 북엇국을 끓여주었지. 무도 넣고 두부도 넣고 달걀도 풀고…… 준이 마트에서 장을 봐와서 출근하는 우리에게 아침상을 차려줬는데, 미안하게도 그날 아침에는 먹을 수 없었잖아. 강호나 나나 둘 다 병원에서 환자들과 얘기해야 하니까. 일본 사람들이 마늘 싫어하는 걸 준은 몰랐다고 했지. '마늘 냄새 나는 놈아!' 이게 자이니치들을 비하하는 말이란 것도 처음 알았다면서 놀랐었지? 그런 게 우리에게는 일상을 돌아보는 계기가 되는 거 같아. 그때 준이 우리 집에 있는 동안 강호가 고등학교 동창회에 다녀왔잖아? 그것도 아마 그런 자극 때문이었을 거야. 나는 좀 놀랐어. 동창회 같은 데 절대로 안 가거든.

다음 날 우리 셋이 아나항공 옥상으로 생맥주 마시러 갔잖아. 옥상 까페에서 와인 무제한 리필 이벤트를 한다고 해서 간 거였지? 니조성 돌담을 끼고 천천히 걸어서 갔지. 도쿠가와 이에야스가 도요토미 히데요시를 물리치고 지은 성이 옥상에서 내려다보이고 하늘에는 보름달이 먹구름 사이로 들락거렸어. 푹푹 찌던 더위 끝에 소나기 한줄기가 시원하게 내린 뒤였지. 그날 강호는 참 말이 많았어. 내가 준에게 통역하느라고 와인도 제대로 못 마셨잖아. "강호 씨, 원래 이렇게 말 많은 사람 아니었어." 내가 투덜거리니까 강호가 웃으면서 말했지.

"어제 동창회에서도 모두 놀랐어. 늘 입을 꾹 다물고 있던 아이가 어떻게 이렇게 말이 많아졌냐면서……."

그거 다 내가 그렇게 만들어준 거야. 하하하…….

준이 강호에게 물었지.

"왜 갑자기 말문이 터진 거야?"

"중년이 되면서 긴장이 탁 풀어졌다고 할까."

"마음속에 꽁꽁 숨겨놓았던 아이를 이제 놓아준 건가?"

"그래, 정말 그런 기분이야. 긴장을 풀어놓고 보니 그랬구나 싶어져. 동창회에서 친구들과 이야기를 하는데, 어떻게 그렇게 서로 오해를 하고 있었는지 기분이 정말 이상했어. 어떤 친구는 학교 다닐 때 나를 왕따시켜서 미안하다고 말하는데, 나는 그런 거 전혀 느끼지 못했기 때문에 오히려 더 놀랐어. 3년이나 담임이었던 분도 왔어. 학교

다니던 3년 내내, 그분만은 나를 이해해주고 있다고 생각했었어. 그런데 나를 전혀 몰라보더군. 그래서 인사를 하면서 이름을 말했는데 그 후로 말문을 닫아버리더라."

"왜?"

"한국 이름이라서 그랬겠지."

"참 씁쓸한 얘기네."

"그런데 신기하게도 늘 내가 궁금했다고 고백하는 친구가 다 있더군. 나는 졸업 후 단 한 번도 생각해본 적이 없는데, 학교 다니던 내내 육상부에서 달리기나 하는 바보라고 생각했던 녀석이야. 그런데 명함을 보니, 일본공산당 국회의원 비서 일을 하고 있더군. 대학에 들어간 후에 고민 끝에 공산당원이 되었다는 거야. 그러면서 늘 입을 꾹 다물고 있던 내가 어떻게 살고 있는지 궁금했었대."

"그건 재미있는 얘기네."

"달리기만 하던 바보는 고민 끝에 좌파가 됐고, 그때 좌파였던 나는 지금 달리기만 하고 있는 거야."

시니컬한 강호의 말에 우리는 큰 소리로 웃었어.

"먼저 바보가 되거나 나중에 바보가 되거나야."

그렇다고 강호의 달리기가 멈출 리가 없지. 하남, 양구, 청주, 대전, 서울, 광주, 서산, 안동, 춘천, 순천…… 이제 북한만 달리면 되려나? 준이 물었지? 왜 그렇게 달리느냐고.

"보고 싶어. 한국의 산과 들을."

강호가 그렇게 대답했을 때, 나조차 마음이 쩡했어. 한 달에 한두 번씩 마라톤 때문에 치과 예약 환자들까지 미뤄가면서 한국을 오가는 미친 짓을 왜 하는지, 내가 짐작 못 할 리가 있겠어? 하지만 그렇게 분명히 말하는 걸 들으니 막연하던 슬픔의 실체가 만져지는 느낌이랄까? 단지 부모님이 일찍 돌아가셨다고 생각하던 사람에게 누군가, '너는 고아구나' 콕 찍어 지적하는 거랑 비슷한 느낌.

강호 어머니는 3년 전에 돌아가셨어. 어머니가 말년에 실어증을 앓았기 때문에 자기를 어떻게 해달라 장례를 어떻게 해달라, 아무 말도 남기지 못했어. 친척 어른들은 어머니를 고향에 모셔야 한다고 하고, 누님은 직계 후손들이 있는 일본에 모셔야 한다고 하고, 어느 한쪽을 따를 수 없는 어머니의 유해는 도자기에 담겨진 채 우리 집 거실에 계셔. 강호는 자기를 간섭하는 어른들이 다 사라지기를 기다리고 있는 거야. 그러면 어머니 유해를 한국의 산과 들에 뿌리겠지.

내가 평양호텔에 엎드려서 부항을 뜨고 있을 때 강호는 철원 어디를 달리고 있었을 거야. 평화통일기원 마라톤대회라고 했어.

소라

•

대야에 이는 풍랑

(1975년)

소라(1975년 8월 8일)

장맛비 내려
두루미 다리
짧아졌느냐

이 하이쿠의 다음 장을 넘기면, '뜨거운 해를, 바다에 넣었구나, 모
가니 강물'이라는 시가 나온다. 몇 권 되지 않는 시집이 눈앞에 펼친
듯 환하다. 모가니 강에는 연필로 밑줄이 그어져 있고, '동북지방 야마
가타 현에 있는 강'이라고 써 있다. 화자 언니의 히라가나 필체는 꼬
리에 꼬리를 물고 헤엄치는 돌고래 떼처럼 부드러우면서도 힘 있는
달필이다. '깊지는 않지만 넓어서 어머니처럼 부드러운 강인데 봄에
는 눈이 녹아 유속이 빠르다.' 글씨를 배운 지 얼마 안 되는 나의 필체

는 계곡의 바위들처럼 들쭉날쭉하다. 모가니는 강 이름이기도 하지만 최상이라는 의미도 있다. 모가니와 오모니('어머니'의 일본식 발음)의 발음이 비슷한 게 어떤 연관이 있는 걸까? 시를 읽으면서 언니에게 물었던 기억이 난다. 이 시는 바쇼가 문하생을 데리고 동북지방을 여행할 때 쓴 『오쿠노 호소미치』란 여행기에 나온다고, 언니는 동문서답을 했다. 나는 바쇼의 시를 처음부터 좋아했지만, 문하생 이름이 소라(檜良)라는 걸 알고 더욱 친근하게 느껴졌다. 아버지는 일본 말로도 한국말로도 차이가 느껴지지 않는 발음이 좋아서 내 이름을 소라로 지었다고 했다. 하지만 아무래도 아버지가 멍게, 해삼, 소라를 좋아하기 때문이라고 생각하던 나는, 바쇼의 문하생이 소라라는 것 때문에 내 이름이 좋아졌다.

글씨를 배우고 야마가타 현의 모가니 강을 언젠가 가보겠다고 생각하던 그 시절, 나는 어딘가를 다시는 갈 수 없는 삶이 있으리란 걸 생각지 못했다. 그때 내 마음속에 차곡차곡 쌓이던 것은 모두 미래를 향한 것이었다. 가고 싶고, 보고 싶고, 하고 싶고, 마음이 끌리는 것, 그것은 모두 다가오지 않은 미래의 것이었다. 그것이 어느 날 거대한 벽으로 가로막힐 수도 있다는 건 생각도 해보지 않았다.

장맛비 내리고(1975년 8월 17일)

비가 내렸다. 작은 개울이 홍수가 난 것처럼 흘러넘쳤다. 흙길이 진창으로 변해버려 걸을 때마다 찔걱찔걱 소리가 난다. 걸음을 빨리 한다. 찔걱찔걱찔걱찔걱. 걸음을 천천히 한다. 찔걱 찔걱 찔걱. 한 걸음 찔걱, 두 걸음 찔걱, 다시 빨리, 찔걱찔걱찔걱질질질질……

진창이 흡반처럼 신발을 빨아들인다. 신발이 벗겨진다. 맨발이 미끄럽다. 기우뚱, 넘어지려는 걸 간신히 바로 섰다. 진흙에 닿은 맨발의 감촉에 온몸이 파르르 진저리를 친다. 너무나 매끄럽고 보드랍다. 나머지 한 발도 벗고 신발을 들고 걸었다.

미끈, 기우뚱, 미끈, 기우뚱.

"너, 그러다가 넘어진다!"

담덕 목소리다. 얘가 지금까지 보고 있었나? 돌아보니 담덕이 아파트 창틀에 아예 턱을 괴고 내려다보고 있다. 담덕이 손을 흔든다. 얼굴이 확 달아오른다. 왜 이러지? 담덕의 집에서 책을 빌려서 나오는 길이었다. 우산도 빌려주겠다는 걸 사양했다. 그 소리에 담덕 어머니가 얼른 우산을 들고 나오더니 기어이 우산을 들려주었다. 담덕 어머니는 보건소장이고 아버지는 작가다. 담덕은 언제까지라도 그럴 것처럼 계속 손을 흔들고 있다. 나도 손을 흔들어주고 돌아선다. 걸음걸이마다 담덕의 눈길이 따라오는 것 같다. 다시 얼굴이 달아오른다. 참 이상도 하지. 담덕에게 다른 이름은 절대로 어울리지 않을 것이다. 듬직하면서도 푸근하고 다정다감한 아이가 된 건 담덕이란 이름 덕분이 아니었을까? 담덕 아버지는 담덕이란 이름을 지은 것만으로도 멋진 작가인 것 같다.

비 오는 일요일은 더없이 고즈넉하다. 홍수가 나서 개천이 범람하고 다리가 끊어지고 집과 돼지들이 떠내려가고, 그래서 늙은이나 어린아이들까지 둑 쌓는 일에 동원되지만 않는다면, 여기저기 비가 새서 이불을 이리 옮기고 저리 옮기고 아버지가 비에 흠뻑 젖어가며 지붕 위에 올라가야 하는 일만 생기지 않는다면, 총화니 지도니 강습이니 학습만 없다면 더없이 고즈넉한 날이다. 지붕 땜질이며 창틀 무너진 것 손보고 나무할 일만 없다면 아버지도 모처럼 누워서 낮잠 한숨 잘 수 있는 날이다.

오빠는 시험공부를 하고 어머니는 바느질을 했다. 뜨개질 솜씨가 좋은 어머니는 틈만 나면 털실과 바늘을 드는 게 일본에서부터 버릇이었다. 그러나 털실은 구할 수 없고 급한 바느질거리가 줄지어 어머니의 손길을 기다리고 있었다. 옷도 구하기 어려운데 오빠와 나는 변변히 먹는 것도 없이 키가 자라고 팔다리가 길어졌다. 바짓단과 옷소매를 늘이고 해진 작업복과 양말과 속옷을 깁기에도 어머니는 바빴다.

그런데 담덕의 집에 다녀오는 사이, 손님이 와 있었다. 한택 아제다. 우리가 김책에 있는 문화주택을 배정받아왔을 때, 김책시 인민들의 어쩔 수 없는 '열렬한' 환영이 끝났을 때 군중 속에서, "형님!" 하면서 아제가 불쑥 튀어나왔다. 한참 후의 이야기지만 아버지 말에 의하면, 그때는 누군지 얼른 알아보지 못했다고 한다. 하지만 너무나 반갑게 형님이라고 부르는 사람을 면전에서 모른 척하기도 민망한 데다, 뒤집어놓고 생각하면 사돈의 팔촌의 팔촌이라도 아는 사람이 있으면 그야말로 비빌 언덕이 될 것 같다는 생각을 하던 차에 그쪽에서 먼저 반기는데 모른 척할 이유도 없었다는 것이다. 아버지는 표정 관리를 해가면서 한택 아제가 떠들어대는 말들을 이리저리 퍼즐조각 맞추기를 한 끝에야 아제와의 인연을 찾아냈다.

"맞다! 매형한테 야미 신분증을 산 사람."

"야미 신분증?"

"해방되고 나서 혼란스러울 때 얘기지."

"그럼 저분도 밀항하신 분?"

"그럴 거야."

"어디에서?"

"그런 건 물어보기가…… 자기가 얘기하지 않으면……."

"아제, 말을 너무 함부로 해서 무서워요."

"나도 알아."

"당신도 술이 취하면……."

"다 알고 있다고."

인색한 어머니의 평가에 대해 아버지가 어정쩡한 태도를 취한 건 비빌 언덕과 더불어 술 때문이다. 귀한 술을 한택 아제는 잘도 구했다. 우리보다 10년이나 먼저 귀국한 선배 노릇을 한다고 전혀 문화적이지 않은 문화주택의 수리 방법과 아궁이 불 지피는 요령, 땔감 구하는 요령, 사라구가 어느 산에 많은지 그걸로 어떻게 하면 쌀을 늘려 먹을 수 있는지 같은 소소하지만 꼭 필요한 것들을 알려주었는데, 그중에서도 아버지가 가장 반가워한 건 술병이었다. 문제는 술병과 더불어 한택 아제의 끝없는 불평불만이 안주처럼 따라온다는 거였다. 아버지는 불평불만이 얼마나 큰 죄인지 미처 모르는 새까만 후배였으니까. 한동안은 담배농장 이야기로 열을 올렸다.

"형님, 여기는 농사가 되지 않는 땅이라요. 물 사정도 좋지 않고. 그런데 벼농사를 짓겠다고 밭을 몽땅 논으로 만들었잖수. 시범적으루다 협동화 농장을 한다고, 아이구, 그때 내가 얼마나 식겁을 했는지, 이제는 시범적으로루다가 뭘 한다고 하면 내가 꼬리를 사리잖우. 그때 아예 마을 한가운데에 공동식당을 운영했잖소. 집집마다 있는 식량을 다 털어 모았는데, 혹시라도 감췄을까 봐 가택수색까지 해서 털어갔잖우. 큰 집을 식당으로 지정하고 어른, 아이 할 것 없이 모두 하루 세 끼를 합숙에서 밥을 먹어야 했잖소. 그렇게 논으로 다 만들어놓고는 수확량이 영 저조하니까 이제는 그걸 밭으로 갈아엎으라네. 관리들은 입으로 다 한다니까요. 자기 말 한마디면 다 되는 줄 알아. 그 아래서 뼈가 녹아나는 건 노동자들이야요."

밭이었다가 논이었던 곳을 다시 밭으로 개간하고 있다고 아제가 말하고 돌아간 지 한 달 만에, 아제는 그 밭에서 심는 품종이 담배라면서 억장이 무너진다고 했다.

"담배 모판 만들어야지, 옮겨 심어야지, 담뱃잎 따서 새끼로 엮어야지, 건조실 만들어야지, 건조 작업하고 선별해야지, 일은 해도 해도 태산 같은데 더 복장 터지는 건, 작업 관리자가 당최 담배농사를 한 번도 해본 적이 없는 사람이라는 거라요. 벼농사 실패한 건 관개공사를 제대로 하지 않고 극좌경적인 협동화를 했기 때문이라고 관리위원장이 징역살이 하게 되었대요. 그 사람도 당에서 시켜서 한 죄밖에 없는데 말이우. 인자 담배농사 실패하면 또 누가 달려갈지……. 원주민 사람들, 저그들끼리 쉬쉬하면서 뭐라는지 압니까? 일제시대 때보다 먹고살기가 힘들다고 합디다."

어머니 말대로 아저씨는 말을 함부로 한다. 하지만 내가 듣기에도 틀린 말은 없는 것 같다.

"왜 이렇게 우리를 쉬지도 못하게 바쁘게 닦아 돌리는지 압니까? 바로 이런 불평불만을 못하게 할라고 그러는 거 아입니까. 두 명 이상만 모여도 갈라놓을라 카는 것도 그게 다……."

맞는 말이긴 한데, 불안하다. 옳은 말 그른 말은 우리가 판단하는 게 아니다. 하나는 전체를 위하여, 전체는 하나를 위하여 움직여야 하는 유기체적인 조직에서 개인의 판단 따위는 필요없다. 어느덧 3년 차를 넘어선 우리 가족도 이제 아무 생각 없이 불평불만을 들어주기에는 아는 것이 많아졌다. 내 귀에도 아저씨의 말이 거슬린다.

어머니는 부엌에서 서투리(씀바귀)를 다듬고 있다. 버치 가득 담긴 서투리를 보면 푸른 한숨이 나온다. 어머니는 짬만 나면 서투리를 해 온다. 밭에 김매러 나갈 때는 아예 허리에 주머니를 차고 나가서 서투리가 보일 때마다 집어넣는다. 서투리를 데치고 쓴물을 우려내면 가루로 버무려서 쪄 먹기도 하고 서투리를 넣고 밥을 짓기도 한다. 푸른 물이 든 밥을 보면 핏줄이 푸르게 물드는 것 같다. 푸른 물이 든 나는 논둑길을 가다가 이파리가 뽀얗게 된 서투리를 보면 얼른 잡아 뽑는다. 푸른 안도의 한숨을 내쉬면서.

한택 아제에게 인사를 하고 책을 펼쳐 드는데, 역시나 아제의 단골 메뉴가 흘러나온다.

"형님은 자식들을 어쩌면 저렇게 잘 키우셨수? 우리 자식들은 학교 갔다 와도 인사는커녕 내가 불러도 바로 보지도 않구 제멋대로라우. 학부형 회의에 갔더니 형님네 애들이 우등이라던데? 우리 애들은 둘 다 낙제나 겨우 면하는 주제에, 말대답질은 한 마디 하면 열 마디라우. 뼈 빠지게 일하는 나 같은 건 아예 지나가는 나그네보다 못하게 여기니……. 그게 다 제 어미 탓이지……. 어미가 나를 사람 취급 안 하니 새끼들도 그 모양 아니겠수? 형수님 절반만 해도 내 이러지 않겠수다."

아제 말을 듣고 있으면 아제가 집에서 그런 취급을 받는 이유를 알 것도 같다.

"아무리 뼈 빠지게 일해두 귀한 자식들 서투리밥두 배불리 못 먹이구 뭐 하는 짓인지……. 돈도 못 버는 담배농사만 하지 말구 조라도 심었으면. 그럼 조밥이라도 실컷 먹을 거 아니우? 서투리밥에 비기면 목이 멘다구 안 먹던 조밥이 얼마나 선생이우?"

젓가락 장단 소리가 들린다. 아버지도 더는 못 참겠다는 표시다. 아버지는 젓가락 장단에 맞춰 흥흥 흥얼거린다. 들으나마나 아버지의 십팔번, 〈타향살이〉다. 일본에서도 술만 마시면 부르던 노래. 나직한 목소리로 울먹이며 부를 때보다 우렁찬 목소리로 부를 때 더욱 슬프게 들리던 노래였다. 어린 나를 업어줄 때면 자장가처럼 부르던 노래였다. 그 노래만은 나도 한국말로 부를 줄 알았다. 그러나 아버지는 더 이상 그 노래를 부르지 못한다. 아버지의 십팔번은 혁명성을 흐리는 반동가요다. 가사가 빠진 노래는, 부를 때마다 곡조가 이상해진다. 다른 노래처럼 들리기도 한다. 어쩌면 다른 노래처럼 들리게 하려고 그러는 건지도 모른다.

"타향살이 몇 해던가, 손꼽아……. 에이, 노래도 못 부르게 하는 게……."

아제가 노래를 부르다가 젓가락을 탁 내려놓는다.

"그 작업반장 말이우, 형님 공을 가로챈 걸 생각하면 분하지도 않아요? 저야 그런 기술도 없지만 형님은 우리 인민을 위해서 정말 손재주가 좋은 사람인데, 갑자기 옥수수농장으로 배치시키다니……. 괘씸

하지 않우?"

일본에서부터 선반공이었던 아버지는 새로운 기계를 발명하려고 애쓰고 있었다. 그리고 그것은 곧 끝나갈 참이었다. 발명할 기계는 옥수수가루를 압축해서 이동성을 좋게 하는 것이었다. 그러나 그즈음 아버지는 밤새도록 고열에 시달리며 앓는 바람에 출근을 하지 못했다. 그사이에 작업반장이 기계를 마무리했고 그 일로 표창을 받았다. 당으로부터 표창을 받으면 혜택이 적지 않았다. 그것은 자식들에게까지 영향을 미쳤다. 아버지가 철야를 하면서 거기에 매달린 건 사실 그 때문이었다. 귀포라는 것을 조금이라도 만회해보려는 안간힘이었다.

"다 쓸데없는 소리. 다 끝난 일이야."

아버지의 혀가 꼬이기 시작했다.

어머니가 벌떡 일어나 방으로 들어간다.

"아제, 취하신 것 같은데 그만하고 가보시지요. 순금이 엄마 기다리세요."

어머니 목소리는 나지막하지만 단호하다.

"형수님, 한 잔만 더 하구요, 집에 들어가면 당최 숨이 막혀서……."

억울함과 슬픔이 뚝뚝 떨어질 것 같은 목소리다.

"형수님, 형수님이니까 내 이런 말도 하지만, 이거야 먹고사는 게 일제시대보다 못한 거 아니우?"

미래를 사랑하자

귀국이란 말을 처음 꺼낸 건 오빠였다.

"아버지, 우리에게는 자랑스러운 우리 조국이 있는데 왜 남의 나라에서 이렇게 온갖 차별과 무시를 당하면서 살아야 해요?"

이렇게 말하는 오빠의 두 눈은 만화영화 속에 나오는 주인공처럼 이글거렸다.

"자랑스러운 조국? 어딜 말하는 게냐?"

"어디긴 어디예요? 조선민주주의인민공화국이죠."

아버지가 뜨악한 표정으로 쳐다보자 오빠가 말했다.

"아버지, 이곳에서는 미래가 없어요."

그러고는 마치 보이스카우트 선서라도 하듯이 한쪽 팔을 허공으로 뻗으며 외쳤다.

"미래를 사랑하자!"

미래라는 말은 박하사탕처럼 코끝을 싸하게 만들었다. 미래라는 말은 둥글고 부드러웠다. 사랑이란 말은 마치 입안에서 사탕을 굴리는 듯 달콤했다. 조선학교 아이들과 어울려 다니기 시작한 오빠는 갑자기 다른 사람이 되었다.

"미래가 뭐야?"

"우리의 앞날. 너와 나의 앞날 말이야."

그걸 어떻게 사랑하지?

미래와 사랑에 빠진 오빠는 내게 조선말을 가르쳐줬다.

"하나, 둘, 셋……."

"하나? 하나는 꽃."

"아니, 하나는 이치."

"하나는 꽃이잖아."

"이 맹추야. 그건 일본 말이고. 우리말로 하나는 이치 니 산, 할 때

이치야."

"그럼 일본 말 하나는 한국말로 뭐야?"

"꽃."

"아, 그렇지. 헷갈려. 그런데 하나가 더 하나 같아. 사쿠라는 사쿠라라고 해야 사쿠라다운데……."

그래도 조선말을 배우는 게 좋았다. 일본 말이 아닌 우리 조국의 말이라고 했다. 조국의 말을 모국어라고 한단다. 모국어. 어머니의 말. 하지만 나의 어머니는 일본 사람. 뭔가 좀 헷갈린다. 그렇지만 어쩐지 조국이 따로 있다는 말은 남몰래 가슴 두근거리게 했다. 남몰래 사랑하는 사람을 숨겨둔 마음이 그런 걸까. 아무도 모르게 보물을 숨겨두고 있으면 그런 걸까. 내가 따로 배울 말이 있다는 게 좋았다. 오빠와나는 말잇기놀이를 하면서 조선말을 배웠다. 그런데 언젠가부터 오빠가 가르쳐주는 조선말이 자꾸만 각이 지는 것 같았다. 민족, 혁명, 전쟁, 충성, 투쟁……. 자갈을 굴리며 물 흘러가는 소리처럼 들리던 미래와는 달리 따끔따끔 가시에 찔리는 느낌이었다.

"아버지, 여기서는 아무리 공부를 열심히 해도 취직도 할 수 없어요. 저도 아버지처럼 공장이나 다녀야 되겠죠. 저도 아버지처럼 술이나 마시면서 인생을 탕진하게 되겠죠."

"경엽, 말이 너무 심하지 않아? 아버지한테."

어머니가 깜짝 놀라서 오빠를 말렸다. 아버지는 어느새 훌쩍 커버린 아들 앞에서 고개를 들지 못했다.

"아버지라면 자식들을 위해서 뭐라도 해야 되는 거 아닌가요?"

"니가 바라는 게 뭔데?"

"조국으로 귀국하겠어요."

"아버지는 남쪽 사람이야. 그리고 엄마는 일본 사람. 일본은 너의 조국이기도 해."

엄마는 불안한 표정으로 오빠를 말린다.

"남조선은 친일파 독재자가 잡고 있어요. 그런 나라라면 가고 싶지 않아요. 고향이 뭐가 중요해요? 고향보다는 미래가 중요한 거 아니에요? 일본이 저의 조국이 아니라고 말하려는 게 아니에요. 소라와 저의 미래를 생각해달란 거예요."

오빠는 미래에 대해 깊은 관심을 가지고 자전거를 타고 거리를 누비며 캠페인을 했다. 오빠를 따라간 조선학교 운동장의 분위기는 몹시 열광적이었다. 오빠와 내가 교문으로 들어가자 입구에 있던 오빠 또래의 청년들이 열광적으로 우리를 반겨주었다. 아주머니들은 학교 운동장 한쪽에 커다란 솥단지를 걸어놓고 하얗게 피어오르는 연기 속에서 우리에게 국밥을 퍼주었다. 오빠는 얼른 한 그릇 비우더니, 팔소매를 걷어붙이고 단상 쪽으로 가서 플래카드를 자전거에 매다는 일을 했다.

자전거뿐 아니라, 운동장 여기저기에도 온통 플래카드였다.

"60만 동포여, 통일의 날이 가까웠다", "이 땅에서 일자리를 찾는 동포여, 공화국으로 돌아가 보람 있는 일터에서 힘 있게 일해보자", "살길이 없어 생활보호를 받고 있는 동포여", "직업안정소에 다니는 동포여", "천시받고 멸시당하며 넝마를 줍는 동포여", "흙을 파려면 조국의 흙을 팝시다", "모두가 행복한 조국의 품속으로"

양복을 입고 넥타이를 맨 사람이 단상에서 연설도 했다.

"오늘날 재일동포들 앞에는 두 갈래의 길이 놓여 있습니다. 그중 하나는 공화국으로 귀국해서 당당한 조선민주주의인민공화국의 인민으로서 자기 나라 땅에서 희망을 갖고 인간답게 새 생활을 누리는 길이며, 또 하나는 굴욕적인 이국에서 희망도 없이 살다가 일본 귀신이되고 마는 길입니다. 귀국은 애국이요, 일본에 남아 있는 것은 반애국입니다."

아버지의 새끼발가락

아버지의 왼쪽 새끼발가락은 경보기다. 아버지가 아프기 전에 먼저 아프고, 술을 마시기도 전에 벌써 취해서 진물을 흘린다. 경보기는 예민하다. 아버지가 미처 알아채기도 전에 경보기가 울린다. 당신은 아플 거예요. 술 마시지 말아요. 일을 너무 많이 하는군요. 나를 돌봐줘요. 아버지는 번번이 경보기보다 늦고, 경보기는 자주 울린다. 머리맡에는 담배와 함께 붕대가 놓여 있다. 담배 한 갑이 비워질 때 붕대한 개가 같이 사라진다. 진물이 배어난 붕대가 수북이 쌓여 있는 걸보면 붕대가 아버지의 진물을 빨아먹는 거머리처럼 보인다.

새끼발가락이 왜 그렇게 됐느냐고 물으면 아버지는 아득한 눈빛으로 동문서답을 했다.

"쥐가 참 영물이야. 배가 뒤집히거나 지진이 나려고 하면 사람보다먼저 알아채거든."

아버지가 배 밑창에 숨어서 일본으로 올 때 새끼발가락을 쥐가 갉아 먹었다는 건 외삼촌 집에서 알게 되었다. 그날 아버지는 나를 데리고 외삼촌 집으로 갔다. 우리 가족이 조국으로 돌아가게 되었다는 말을 하러 간 날이었다.

외삼촌은 석쇠에 돼지창자를 올려놓았다. 축 늘어진 돼지창자가 숯불에 익어가면서 쪼그라들었다. 진물이 뚝뚝 떨어져 벌겋게 달아오른 숯불에서 하얀 연기가 피어올랐다. 외삼촌은 수건으로 머리를 동여맸고 아버지는 목에 감았다. 외삼촌이 집게로 창자를 들어 올려 도마 위에 올려놓았다. 나무등치에 꽂힌 칼 하나를 빼서 창자를 잘랐다. 여러 모양의 칼이 꽂혀 있었다. 네모 넓적하고 두툼한 것에서부터 표창처럼 얇고 뾰족한 것까지, 마치 실로폰처럼 질서정연했다. 외삼촌은 보지도 않고 길고 얇은 칼 하나를 꺼내서 창자를 잘랐다. 창자 사이에서 피식 김이 오르면서 하얀 기름이 흘러나왔다.

"어디로 간다고?"

외삼촌이 유리잔에 청주를 따르며 물었다.

"어디긴, 자랑스러운 조국, 조선민주주의인민공화국이지."

아버지가 외삼촌의 잔에 잔을 부딪치고 훌쩍 마시고 나서 말했다. 아버지는 평소와 달리 조금 들떠 보였다.

"자네 고향은 남조선이잖아."

"고향이 대수야? 미래를 사랑해야지."

외삼촌은 석쇠 위에서 타들어가는 곱창을 도마 위로 옮겨서 칼로 자르며 말했다.

"미래?"

"그래, 미래. 아이들을 위해서 결심했네."

아버지는 왼발의 게다를 벗고 오른쪽 다리에 걸치며 말했다. 붕대에 진물이 배어 있었다.

"거긴 사람 살 곳이 못 돼."

외삼촌이 행주로 칼을 닦으며 말했다.

"무슨 말을 그렇게 하나?"

아버지는 새끼발가락의 붕대를 풀고 나서 곱창 한 개를 집어 먹었다. 새끼발가락은 숯불에 탄 곱창보다 더 시커멓게 죽은 색깔이었다.

"자네, 거기 가봤나?"

"어디?"

"북조선 말이야."

"안 가봤지."

"난 가봤어."

"형님이?"

외삼촌이 청주병을 들어 잔을 채웠다. 아버지의 잔이 비어 있는 걸 보고 그 잔도 채웠다. 그리고 주욱, 잔을 비운 후, 곱창 하나를 입에 넣고 우물거리며 말했다.

"내가 만주사변 때 가봐서 잘 알고 있네. 거긴 사람 살 곳이 못 돼."

"너무하군. 내가 처남이라고 그렇게 함부로 말하지 말게."

"그 나라를 헐뜯는 게 아니야. 나도 거기에서 얼어 죽을 뻔했네. 아마 새들도 살지 못할 거야. 먹을 게 있어야 살지."

"춥겠지. 북쪽이니까."

아버지는 술잔을 비우고 곱창 한 점을 우물거리며 말했다.

"하지만 남쪽은 나를 밀어낸 곳이야. 도망 나온 곳으로 돌아갈 순 없잖나."

아버지는 새끼발가락 주위를 손톱으로 긁었다. 주변이 금방 벌겋게 달아올랐다.

"그러면 내 동생은 어쩌고?"

아버지는 발등을 벅벅 긁으며 외삼촌을 쳐다보았다. 석쇠 위에서 곱창이 지글거리며 타고 있었다.

"내 동생을 북조선으로 데려간단 말인가?"

외삼촌은 벌겋게 달아오른 얼굴로 술을 들이켰다. 아버지는 무슨 말인지 못 알아듣는 사람처럼 외삼촌의 얼굴을 멍하니 쳐다보며 연신 발등을 긁었다. 멍청하게 바라보기만 하는 아버지 때문에 더욱 화가 난 외삼촌은 술을 자꾸만 따라 마시고, 아버지는 갑자기 생각났다는 듯 석쇠를 내려놓았다. 지글거리던 곱창이 새까맣게 탄 채 바닥으로 내려왔다. 아버지는 집개를 들더니 숯 한 개를 집어서 새끼발가락으로 가져갔다. 곪을 대로 곪아서 정작 긁을 수 없는 새끼발가락을 뜨거운 숯의 열기로 달랬다.

"내 동생은 일본 여자야."

아버지는 새끼발가락 주위로 숯을 빙글빙글 돌렸다. 마치 발을 굽는 것 같았다. 아버지는 술병을 들어 빈 잔을 채웠다. 그리고 잔을 들더니 새끼발가락에 부었다.

"내가 걔를 어떻게 키웠는지 자네는 잘 알잖아. 도쿄공습 때 부모님 돌아가시고 자식처럼 키운 동생이라고."

아버지가 얼굴을 찡그리며 말했다.

"형님, 이거 좀 잘라줘요."

아버지가 잡혀갔다(1975년 9월 12일)

밤이 깊다. 짙은 어둠 속에서 반딧불이 날아다닌다. 저건 보위부, 저건 관리위원회, 저건 안전국, 어둠이 깊을수록 빛나는 것들. 초저녁까지 드나드는 발길이 분주하더니 밤이 깊어지자 하나둘 어둠 속으로 사라지고, 길 건너 어머니의 한숨 소리가 더욱 커진다.

열린 방문턱 너머 대문간에 기대서 있는 어머니의 그림자가 보인다. 마루와 대문을 왔다 갔다 하던 어머니는 이제 대문간에서 주재원실 쪽만 바라보고 있다. 내 옆에 누운 오빠도 잠들지 못하고 이리저리 뒤척인다. 어머니의 긴 한숨 사이로 오빠와 내 심장 고동 소리가 큰북 작은북을 쳐댄다.

아버지다!

우리는 지휘자의 미세한 손끝의 떨림까지 감지하는 예민한 연주자처럼 아버지를 알아챈다. 무거운 자루처럼 어둡게 기대서 있던 어머니의 어깨가 움찔, 오빠의 오른쪽 귓바퀴가 쫑긋, 나의 머리카락이 쭈뼛 선다. 동시에.

새끼발가락이 하나 없는 아버지의 걸음걸이는 번번이 엇박자를 놓고 자꾸만 흐트러진다. 흐트러질수록 연주자들은 더욱 예민해진다. 아버지는 경보기를 잃었고 우리 가족은 경보기를 얻었다. 담배 옆에 늘 놓여 있던 붕대 자리에는 진통제 봉지가 놓여 있다. 아버지는 사라진 발가락을 앓는다. 통증을 호소할 발가락은 사라졌는데 통증은 사라지지 않는다. 가려는 걸음과 가지 않으려는 걸음, 그 사이에 아버지가 있다. 오른발과 왼발 사이의 아버지. 거기 우리 가족이 있다.

아버지는 매일 저녁 관리위원회로 불려갔다. 일을 마치고 돌아오면 누군가 부르러 왔고 자정이 넘어서야 돌아왔다. 똑같은 일이 되풀이되었다. 그사이, 아버지가 사라지는 길 너머로 노을은 점점 빨리 떨어졌다. 해만 떨어지면 짙은 어둠이었다. "무슨 일이에요? 뭐래요? 뭐라고 했어요?" 질문하는 어머니 목소리의 떨림의 진폭도 점점 커졌다.

"속 시원하게 말이라도 좀 해봐요."

아버지는 양쪽에서 고문을 당한다.

"난들 무슨 영문인지 알 수가 있어야지. 만날 똑같은 소리야. 자꾸만 다 불라고 하지. 다 털어놓으래. 다 알고 있다면서. 뭘 알고 있다는 건지 알 수가 없으니, 나도 답답해 죽겠어."

아버지는 순순히 대답한다.

"기본건설 다닐 때 집수리하려고 못 한 줌 승인 없이 가져온 적이 있다고 비판서를 쓰고 이제야 겨우 나온 거요."

어머니 어깨가 무너진다. 한숨에 무너진 어깨가 들썩인다. 두 손으로 얼굴을 감싸고 무릎에 파묻은 어머니가 숨죽여 흐느낀다. 갑자기 흐느낌이 멈추고 어깨가 부들부들 떨린다. 어머니가 고개를 들고 속삭인다.

"무서워요."

아버지는 부들부들 떠는 어머니의 어깨를 안아주지 못한다.

"왜 이러는 거예요?"

공포에 사로잡힌 어머니는 울지도 못한다.

울지도 못하고 안아주지도 못하는 건 이유를 모르기 때문이다.

공포는 성실하다. 공포는 쉬는 날이 없다. 명절도 없다. 추석 밥상에 햇곡식 대신 강냉이밥과 감자 몇 알이 올라왔다. 나는 학교에서 받아온 선물 상자를 꺼낸다. 김일성 수령님이 하사한 과자는 마분지 상자로 포장되어 있고, '세상에 부럼 없어라'라고 씌여 있다. 정말로 우리 이웃 어디를 둘러보아도 딱히 부러워할 무엇이 없다.

명절이어선지 그날 찾아온 사람은 통계원 아저씨였다. 그는 아버지에게 급히 군에 다녀와야 한다고 말했다. 아버지가 검수한 옥수수 등급이 잘못되어서 군에서 호출이 왔다고 했다. 배가 아파서 누워 있는데 다른 사람이 가면 안 되겠느냐고 어머니가 물었지만, 그에게는 그런 융통성을 부릴 권한이 없었다.

"이걸 어쩌나? 많이 아프시요?"

동문서답을 하며 쩔쩔매는 소리에 아버지가 일어났다.

"등급이라는 게 좀 그렇거든요. 검수한 사람이 직접 가지 않으면 다른 사람이 잘 모르는 거라서요. 자기 일도 아니고 처리하기가 곤란하거든요. 그래서 직접 오라는 걸 겁네다."

그는 자기가 명령을 내린 것도 아닌데 미안해했다.

늘 있는 일이었지만 어머니는 신경이 곤두서 있었다. 지진이나 배가 뒤집힐 걸 미리 알아채는 쥐처럼. 기운 없이 일어나는 아버지를 바라보던 어머니가 큰 소리로 아버지를 불러 세웠다.

"잠깐만요."

그 소리가 너무 날카로워서 모두 깜짝 놀라 어머니를 쳐다보았다. 어머니는 얼른 바느질 바구니를 잡아끌더니 바늘에 실을 꿰었다.

"왜 그러는데?"

아버지 목소리에도 투정이 섞여 있었다.

"바지가 뜯어졌잖아요."

아버지의 낡은 솜옷 바지의 기운 천이 떨어져 너덜거렸다.

"아, 됐어."

아버지는 짜증을 내며 신발을 신었다.

"잠깐만요."

실은 바늘구멍에 꿰어지지 않았다. 어머니의 두 손이 부들부들 떨리고 있었다. 내가 바늘을 낚아챘다. 내 손도 떨렸다. 어머니는 땅바닥에 엎드려서 아버지의 해진 옷을 기워주었다. 허참, 허참, 아버지는 헛기침을 하며 파란 하늘만 올려다봤다.

아버지가 버스를 타고 떠나자마자 리 주재원과 관리위원들이 들이닥쳤다. 그들은 들출 것도 없는 집을 여기저기 쑤셔댔다. 그들이 이리저리 쑤시고 다닐 때마다 우리 가족은 마치 총알을 피하는 들짐승처럼 이쪽저쪽 구석으로 몰려다녔다. 어머니는 하얗게 질려서 주저앉아버렸다. 오빠는 두 팔을 벌려 어머니와 나를 막아 섰다. 그들이 부엌으로 갈 때 나는 온몸의 피가 싸늘하게 식어 내리는 것 같았다. 오빠 어깨도 가늘게 떨리고 있었다. 그들은 책장의 책을 하나씩 꺼내서 자세히 살폈다. 아무리 들춰도 별로 가져갈 게 없었는지 그들은 집 벽에 걸린 사진 액자를 가져갔다. 액자에는 우리 가족의 모습이 담겨 있었다. 사진관에서 찍은 어머니 아버지의 결혼사진, 오빠의 중학교입학사진, 나의 소학교입학 사진, 할머니와 이모, 외삼촌, 그리고 화자 언니와 찍은 사진, 모두 일본에서 찍은 것으로 지난날을 추억할 수 있는 유일한 것이었다.

"무슨 일입니까?"

"뭘 찾는 겁니까?"

오빠가 물었지만 그들은 대꾸도 하지 않았다. 어머니가 부들거리며 엎드려서 물어도 소용없었다. 그들이 가고 나서 한참 만에야 어머니는 정신이 들었는지 벌떡 일어나 달려 나갔다. 오빠와 나도 어머니를 따라갔다. 어머니는 관리위원회로 달려갔다. 관리위원장은 마침 어딜 나갔다가 돌아오는 길이었다.

"위원장님, 우리 애아버지 도에서 불러서 갔는데 언제 옵니까?"

관리위원장은 아무것도 모르는 태평한 얼굴이었다. "심부름 갔나? 그럼 곧 돌아오겠지요" 하더니 사무실을 둘러보면서 "백 동무, 누가 심부름 보냈소?" 물었지만 모두 고개를 숙이고 아무 대답이 없다. 어머니는 통계원 아저씨 책상으로 가서 묻는다. "아까 군에 갔다 와야 한다고 했잖아요." 어머니가 어깨를 흔들자 마지못해 대답한다. "아까 주재원이 군 내무서에 보냈는데, 좀 기다려보시죠. 여기서 이래봐야 아무 소용 없어요." 그러더니 고개를 돌린다.

어머니는 그 자리에 스르르 주저앉는다.

"이런, 아주머니 댁에 모셔다 드리라."

관리위원장의 말에 통계원 아저씨가 어머니 팔을 부축하고 한쪽 팔은 오빠가 부축하고 집으로 돌아온다. 마루에 털썩 주저앉은 어머니는 넋이 나간 얼굴로 가늘게 울기 시작한다. 울음소리는 그치지 않는다. 옆집 할머니가 그 소리를 들었는지 문을 밀고 들어온다. 가택 수색을 할 때 벌써 뭔가를 눈치챈 사람들은 그림자도 얼씬거리지 않는다. 그걸 모르는 옆집 할머니는, 생전 눈물 한 방울 안 흘리던 아주머니가 도대체 무슨 일이냐며, 말을 해보라고 어머니의 어깨를 흔든다.

화자

•

절대로 오지 마라

(2010년 5월 1일)

어린 시절을 떠올리면 이명처럼 희미하게 기차 소리가 들린다. 철커덕철커덕, 늘 배가 고팠다. 철커덕철커덕, 그리고 어딘가 아팠다. 철커덕철커덕, 구역질이 치밀었다. 철커덕철커덕, 멀미가 났다. 횟배로 아프고 눈물이 비어져 나왔다.

나무 창살 사이로 한낮의 햇살이 탐조등처럼 방을 비추면 먼지가 춤을 추었다. 눈물로 어룽거려 먼지가 무지개처럼 아름답게 보였다. 춤을 추고 싶었다. 먼지처럼 떠돌고 싶었다. 끝없이 어딘가로 빨려 들어가는 느낌에 현기증이 일었다.

의붓아버지는 불안한 유리 같은 오후를 박살 내는 사람이었다. 아버지가 집에 오면 무언가 부서지고 비명 소리가 들렸다. 철커덕철커덕, 천연덕스럽게 기차 소리를 내던 베틀이 부서지고 어머니가 날카로운 비명을 질렀다. 어머니가 공처럼 몸을 웅크리면 구석에서 떨고 있는 내게로 아버지의 눈길이 다가왔다.

아버지를 밖에서 본 적이 있었다. 일본 경찰과 술을 마시는 아버지. 마주 앉아 마시고 있지만 누가 봐도 비굴한 모습이었다. 딱 벌어진 어깨를 잔뜩 웅크려 어떻게든 왜소한 일본 경찰보다 작게 보이려고 했다. 집에서는 한 번도 웃지 않던 웃음을 질질 흘리며 두 손을 비비고 있었다.

집 밖의 아버지는 사람 좋고 사교적이고 수완도 좋은 호인으로 통했다. 특히 밀항해온 조선인에게 아버지는 구세주 같은 사람이었다. 불법체류자로 불심검문에 걸리면 수용소에 갇혀 있다가 다시 남한으로 송환당해야 하는 이들에게 아버지는 가짜 신분증을 만들어주었다. 가짜라고는 하지만 무엇 하나 제대로 체계가 갖춰진 게 없던 그때는 진짜하고 별 차이가 없었다. 우기면 통했다. 그럴 때 필요한 게 잘 관리해둔 경찰 인맥이었을 것이다. 나와 비슷한 또래의 여자아이가 오면 내 것은 분실신고를 하고, 내 신분증을 먼저 내주기도 했다. 급행처리 같은 거였다. 어쩌면 지금도 내 이름으로 살고 있는 이들이 있을지 모를 일이다. 가짜신분증을 만들 때 받아낸 신상명세는 꼬리곰탕처럼 재탕 삼탕해서, 쌀 배급표로 둔갑하기도 했다. 아버지가 껄껄 웃으며 "옛다, 귀신 쌀포다" 하고 어머니에게 던지면 어머니는 쌀을 바꿔 와서 밀주를 빚었다.

수완 하나는 경지에 이른 사람이었다. 최고봉은 역시 외할아버지를 속여서 어머니와 결혼한 것이다. 어머니는 매를 맞아가면서도 할 줄 아는 건 술 담는 것밖에 없는지 묵묵히 밀주를 담고 야키니쿠를 구워 팔았다. 그 돈을 아버지가 갈취했다. 갈취한 돈이 한국으로 간다는 걸, 그리고 한국에 처자식이 두 눈 시퍼렇게 뜨고 살아 있으며 그들에게 돈을 보내고 있다는 걸 외삼촌이 알게 되었다. 외삼촌이 칼을 들고 나타났을 때, 그 칼이 아버지를 향하고 있다는 것 때문이 아니라, 외삼촌과 너무나 어울리지 않아서 그 자리에 주저앉아버렸다. 큰소리 한 번 친 적 없던 외삼촌이, 저 새끼 죽여 버린다고 식칼을 들고 나타났을 때 아버지는 죽었어야 했다. 하필 옆에 있던 외할아버지가 내막도 모른 채 외삼촌을 말린 바람에 어머니는 내내 바보같이 당하며 살아야 했고 외할아버지는 그런 남자를 사윗감이라고 구해온 것 때문에 죽는 날까지 외할머니로부터 냉대를 받았다. 외삼촌은 들고 있던 칼로 자기 허벅지를 찔렀다. 무딘 칼끝이 허벅지를 뚫고 나왔다.

*

"아깝구나, 하루코, 성적도 좋고 머리도 좋은데, 조선인이라서 대학 가기도 어려울 거고 취직도 힘들 거야."

고등학교 졸업을 앞두고 있을 때 담임이 말했다.

"일본인으로 귀화하는 건 어때? 어차피 일본에서 살고 있잖아. 국적만 바꾸면 다 해결될 문제인데 말이다."

담임이 구세주처럼 보였다. 그런 방법이 있었다니. 그 말을 듣자마자 외삼촌에게 달려가서 의논했다. 외삼촌은 콧방귀를 뀌며 고개를 저었다.

"그거 아무나 받아주는 게 아니다. 그리고 귀화한다고 일본인이 될 수 있을 것 같니?"

담임이 그런 것도 모르고 말을 꺼냈을까? 그렇지 않을 거야, 담임이 생각 없이 그런 말을 했을 리가 없잖아. 외삼촌이 뭘 알겠어. '외삼촌이 뭘 잘 모르시는구나'라는 말을 기대하면서 외삼촌의 말을 담임에게 전하자 담임이 고개를 끄덕이며 말했다.

"외삼촌이 아주 훌륭한 분이구나."

시궁창에 처박힌 기분이었다. 놀림감이 된 기분, 뭔지 모를 모욕감, 남의 것을 훔치려다 들킨 것 같은 부끄러움, 내 자신이 귀신 쌀포를 만드는 아버지와 다르지 않다는 자괴감에 더할 나위 없이 기분이 더러웠다. 좋아, 더러운 마음만큼 이번엔 더 멀리, 더 넓은 곳으로 가출해서 사라지자, 돌아오지 말자. 그리고 도쿄행 기차를 탔다.

원래 그래

몸이 앞뒤로 요동친다. 갑자기 물 밖으로 나온 물고기처럼 몇 번을 퍼득거리더니 푸르르 진저리를 치며 고요해졌다. 자동차가 멈췄다. 정신을 차려보니 바깥은 어두운 밤이었다.

"왜 그래?"

운전기사가 계속 시동을 걸어봤지만 소리만 요란할 뿐 시동은 걸리지 않는다.

"고장이네?"

"그런 거 같습네다."

"길 한가운데서 이러면 어쩌자는 거네?"

운전기사가 차에서 내렸다. 안 동무도 따라 내렸다.

이번엔 또 뭐람. 한숨이 절로 난다. 아무리 둘러봐도 불빛 하나 없다. 어디쯤인지 알 수가 없다. 평양에서 원산까지 몇 킬로나 될까? 아무리 멀어도 자동차로 네다섯 시간이면 갈 수 있는 거리일 텐데, 그렇다면 거의 다 온 게 아닐까? 나참, 내가 무슨 생각을 하는 건지. 거리와 시간의 상관관계나 공식 같은 건 북한에서는 통하지 않는다는 걸 아직도 모르고 이런 생각을 하는 건지. 평양에서 기차를 타고 김책에 갈 때 사흘을 걸려서 간 적도 있지 않았던가. 기차라면 제시간에 닿을 것이라는 것도, 기차는 역에서만 선다는 것도 망상이었다. 한번 멈추면 한 시간이고, 두 시간이고 움직이지 않았다. 무슨 이유인지 알 수도 없고 설명해주는 사람도 없었다. 궁금해하는 승객도 없었다. 전기 사정이 좋으면 달리고 사정이 나쁘면 멈추는 것, 그것이 북한의 기차 시각표였다.

깜깜한 밤중에 자동차를 고칠 수 있을까? 24시 서비스센터가 있을 리 없고. 자동차보험이 있을 리도 없고. 보험이라…… 다른 건 몰라도 보험에 관한 한 북한은 처녀지나 다름없겠군. 흐흐흐…….

운전기사는 여차하면 보닛 속으로 들어갈 것처럼 고개를 박고 있었다. 그가 손에 들고 있는 것은 플래시뿐이다. 안 동무는 자동차를 발로 툭툭 차면서 성질을 부리더니 문을 벌컥 열고 말했다.

"선생님, 좀 내리시라요."

흥, 곧 나에게 화풀이를 해댈 참이군, 했더니 역시나 내가 내리자마자 퉁명스럽게 말했다.

"타이어가 빵꾸났시다."

아닌 게 아니라 왼쪽 뒷바퀴가 푹 주저앉아 있었다. 나는 오른쪽에 앉아 있었는데? 그리고 시동이 꺼진 건 바퀴 탓이 아니라 엔진이나 기기 탓이 아닌가? 시동이 안 꺼졌다면 철퍼덕 주저앉은 바퀴로 계속 달렸을 거란 얘긴가? 그럼 어느 고랑에 처박힐지도 모를 일이었단 얘긴가? 그러니 엔진 고장을 차라리 고마워해야 하는 건가? 너무나 짧은 순간에 수많은 생각이 휘리릭 지나간다.

그런데 안 동무는 나보다 꼭 반보씩 앞선다.

"타이어 교체 비용하고 수리비를 부담해야갔습네다."

수리비를 내라. 누구한테? 수리해줄 사람이 있어야 수리비도 내고 수리도 받을 것이 아닌가. 안 동무는 휴대폰으로 연신 전화를 거는데 아무도 받지 않는 것 같다. 그는 담배 하나를 꺼내 불을 붙이고는 자동차를 등지고 어둠을 향해 담배를 피웠다. 이제 할 수 있는 건 담배 피우는 일밖에 없다는 듯 그대로 쪼그려앉았다. 앙상한 등이 끔찍한 시간을 예고하는 것 같았다. 그가 담배꽁초를 발로 비벼 끄며 말했다.

"별수 없갔습네다. 여기서 조금 걸어가면 정무원 합숙소가 있을 거요. 오늘 밤은 거기에서 자야 할 것 같습네다."

"짐은 어쩌고요?"

"갖고 가갔으면 갖고 가시든가요."

성질 다 죽었다, 다 죽었어. 내가 일찍 사고 쳤으면 내 아들이 너 같은 중늙은이쯤 됐을 것이다. 너는 여행 안내원, 나는 고객님이다. 그러면 너는 나를 위해 최대한의 편의를 제공하는 것이 의무다. 그런데 자동차가 고장 났다. 자동차는 고장 날 수 있다. 이럴 경우 짐을 어떻게 해야 하는지 나는 질문을 했고 너는 대답을 하면 된다, 친절하게. 고객님의 안전과 편의를 고려하여. 시체 하나는 너끈하게 들어갈 만한 커다란 캐리어에 설마 파티용 드레스와 명품 구두와 가방이 들어 있다고 생각하는 건 아닐 거다. 그 속에 있는 건 겨울용 내복, 파카, 스웨터, 라면, 설탕…… 모두 사촌들에게 나눠줄 생필품들이다. 한밤중에 숙소까지 끌고 가야 할 이유가 조금도 없다는 의미다. 그렇지만 현금과도 다름없는 그것들은 도난의 표적이 될 수도 있었다. "짐은 어쩌고요?"라고 했을 때 내가 말한 의미가 그것이란 걸 그가 모를 리 없었다. 그가 친절한 안내원이라면, 제가 안전하도록 조치하겠습니다, 라는 말 한마디면 족했다.

그런데 그가 대답한 순간, 그는 이미 가방 속에 든 것들이 언제든지 현금과 바꿀 수 있는 물건이라는 걸 예민하게 자각하고 있으며, 그러니 자신조차 믿지 말라고 선언한 것이나 마찬가지다. 조금의 틈도 허용치 않고 짐을 사수하려는 늙은이에 대한 반감일 수도 있겠다고, 늙은이의 지혜로 헤아려보기도 하지만 이것도 저것도 다 난감하다. 오늘 처음 본 그를 믿고 짐을 맡긴 다음 일어날 수 있는 경우의 수는 아마 상상을 초월할 것이다. 이후의 사태를 대비한 보험이라도 들었다면 몰라도. 그렇다고 시체 하나 너끈히 들어갈 커다란 캐리어와 내 짐이 들어 있는 작은 캐리어를, 한밤중에 끌고 가야 한단 말인가.

"합숙소까지는 얼마나 걸어야 됩니까?"

"뭐, 한 시간 정도?"

"확실합니까?"

"아니면 두 시간?"

끙.

"그럼 자동차는 우예 고칩니까?"

"그건 운전기사가 알아서 할 겁네. 내일 출발할 수 있도록 해놓갔습네. 수리비는 먼저 주십시요."

"수리를 하지도 않고 수리비가 얼만지 우예 알고 내라는 겁니까?"

"에이, 한밤중에 뭘 그리 꼬치꼬치 따지는 겁네까?"

따지는 건 밤에 하면 안 되는 건가? 그러나 나는 따져야겠다. 한밤중에 늙은이에게 짐 가방을 끌고 한 시간 이상 걸어가도록 한 게 누군데 도리어 나에게 화를 내는 건가.

"밤에 수리할 수도 없을 거 아닙니까?"

"아참, 답답하시네. 아침에 선생님 주무시는데 깨울 수도 없는 거 아닙네까? 타이어값하고 다 해서 만 엔만 주시오. 그럼 고치고 나서 남으면 돌려드리고 모자라면 더 청구하면 되는 거 아니겠습네까? 됐습네까?"

"아니, 잠깐. 타이어는 스패어가 있지 않습네까?"

"그거이 무슨 상관입네까?"

"타이어 하나에 얼만데요?"

"그런 거까지 알아서 뭐할라고요?"

"수리비를 내라고 하니 수리비 내는 사람이 그 정도는 알아야 하지 않겠습니까?"

"타이어 하나에 얼마 하는지 그걸 내가 어케 압네까?"

"그런데 안 동무. 자동차 고장 난 게 나 때문도 아인데 우예 내가 그 돈을 내야 된다 이 말입니까?"

"신 선생님을 태우고 가다가 그런 거 아닙네까?"

하필 나를 태우고 가다가 고장이 났으니 내가 내야 한다, 그렇다면 나를 태우고 가다가 금괴라도 발견했으면 그건 내 것이 되는 건가?

"거참 희한하네요."

"여긴 원래 그럽네다."

원래 그렇다?

내가 졌다.

캄캄한 길을 트렁크 두 개를 끌고 걸었다. 울퉁불퉁한 길에서 트렁크는 자꾸만 자빠지려고 했다. 무거운 트렁크가 자빠지려고 할 때마다 팔이 비틀렸다. 못돼 처먹은 안내원은 저만큼 앞서서 성큼성큼 걷다가 둘 사이의 거리가 한참 멀어지자 그제야 큰 트렁크 하나를 뺏듯이 가져갔다. 무뚝뚝한 데다 노인에 대한 공경심도 없는 저 안내원과 아직 하룻밤도 지나지 않았다니, 게다가 나란히 밤길을 걸어 정체불명의 합숙소에서 지내야 한다니, 악몽이 따로 없었다.

발바닥에 물집이 잡히려고 할 즈음에야 어딘가에 도착했다. 주위에 가로등 하나 없으니 어둠보다 더 어두운 네모반듯한 형체가 합숙소인가보다 했을 뿐, 거기가 어딘지도 알 수 없었다. 자다 깼는지 관리원까지 투덜거린다. 관리원이 방문을 열자 곰팡이 냄새가 훅 끼친다. 방의 스위치를 올리는데 불은 들어오지 않는다.

"너무 늦게 오셔서 불이 안 들어옵네다. 후레쉬를 드릴 테니까네 쓰시라요. 이불은 저기 다락문을 열면 있을 거외다."

어둡고 긴 터널을 지나 더 어두운 동굴 속으로 들어온 기분이다. 관리인이 나간 후 문고리를 잠그려고 꼭지를 눌렀지만 썩은 사과처럼 쑥 들어가더니 나오지 않는다.

흥, 원래 그렇겠지.

　도쿄에는 아는 사람이 단 한 사람도 없었다. 친척의 친척을 다 동원해도 소개받을 만한 사람 하나 없었다. 그런 곳까지 기를 쓰고 간 건, 그 이유 때문이었다. 후쿠오카를 벗어나면, 욕설과 구타가 일상인 똥꼴 동네, 더러운 조선인 부락을 벗어나면 내가 조선인이란 걸 아무도 모를 것 같았다. 도쿄 사람들은 달라 보였다. 태어날 때부터 다른 피를 가지고 태어난 사람들 같았다. 앉아야 할 자리와 서야 할 자리를 정확히 알았고, 입어야 할 옷과 입지 말아야 할 옷을 구분했고, 해야 할 말과 하지 말아야 할 말을 알았으며, 가야 할 목적지를 분명히 알고 있는 것처럼 보였다. 교양과 지식이 넘쳐흐르고 인간적이며 친절했다. 길을 물어보면 그곳까지 데려다주기라도 할 것처럼 친절했다. 자기가 모르면 지나가는 사람에게 물어보고, 그 사람이 모르면 또 다른 사람에게 물어보고, 그 사람이 모르면 또 다른 사람에게 물어보다가, 나중에는 나를 빼놓고 자기들끼리 토론을 하기도 했다. 다른 사람을 도와줄 기회가 오기만 기다린 사람들처럼 자기 일도 제쳐놓고 도와주려고 기를 썼다.

　그러나 거기까지였다. 일자리를 구하려고 하자 마치 벽에 부닥친 탁구공처럼 탁탁 튕겨 나왔다. 조선인 신분증을 보면 난수표라도 본 것처럼 난해한 표정을 지었다. 교양과 예절과 친절함은 어느 순간에도 흐트러지지 않았다. 정중하고 예의 바르게, 그러나 자기 힘으로는 어쩔 수 없다고 갑자기 나약함을 드러내며 동정 어린 눈길로 거절했다.

　도쿄까지 가서도 결국 흘러들어간 곳은 조선인 부락이었다. 일하게 된 가게의 주인 부부는 후쿠오카 사람들과 달리 대학에서 법학과 문학을 전공한 사람들이었다. 처음으로 만난 조선인 인텔리였지만 그것이 나를 절망하게 했다. 일본 제일의 명문을 졸업하고도 결국 집 안에 기계를 들여놓고 종이박스 만드는 것으로 생계를 이어가야 한다면 후쿠오카 사람들과 무엇이 다를 것인가. 다른 게 없지는 않았다. 그들은 생계수단에 그다지 목매지 않았다. 두어 달쯤 후에는 내가 머리가 좋다는 걸 알고 물건의 주문과 납품, 회계까지 거의 모두 맡겨버리더니, 의심은 고사하고 장부 검사도 하는 둥 마는 둥이었다. 마치 지겨운 일을 맡겨서 신난다는 듯 공장 일에는 별 관심도 없고 밖으로만 돌았다. 부부는 무슨 일인가로 늘 바빴고 밤늦게까지 대화가 끊어지지 않았는데, 대체로 즐거워 보였다. 나에 대한 배려도 넘쳤고 따뜻했다. 인간적인 정이 느껴졌다.

뭐지?

나로서는 선뜻 이해할 수 없는 낯선 분위기였다. 그들이 말했다.

"화자, 조선인이라면 조선글도 읽고 쓸 줄 알아야지."

그들은 나를 총련 중앙본부로 데리고 갔다. 그곳에서 매일 밤 조선어를 가르쳐준다고 했다.

*

외삼촌이 북조선으로 귀국한다는 편지를 보낸 건 그로부터 2년쯤 후였다. 나는 곧바로 후쿠오카로 내려갔다. 다시는 돌아가지 않겠다고 떠난 후쿠오카였지만 그때의 나와 내려갈 때의 나는 전혀 다른 사람이었다. 소라가 깜짝 놀라며 물었다.

"하나코, 조선말을 어떻게 이리 잘하게 된 거야?"

나는 소라에게 말했다.

"이제는 하나코라고 부르지 말고 화자, 화자 언니라고 부르그래이."

"하하, 그래도 사투리는 그대로네?"

"그건 절대 안 고쳐지더라. 타고난 건 우짤 수 없는 거다."

빙그레 웃으며 쳐다보던 외삼촌이 물었다.

"화자야, 너도 같이 갈래?"

외삼촌은 나에게 구타를 일삼는 의붓아버지보다, 혼자서 한국으로 돌아가버린 생부보다 더 아버지 같은 사람이었다. 나는 외삼촌과 가고 싶었고, 언젠가는 갈 생각이었지만 아직은 때가 아니었다. 나는 해야 할 일이 있었다.

"화자를 데리고 간다꼬? 화자를 와? 화자는 내 딸이다. 그리고 조선으로 돌아가면 고향으로 가야지 와 북한으로 간단 말이고? 니도 가지 마라."

맞고 살면서도 민단계인 아버지에게 세뇌가 되었던가. 어머니는 북한만은 절대로 안 된다고 고함을 질렀다. 일본에 살면서도 한 집안에서 남과 북으로 갈려서 서로 욕을 해대는 경우를 하도 많이 보아온 터라 그런 건 아무렇지도 않았다. 내내 무기력하던 어머니가 갑자기 나를 무척이나 사랑하고 보호하는 어머니 역할을 하는 게 어색할 뿐이었다.

나는 외삼촌에게 따로 조용히 말했다.

"먼저 가세요. 곧 뒤따라갈게요."

"알았다. 장하다, 화자야. 내가 먼저 가서 자리 잡아놓을 테니까 꼭 오거라. 너처럼 똑똑한 애는 조국에서 할 일이 많을 거다."

외삼촌 가족이 만경봉호를 타고 북조선으로 간 건 1972년 4월이 었고 편지가 온 건 그해 말경이었다. 존경하는 우리의 영도자 김일성 수령 동지의 자애로운 보살핌과 은혜로 식구들은 모두 아무 걱정 없 이 잘 지낸다고 써 있는 편지는, 무슨 공식 문서이거나 백일장에서 억 지로 쓴 작문처럼 보였다. 북조선이나 총련에서 펴낸 선전책자를 읽 는 것 같았다. 아무리 읽어봐도 외삼촌의 체취는 느껴지지 않았다. 떠 나기 전에 나눈 이야기에 대해서는 한마디도 없었다. 아무래도 잘못 배달된 편지인 것만 같았다. 그러고는 뜬금없이 편지 말미에, '네 취미 가 우표수집이지?'라고 쓰여 있었다. 우표수집이라니, 우체국에서 우 표를 산 건 라디오 방송국에서 하이쿠 공모할 때 엽서를 보낸다고 몇 번 산 게 다인데, 언제 우표수집을 했다고 그런 말을 쓰는 건지. 북한 우표야 총련 사무실에 넘치도록 많은데 그걸 굳이 뜯어서 수집할 필 요가 뭐가 있담? 이러면서 팽개쳐둔 우표를 뜯어볼 생각을 한 건 그 러고도 몇 년이나 지나서였다.

총련 조직에 이상한 광풍이 서서히 불어대기 시작했다. 이해할 수 없는 비판과 투쟁이 점점 극렬해지더니, 노선이 어쩌니 하면서 편을 가르고 나중에는 근거도 없는 음해와 소문이 떠돌더니, 총련 간부들 이 한밤중에 괴한에게 린치를 당하는 사건까지 벌어졌다. 사무실에 이상한 전화가 걸려오고, 겁에 질리거나 화가 나서 찾아오는 동포가 늘어났다. 주로 북조선으로 간 가족과 연락이 안 된다는 항의였는데,

그중에는 공장 기계를 뜯어서 한꺼번에 귀국선을 탄 일곱 가족 모두와 연락이 안 된다는 항의까지 있었다. 나중에는 북조선으로 출장 간 총련 활동가들도 연락이 두절되고 종적을 알 수 없는 경우가 생겼는데, 대부분 북조선에서 찍어서 소환한 이들이었다. 도대체 무슨 일이 벌어지고 있는 것인가? 실종자들의 공통점을 추려보면 주로 명문대학 인텔리거나 그런대로 기반을 잡고 잘살던 이들이었다. 그제야 이후로 보내온 외삼촌의 편지 어디에서도 내가 언제 북조선에 올 건지 묻는 말이 단 한 번도 없었다는 자각이 들었다. 편지는 자애로운 김일성 수령 동지의 은혜 운운하는 말을 빼고 나면, 주로 뭐가 부족하니 좀 보내달라는 게 가장 중요한 내용이었다.

나는 외삼촌의 편지를 찬찬히 읽어가다가 첫 번째 편지를 다시 보았다.

'네 취미가 우표수집이지? 여기 붙인 우표는 김일성 수령 동지의 탄신 기념우표니까 잘 떼어서 보관하면 큰 기념이 될 거다.'

이 말은 특별히 추신으로 써놓았는데 다른 것보다 글씨도 좀 크고 굵었고, 추신 뒤에는 느낌표가 세 개나 붙어 있었다. 우표 부분을 가위로 오려내어 물을 부은 대접에 집어넣었다. 바짝 말랐던 종이가 물속에서 조금씩 불어났다. 김일성 수령의 얼굴에 푸른 얼룩이 배어나기 시작했다. 얼른 꺼내서 우표를 살살 떼어냈다. 우표 뒤 푸르게 번진 얼룩 속에 어떤 글씨가 있었다.

'絶対に来るな(젯타이니 구루나, 절대 오지 마라)!'

소라

•

눈은 내리고 하이쿠는 재가 되어
하늘로 올라간다

(1975년~1981년)

남들은 다 아는데 나만 모르는 것(1975년 10월 27일)

오빠가 뭔가를 부수고 있었다. 방에 들어갔을 때 소리가 먼저 들렸다. 소리를 내지 않으려고 애쓰는 어색한 소리. 그 끝에 오빠의 구부정한 등이 있었다. 온몸을 둥그렇게 말고, 뭔가 보여주고 싶지 않다는 듯, 그러나 어쩔 수 없이 꿈틀거리는 몸짓. 손에 든 건 망치였다. 망치는 둥글게 뭉쳐진 이불을 겨냥하고 있었다. 아무렇게나 뭉쳐진 이불 속에서 둔탁한 소리가 났다. 마치 내가 이불 속에 들어가 있기라도 한 것처럼 숨이 턱 막혔다.

"뭐야?"

어깨를 밀쳐도 오빠는 꿈쩍도 하지 않았다. 오히려 내가 튕겨나가 떨어질 정도로 오빠는 잔뜩 힘을 주고 있었다. 돌아보지도 않고 온몸으로 집중하고 있었다. 멍하니 바라보고 있으려니 오빠 입에서 짐승처럼 앓는 소리가 비어져 나왔다.

제발 나를 말려줘.

짐승처럼 앓는 소리는 그렇게 말하는 것 같았다. 힘껏 오빠를 밀쳤다. 그제야 옆으로 나동그라졌다. 오랫동안 막혔던 숨통이 터지듯 헉 소리를 내면서 두 팔로 얼굴을 감쌌다.

음반이었다. 반다지 속 옷가지에 싸여 니가타에서 청진항까지 뱃길로 왔고 꼬마 여자아이의 바비인형 덕분에 무사했으며 가택수색에서도 살아남은 것들이 이불 속에서 산산조각이 나 있었다.

나만 모르고 남들은 다 알고 있다. 다들 알고 있지만 그 시작은 누구도 모른다. 모른다고 시치미 뗀다. 모든 사람이 다른 사람을 지목한다. 손가락이 자기에게로 향하는 법은 절대로 없다. 짐작만 무성할 뿐 증거는 없다. 쉬쉬하는 것일수록 더 멀리 간다. 모르는 사람이 하나도 없을 때에야 당사자에게 도착한다. 그런 게 소문이더라, 소문이란 게 그런 거였구나 했을 때는 다 끝난 후였다. 그때는 모든 것이 늦었다.

돌아보면, 그게 처음은 아니었다. 아버지 말고도 그런 일을 당한 사람들이 없지 않았다. 그러나 그것은 풍문이어서 분명하지 않았고 믿고 싶지 않았고, 그리고 공포스러웠다. 밤사이에 한집안 식구들이 감쪽같이 사라지는 경우도 있었다. 총화니 학습이니 노력동원이니 하다 보면 남의 집 밥그릇은 말할 것도 없고 밥그릇 이 빠진 것까지 낱낱이 알게 되지만, 별로 알고 싶지도 않은 것은 우리 집이나 그 집이나 별다른 게 없기 때문이고, 그래서 김일성 장군님의 말대로 세상에 부러울 것이 없었다. 인민반장 아주머니가 입에 달고 사는 말대로 수입 대 지출이 맞는지 안 맞는지도 다 알았다. 수입에 비해서 씀씀이가 조금만 넘쳐도 곧바로 신고가 들어갔다. 유리 벽 안에서 사는 것과 다르지 않았다. 그리고 어느 날, 일가족이 하늘로 솟아버린 것처럼 사라져도 사람들은 궁금해하지 않았다.

궁금하면 지는 게임처럼. 알고 있지만 말하지 않기 내기를 하는 것처럼.

가택수색을 할 때 이미 게임은 시작된다. 사람들은 우리 집을 두고 저만치 물러나기 시작했다. 밤마다 어머니의 곡소리가 끊어지지 않아도 누구 하나 들여다보는 사람이 없었다. 한택 아제마저도.

보위부도 관리위원회도 도당위원회에서도, 아버지가 간 곳을 모른다고 했다. 기다리라고만 했다. 가만히 기다리라고만 했다. 사람이 사라졌는데 불려갔는데, 누가 불렀는지 어디에서 불렀는지 어디로 갔는지 아는 사람이 아무도 없었다. 가만히 기다리라는 말만 했다. 가만히 기다리면 돌아올 것처럼 말했다. 마치 공이 튀는 것처럼 말이 튀었다. 말이 먹히지 않았다. 어떤 말도 들으려 하지 않았다.

한택 아제는 그래도 우리 말을 들어줄 거라고 생각했다. 우리의 위대한 귀국 선배가 아니던가. 아는 것도 많고 말도 많은 귀국 선배가 아니던가. 온갖 불평불만을, 밀고하면 밀고한 사람이 오히려 표창을 받는 불평불만을, 아버지가 무던히도 들어주었다는 걸 한택 아제는 알고 있지 않은가.

"아제, 도와주세요. 우리 애아버지, 어디 있는지 좀 알아봐주세요."

어머니가 엎드려서 애원하자 한택 아제는 펄쩍 뛰었다. 그 누구보다 가장 높이 펄쩍! 이웃들은 우리를 피해서 멀리 돌아다녀도 그들 표정에서 읽히는 건, 미안해, 이해해줘, 차마 똑바로 쳐다보지 못하겠어,

힘들지, 미안해, 이런 말이었다. 그런데 한택 아제는 행여 오물이라도 튀었을까 봐 입고 있던 옷까지 다 벗어서 팽개쳐버릴 것처럼 단호한 표정으로 말했다.

"내가 무슨 힘이 있다고? 누가 들을까 봐 겁나네. 행여 그런 말 다시는 꺼내지 마슈."

그래도 어머니는 백일치성이라도 드리듯이 한택 아제를 찾아갔다. 문전박대를 당하고, 땅바닥에 패대기쳐지면서도 찾아간 건, 아버지 말대로 그나마 비빌 언덕이라고는 한택 아제뿐이었으니까.

오빠와 내가 말렸지만 어머니는 듣지 않았다. 어머니는 정신이 반쯤 나가 있었다. 그렇게 정신이 나간 중에도 한택 아제를 찾아갈 때는 머리를 단정히 빗고 옷도 차려입었다. 그러나 돌아올 때는 머리가 다 흐트러져 있었다. 어머니는 한 톨의 기운까지 다 소진할 때까지 사람들을 찾아갔다. 한택 아제와 보위부와 관리위원회와 도당위원회가 있는 곳까지 매일 걸어 다녔다.

아버지는 스파이(1975년 11월 19일)

찬바람이 몰아쳤다. 어머니는 퀭한 눈을 뜬 채 누워 있었다. 어디도 보고 있지 않거나, 그 너머 어딘가를 보고 있는 눈이었다. 두어 달 사이 어머니 머리가 하얗게 세어 있었다.

어머니가 뭐라고 중얼거리기 시작했다.

"아버지가 테레비를 봤대. 테레비를……."

어머니는 일본어로 말하고 있었다.

"테레비가 어쨌다고요?"

오빠도 일본어로 물었다.

"테레비를 봤는데……. 아버지가……."

바짝 긴장해서 어머니 입만 쳐다보는데 갑자기 문이 덜컹거렸다. 깜짝 놀라서 일어서려고 하자 오빠가 내 손을 잡아끌어 앉혔다.

"바람 소리야."

나는 다시 문 쪽을 돌아보았다. 마치 아버지가 들어오려고 문을 잡아당기는 것 같았다.

어머니는 계속 중얼거렸다.

"테레비에서 뉴스를 하는데, 뉴스에서 남조선 대학생들이 나왔대. 남조선 대학생들이 데모를 하는데, 돌멩이가 날아다니고 여기저기 불도 나고 그러는데 대학생들이 우르르 몰려다녔대. 방패를 들고 얼굴도 가린 경찰인지 군인인지가, 우르르 몰려다니는 대학생들을 방망이로 두드려 패고 때리고, 탱크 같은 것도 있었대. 대학생들이 자기 나라 대통령을 보고 독재자라고, 물러가라고 소리치고 있었대. 한택 아제가 남조선은 망쪼가 들었다고 말했대. 대학생들이나 돼가지고 대통령 물러가라는 데모나 하는 저게 나라꼴이냐고 욕했대. 욕을. 남조선은 곧 망할 거라고……."

어머니는 길게 한숨을 내쉬었다. 우리는 어머니 입에 바짝 귀를 가져갔다. 또다시 문이 덜컹거렸다.

"아버지가 그랬대. 대통령 물러가라고, 자기 나라 대통령에게 독재자라고……, 남조선은……, 그런……, 말을……."

어머니는 숨이 가빠오는지 갑자기 가슴을 부여잡으면서 벌떡 일어나 앉았다.

"소라야, 물 좀. 엄마 물 좀."

어머니는 사발에 가득한 물을 단숨에 마시고 다시 누웠다. 숨소리가 거칠었다. 오빠와 나는 숨소리도 내지 않고 어머니의 다음 말을 기다렸다. 그러나 어머니는 아무 말도 하지 않고 천장만 뚫어지게 바라보고 있었다.

"어머니, 그래서요? 아버지가 테레비를 보고 뭐라고 했대요?"

"뭐?"

어머니가 고개를 돌려 오빠를 바라보았다.

"아버지가 테레비를, 한택 아제하고 테레비를 보다가 뭐라고 했냐고요?"

"아. 아버지……. 그래……, 아버지."

"뭐라 그랬냐고요."

"소리치지 마라. 다 들린다. 테레비를 봤다고, 아버지가 한택 아제하고 테레비를 봤다고 내가 말했니?"

"네. 말했어요."

"테레비에서 남조선이 나오고 있었다고 말했니?"

"네. 말했어요."

"테레비에서 남조선이 나오는데, 대학생들이 데모를 하는데, 대통령 물러가라고, 독재자 물러가라고 데모를 하는데, 그거 보라고 보여주는데 아버지는……."

"아버지는요?"

"서울이, 건물이, 대학생들이 입고 있는 옷이, 신발이 왜 저렇게 좋으냐고, 한국이 저렇게 발전했냐고……."

"그리고요?"

"그리고……, 자유가 있구나, 자유가……. 데모를 하고, 대통령 물러가라고 데모를 하고, 자유가 있구나……."

긴장이 탁 풀려버렸다. 오빠는 그대로 뒤로 벌렁 누워버렸다. 바람 부는 소리는 더욱 거세지고 대문은 더 많이 더 오래 덜컹거렸다.

스파이, 첩자, 반동. 그게 아버지의 죄목이었다.

한택 아제가 일제시대 때 충청도 어디에서 순사를 했다더라, 하필 그 동네 살던 사람이 귀국하는 바람에 까발려졌다더라, 라는 말을 어머니는 한참이 지나서 내게 귀띔해줬다. 당에 충실한 사람은 과거를 묻지 않는다고 그게 당의 정책이라고 누우이 말하지만, 그건 말뿐이었다. 한택 아제에게는 자신의 과거를 털어버리기 위한 제물이 필요했던 것이고, 그게 아버지였다. 밀고는 충성심의 확고한 징표였다. 가까운 사람에 대한 밀고일수록 충성도는 올라간다. 토대가 나쁜 사람이나 과거가 있는 사람에게 그걸 만회할 수 있는 길은 밀고밖에 없다. 물건을 빼돌린 사람을 밀고하면 밀고자에게는 그 사람의 물건이 부상으로 주어진다. 한택 아제에게는 관리위원장이라는 감투가, 지지리 공부 못하는 아들에게는 영사관 기사라는 자리가 주어졌다.

"오빠가 칼이라도 들고 찾아갈까 봐 무서웠다."

어머니는 그렇게 말했다. 어머니, 나는요?

"사실은 내가 무서웠는지도 모르겠다."

어머니, 나는요?

"자다가 벌떡 일어나서 칼을 들고 서성거린 게 몇 번인지 모른다."

어머니, 나는요?

눈은 내리고 하이쿠는 재가 되어 하늘로 올라간다 (1976년 2월 17일)

눈보라가 휘몰아친다. 파도처럼 휘몰아치는 바람이 바닥으로 내려 앉으려는 눈을 공중으로 휘감아 올린다. 앞을 봐도 뒤를 봐도 눈발만 가득하다. 산도 들판도 마을도 내리는 눈에 가려 보이지 않는다. 눈 내리는 세상에, 나 혼자 있는 듯하다. 그러나 세상은 철벽같아서 나의 감상은 쓰레기처럼 하찮기만 하다. 몇 번이나 쌓인 눈의 높이를 물어보는 어머니가, 내가 지켜야 하는 어머니가 눈을 뚫고 나아가라 한다. 나는 바람과 싸우는 소처럼 머리를 들이밀고 걷는다.

보건소 문을 열었는데 담덕 어머니가 책상에 앉아 있었다. '저분이 왜 저기 있지? 내가 잘못 왔나?' 나는 문을 열어놓은 채 그만 굳어버린 것처럼 섰다.

"소라구나. 이 눈보라를 뚫고…… 어서 들어와라."

담덕 어머니는 나를 알아보고 자리에서 벌떡 일어나 나를 들어오게 하고 문을 닫았다. 걸어오는 내내 귓바퀴에서 잉잉거리던 바람 소리가 뚝 그쳤다.

그제야 나는 보건소로 오는 내내 담덕 어머니가 보건소장이라는 걸 알면서도 내심 모른 척했다는 걸 깨달았다. 혹시라도 나를 냉대할까 봐 먼저 모른 체했던 거였다.

"어머니가 아프시구나."

내가 무슨 말을 꺼내기도 전에 담덕 어머니가 먼저 말했다.

"한번 찾아가봐야 하는데 미안하구나. 어머니, 가끔 길에서 만나기만 했지만, 얼굴도 곱고 마음도 참 고운 분인 거 같더라. 전에 어머니가 보내주신 무짠지는 또 얼마나 맛있던지, 아마 그게 일본료리 방법인가 봐. 아참, 내가 왜 이러지? 너는 급해서 왔을 텐데 한가한 소리나 늘어놓고 있으니……. 어머니, 어떠시니?"

어머니요? 나는 깜짝 놀란다. 어머니가 어떠신지 그걸 말해야 되나? 보건소에 약을 타러 오면서 어머니가 어떤지 말해야 될 거란 걸 마치 몰랐던 것처럼 깜짝 놀라 어쩔 줄을 모른다. 나는 담덕 어머니 책상 위에 놓인 보건소장 패찰을 자꾸만 손바닥으로 닦는다. 마치 그게 너무나 급한 일이기나 한 것처럼. 마치 그 일을 하러 온 것처럼.

아버지가 있는 곳만 알면, 무사하다는 것만 알면 아무 소원이 없겠다던 어머니의 소원은 첫눈이 오던 날 풀렸다. 보위부에 불려갔다 온 어머니는 여행증을 손에 쥐고 있었다. 아버지가 평성수용소에 있다고 했다.

"우리는?"

오빠와 내가 동시에 물었다. 어머니가 몹시 미안한 표정으로 우리를 달랬다.

"내가 부탁을 했는데, 거절당했다. 너희들은 학생이라서 학교도 가야 되고 거기는 학생들이 갈 수도 없는 데고, 또 무슨 가족 나들이라도 가는 줄 아냐고 호통을 치더라."

아버지를 만나고 온 어머니의 상태는 더욱 나빠졌다. 아버지 얼굴만 보면 살 것 같다던 어머니는 곧 죽을 사람처럼 되어서 돌아왔다.

어머니요? 어머니가 아니라 할머니예요. 어머니가 할머니가 되어버렸어요. 할머니처럼 폭삭 늙어버렸어요. 이마와 볼에, 그리고 입가에 허옇게 저승꽃이 피고 있어요. 아주 만발을 했어요. 머리에도 서리가 내려요. 저러다 머리가 얼어버릴 거 같아요. 조금씩 얼어가다가 어느 순간 깨져버릴지도 몰라요. 정수리에는 동전만 하게 구멍이 났어요. 머리가 뭉턱뭉턱 빠져요. 미처버렸는지도 모르겠어요. 맥을 놓고 있다가 밤새 끙끙 앓는 소리를 내고 기운이 없어서 조금이라도 움직이면 반나절은 꼼짝 못 하고 벽에 축 늘어져 있고 잠이 들었는가 싶으면 비명을 지르면서 깨어나고 자면서도 헛소리를 하고 갑자기 흐느껴 울다가 중얼거리다가 어느 날은 무슨 기운이 솟구쳤는지 방 안을 뱅글뱅글 맴돌고 먹은 걸 토하기도 하고……. 아버지도 없는데 어머니마저 그러면 어떡해요? 이거 반칙 아니에요?

담덕 어머니가 안타깝다는 듯 쯧쯧 혀를 찼다. 내가 잘 설명한 걸까? 담덕 어머니는 처방전을 쓰면서 말했다.

"우선은 잘 드셔야 돼. 뭐가 됐든 먹어야 돼. 자꾸 토하더라도, 조금씩 자주 먹게 해드려."

삼묘환이라고 써 있었다. 처음 들어보는 말이었지만, 삼은 어쩐지 인삼이나 산삼의 느낌, 그리고 묘라는 말이 신묘하게 잘 듣는 산삼 같은 느낌을 주었다.

"그런데 약국은요?"

"군으로 나가야 된다. 광산병원 바로 옆에 사진관이 있고 그 옆에 동약국이 있어. 한방약국이야. 참, 돈은 가져가야 된다."

"예? 돈이요? 얼마나?"

"5원 정도만 갖고 가봐라."

더 이상은 팔 물건도 남아 있지 않았다. 일을 나가는 사람이 없으니 우리 집에는 배급 쌀도 나오지 않았다. 어머니가 가지고 있던 옷이 하나씩 팔려나갔다. 털목도리가 팔려나가고 하나뿐인 핸드백도 팔려나가고 스카프도 팔려나갔다. 그나마 그걸 팔아주는 사람은 인민반장 아주머니였다. 반장 아주머니가 중간에서 소개비를 조금 뗀다고 솔직히 말했지만 얼마를 떼는지는 알 수 없었다. 그래도 우리 집에 드나들며 챙겨줄 수 있는 사람은 그 아주머니밖에 없었다. 아주머니는 빨리 건강해져서 가내작업반 일이라도 같이하자며 물건 판 돈으로 쌀을 사다 주기도 했다. 그러나 이제는 더 이상 팔 게 남아 있지 않았다.

어머니는 냉골에서 식은땀을 흘리고 있었다. 나는 아궁이에 불을 지폈다. 장작은 몇 개 남지 않아서 금방 바닥이 드러났다. 그곳을 파고 흙구덩이 속에 있던 시집들을 꺼냈다. 비틀스와 다른 음반들은 이미 사라지고 하이쿠 시집 다섯 권만 있었다. 나는 하이쿠 시집을 한 장씩 찢어 나지막이 읊조리고 장작불 속으로 던졌다.

"도끼질하다 향기에 놀랐다네 겨울나무 숲."(부손)

화르르 타들어가 재가 된다.

"두견새 날고 큰 대숲 담아내는 달빛이어라."(바쇼)

화르르 타들어간다.

"덧없는 세상은 덧없는 세상이건만 그렇지만."(잇사)

화르르 탄다.

"무덤도 움직여라 내가 우는 소리는 가을의 바람."(바쇼)

"엄마 아빠가 자꾸자꾸 그리운 꿩 우는 소리."(바쇼)

"들판에 해골로 뒹굴리라 마음에 찬바람 살 에는 몸."(바쇼)

"여행길에 병드니 황량한 들녘 저편을 꿈은 헤매는 도다."(바쇼)

하이쿠는 장작불 속에서 미련 없이 타올라 재가 되었다. 어쩌면 그것이야말로 하이쿠의 진정한 완성인지 몰랐다.

밖에서는 소리도 없이 눈이 내리고 있었다. 내리는 눈을 멍하니 바라보고 앉아 있는데 눈발 사이로 얼굴 하나가 나타났다. 담덕 어머니였다. 벌떡 일어나려는데 담덕 어머니는 발을 들여놓지도 않고 내 손에 뭘 쥐여주고는 몸을 돌려서 눈발 사이로 사라져버렸다. 헛것을 본 것 같았다.

손을 펴보니 5원짜리 지폐 한 장이 있었다.

좋은 사람들은 다 떠난다(1976년 11월 1일)

일기 쓰는 게 두렵다. 쓰는 내가 두렵다. 내 곁을 떠나는 사람들, 시를 알고 말이 통하는 사람들은 다 떠나간다.

어머니가 기운을 차리고 대청소를 하면서 말했다.

"우리가 잘해야 한다. 당에 충성심을 보이고 열심히 해야 한다. 그러면 아버지도 풀려날 거라고, 보위부에서 말했다."

'그럴까?'라는 의심은 너무나 무기력하다. 의심으로 얻을 수 있는 건 아무것도 없다. 아무것도 달라지지 않는 의심은 무기력하고 무의미하다.

어머니는 일기장을 당장 태워버리라고 했다. 그런 걸 써서 뭘 어쩌자는 거냐며 내 어깨를 흔들어댔다. 오빠도 당장 태우라고 소리쳤다. 땅속 깊이 파묻힌 음반 조각보다, 불살라버린 시집보다, 일기장이 더 불온하다는 걸 나는 안다. 그건 우리 가족 모두를 수용소로 보낼 수도 있을 것이다. 그런데도 나는 당돌하게 대든다. "왜? 왜 일기장을 태우라는 거야?" 그러나 나는 그렇게 말하지 않는다. 다만 나는 궁지에 몰린 쥐처럼 소리쳤다. "태웠어요, 벌써 다 태워버렸어요." 나는 깜짝 놀란다. 내가 거짓말을 하고 있었다.

일기는 어머니와 오빠에게도 비밀이 되었다. 숨어서 쓰는 일기는 자주 끊긴다. 부엌 바닥을 파고 묻어놓은 일기장을 꺼내는 일도 쉽지 않다. 1년 넘게 한 글자도 쓰지 못하는 날도 있고 미처 쓰지 못하고 넘어간 이야기를 몇 달이 지나서야 쓰기도 한다. 나무 아래 기다리고 있는 소녀는 이해해줄 것이다. 담덕마저 떠나버린 지금 내게 남은 건 소녀밖에 없다.

삼묘환 덕분인지 아니면 충성심을 보여야 한다는 결심 때문인지 모르지만 어머니가 정신을 차린 후, 나는 담덕의 집으로 찾아갔다. 아파트 앞에 트럭이 서 있고 이삿짐을 싣고 있는데, 그게 담덕이네 이삿짐이었다. 집이 어수선했다. 책가방이 미어터지게 책을 넣고 있던 담덕이 뛰어나왔다.

"어제도 그런 말 없었잖아."

내가 놀라서 묻자 담덕은 담담하게 말한다.

"우리도 오늘 알았어. 갑자기 연락이 왔어. 회령으로 가게 될 거래."

"그게 어디야?"

"음, 북쪽."

"여기도 북쪽인데……."

"더 북쪽. 두만강과 가까운 곳."

"거긴 더 춥겠구나."

어머니가 담덕 어머니에게 전해달라는 선물을 들고 온 참이었다.

어머니에게 남은 것 중 그나마 가장 좋은 세타를 포장한 것이었다.

"이렇게 귀한 걸 주시다니……. 어머니에게 꼭 전해드려라. 갑자기 이사를 하게 되는 바람에 인사도 못 드리고 간다고……."

아파트 밖까지 담덕이 따라 나왔다. 계단을 내려가는데 눈물이 쏟아질 것 같았다. 담덕도 야속했다. 내가 심부름을 오지 않았다면 담덕이 가는지도 모르게 떠나버렸을 것 아닌가.

"왜 갑자기 이사를 가게 된 건지, 물어봐도 되니?"

"아버지가 쓴 글이 문제가 좀 있나 봐. 아직은 나도 자세히 몰라. 아버지가 몇 날 며칠 동안 조사를 받고 오셨는데, 오늘 갑자기 회령으로 떠나라는 명령이 내려왔어."

그제야 나는 담덕에게 빌린 책이 있다는 걸 깨달았다.

"얼른 집에 가서 가져올게."

"뭐?"

"너한테 빌린 책 말이야."

"그냥 너 가져. 이미 우리 집 책은 다 조사해서 보고가 올라갔어. 그 책은 보고에서 빠졌으니까 그냥 너 가져도 될 거야."

갑자기 시무룩해져버렸다. 책을 돌려주겠다고 한 건 담덕을 한 번 더 보려던 핑계였는데……. 담덕은 빨리 들어가서 짐을 싸야 할 거고……. 그러나 발길이 떨어지지 않는다. 나는 발로 땅바닥만 푹푹 파고 있었다.

"편지할게."

"주소 알아?"

"그럼."

"……"

"우리, 꼭 다시 만날 수 있을 거야."

"아니, 다시 만날 수 없을 거야."

"왜 그렇게 생각해?"

"몰라, 느낌이야."

"느낌보다는 의지가 중요한 거야."

"의지라고?"

넌 그런 걸 믿니? 하려다 나는 그만 고개를 돌렸다.

"잘 가."

"그래, 잘 있어. 그리고 꼭 편지할게, 답장 써야 된다."

나는 돌아서서 담덕을 쳐다보았다. 어쩌면 마지막 모습이 될 담덕은 씩, 웃으며 손을 흔들었다. 나는 손을 흔들어줄 기분이 아니었다. 그냥 돌아서서 걸었다. 한참을 터덜터덜 걷다가 뒤를 돌아보았다. 담덕이 아직도 서서 손을 흔들고 있을지 궁금했다. 그러나 돌아보았을 때 담덕은 없었다. 가슴 한가운데 무언가가 뭉턱 빠져나가는 것 같았다.

담덕의 집으로 다시 달려갔을 때 담덕이네 식구가 탄 트럭이 벌써 출발하려고 시동을 걸고 있었다. 트럭 짐칸에 올라타 있던 담덕이 벌떡 일어나 고개를 내밀었다.

"무슨 일이야?"

나는 얼른 집으로 달려가서 들고 온 털목도리를 내밀었다. 마음이 급해서 포장도 하지 못한 털목도리는 내가 두르고 다니던 것이었다. 그걸 알아본 담덕의 눈동자가 잠시 흔들리더니 순순히 받았다.

"고마워. 정말 고마워."

미안해. 줄 게 그거밖에 없어.

편지(1977년 1월 27일)

'난생처음 낯선 곳으로 이사를 왔지만 위대한 김일성 수령님의 은혜와 배려로 문화주택을 배정받아서 잘 지내고 있어. 아버지는 인쇄소 활판공으로 일하시는데, 육체노동을 하니까 집에서 글 쓰실 때보다 더 건강해지신 것 같다고 좋아하시고, 어머니는 전공을 살려서 한약재 가공공장에 다니고 계셔. 여기 날씨는 김책하고는 비교도 할 수 없게 춥고 바람도 많이 불어. 너무 추워서 하늘도 얼어붙었는지 눈도 오지 않고, 바람만 귀신 소리를 내면서 불어대고 있어. 하지만 네가 준 털목도리를 하면 추운지도 모르겠다. 털실 감촉이 얼마나 보드랍고 좋은지 나는 방에서도 그걸 두르고 있어.'

우체부가 올 때마다 담덕의 편지를 기다렸다. 편지 쓸 시간이 없을까, 무슨 일이 생긴 건 아닐까, 벌써 나를 잊어버린 걸까, 쓰고 싶지 않은 걸까, 온갖 생각이 오가고 지쳐서 포기할 때쯤에야 편지가 왔다.

그런데 편지를 다 읽고 나자 그 오랜 기다림이 너무나 허탈해진다. 담덕이 썼다는 걸 알 수 있는 건 털목도리 얘기뿐이다. 담덕의 어감이나 체취가 조금도 느껴지지 않는다. 답장을 쓰려고 애를 써봤지만 내가 쓰는 글도 담덕과 조금도 다르지 않다.

이런 편지라면 차라리 쓰지 않는 게 낫겠다.

영화는 이미 예술입니다(1979년 3월 18일)

학교 수업은 여덟시에 시작된다. 등교는 집단으로 한다. 학급별로, 같은 마을 학생들끼리 노래를 부르며 줄지어 가야 한다. 개별적으로 오다가 규찰대에 걸리면 이름을 적히고 업간 모임 때 전교생 앞에 불려 나간다. 수업 종이 울리면 15분간 사상담당 위원의 주관으로 아침 독보회를 한다. 매 시기 제기되는 당 정책이나 노동신문 사설, 교시 등을 독보하고 그날 제기되는 문제를 통보한다. 45분 수업에 15분을 쉬고, 둘째 시간이 끝나면 업간 모임 종이 울린다. 전교생이 모여 인민보건체조를 하고 학교에서 제기되는 문제의 장단점들을 평가하고 새 과업들을 알려준다. 교실에는 당번 한두 명이 남아 청소를 하고 음료수 통에 물을 채운다. 업간 모임이 끝나고 두 시간 수업을 마치면 점심시간이다. 거리가 먼 학생들은 점심밥을 가지고 오지만 한 시간의 여유가 있으므로 대부분 집에 가서 점심을 먹고 오후 수업을 받는다.

오후에는 두세 시간 수업을 하고 과외 노동을 한다. 여중학교에 와서도 가장 많이 제기되는 과외 노동은 월동 준비를 위한 화목 운반이다. 인민학교 때는 산에 가서 나무를 했지만 이곳은 시내라서 5리 정도 떨어진 제재공장에서 목재를 가공한 쭉데기(부산물)를 날라 온다. 제재공장에서 학교까지 이어지는 신작로에는 젖은 나무 쭉데기들을 이고 끌고 가는 학생들로 바글바글하다. 한두 학급은 날라 온 나무들을 운동장 한쪽에 규모 있게 쌓는다. 작업이 끝나면 작업 총화를 짓고 당번을 제외한 전원은 집으로 돌아간다.

당번은 1, 2, 3학년은 소년단 반 단위로, 4학년은 사로청 분조 단위로 순번이 돌아온다. 교실 바닥과 책걸상은 물론 창턱까지 먼지 없이 닦아야 한다. 밤이면 4학년 학생들로 네다섯 명씩 조를 짜서 교원 한 두 명과 함께 수직(守直)을 서야 한다. 말이 수직이지 거의 숙직이다.

여중학교는 인민학교 때와는 달리 숨 쉴 틈도 주지 않고 일정이 꽉 짜여 있다. 예술영화 감상도 세포비서 선생님의 엄격한 지도에 따라, 지도하는 대로 느끼고 감상해야 한다. 영화가 이미 예술인데, 예술영화라고 할 필요가 있을까? 예술이란 말을 붙이지 않으면 예술인지 모를까 봐 그러는 걸까.

세포비서 선생님은 영화 이야기보다는 영화를 만든 사람에 대해서 더 힘주어 이야기한다.

"이 영화를 만드신 분은 김정일 지도자 동지이시다. 위대한 김일성 수령님께서 항일운동을 하시던 시기 백두산의 밀영에서 태어나시었는데, 김일성 수령님의 피를 이어받아 천재적인 머리를 타고나시어 특히 문화예술 부문에서 탁월한 능력을 발휘하고 계시다. 평양 만수대에서 공연되는 〈꽃 파는 처녀〉, 〈피바다〉도 위대한 김정일 지도자 동지의 작품이다. 오늘 보게 될 〈벗들이여, 우리와 함께 가자〉는 항일유격대 여성 공작원이 위만군 부대에 침투하여 사상 공작을 벌여 항일연합전선의 승리를 이끌어내는, 감동적인 예술영화다."

세포비서 선생님은 잠시 두 손을 가슴에 얹고 몹시 경건한 얼굴로 숨을 고르더니 갑자기 노래를 부른다.

"삼석의 언덕길을 걸으시옵니까, 가시는 걸음걸음 꽃이 피옵니다……"

삼석은 김정일 지도자 동지(가끔 당 중앙이라고 표현하기도 했다)의 숙소가 있는 곳인데, 예술 작품을 구상하시는 고뇌에 찬 발걸음을 노래로 만든 것이라고 한다.

영화를 볼 기회가 없는 학생들은 영화에 금방 취해버린다. 어두운 방에서 학생들은 주인공과 일심동체가 된다. 누가 주인공인지 학생들은 재빠르게 눈치챈다. 주인공이 시련을 겪을수록, 반동분자의 간교한 속임수에 넘어가 고통받을 때 학생들은 한목소리로 신음 소리를 낸다. 주인공의 고통이 클수록, 반동분자의 간악함이 도를 넘을수록 감동은 커진다. 감동을 위해서는 시련과 역경이, 혁명가를 부각시키기 위해서는 반동적이며 혁명성이 미약한 인물이 필요하다. 그것을 위한 부정적 인물이 일본인 지도관과 그를 추종하는 조선인 부관이었다. 민족도 정의도 모르는 악의 화신, 반동의 종자, 기회주의자에 리기주의자.

영화는 교훈적이다. 함께 갈 수 있는 벗은 따로 있다. 아무나 함께할 수는 없다.

아이들은 영화가 말하려는 것 그 이상을 앞서 나가고, 말하지 않은 것까지 파악하고 곧바로 행동에 옮겼다. 영화에 몰입된 아이들은 곧바로 현실을 영화에 대입했다.

영화가 시작되기 전, 선생님은 이 영화를 보는 방법을 친절하게 알려주기도 했다.

"영화를 보는 것만으로 끝나면 그것은 우리의 혁명에 조금도 도움이 되지 않는다. 영화 속 영웅들의 이야기를 나의 일상생활 속에서 실천하도록 해야 되는 것이다. 또 일본인 지도관 같은 인물이 우리들 속에도 여전히 있다는 것을 알고 경계하는 것도 배워야 한다. 배울 것이 없는 영화는 자본주의 부르주아들의 쓰레기일 뿐이다."

영화가 끝나자 곧바로 나의 별명은 일본인 지도관이 되었다.

쉬는 시간, 화장실에 밖에서 떠드는 소리.

"우리 반에 반동분자 딸이 있는 거 아네?"

"지도관 같은 동무가 우리 반에 있다고?"

나는 안에서 고스란히 듣고 있다. 노크 소리가 요란하다.

"여기 왜 안 나오네."

"똥 싸고 있나?"

"문이 잠겼나?"

아이들은 문이 떨어져나가도록 손잡이를 잡고 흔들어댄다.

영화의 감동은 책 한 권의 감동보다 크고 오래 지속된다. 나는 번번이 화장실에 갇히고, 번번이 수업 시간에 지각한다. 그때마다 선생님들은 지각한 것에 대해 야단을 치고 비판하고 교실 밖에 세운다. 선생님들도 지도관이 누구인지 알고 있지만 말리지 않았다. 교훈적이니까. 학급 협동작업 시간에도 번번이 외톨이로 남았지만 직발 선생도 어쩌지 못했다. 스파이, 반동종파의 딸. 토대가 나쁘다는 건, 나의 아이의 아이의 아이가 태어나도 벗어날 수 없는 굴레였다. 이제 내게는 일본어 억양뿐 아니라 일본인 지도관이라는 확고한 토대까지 마련된 것이다. 새삼스럽게 놀랍지도 않았다.

선생님도 토대가 좋지 않군요 (1979년 9월 19일)

아이들이 나에게 군이 여행증을 맡겼다. 마을 아이들 일곱 명을 대표해서 내 이름으로 기차통학 동행자 명단을 붙였다. 나는 그게 어떤 의미인지 알고 있었다.

"이거 소라가 하는 게 좋지 않겠니?"

보이지 않는 리더십의 애가 말하자 그녀를 추종하는 아이들이 한 목소리로 외쳤다.

"소라는 지도관이니까, 제일루 어울리누마."

나는 등하교 때마다 마을 아이들을 모아서 앞장섰다. 마을에서 기차역까지, 기차역에서 학교까지, 학교에서 기차역까지, 기차역에서 마을까지 노래를 부르며 걸었다.

이것이 언제 터질지, 어디에서 어떻게 터질지는 시간이 결정한다. 내가 두려움을 가지고 기다리는 그 시간, 그리고 아이들이 긴장해서 기다리는 그 시간, 두 개의 곡선이 정점에서 만나는 때는 아니다. 그것이 정점을 찍고 모두에게 익숙해져서 이런 기획이 있었는지도 잊어버려야 한다. 기획자가 기획한 것조차 잊어버려야, 그들은 희생양의 슬픔에 순수하게 동참할 수 있을 테니까. 어떤 죄책감도 없이 기꺼이 즐길 수 있을 테니까.

교실 바닥에 톱밥을 잔뜩 쏟아부었다. 대청소하는 날이다. 젖은 톱밥을 발로 미끄럼 타듯이 고루 문대어 때를 벗긴 후 깨끗이 쓸어냈다. 그다음에 쓰다 남은 크레용 꼬투리나 초, 밀랍 같은 것을 바르고 매끈한 돌이나 마른걸레로 윤기를 낸다. 널판자도 나무 종류나 결이 달라서, 잘 닦이는 것이 있고 어떤 것은 아무리 닦아도 윤기가 나지 않는다. 어떤 아이들은 집에서 아껴 먹는 콩기름을 페니실린병에 몰래 담아가지고 와서 바르기도 했다. 걸레질을 할 때마다 나무 가시가 손에 박혔다. 책걸상을 모두 복도로 내놓은 교실에 톱밥을 뿌리고 그걸 발로 문지르는 것은 선생님이 있을 때뿐이다. 선생님이 나가는 순간, 아이들은 톱밥 위에서 미끄럼을 타고 넘어지고 엎어지고 고함을 질렀다. 청소가 끝난 후, 일일이 검열하고 합격, 불합격을 매겼다. 대청소를 마친 아이들은 얼굴 가득 홍조를 띠고 유난히 크게 웃었다. 그날 여행증이 사라졌다.

기차역 맞은편에 있는 리 인민위원회에 달려가서 여행증을 재발급 받았다. 내가 올 때까지 아이들은 운동장에 앉아 있었다. 재발급받은 여행증을 가지고 다시 기차역으로 줄지어 갔다. 아이들은 노래를 부르지 않았다. 집에 돌아가면 야단맞을 거라고, 저녁밥도 없을지 모른다고 투덜거렸다. 다음 날 오후 첫 수업이 시작된 지 얼마 안 되어 교무실에서 나를 찾았다. 담당 선생님과 학급 아이들의 눈총을 뒤로 받으며 교무실로 갔다. 여행증과 관련해서 담임과 함께 행정위원회로 오라는 호출장이 왔다고 했다. 담임은 다른 교실에서 수업 중이었다.

담임은 가늘고 긴 손가락만큼이나 가느다란 목소리로, '공업생산기본'을 가르치는 젊은 남자였다. 시내의 여자아이들은 거칠었다. "여학생들만 있는 학교라서 괜찮을 거야"라던 오빠의 말은 틀렸다. 시골 남자아이들보다 더 거친 여자아이들은 담임을 직발생이라고 불렀다. 정식 대학을 졸업하지 않았다는 의미였다. 공업기술자로 일하다가 직장의 추천을 받아 속성으로 교원양성소를 거친 사람을 이르는 말이었다.

그가 직발생이란 것이 알려지자마자 아이들은 수업 시간에 책상 위에 다른 과목 책을 꺼내놓고 숙제를 하고, 저녁 조회 시간에는 서로 말꼬리를 잡고 떠들고 웃으며 총화시간을 난장판으로 만들었다. 그것을 주도하는 것은 몇몇 학생이었지만, 직발 선생은 그들의 드살 센(드센) 기세에 맞서지 못했다. 내가 입만 열면 드러나는 일본 억양처럼 그의 가느다란 손가락과 목소리도 어딜 가나 드러나는 슬픈 표식 같았다.

발걸음을 뗄 때마다 쇳덩어리를 하나씩 들어 올리는 기분이다. 한창 수업 중인 교실의 문을 두드리고 나와 함께 행정위원회에 가야한다는 소식을 알렸다. 선생님 표정이 뜻밖에 담담하다. 꼭 이런 일을 기다리고 있었던 것 같다. 선생님은 반 아이들에게 복습을 하라고 말하고 성큼성큼 앞장선다. 운동장을 지나고 교문을 나서서 신작로에 들어설 때까지 선생님은 말이 없다. 손가락이 가느다란 사람은 목도 길고 가늘구나, 선생님 뒷모습을 바라보며 걸어가는데, 선생님이 문득 멈춰 서더니 고개를 꺾고 하늘을 올려다본다. 나도 곁에 멈춰 서서 하늘을 올려다본다. 잠시 후, 선생님은 나를 돌아보며 말한다.

"하늘이 파랗구나."

선생님은 조금 걷는가 싶더니 다시 걸음을 멈추고 길가에 핀 코스모스를 유심히 바라본다. 허리를 굽히고 조심스럽게 꽃송이를 들어 올려 요모조모 뜯어보는 게 마치 무슨 대화라도 나누는 것처럼 보인다. 선생님이 활짝 웃는 얼굴로 나를 보며 말한다.

"코스모스가 피었어."

선생님은 신작로 길을 버리고 강냉이 농장 옆길로 들어선다.

"네 덕분에 가을맞이를 하는구나."

수업 시작 전에 돌아가려면 시간이 없는데 선생님은 여유만만이다.

"그런 일이 있었으면 나한테 먼저 얘기하지, 너도 참 머리가 안 도는구나. 교실에서 잃어버렸다고 말하니까 찾아보라고 그러지. 주머니에 넣고 모르고 빨래를 했다던가, 아니면 불에 타버렸다고 하면 그만 일걸."

선생님은 그렇게 말하고 한발 앞서 걷는다. 그런 거였나? 잔뜩 주눅 들어 있던 나는 그제야 다시 한 번 하늘을 올려다본다. 파란 하늘이 눈에 들어온다. 농장 주변에는 이상하게도 사람 그림자 하나 보이지 않는다. 선생님과 내 그림자만 농로를 나란히 걷고 있다. 나는 그림자를 내려다보며 저것이 구름이구나 생각했다.

선생님은 나에 대해 아무것도 묻지 않았지만 알 만한 건 다 알고 있는 것 같았다.

"일본에서는 어디에 살았니?"

"후쿠오카요."

"후쿠오카. 하하, 내가 그걸 왜 물었지? 난 그게 어딘지 통 모르겠는데 말이다. 상상도 안 돼. 차라리 별나라를 상상하는 게 더 낫겠다."

지금은, 저도 그래요.

"네가 살던 동네에는 조선인들이 많이 살고 있었니?"

"많은지 많지 않은지, 잘 모르겠어요."

"이런, 한 방 먹었네."

"네?"

"내 질문이 분명하지 않았어. 내가 그래도 기술자 출신인데 말이다. 하하하. 너는 무슨 과목이 제일 재미있니?"

"모르겠어요."

"아직도 모르면 큰일이구나. 곧 대학을 가게 될 텐데."

"저는 대학을 못 갈 거예요."

"어째서?"

"토대가 나쁘거든요."

선생님은 걸음을 멈추고 나를 돌아보았다. 나도 걸음을 멈추었다. 왜 선생님과 이런 대화를 하는지 나도 잘 알 수 없었다. 선생님은 나를 쳐다보다가 옆에 있는 코스모스 하나를 꺾어서 내밀었다. 코스모스가 의미하는 게 뭘까? 나는 선생님이 꺾어준 보랏빛 코스모스를 바라보며 걸었다.

지난 10월 20일, 선생님은 온다 간다 말도 없이 다른 곳으로 가셨다. 열 달이 넘게 담임이었는데, 인사 한마디 없이 떠났다. 대신 골치 아픈 왈패들을 잠재울 손탁이 센(권력 있는) 선생님이 담임으로 왔다.

돌격대나 가려무나(1981년 11월 23일)

중학교를 졸업하면 군 대학모집부에서 각 학교마다 대학별로 추천 인원을 배정한다. 학교와 당 조직의 추천을 받아 해당 대학에서 시험을 본다. 공부깨나 한다는 애들은 물론이고 평소에 크게 눈에 뜨이지 않던 애들까지 쉬는 시간이면 분과실로 불려간다. 불려갔다 오는 애들은 내색하지 않으려고 애쓰지만 기쁜 기색이 역력하다. 성적만 좋아가지고는 아무 소용이 없다. 성적보다 중요한 건 가정환경이다. 가정환경이 성적보다 중요하다는 건 누구나 알고 있다.

대학시험 자격 면접에서 떨어지면 농업과 광업 두 곳밖에 남지 않는다. 그곳조차 떨어진 아이들도 있다. 그런 아이들은 자기도 몰랐던 가정환경에 대해서 속속들이 알게 된다. 할아버지가 일제시대 때 치안대를 했다는 이유로 떨어진 아이는, 그것이 밝혀지기 전만 해도 분단위원장이었고 사로청 초급단체 위원장으로 학급의 핵심 인물이었으며, 성적도 상위였다. 그런데 대학입시를 앞두고 주민등록 사업에서 과거 행적이 밝혀지면서 학기 중에 초급단체 위원장 자리를 내놓았다. 할아버지 장례식에 참석한 사람들까지 조사받았다는 말도 떠돌았다. 내각결정 49호 대상도 대학을 못 간다. 내각결정 49호는 한국동란 때 불순분자들을 말한다. 집안이 대대로 개성에서 부자로 살았다고 하는 아이는 친척들이 월남하는 바람에 개성에서 김책으로 소개되어왔다고 했다. 전쟁 때 아버지가 치안대를 했다는 아이는 무산광산으로 발령받았다. 나도, 당연히 떨어졌다.

오빠는 그것도 모르고 죽도록 노력했다. 음반을 깨버렸을 때, 그때 깨버린 건 오빠 자신이었을 것이다. 자본주의에 물든 썩어빠진 정신 상태를 깨부수고 철저한 혁명 정신으로 다시 태어나고자 했을 것이다. 수용소로 끌려간 아버지 때문에라도, 열심히 공부해서 대학도 가고 그래서 당성도 인정받게 된다면, 그러면 아버지도 찾을 수 있을 거라고 생각했다. 오빠는 반에서 일등을 놓치지 않았다. 여러 선생이 오빠를 칭찬했는데 그중에서도 화학 선생이 오빠에게 기대를 걸었고, 그 정도 실력이라면 김일성대학까지는 못 가더라도 적어도 평양에 있는 김책공대는 갈 수 있을 거라면서 오빠를 한껏 들뜨게 했다. 김책으로 갓 발령받은 화학 선생은 오빠의 토대를 미처 몰랐다. 졸업 무렵에야 그 사실을 알게 된 선생은 김책공대가 안 되면 함흥화학공대라도 추천해보려고 했지만 학교에서 받아들여지지 않자, 군 대학모집부까지 다녀왔다. 그리고 생화학분과 교실로 오빠를 불렀다.

선생은 팔짱을 낀 채 창밖만 내다보며 서 있었다. "선생님." 오빠가 불러도 선생은 돌아보지 않았다. 잠시 침묵이 흘렀다. 선생은 뒤를 돌아보지도 않은 채 말했다.

"미안하다, 경엽아. 더 이상은 나도 어쩔 수가 없구나."

오빠는 말없이 돌아서 방을 나왔다. 학교를 졸업한 후, 오빠는 김책 제강소로 발령받았다.

이것저것 다 떨어지고 나니 더없이 홀가분했다. 집에 틀어박혀서 빈둥거리고 있는데 인민반장 아주머니가 찾아왔다.

"야야, 너 그카지 말고 돌격대나 가보런?"

미오

•

의심하는 건 내가 아니라고요

평양과학의학토론회. 이게 내가 북한에 갈 수 있는 핑계야. 나는 북한에 가족이 없어서 초청장을 받을 수 없으니까 이 토론회에 참석한다는 명분으로 비자를 받는 거야. 말하자면 위장 입북? 하하하.

토론회가 열리는 호텔 로비에 가보니까 커다랗게 플래카드가 걸려 있고 벌써 사람들이 모여서 수군거리고 있는데, 어딘지 김빠진 느낌. 내가 8년 전에 처음 이 대회에 참석했을 때만 해도 의사나 과학자가 많았어. 미국교포 의사도 있고 동유럽 쪽에서 오는 외국인 학자들도 있고. 그런데 해가 갈수록 참석자가 급격하게 줄어들고 있어. 아마 일본인 납치 문제가 결정타인 것 같아.

참석자가 줄어들고 더구나 의사나 학자는 별로 없는데도 토론회를 취소하거나 축소하는 일은 일어나지 않아. 토론회 진행을 맡고 있는 반장이라는 사람만 해도 의사가 아니고 조총련 간부야. 일본에서 굉장히 큰, 전국적인 규모의 빠칭코를 운영하는 사업가였어. 그러고도 채울 수 없는 자리는 북한 사람들로 채우고 있어. 커다란 플래카드 앞에서 사진 찍는 게 가장 중요한 행사라고 할까. 그러고는 형식적인 회의를 하고 뿔뿔이 흩어지는 거지. 누구냐고 물어볼까 봐 무서운지 뒤도 돌아보지 않고 흩어져. '과학의학토론회'. 제목만 해도 좀 기묘하잖아. 너무 광범위해서 아무것도 말해주는 게 없다고 할까? 어쩌면 이게 토론회를 상징하는 거 아닐까?

재미조선인의학자협회 중에서 북한에 가족이 있는 사람들은 해마다 빠지지 않고 오고 있었어. 그들하고는 반갑게 악수도 하고 인사도 했어. 다들 나이가 많아. LA할머니라고 부르는 분은 원래 평양에 살았는데 전쟁 때 여동생이 너무 작아서 놔두고 피난을 갔다가 가족이 산산조각 났다고 해. 적십자를 통해서 여동생을 찾았는데 핏줄에 대한 강한 사랑의 힘이랄까, 여동생에게 너무나 미안해하고 가슴 아파하고 있었어. 서준범 선생은 뇌외과 의사인데 정밀한 수술을 아주 잘해. 나처럼 가족은 없는데 북한에 관심이 많아. 나이도 젊고. 대회에는 인사만 하고 평양대학병원에 가서 해마다 수술을 해주고 가.

로비에 모인 사람들이 줄서서 버스를 타는데 과학협회 일꾼이 배지를 하나씩 나누어주었어. 김일성 배지야. 나는 주머니에 넣어버렸어. LA할머니가 내 옆자리에 앉으면서 걱정스러운 표정으로 물었어.

"리 선생, 어디 아파요?"

내가 마스크를 끼고 있었거든. 평양 날씨가 쌀쌀해서 그런가 보다, 약은 먹었냐면서 LA할머니가 챙겨주는데 속으로 조금 켕겼어.

버스가 멈춘 곳은 김일성 동상 앞이야. 토론회를 시작하기 전에 김일성 동상 앞에 꽃다발을 갖다 놓고 절을 해야 하거든. 그동안 꾀병 핑계를 대면서 몇 번 빠졌지만 그게 매번 통하지는 않잖아. 반장이 꽃다발을 들고 우리는 뒤에서 줄을 맞춰 걸어가서 고개를 숙이고 그다음에는 동상 앞에서 단체사진을 찍는 거야. 뒤에 뚝 떨어져서 뒷짐을 지고 있던 당 간부가 룡해에게 눈짓하는 게 보였어. 마스크 때문이었지. 나는 코를 훌쩍거리면서 기침을 했어. 룡해가 달려와서 내 귀에 대고 말했어.

"리 선생님, 마스크 좀 벗으시라요."

어떻게 했을 거 같아? 하하하, 그대로 쓰고 있었어. 계속 기침을 하면서. 당 간부가 할 수 없다는 듯이 사진사에게 고갯짓을 하더라.

"리 선생님. 너무 하시잖아요."

룡해가 이마를 찡그리면서 투덜거리길래 내가 변명을 했어.

"나의 감기 비루스가 중요한 토론회에 오신 분들에게 전염이 되는 걸 바라지 않기 때문이예요. 이해해주세요. 일본의 더러운 비루스를 여기까지 끌고 온 건 다 제 탓이예요. 당에서도 리해해주실 거예요."

"그래도 사진 찍을 때만 잠깐 마스크를 떼는 건 상관없잖아요."

"미안해요. 아침 공기가 쌀쌀해서……."

"그런데 배지는 어쨌어요? 배지 안 받았어요?"

"받았어요. 그런데 내 옷이 얇아서 바늘이 들어가면 구멍이 뚫려버려서 못 달았어요. 미안해요."

룡해는 푸, 한숨을 쉬면서 성큼성큼 걸어가버렸어.

룡해는 내가 그런 사람이란 걸 이미 알고 있어. 조선학교를 나오고 조선국적을 고수하고 있지만 김일성주의자가 아니란 걸. 국적과 사상은 전혀 다른 문제니까. 5년 전이었을 거야. 북한에 다섯 번쯤 방문하고 나니까 우리를 대하는 태도가 조금씩 부드러워지더라. 처음에는 배후에 누가 있는 거 아니냐고 의심했거든. 배후에 있긴 뭐가 있어. 그런 게 있어주면 고맙지. 매년 약품을 사가지고 가다 보니, 지금은 대출까지 받아야 하는 형편이지만 우리는 누구의 도움도 받지 않고 있잖아. 그렇다면 약품만 소포로 부치면 되는데 뭐하러 굳이 오냐는 거야. 의사로서 환자들을 직접 보고 직접 전달하고 싶다고 했더니, 빼돌릴까 봐 의심하냐고 화를 내. 의심하는 사람은 내가 아니라고요, 외치고 싶었어. 끝없이 의심하는 건 정말 안타까워. 거기에다 고압적인 태도까지 더하면 정말 지쳐버려. 입국심사대에서는 강호 머리를 보고 남자가 머리는 왜 기르냐, 젊은 사람이 수염은 왜 기르냐, 이런 말까지 해서 강호가 욱했었어. 지치고 기운 빠지는 일이 한둘이 아니지만, 그래도 시간이 흐르니까 우리의 순수한 의도를 조금씩 알아주더라.

어느 날, 룡해가 신이 나서 달려왔어. "선생님, 선생님" 하면서 가쁜 숨을 몰아쉬었는데 고작 몇 미터를 달려왔다고 숨이 찬 것 같지는 않았고 기쁨이 넘쳐서 숨을 헐떡거리는 것 같았어.

"선생님 두 분이 초대를 받으셨어요."

숨을 헐떡거릴 정도로 기쁜 초대란 게 뭘까? 우리는 룡해가 흥분을 가라앉히고 설명할 때까지 기다렸어.

"김정일 지도자 동지께서 두 분 선생님을 저녁 식사에 초대하셨다, 이 말입니다. 두 분 선생님께서 순수한 민족애로서 훌륭한 일을 하고 계신다는 걸 김정일 지도자 동지께서 아시고, 크게 칭찬을 하셨습니다. 그리고 두 분을 직접 만나고 싶으니 저녁 식사에 모시고 오라고 하셨습니다. 만찬 메뉴로 꿩고기하고 사슴고기도 나온다고 하더군요."

우리는 정말 난감했어. 룡해가 저렇게 기뻐하는데 같이 기뻐해주지 못하고 썰렁하게 있으려니 미안하잖아. 룡해도 당황하더라.

"아니, 두 분 선생님 표정이 어째 그렇습니까?"

무슨 말을 어떻게 해야 할지. 큰 선물을 받고 기뻐하는 아이한테 그걸 다시 뺏어야 하는 악역을 맡아야 되는 순간이었어. 그럴 때는 강호가 해결사야. 어차피 미운털이 박혀 있으니까.

"우리는 가고 싶지 않습니다."

룡해의 놀란 표정은 지금도 잊히지 않아. 정말이지 사형선고라도 받은 사람 같았어. 가엾은 룡해. 얼마나 충격이 컸는지 표정 관리가 전혀 안 됐어. 얼굴에 핏기가 가시더니 입이 헤벌어졌어. 무슨 말을 하고는 싶은데 입안에서 맴돌기만 하고 밖으로 나오지 않는 것처럼 입술을 움찔거렸어. 어쩌겠어. 우린 그냥 가만히 지켜보고만 있었어. 괜찮냐고 묻고 싶었지만 한눈에 봐도 괜찮지 않은 사람한테 괜찮냐고 할 수도 없는 노릇이고.

"안내원 생활이 10년째입니다. 그런데 이런 경우는 처음입니다. 김정일 지도자 동지의 초대를 거절하다니요? 이게 얼마나 큰 가문의 영광인지 모르신단 말입니까?"

룡해는 자기가 들은 말을 믿을 수 없는 표정으로 고개를 갸웃거리다가 아주 냉담하고 사무적인 목소리로 말했어. 강호도 사무적으로 대답했어.

"우리는 호텔에서 저녁을 먹겠습니다."

룡해가 두 주먹을 불끈 쥐는데 부들부들 떨고 있더라. 그러다가 작전을 바꾸었는지 나를 바라보면서 의자에 털썩 앉는 거야.

"도대체 왜 그러시는 겁니까? 어떻게 지도자 동지의 초대를 거절하십니까?"

나는 어떻게든 부드럽게 룡해를 설득하려고 했어. 초대한 사람이 누구든 거절당하면 불쾌한 게 당연하니까.

"초대해주신 건 고마워요. 하지만 우리는 누구 칭찬을 받으려고 오는 게 아니요. 초대를 거절하는 게 예의가 아니라는 건 알지만 그런 칭찬을 받으면 공연히 우리가 우쭐해질지도 몰라요. 그러면 우리의 순수한 의도가 더럽혀져서 불순해질 수도 있고요. 우리는 유혹에 약한 인간이거든요. 룡해 동무가 이해해주세요."

배신감에 일그러진 룡해의 표정이 부루투스 너마저, 이러는 거 같더라. 룡해는 이를 악물고 앉아 있다가 그대로 나가버렸어. 그러고는 사흘 동안 나타나지 않는 거야. 아무 연락도 없이. 날씨는 얼마나 사나운지 호텔 밖으로 나가면 콧속이 쩽 얼어붙어버릴 것처럼 추웠어. 호텔 방에서 책이나 보면서 지루하게 시간을 보내야 했어. 솔직히 말하면 좀 무섭기도 했어. 룡해가 잘못된 건 아닌지 걱정도 됐고. 하지만 걱정하면 대체로 별문제 없이 지나가고, 아무 걱정 안 하면 전혀 생각지도 못한 곳에서 브레이크가 걸리고, 인생사가 대체로 그렇더라. 룡해는 사흘 후에 아무렇지 않은 표정으로 나타났어. 하지만 그 후로 강호에게는 방북 허가가 떨어지지 않아.

소라

•

명태잡이 돌격대
(1982년)

명태 잇몸도 추워라(1982년 1월 15일)[*]

두 손을 모아 잡고 몸을 흔들며 노래를 부르는 그는 프로 성악가 같
았다.

가고 싶다 정든 내 고향 보고 싶다 그대들아, 내 어이 너를 잊으리,
아름다운 노랫소리로 단꿈을 깨워주네. 다정하고 아름다운 나폴리 처
녀들아, 이 밤이 새도록 노래를 불러. 이 밤이 새도록 단꿈을 깨워.

파도가 자갈돌을 쓸어내리는 소리와 장작불 튀는 소리가 반주처
럼 들렸다. 발과 등이 시렸지만 얼굴은 벌겋게 달아올랐고 노래는 더
없이 감미로웠다. 바닷가의 밤, 노래, 그리고 여러 지역에서 몰려든 처

[*] 바쇼의 하이쿠 「소금에 절인 도미 잇몸도 추워라 생선가게」 중.

녀, 총각 들. 미지의 처녀, 총각 들은 무언가에 의해 몸이 달아올랐다.

큰 키에 어깨가 딱 벌어진 한 사내의 목소리에 처녀들이 술렁거렸다. 길주에서 온 패거리에 속하는 이였다. 그중에서도 우두머리인 듯 사람들이 그의 명령에 복종했다. 말없이 서 있어도 카리스마가 느껴졌다. 그런데 노래는 더없이 감성적이었다.

김책에서 출발한 돌격대는 모두 서른여덟 명이었다. 행정위원회에서 파견된 남자 둘이 인솔자였고 돌격대원 대부분은 스무 살에서 서른 살 사이의 처녀, 총각 들이었다. 대부분 아는 사이인 듯 반갑게 인사를 하거나 서로 소개를 했다. 기차가 출발하자 그들은 들떠서 집에서 싸갖고 온 감자며 옥수수 찐 것을 나눠 먹기도 하고 하하호호 웃기도 했다. 인솔자들은 아직 갈 길이 멀다고 생각해서인지 특별히 지시사항을 하달하지도 않고 약간 느슨하게 이들을 풀어두었다. 어차피 돌격대로 가면 고생하게 될 테니 기차에서나마 즐겁게 가라는 의미처럼 보였다. 교복을 벗고 젊은 남녀들과 섞여 있는 내가 낯설었다.

김책에서 신포까지 기차는 줄곧 바다를 끼고 달렸다. 열차 밖으로 바라보이는 바다는 일본과 맞닿은, 니가타에서 청진으로 오던 바로 그 바다였다.

경포 바다는 아름다운 곳이었다. 해변에는 집채보다 커다란 바위들이 여기저기 흩어져 있는데 어둠이 내리면 바다를 배경으로 기기묘묘한 형상을 빚어냈다. 숙소는 바닷가 바로 옆에 있는 시골 마을이었다. 여기저기 흩어진 시골집에 몇 명씩 나누어 배정을 받았다. 나는 나보다 나이가 서너 살 정도 많은 언니 네 명과 함께 한집에 배정받았다. 저녁이면 파도 소리가 들리는 방에서 처녀들끼리 모여서 잠을 자고 아침이면 같이 밥을 지어 먹고 작업장으로 나갔다. 우리가 하는 일은 어부들이 잡아온 고기의 벨(속)을 따고 두름으로 엮는 일이었다. 고기잡이배들이 돌아오면 얼른 사다리 같은 통로를 연결해서 따치카(손수레의 러시아어)라고 하는 외발손수레에 받았다. 우리는 기다란 작업대 양옆에 나란히 앉아 물고기가 오기를 기다렸다. 따치카에 실려온 물고기들이 작업대로 쏟아지면 우리는 경쟁하듯이 일제히 물고기를 한 마리씩 잡고 벨을 따서 옆으로 밀었다. 벨을 다 따고 나면 코를 꿰었다. 한쪽은 뾰족하게 깎고 한쪽은 화살처럼 만든 칡넝쿨에 명태 열 마리씩을 꿰어서 차곡차곡 쟁여놓으면 그다음에는 다시 따치카로 실어 덕장에 널었다.

돌아오는 배마다 만선이었다. 배에서 연결된 통로를 타고 명태들이 파닥거리며 쏟아져 내렸다. 어부들은 손가락이 갈고리처럼 곱아 있었다. 명태 비늘이 옷과 얼굴, 머리카락에 달라붙어 반짝거렸다. 배에서 쏟아져 내린 명태가 따치카에 그득 차면 다음 따치카가 명태를 받아냈다. 명태 몇 마리쯤 흘러내려도 개의치 않았다. 바닥에 떨어진 명태들은, 가만히 입만 뻐끔거리기도 하고 유난히 방정맞게 펄쩍거리는 놈도 있었다. 악착같이 펄쩍거리는 놈 중 몇 마리는 부두 아래 바다로 떨어지기도 했다. 그런 명태를 보면 청진항에서 바다로 떨어진 바비 인형이 생각났다. 지금쯤 그 인형은 어느 바다 밑을 떠돌고 있을까. 나는 사람들의 눈길을 피해서 바닥으로 떨어지는 명태를 바다로 찼다.

만선으로 왔다는 건 그만큼 일거리가 많아진다는 뜻이었다. 밤샘 작업을 하는 날도 있었다. 그래도 명태가 넘칠 듯 쏟아져 내리면 부두에는 웃음소리가 넘쳤다. 길주에서, 무산에서, 함흥에서, 그리고 회령과 김책에서 몰려온 젊은이들과 먼바다를 떠돌다 온 명태가 만나 넉넉하고 풍성한 분위기를 만들었다. 사람이 아무리 많이 모여도 생기지 않는 풍성한 느낌을 명태가 주었다.

바닷바람은 칼날처럼 매서웠고 고무장갑을 꼈지만(그나마 고무장갑은 성한 게 별로 없었고 성한 것은 한 살이라도 많은 선배들 차지였다), 한 시간도 지나지 않아 손은 동상에 걸린 것처럼 얼얼해져서 손에서 물고기가 미끄러졌다. 옷도 금방 물에 젖어 온몸이 얼어왔다. 그래도 그게 다 먹을 거란 생각에 마음은 푸근했다.

그리고 젊은 남녀가 모여 있었다. 그 사실만으로도 공연히 마음 한구석이 후끈해지는 것 같았다. 여자들은 별일도 아닌 걸 가지고 소리 높여 웃었고 남자들은 공연히 여자들의 따치카에 발을 걸어 여자들이 비명 지르는 것을 즐겼다. 작업은 출신 지역별로 모여서 했지만 작업을 쉴 때나 배가 들어오기 전에는 모닥불 주위에 섞여서 실없는 농담이나 야릇한 눈길을 주고받았다. 은근한 알력 다툼도 있었다. 그중에서도 길주 대원들은 어딘지 모르게 위압적이었다. 그들은 솜바지에 가죽잠바를 입고 있었는데 다들 제대군인들이라고 했다. 어딘지 모르게 특권층 분위기를 풍기는 그들은 잘 먹고 잘 사는지 하나같이 키가 크고 얼굴도 잘생긴 데다 모여서 놀 때도 빼는 법 없이 앞에 나서서 노래도 곧잘 불렀다.

노래판이 끝나고 돌아와서도 언니들은 길주 대장 이야기만 했다.

"가고 싶다, 정든 내 고향, 보고 싶다, 그대들아, 내 어이 너를 잊으리, 아름다운 노랫소리로 단꿈을 깨워……. 이 노래 이상하게 입에 달라 붙는다……."

잠자리에 누워서도 처녀들 가슴은 울렁거렸다.

"그런데 그것이 뭔 노래지?"

"나폴리 민요라고 하지 않았네?"

"나폴리가 어디야?"

"이태리라고 하는 거 같던데."

내가 물었다.

"그런데 언니들, 그런 노래 불러도 되는 거예요?"

언니들은 대답 대신은 길주 사람들은 억세다고 말했다.

"추운데 사람들이 좀 억세지 않니?"

"무서운 게 없어 보이더라."

"고향에서 일부러 여자들 만나서 장가가라고 보내준 거라고 하더라."

"어쩐지. 그 사람들 명태 손질보다는 여자들 손보고 싶어 하는 거 아니네?"

언니들은 으스스 떨면서 깔깔 웃었다.

끝도 없이 명태가 올라올 것 같더니 갑자기 뚝 끊어졌다. 바닷속 명태를 모두 잡아 올린 걸까. 아니면 명태들이 떼 지어 사라진다는 소식이 명태들에게 전해진 걸까. 만선으로 돌아오는 배와 텅 빈 채 돌아오는 배는 멀리서 보기만 해도 알 것 같았다. 부두에서 배를 기다리며 청년들은 배가 만선일지 아닐지 내기를 걸곤 했다. 배 밑창이 바다에 잠긴 걸 보면 알 수 있다고들 했다. 내 눈에는 배를 둘러싼 이상한 열기 같은 게 느껴졌다. 어쩌면 명태들의 파닥거림이 빚어낸 열기인지도 모른다.

풍랑이라도 일면 아예 출항을 하지 못한다. 그러면 어부들은 바다가 한 번씩 뒤집어져야 다시 명태 떼가 몰려올 거라면서 좋아했고, 그런 날이면 우리에게는 모처럼의 휴식 시간이 주어졌다. 경포 바다에 온 지 한 달쯤 지났을 때 리 당 간부가 그동안 수고한 청년돌격대들을 위해 마을회관에서 영화를 상영할 거라고 했다. 돌풍이 불고 파도가 바위를 치고 올라왔다. 거센 파도와 바람이, 바다와 하늘을 하나로 뒤섞어놓는 것 같았다.

의자는 벌써 남자들이 차지한 상태였다. 자리를 잡지 못한 여자들이 벽에 기대서 있었다. 길주 대장이 벌떡 일어나 소리쳤다.

"어이, 남자들, 숙녀분들에게 자리 좀 양보하라."

그 말을 듣고 남자들이 일어나 여자들에게 자리를 양보했다. 여자들이 수줍은 듯 자리에 앉았다. 자리를 양보하고 앉으며 술렁거림이 이는 사이, 어딘지 모르게 이상한 긴장감이 서렸다. 자리를 양보한 사람들은 대부분 길주 사람들이었다. 길주 대장의 말에 다른 지역 남자들은 기분이 좀 상했고 특히 길주 남자들이 양보한 자리에 앉은 여자들 대부분이 회령 출신이란 것 때문에 특히 회령 남자들의 기분이 상했다. 또한 길주 남자들의 농담에 대차게 대꾸하고 깔깔거린 게 주로 회령 여자들이었는데, 회령 남자들은 여자들의 그런 태도를 못마땅해했다.

신경전이 과도해지자 패싸움이 벌어지기도 했다. 회령대대는 남녀 비율이 절반 정도 되었는데 길주 총각들이 회령 처녀들을 자꾸만 넘보자, 길주 남자들이 숙소로 돌아가는 길목에서 회령 남자들이 돌멩이를 던졌다. 그게 일이 커져서 피를 흘리며 부상당하는 사람들까지 생기게 되었다.

내게 쪽지가 온 것은 패싸움이 벌어지기 전이었다.

길주대대의 어린 여자아이가 내게 쪽지를 주며 말했다.

"우리 소대장이 언니를 좀 보잡네다?"

"소대장? 그게 누구?"

"있잖습네까. 우리 길주 대장 말입네다."

쪽지에는 저녁 식사 후 해변에서 보자는 말이 써 있었다. 모든 처녀들이 선망하는 그 사내였다. 갑자기 가슴이 쿵쾅거렸다.

"저녁 먹은 뒤에는 외출 금지야."

"살째기 빠져나오시라요."

"안 돼요. 전부 선배님들이라서."

"아참, 우리 대장이 언니한테 쏙 빠진 거 같던데 말입네다."

어린 여자애는 꽤나 끈질겼다. 아마 무슨 일이 있어도 약속을 받아내오라는 말을 들은 게 아닐까 싶었다. 그러나 그럴수록 내 마음은 이유 모를 첫 설렘은 사라지고 점점 굳어갔다. 영화관에서의 모습, 커다란 키에 넓은 어깨, 짙은 눈썹, 어쩐지 거기에 한번 걸리면 꼼짝달싹 못할 것 같은 압박감이 들었다.

"미안해요. 못 나가요."

"정히 그러면 내가 데리러 오갔습네다. 나랑 나간다고 하면 되지 않갔습네까."

여자의 표정도 자꾸만 굳어갔다. 나는 단호하게 말했다.

"가서 전해주세요. 나는 이미 정혼한 사람이 있다고요."

어린 여자애는 표정을 일그러뜨리며 전혀 다른 사람처럼 말했다.

"아이, 그걸 왜 이제야 말합네까? 나참. 괜히 힘뺐습네다."

그녀는 찬바람을 쌩 일으키며 돌아섰다.

묵새기고 살아라(1982년 1월 21일)

경포의 밤바다가 사람을 홀린다. 날씨는 혹독하다. 겨울 바다에서 불어오는 바람은 유리 파편이 살에 박히는 것처럼 아리다. 혹독한 추위 탓에 해변의 바위 틈새에는 살얼음이 끼어 있다. 달이라도 뜨면 살얼음은 각도를 달리하며 달빛을 이리저리 흩어놓는다. 바람이 자는 날이면 수면은 마치 비단을 깔아놓은 듯 매끈거린다. 거기에 달빛이 은빛으로 길을 연다.

이것이 인력인가. 너무나 강력한 끌림. 그 길을 걷고 싶다. 길의 유혹이 너무 강력해서 그 끝에 무엇이 있어도 좋을 것만 같다.

벌떡 일어나 천천히 한 발을 담가본다. 아무 감각이 없다. 나머지 한 발을 담근다.

은빛으로 빛나는 길 끝에 신기루처럼 한 척의 배가 떠 있다.

한 남자가 배를 향해 헤엄쳐 갔다. 시커먼 밤바다에 떠 있는 배를 향해서. 일본 국기를 단 배가 며칠째 먼바다에 정박하고 있는 걸 남자는 눈여겨보았고, 그 배까지 헤엄쳐 가기만 하면 일본으로 돌아갈 수 있을 것이라 생각했다. 한겨울 바다였다. 배에 닿기도 전에 익사하거나 체온이 떨어져서 죽을 수도 있는 일이었다. 그러나 남자는 홀린 것처럼 바다로 향했다. 죽음을 각오한 그의 무모한 시도는 성공했다. 남자는 선원들에 의해 구조되었다. 기적이었다. 그를 구조한 사람들의 일본 말 소리에, 그는 살았다는 감격보다 말소리가 반가워서 눈물 흘렸을 것이다. 그는 자신이 일본 사람이라고, 일본 말로 말했을 것이다. 일본에서 태어나고 일본에서 자랐으며 일본에 아직도 친척들이 살고 있으며 그래서 돌아가고 싶다고, 이 땅에서는 도저히 살 수가 없다고, 일본으로 데려가달라고 애원했을 것이다. 그는 의심하지 않았을 것이다. 배에 올라탄 순간 그는 일본에 돌아간 것이나 마찬가지라고 생각했을 것이다. 그러나 무척이나 법규를 준수하는 일본 선원들은 그의 애원이 안타깝기는 하지만, 자기들 배는 상선으로 남의 나라 국민을 밀항시키는 일을 할 수 없다는 것을 분명히 하고 북한 당국으로 무전을 쳐서 넘겨버렸다.

그 남자는 오빠와 같은 작업반에서 일하는 동료였다. 두 사람의 관계는 가깝지도 멀지도 않았다. 오빠는 일과 관련된 말 외에는 하지 않았고 그도 마찬가지였다. 그런데도 오빠에게 불똥이 튀었다.

그날은 내가 명태잡이 돌격대를 가겠다고 말한 날이고, 그것 때문에 나는 오빠를 집 밖으로 데리고 나가 어머니를 잘 돌봐달라는 이야기를 했고, 오빠는 내게 "귀포는 어디를 가도 표시가 나니, 공연히 사람들에게 눈총 잡히지 말고 말밥에 오르지 마라"는 잔소리를 했다. 내가 먼저 집으로 들어간 후 오빠는 혼자서 담배 한 대를 더 피웠는데, 밤거리를 걸어가는 남자와 눈이 마주쳤다. 남자가 오빠에게 다가왔다.

"담배 있나?"

마치 그곳에서 만나기로 약속이라도 한 것처럼 담장에 나란히 기대서며 담배를 달라고 말하는 게 좀 이상했지만, 다시 생각해보면 그럴 수도 있는 일이어서 말없이 담배를 건넸다. 그런데 참으로 이상하게 아버지 안부를 물었다.

"아버지, 아직 안 돌아오셨지?"

김책에 사는 귀포치고 아버지가 수용소에 간 걸 모르는 사람은 없지만, 그와 아버지 이야기를 한 적은 한 번도 없었던 것이다.

"그냥 묵새기고 살라우."

그는 그렇게 말하고 담배 한 대를 다 피우더니 다시 가던 길을 갔다. 돌이켜보면 그로서는 나름대로 오빠에게 작별 인사를 한 것이었다.

그러나 작별은 이루어지지 않았고, 다음 날 보위부 지하 심문실에서 그를 다시 만났다. 오빠는 그와 밀항을 모의한 동지로 몰리고 있었다. 작업반 동료에다 같은 귀포 출신으로 탈출 계획을 같이 짜지 않았을 리 없다는 거였다. 죽으면 죽었지 그런 모의를 한 적이 없다고 끝까지 버티자, 옆에서 그의 탈출 계획을 눈치채지 못한 게 죄가 되었고 그걸 밀고하지 않은 게 죄가 되었다. 그는 오빠와 담배를 같이 피웠다는 말을 한 후 기절해버렸고 어디론가 끌려갔다.

오빠는 아오지에서 10년 노동형을 받았다. 그때 오빠의 영혼은 레코드판처럼 산산이 부서져버렸다.

오빠는 내가 명태잡이 돌격대를 가기도 전에 아오지로 떠났다. 그곳은 수용소가 아니어서 살림집이 주어진다는 말에, 실신했던 어머니는 벌떡 일어나더니 주섬주섬 짐을 챙겼다. 어머니가 내 손을 꼭 잡고 말했다.

"소라야, 이럴 땐 여자가 훨씬 독하다. 공습 때 어린 나와 외삼촌 눈 앞에서 부모님이 피를 토하면서 죽었는데, 엄마가 아니었으면 너희 외삼촌 어떻게 되었을지 몰라."

아오지가 은총을 입어 은덕군이 된 사연

회령에서 온 사람에게 아오지가 어떤 곳이냐고 묻자 이렇게 대답 했다.

"아이고, 거긴 사람 살 데가 못 돼요. 오죽하면 우는 애한테, '너 아 오지탄광 갈래?' 하면 울음을 뚝 그친다는 말이 다 있잖시요. 1년에 반이 겨울이라요. 바람은 또 얼마나 거센지, 풀 한 포기 못 자라요. 탄 광이요? 탄광에는 주로 혁명화 대상 가족들이 일할 거외다. 혁명화 대 상이요? 정치범들도 있지만, 거 왜 6·25 때 잡힌 남한 포로들이 주로 많을걸요. 그 사람들은 포로로 잡혀서 가족도 없고 불쌍하지요. 그런 데 그 아오지가 지금은 이름이 바뀌었어요. 은덕군이야요. 김일성 수 령님께서 '탄광 노동자들이 얼마나 고생을 하는가' 하면서 비행사들 처럼 대우해주라고 교시를 내렸대요. 그래서 김일성 수령님의 은덕에 감사한다는 의미루다가 은덕군이라고 이름이 바뀌었어요. 아오지는 이제 없어졌어요."

미오

•

지켜지지 않는 약속을 약속이라고 할 수 있는가

"아이고, 리 선생님. 어서 오십시오. 먼 길에 고생이 얼마나 많으셨습니까."

결핵병원에 도착하니까 원장님이 달려 나왔어. 내가 온다는 소식을 듣고 창문만 바라보고 있었나 봐. 원장님이 내 손을 덥석 잡는데 조금도 이상하지가 않아. 얼마나 반갑게 맞이해주시는지, 그런 게 정이잖아. 사는 게 힘들어도, 정은 살아 있다고 할까? 아니, 힘들수록 작은 일에도 정을 느끼게 된다고 할까? 원장님은 아픈 자식을 돌보는 할아버지 같은 사람이야.

내가 처음 평양에 갔을 때 만난 분이야. 2002년에, 남한에서는 월드컵대회를 연다고 축제 분위기였을 때, 북한에서는 한국에 가지 말고 아리랑축전을 보러 오라고 대대적으로 선전했거든. 한 500명쯤 관광객을 모집해서 만경봉호를 띄울 계획을 꾸몄지만 뚜껑을 열어보니까 간신히 50명 정도밖에 안 되었어. 그때 총련 사무실에서 전화가 왔어.

"아직도 북한에 갈 생각이 있습니까? 아리랑축전 관광객을 모집 중입니다."

그동안 3년째 방북 신청을 했는데 계속 퇴짜 맞고 있었거든. 일본 매스컴에서는 북한이 지금 얼마나 끔찍한지 아느냐면서 아주 선정적인 뉴스를 연일 내보내고 있었어. 전기가 끊어지고 공장은 가동을 멈추고 굶주림을 참지 못한 사람들이 공장 기계를 뜯어다 팔고 도둑이 활개를 치고 꽃제비들이 땅바닥에 떨어진 쌀을 주워 먹고 굶어 죽은 사람들 시체가 쌓여 있다고. 믿을 수 없는 이야기들인데, 그렇다고 모른 척할 수도 없었어. 너무 고통스러웠어.

정말 그 정도인가? 직접 가서 보자! 그래서 조총련에 방북 신청을 했는데, 가족이 없다고 거절당했어. 의사로서 의약품을 전달하고 싶다고 해도 들은 척도 안 하고, 다 소용없었어. 그런데 아리랑축전을 구경하러 가라고?

"아리랑축전은 관심이 없습니다. 의료 담당자나 병원을 연결해주면 가겠습니다."

시원한 대답을 들은 건 아니지만 알아보겠다고 해서 우리는 약품을 준비했고 그걸 배로 부쳤어. 한 사람당 6개월 치, 결핵약 50명분을 사니까 제일 큰 박스로 스무 개 정도 됐어. 영양 상태가 나빠지면 결핵에 걸리기 쉬운데 생명에 치명적이야. 그런데 약만 먹으면 낫는 병이 결핵이야. 그러니까 더 안타깝잖아. 강호는 치과 의사니까 치과 의료 기구랑 마취약 같은 걸 준비했어.

그런데 우리가 평양에 가니까 당국자는 아무것도 몰라. 지금이라도 약품을 전달할 의료원을 소개해달라고 해도 축전 때문에 바쁘다면서 화만 냈어. 우리는 아리랑축전을 보지도 않고 호텔에만 박혀 있었어. 그렇게 며칠이 지나니까 마지못해 평양의과대학병원을 연결해줘서 의사를 만날 수 있었어. 그런데 그 의사가 아주 고자세로 말하는 거야.

"공화국에는 더 이상 결핵 환자가 없습니다. 옛날에는 많았지만 사회주의 의료 체계가 얼마나 잘되어 있는지, 환자가 하나도 없습니다."

말이 안 통하는 사람이었어.

"환자가 없다면 약은 필요 없겠네요. 그렇다면 다시 들고 가기도 힘든 일이니 대동강에 버리고 돌아가겠습니다."

너무 답답해서 내가 쏘아붙이니까, 옆에서 지켜보던 안내원이 더 애가 달았나 봐. 무슨 수를 썼는지, 다음 날 우리에게 차를 타라고 하더니 한 30분 정도 떨어진 곳으로 데려갔는데, 결핵전문병원이야. 그때 림 원장님을 만났는데, 원장님이랑 다른 의사들이 함께 박스를 풀어보던 모습이 강호가 찍은 사진에 그대로 담겨 있어. 꼭 『알리바바와 40인의 도적』에서 보물 상자를 발견한 도둑들처럼, 입을 딱 벌린 표정으로. 그건 정말 조금도 꾸미지 않은 기쁨과 놀라움을 지닌 표정이야. 그거 어차피 그분들이 가지는 것도 아니잖아. 자기 환자들, 약이 없어서 제대로 치료받지 못하는 환자들을 생각하는 마음이 보였어.

"리 선생한테 번번이 미안합네다. 지금 우리 공화국 사정이 좀 어려워서 그런 거니 리해해주시라요."

림 원장님이 아주 솔직히 말하면서 다른 것도 부탁하는데, 대부분 소모품이야. 엑스레이 촬영기는 있는데 필름은 없고 국제적십자사에서 심전도 기계는 기증받았는데 심전도 종이가 없고, 그런 식이야. 심전도 종이가 없으면 기계가 무슨 소용이야. 그게 없어서, 갱지를 묶은 스케치북에다 폐 그림을 그려놓았더라. 그냥 손으로 그린 거야. 눈물이 쏟아질 뻔했어.

사상누각이란 말이 있지 않아? 다른 분야도 그렇지만 의학 분야도 선진국에 유학해서 오거나 스스로 연구 개발하고 개량하면서 자기들만의 성과를 쌓아올려야 하는 거 아니야? 그런데 북한에는 그런 토대가 없어. 좋은 게 있다면 받아들이는 자세는 의외로 진취적이야. 그렇게 갑작스러운 비약은 있지만 중간 연결 고리가 텅 비어 있으니 사상누각인 거야.

몇 년 전에 원산의료원에 갔을 땐데, 병원에 의사들이 아무도 안 보여서 어디 갔냐고 물었더니 환자들을 위해 산삼을 캐러 갔다는 거야. 낡고 좁은 병원 대신 새 건물을 짓고 있다는 소리를 들은 지 몇 년 후에도 그대로여서, 어떻게 된 거냐고 물었을 때는 미제 때문에 못 짓고 있다는 대답이 돌아왔어. 사고방식이나 의식 수준은 아직도 100년 전에 머무르고 있어.

당 간부들의 고압적인 태도에 질릴 때면 다시는 오지 말자 하고 등 돌려버리고 싶을 때도 많아. 그때마다 내 발목을 잡는 건, 림 원장님 같은 분들이야. 부족하고 모자라지만 그 속에서 최선을 다하는 사람들, 그리고 집에서 딴 호박이랑 사과, 배를 들고 와서 고맙다고 인사하는 환자들. 그리고 약속. 이렇게 부탁받고 약속했으니 빚을 내서라도 다시 가야 하는 거야.

이번에 평양에 가서 가장 기뻤던 건 한나를 만난 거야. 우리학교 다닐 때 단짝이었고 취주악단 활동도 같이했어. 한나가 귀국하겠다는 말을 한 날이 아직도 또렷하게 기억나. 그날은 태양절(김일성 생일) 행사 준비 때문에 밤늦게까지 악단 연습을 하고 집으로 가던 길이었어. 벚꽃이 하나둘 지기 시작하던 때라 우리는 일부러 강둑길로 걸었어. 가로등 불빛 아래 활짝 핀 벚꽃에 취해서 걸어가는데 한나가 물었어.

"넌 꿈이 뭐니?"

좀 창피했어. 그때 난 꿈 같은 것도 없었어. 언니는 가출했지, 아버지는 직장도 그만두고 집에만 틀어박혀 있고 어머니는 그런 아버지를 구박하고 집에는 늘 돈이 없고. 꿈이 있다면 나도 언니처럼 가출하고 싶다 정도? 한나는 약사가 되고 싶다고 했어. 한나는 야무진 아이야. 목표 의식도 분명하고 뭔가 목표가 생기면 그걸 향해 한 계단씩 올라가려고 노력하고. 한나가 약사가 되겠다고 하면 반드시 될 거라고 생각했어. 하지만 우리학교는 학력 인정이 되지 않으니까 대학을 가려면 일본고등학교로 편입을 하거나 검정고시를 봐야 대학입학시험을 치를 자격을 얻을 수 있어. 대학을 졸업한다고 해도 취직이 된다는 보장도 없지만. 그래도 약사라면 개인 약국을 개업하면 되니까 좋은 생각이다 싶었어. 그런데 한나의 고민은 그보다 깊었나 봐.

"나 귀국선을 탈 생각이야."

귀국선을 탄다는 건 우리가 다시는 만나지 못한다는 얘기였어. 어른들은 통일이 되면 다 만날 수 있을 거라고 했지만 통일의 길은 점점 멀어지는 것 같았고 귀국선을 탄 친구들 중에 돌아왔다는 친구는 한 번도 못 봤으니까. 귀국선을 탄다는 말에 가슴이 쿵 하는 거야.

"공화국에 가면 대학 공부도 기숙사도 모두 무료고 실력만 있으면 소련 유학도 갈 수 있다고 하니까. 일본에서 차별받으며 사느니 조국 발전에 조금이라도 보탬이 되는 가치 있는 삶을 살고 싶어."

귀국선을 탄 아이들이 대부분 한나처럼 실력 있고 반듯한 모범생인 데다 애국심 넘치는 아이들이었어. 총련에서 그런 것들을 자극했으니까.

"가족도 모두 같이 가는 거야?"

"아니, 혼자 갈 거야."

"혼자서?"

"내 운명은 내가 개척할 거야."

그날로부터 30년이 흘렀어. 작년에 룡해에게 우연히 한나 이야기를 했는데 용케도 찾아주었어. 평양에 살고 있었어. 막상 만난다고 생각하니까 그날 하루 종일 안절부절못하겠더라. 한나가 어떻게 변했을지도 두렵고, 내가 찾는다는 말에 기뻐해주었을지도 잘 모르겠고. 30년이라는 세월은 같은 하늘 아래 살고 있어도 운명이 우리를 어디로 데려갈지 모르는 세월이잖아. 그런데 한나는 역시 한나야. 원하던 대로 약제사가 되었다고 하더라. 그런데 굉장히 담담해. 원래 차분한 애지만 분위기가 너무 썰렁해서 내가 과장되게 호들갑을 떨어야 할 정도였어. 하지만 호들갑을 떨면서 할 수 있는 이야기도 얼마 안 가서 곧 바닥나버리고, 그러고 나니까 공통 화제는 별로 없고 어떻게 사나 물어봐도 되는지도 잘 모르겠고, 할 수 없이 내 이야기만 계속했어. 그랬더니 한나도 조금씩 마음이 풀리는지 옛날 이야기도 좀 하고 자기 이야기도 하더라. 어쩌면 내가 갑자기 자기를 찾은 게 이상해서 한동안 경직돼 있었는지도 모르겠어. 결혼해서 아이가 둘이고 남편은 같은 귀국 동포인데 당성을 인정받아서 꽤 높은 간부가 되었다고 했어. 얼마나 기쁘고 반갑던지.

우리는 호텔 식당으로 내려가서 밥도 먹고 와인도 마셨어.

"부모님은 가끔 다녀가시니?"

마땅히 할 말이 떠오르지 않아서 무심코 한 말이었는데 한나가 쓸쓸하게 웃으면서 고개를 흔드는 거야. 얼마나 충격을 받았는지…… 언젠가 봤던 한나 부모님 모습이 벼락처럼 떠올랐어. 한나 집이 우리 집보다 가까우니까 한나 집 앞에서 헤어지게 되는데, 하루는 한나 아버지와 마주쳤어. 많이 취하셨는지 걸음걸이가 갈지 자야. 흥얼흥얼 노래까지 부르시는 게 아주 기분이 좋아 보였어. 그런데 집 앞에서 한나를 보자마자 갑자기 한나의 뺨을 철썩 갈기는 거야. 가시내가 어디 밤늦게 쏘다니냐면서. 얼마나 거구인지 한나는 뺨 한 대를 맞고 저만치 나가떨어졌어. 난 정말 어쩔 줄을 모르겠더라. 친구가 옆에 있는데 어떻게 딸을 때릴 수 있는지. 어머니가 그 소리를 듣고 뛰쳐나왔는데 어머니까지 때리더라. 이유도 없고 그냥 습관적으로 그러는 사람 같았어.

내가 아무 말도 못하니까 한나가 피식 웃으면서 말했어.

"차라리 아무것도 기대할 게 없어야 돼. 여기서는……"

무슨 말인지 알아들을 수가 없어서 그냥 와인만 홀짝거렸어.

"남편이 한동안 집에만 틀어박혀 있었던 적이 있었어. 정말 아무것도 하지 않고 먹고 자기만 했어. 몇 달이고, 몇 년이고 그렇게 살 것 같았어. 그런 남편이 어느 날 갑자기 정신을 바짝 차리는 거야. 마치 콘센트를 꽂은 것처럼 말이야. 이유가 뭔지 알아? 시아버지가 돌아가셨다는 소식 때문이었어. 그동안 시집에서 원조해준 덕분에 살고 있었는데 시아버지가 돌아가셨다는 건 모든 지원이 끊어진다는 의미였거든."

한나 이야기를 듣고 내가 조금 슬펐던 건, 그 얘기만으로도 한나의 생활을 다 짐작할 수 있을 것 같은 우리 삶의 초라함 때문이었어. 무엇이든 될 것만 같았던 그날로부터 너무 멀어졌다는 생각. 한나 남편, 아마 히키코모리처럼 지낸 것 같은데, 그런 사람이 당성을 인정받아서 높은 간부가 되었다는 말도 좀 공허하게 들렸어.

소라
•
화자가 온다
(1983년)

눈물(1983년 10월 2일)

보위부에서 호출장이 왔다. 수신란에는 백광현이라고 써 있었다. 나는 호출장을 들고 부엌 마루에 앉았다. 아버지가 수용소에 있다는 걸 모를 리 없는 보위부에서 아버지 앞으로 보위부에 나오라는 호출장을 보냈다. 이게 무슨 의미일까. 오빠는 아오지에 가 있고 어머니도 오빠를 따라 아오지에 가 있고, 이제 남은 건 나였다. 벌떡 일어나 장작개비 아래 흙을 파헤치고 나무판자를 들춰 보았다. 보자기는 내가 묶어서 넣어놓을 때와 똑같이 네모난 매듭으로 묶여 있었다. 일기장도 정리해둔 순서대로였다.

이번엔 무슨 일인가. 보위부 문 앞에 서자, 그 뒤로 끝도 없는 암흑의 우주가 입을 벌리고 있어 문을 여는 순간 획 빨려들어 흔적도 없이 사라질 것만 같았다. 아버지와 오빠도 결국 그렇게 사라진 게 아닌가.

보위부원에게 호출장을 내밀자, 백광현 동무냐고 물었다. 백광현은 나의 아버지이며 평성수용소에 있다고 말하자 그가 혀를 찼다.

"교포 총국, 일을 어드르케 하는 거이야? 신청서만 보고 확인도 제대로 안 하고 보내구서리."

그는 호출장과 시커먼 표지의 장부를 뒤적거리며 대조하더니 백광현이라는 이름을 찾아 빨간 줄을 두 개 그었다. 아버지 이름 위에 그어진 빨간 두 줄 위에 내 이름을 적어 넣는 걸 보고 서 있는데 다리가 후들거렸다. 두 개의 빨간 줄 그 사이가 아버지의 무덤처럼 보였다. 그걸 빤히 보고 있으면서도 아버지는 어떻게 되었냐는 말이 입 밖으로 나오지 않았다. 그가 물었다.

"신화자라고 아나?"

신화자? 입만 얼어붙은 게 아니라 머릿속도 얼어붙은 것처럼 아무 생각도 나지 않았다. 그가 장부를 보면서 다시 물었다.

"일본 교토에 사는 신화자, 몰라?"

신화자? 하나코?

"10월 3일, 신화자가 우리 공화국으로 온다. 청진항으로 입항해서 평양으로 이동, 장군님께 도착 인사를 올리고 공식 행사를 마친 후 6일 오후, 김책에 도착한다. 김책에서는 백소라 동무 집에서 2박을 할 계획이다."

나는 한동안 그의 말을 이해하지 못했다. 자기 귀를 믿을 수 없다는 말은 소설책에나 나오는 수사인 줄 알았다. 그런데 내가 그랬다. 내가 듣고 있는 말이 어느 나라 말인지 하나도 이해가 되지 않았고, 그가 하는 말과 내가 듣고 있는 말의 내용이 같은 건지도 믿어지지 않았다. 그 놀라움과 기쁨을 어디에 비할 수 있을까. 예수님이 나타난다고 해도, 부처님이 나타난다고 해도 이보다 기쁘지는 않을 것이다. 허벅지를 꼬집고 뺨을 후려쳐보고 싶었다.

"내 말 알아듣겠나?"

기뻐서 눈물이라도 흘릴 거라고 기대하는 그 앞에서 나는 무덤덤하게 알겠다고 대답했다. 그가 좀 심통 난 얼굴로, 환영식에 참가할 것과 그날에 대비해서 집 안 청소를 깨끗이 할 것이며 특별히 옷도 좋은 옷을 마련하고 음식 준비도 하라고 일렀다. 음식과 옷은 도착 사흘 전에 배급이 나올 거라고 했다.

보위부 문을 나서는데 마치 태풍이 만들어지듯이 배 속에서부터 서서히 뜨거운 기운이 모이더니 치밀어 오르기 시작했다. 나는 단숨에 집으로 달려가서 방문을 꼭 닫아걸었다. 이불을 뒤집어쓰고 울었다. 왜 우는지도 모르고 한참을 울었다. 그리고 지금까지 내가 한 번도 울지 않았다는 걸 울면서 깨달았다. 아버지가 사라졌을 때도 오빠가 끌려갈 때도 나는 눈물 한 방울 흘리지 않았다. 그런데 엉뚱하게 화자 언니가 온다는 소리에 울음보가 터지고 말았다.

그날부터 누군가가 김책을 들었다 놨다 하는 것처럼 도시 전체가 들썩거렸다. 김일성 수령 동지라도 방문하는 것처럼 온 인민이 총동원되어서 청소를 했다. 김책역부터 대로변의 건물들과 도로와 도로에서 가까운 거리까지, 얼마나 쓸고 닦았는지 방바닥보다 더 깨끗해 보였다. 보위부원들은 온 동네를 들쑤시고 다니면서, 창틀 닦아라, 담장 수리해라, 대문을 새로 해달아라, 지적질을 해댔다. 직접 방문객을 맞게 될 귀포들 집에 대해서는 집안 살림살이까지 참견했다. 그리고 김일성 초상화를 새것으로 교체해주었다.

가장 놀라운 건 오빠가 돌아온 거였다. 화자 언니가 방문하는 동안 어머니가 온다는 얘기는 들었지만 오빠까지 온다는 말은 없었다. 2년 사이 오빠는 노인이 되어버린 것 같았다. 서른도 안 된 나이에 머리카락이 희끗거리고 허리까지 구부정했다. 허리가 아픈지 자꾸만 손을 허리로 가져갔다. 오빠가 씁쓸하게 웃으며 말했다.

"일주일 동안 귀가허가증을 주더라. 아오지 얘기를 절대로 하지 않는다는 각서에 서명하는 조건으로……."

"그럼 아버지는?"

오빠는 벽에 기대앉으며 한숨을 푹 내쉴 뿐 말이 없었다.

"엄마! 아버지는?"

어머니가 고개를 절레절레 저었다.

"아버지 얘기는 입도 뻥긋할 수 없는 분위기였어."

오빠와 어머니는 아오지에서, 아니 은덕에서 지낸 2년간의 시간을 고스란히 어깨 위에 짊어지고 온 것처럼 주눅들어 있었다. 눈에 보이지 않는 재갈을 물고 있는 것처럼 말을 아꼈다.

화자 언니가 청진에 도착한다고 한 날, 평양 교포총국에서 파견된 지도원이 귀포들을 모아놓고 사상교육을 실시했다. 사회주의 국가로서 자본주의와 싸우고 있는, 그러니까 전시 상황이나 마찬가지인 준엄한 상태임에도, 가족들을 만나고 싶어 하는 간절한 소원을 위대한 김일성 수령님께서 인자한 마음으로 배려해주어서 상봉하게 된 것이라는 점을 한시도 잊지 말 것. 가족이라 해도 자본주의 사상에 물든 이들은 우리의 적이라는 생각으로 그들을 오히려 사상적으로 교화하겠다는 각오로 언행을 각별히 조심할 것. 지금 당장 우리가 좀 힘들다고 그런 걸 내색하거나 외부 세계에 알린다는 건 엄밀한 의미에서 적국을 이롭게 하는 스파이 행위이므로 적발 시에는 엄벌에 처해진다는 걸 명심할 것. 따라서 귀국 동포들은 애초의 약속대로 교육도 무상이고 병원도 공짜며 원하는 직장에 다니며 풍족하게 먹으며 즐겁게 지낸다는 걸 보여줄 것. 사상교육이 끝난 후에는 매점에서 쌀과 소고기, 돼지고기 같은 부식을 사게 해주었다. 그것들은 한상에서 결코 서로 만나본 적이 없었지만, 우리는 매일 먹고 있는 것이어서 신물이 나는 연기를 해야 한다는 지도를 받았다. 교육을 받는 내내 나는 화자 언니 생각만 했다. 지금쯤 언니가 청진항에 내렸겠구나, 청진항을 보고 언니는 무슨 생각을 할까, 평양까지 가는 공화국의 산과 들을 보면서 어떤 생각을 할까, 평양에서는 어떤 공식행사들을 할까, 김일성 수령을 진짜 만날까, 그 모든 것을 본 언니의 감상은 어떨까?

눈앞이 아찔한 맛(1983년 10월 6일)

12년 만에 보는 화자 언니였다. 그런데 우리는 아주 어색하게 단상과 단하에 앉아서 서로를 바라보았다. 방문단 교포들은 가슴에 줄줄이 훈장을 단 당 간부들과 단상에 앉아 있었고 귀포 가족들은 단하에 앉아 있었다. 식은 무척이나 엄숙하고도 거창했다.

김일성 장군의 노래가 울려 퍼졌고 노동당 김책위원장이 나와서, 재일동포들이 공화국의 가족들을 방문할 수 있도록 허락해준 김일성 장군님의 따뜻한 가족애와 동포애 그리고 아직도 역적의 땅 일본에서 신음하고 있는 동포들에게 북조선으로 돌아오는 문을 활짝 열어놓고 계시는 너그러운 배려에 헌사를 바쳤다. 길고 긴 이름을 달고 있는 온갖 간부와 위원들이 한마디씩 한 다음에는 재일본조선총련합회 지부장도 인사를 했다. 그는 마침내 가족들을 만나게 해준 김일성 장군님의 하해와 같은 배려에 깊이 감사드린다며 전화기와 일본 자전거 세 대씩 선물로 기증했다.

한 시간이 넘는 환영식이 끝나고 나서야 우리는 화자 언니를 만져볼 수 있었는데 언니에게 딸려 있는 안내원이 집까지 쫓아와 저녁밥상을 같이 받게 될 줄은 몰랐다. 우리는 무슨 연극을 하는 것 같았다.

언니가 "아이고, 큰엄마. 무슨 음식을 이렇게 많이 했어요. 다 못 먹어요. 그만 내와요" 하면 어머니는 "우리는 늘 이렇게 먹고 살아. 오랜만에 큰엄마 집에 왔는데 음식이 변변치가 않네" 하며 자꾸만 음식을 내왔다. 잡채와 돼지고기 수육이 나오고, 불고기 버섯구이, 소고기 뭇국, 버섯전골, 숙주나물, 묵무침, 그리고 흰쌀밥이 고봉으로 담겼다. "오느라고 고생했다. 어서 먹어라. 우리는 늘상 이렇게 먹고 산다. 부족한 게 하나도 없다." 어머니는 조선요리에 원래 서툰 데다 그동안 요리다운 요리를 해본 적도 없고 양념도 제대로 없어서 간이 맞지 않았지만 아무도 맛에 대해 이야기하지 않았다. 우리 식구들은 어쨌든 화자 언니 덕분에 포식하면서도 심드렁한 표정을 지었다. 음식 얘기를 더 이상 할 게 없어지자 언니는 평양에서 만경대와 인민궁전과 을밀대와 백두산 밀영까지 다녀온 이야기를 해주었는데 김일성 얘기는 하지 않았다. 그리고 아버지 얘기도 묻지 않았다. 그건 좀 이상했다.

안내원은 정말 천천히 양껏 먹고 나서도 방에 기대앉아 트림을 몇 번이나 하다가 간신히 돌아갔다. 우리는 지겹고 재미없는 연극 무대를 내려온 배우처럼 탈진해버렸다. 한동안 입을 다물고 가만히 앉아 있었다.

그 침묵의 순간, 나는 이것이 정말로 거대한 한 편의 연극이란 걸 깨달았다. 12년 동안 아무것도 바뀐 것이 없는 네모난 상자 곽 같은 공간, 너무나 무개성하고 인간적인 삶에 대한 향기라고는 조금도 없는 이곳에서 무얼 하고 있는 것인가. 지금까지 나는 이곳을 나의 집이라고 생각해본 적이 단 한 번도 없었다. 나는 왜 여기에 있는 것일까. 나는 누구란 말인가. 나의 생각, 나의 말이란 것도 모른 채 살아온 나는 도대체 무엇인가. 그것이 나의 배역인가. 아버지는 어디로 갔는가. 아버지가 죽었는지 살았는지 모르고도 나의 삶이 이렇게 흘러갈 수 있는 것인가. 아버지의 어이없는 실종을 우리는 얼마나 자연스럽게 받아들였나. 우리는 그것이 얼마나 어이없는 일인지도 모르고 있었다. 집 같지도 않은 곳에 갑작스럽게 나타나 우리와 함께 앉아 있는 화자 언니의 모습은 너무나 이질적이고 충격적이기까지 했다. 어쩌면 아버지의 부재보다도 더.

어머니가 먼저 화자 언니에게 다가가 손을 잡았다.

"하나코, 정말 고마웠어. 우리 식구들 하나코 덕분에 살 수 있었어. 그동안 보내준 것들, 너무나 요긴했어. 이 고마움을 어떻게 전해야 할지, 어머니와 작은 삼촌, 그리고 이모님 모두 우리를 위해서 너무나 애써주고 계시다는 거 잘 알고 있는데, 고맙다는 인사도 못하고 이렇게 뻔뻔하게 살고 있어."

일본에서는 소포가 한 번씩 왔다. 박스 속에는 자질구레하지만 북한에서는 구하기 어려운 것, 조미료와 설탕 같은 것에서부터 겨울 털옷과 잠바, 신발과 우산, 공책과 연필, 크레용, 그리고 스카프 같은 것들이 들어 있었다. 그것들은 우리에게 양식이 되어주었다. 배급은 늘 모자라고 북한에 친척 하나 없는 우리는 급하게 꾸어올 곳도 없었다. 그때 스카프나 옷, 신발은 금방 쌀과 바꿀 수 있는 현금과 다름없었다.

언니 얼굴이 눈물로 번질거렸다.

"숙모님, 삼촌은?"

오빠가 검지손가락을 입술에 가져가며 김일성 초상화를 가리켰다. 그 뒤에는 도청기가 감춰져 있었다. 오빠는 종이와 연필을 가져와서 일본어로 적었다.

'아버지, 수용소, 스파이 혐의. 언제 나올지 아무도 몰라. 면회도 엄마만 갔다 왔어.'

언니는 두 눈을 부릅뜨고 메모지를 노려보았다. 한참 만에 고개를 든 언니 얼굴에서 잠깐 사이에 너무나 여러 가지 표정이 지나갔다. 언니는 핏기 없는 얼굴로 손을 비비고 주무르다가 침을 꼴깍 삼키더니, 이윽고 연필을 잡고 빠르게 써나가기 시작했다. 역시 일본어로.

'일본에서 그런 소문이 돌고 있어. 실종, 연락 두절, 스파이, 처형이란 말까지 떠돌아. 소문만이 아니야. 실제로 총련 사무실로 찾아와서 항의하는 사람들이 있어. 많아. 내가 아는 총련 활동가 중에도 실종된 사람이 있어. 다들 인텔리들, 일본에서 명문대를 졸업한 사람들이야. 그런데 총련에서는 아무것도 확인해주지 않아. 하지만 외삼촌이 왜?'

언니는 거기까지 쓰고는 어깨를 축 늘어뜨렸다. 우리는 처분만 바라는 사람들처럼 언니 얼굴만 바라보고 있었다. 한참 후에 언니가 다시 연필을 잡았다.

'내가 알아볼게. 이번에 같이 온 일행 중에 총련 간부가 있어. 김일

성과도 아주 잘 알고 독대도 하는 꽤 권력가야.'

어머니는 아까부터 소리 없이 눈물만 흘리고 있었다.

내가 연필을 잡았다. 내가 '언니, 오빠는 지금 아오지에서'까지 썼을 때 오빠가 연필을 뺏었다. 내가 그 연필을 다시 뺏었다. 오빠가 다시 뺏었다. 소리 없이 실랑이가 이어졌다. 가만히 보고 있던 언니가 연필을 뺏어 나에게 주었다. 나는 다시 쓰기 시작했다.

'2년째 노동형을 살고 있어. 언니가 온다고 해서 집에 올 수 있었는데 언니 돌아가면 다시 아오지로 가야 돼. 앞으로도 8년을 더 살아야 돼. 이런 말 절대로 하면 안 된다고, 이런 말 한 거 들통나면 우리 식구 모두 수용소에 끌려갈 거야.'

고개를 절레절레 저으며 천장을 바라보는 언니의 눈이 새빨갰다. 오빠는 그동안 쓴 종이를 확 낚아채더니 꼬깃꼬깃 구겨서 부엌으로 갔다. 성냥 긋는 소리가 나고 종이 타는 냄새가 났다.

화자 언니는 그때부터 딸꾹질을 하기 시작하더니 자정을 넘겨 이부자리에 누울 때까지 멈추지 못했다. 딸꾹질을 하면서 커다란 여행 가방의 지퍼를 열자 산타할아버지의 선물 보따리처럼 물건들이 쏟아졌다. 설탕, 라면, 아지노모토, 스프, 두통약, 설사약, 커피, 세타, 양말, 팬티, 브라자, 수건, 담요, 생리대…… 작은 구멍가게를 하나 차려도 될 것 같았다. 언니가 비닐로 포장된 것을 집어서 내게 주며 말한다.

"이건 소라 꺼."

비닐 포장지 속에는 휴지 같은 게 들어 있었다.

"열 살 때 헤어지고 12년 만에 널 다시 만난다고 생각하니까, 왜 제일 먼저 이게 떠올랐는지 모르겠어."

"이게 뭔데?"

"생리대야. 월경할 때……."

이 땅에 와서 월경을 시작한 나는 생리대란 걸 써본 적이 없었다. 어머니가 사용하던 광목천을 삶아서 사용했는데, 어머니와 월경일이 겹치면 광목천이 모자라 밤마다 빨래를 해야 했다. 한밤중 공동 수돗간에 모인 여인들이 하는 빨래는 모두 그것이었고 오가는 눈길 속에 비슷한 월경 주기를 가지고 있다는 묘한 동질감이 느껴졌다. 그러나 수돗간에 퍼져가는 핏물과 비릿한 피 냄새는 저주인 것만 같았고 구역질이 났다. 피 묻은 빨래를 할 때마다 내가 어금니를 깨물며 하는 생각은 절대로 결혼 같은 건 하지 않겠다는 거였다. 아이는 더더구나. 어머니도 자식들만 아니었다면 아무런 연고도 없는 이 땅에 올 이유가 없었을 것이다. 그러니까 나는 어머니의 저주인 셈이었다.

언니와 나는 이불을 뒤집어쓰고 속삭였다. 나도 모르게 일본 말이 튀어나왔고 언니도 일본 말로 대꾸했다. 언니와 일본 말로 속삭이는 순간, 거미줄처럼 나를 옭아매고 있던 것들을 한순간에 벗어버린 듯 무한한 자유의 느낌이 나를 덮쳤는데, 그게 정말 자유의 느낌인지 아닌지 내가 알 수 있는 게 아닌 것만 같았다. 몸으로 받은 느낌은, 갑자기 줄이 끊어진 풍선이 되어 우주 공간으로 빨려 들어가는 것 같기도 하고, 한 번도 피워보지 못한 첫 담배의 맛처럼 아찔한 현기증으로 나타났는데, 그와 동시에 나는 이 맛을 잊지 못해 한 대의 담배를 구걸하며 영원히 떠돌 것만 같은 짜릿한 공포를 느꼈다.

영원히 중독자가 되어 떠돌지언정, 당장은 너무나 달콤했다. 언니와 일본 말로 속삭이는 것만으로 이불 속은 마치 나가하마의 판잣집인 것 같은 착각이 들었다. 착각이어도 중독이어도 좋으니 이 순간을 깨고 싶지 않다는 것만이 진실했다.

언니는 내가 무슨 생각을 하며 어떻게 사는지 알고 싶어 했지만, 나는 우리에게 주어진 시간이 벌써 저 멀리 흘러가버려서 그런 얘기로 시간을 낭비하고 싶지 않았다. 나는 후쿠오카의 산과 강과 나무와 바람과 구름에 대해 물었고, 강둑에 서 있던 벚나무 고목이 아직 그대로인지 그게 더 궁금했다.

"그럼그럼, 다 그대로야. 그대로 있어."

언니는 우리가 늘 다니던 마을길과 숲, 강변과 다리 이야기를 해주었다. 내 머릿속에서는 숲의 우듬지가 파도 소리를 내면서 바람에 쓸리고, 강물이 조약돌을 어루만지며 흐르기 시작했고, 다리 위로 친구들이 재잘거리며 걸어오고 있었다. 구름 사이로 드러난 햇살에 나뭇잎과 수면이 반짝거리기 시작했다.

"언니, 나에게는 그곳이 고향이야. 내가 태어나서부터 보고 자란 그곳의 산과 강이 내 고향인 것 같아. 누가 뭐라고 해도 고향 하면 그곳이 떠오르는걸. 언니, 우리 하이쿠 여행 가기로 한 거 기억하고 있어?"

"그럼. 바쇼와 소라가 갔던 길을 가보자고 했잖아."

"잊지 않았구나."

"내가 지금 살고 있는 곳이 바로 그곳이야. 오쓰, 기억해?"

"언니하고 했던 이야기는 하나도 빼놓지 않고 다 기억하고 있어."

"그때 우리, 새끼손가락 걸고 약속했었지."

"그 약속 지킬 수 있을까?"

"그럼."

"돌아갈 수 있을까?"

"돌아가자."

"벚꽃, 집이 있는 사람들은 돌아가네."

"그 나무, 나도 늘 생각하고 있어."

"언니, 기억하고 있었구나."

"그럼."

"언니, 여긴 벚나무가 없어."

"너무 추워서 안 자라나?"

"아니, 다 베어버렸대."

"왜?"

"일본 나무니까."

"나무가 무슨 죄가 있다고."

총화

나무도 죄를 지을 수 있다는 걸 언니에게 설명하는 건 불가능하다. 하지만 북조선에서 총화시간에 내가 깨달은 건, 역설적이게도 인간이 그리 죄 많은 존재가 아니라는 거였다.

아무리 죄 많은 저질 인간이라도 일주일 거리로 비판하다 보면 비판거리가 딸렸다. 일주일 거리로 비판할 거리가 생기는 인간은 흔한 게 아니었다. 더구나 일주일 거리로 비판하는 곳에서는 잘못을 저지르기도 쉽지 않았다. 잘못하기만 해봐라, 너의 잘못이 나의 기쁨이라며, 도처에서 눈을 빛내며 지켜보고 있는데, 하물며 단짝조차도 나의 비판거리를 깊은 우정이라고 눈물 흘리며 비판하고, 개조차도 나를 지켜보는데 어떻게 잘못을 저지르나. 나중에는 반딧불이가 깜빡이는 것만 봐도 흠칫 놀라고 검은 숲에서 떠오르는 달을 봐도 섬뜩하고 풀숲에서 개구리가 튀어나와도 펄쩍 뛰고 쥐새끼 꼬리만 봐도 간이 철렁 내려앉는데, 누가 무슨 잘못을 크게 저지를 수나 있단 말인가.

그래도 총화시간은 꼬박꼬박 돌아왔고 비판은 지옥 불처럼 쉬지 않고 타올라야 했다. 비판 없는 비판도 비판받았다. 비판하지 않으면 비판당했다. 세게 비판하면 세게 비판당했다. 적당히 비판하면 거세게 비판당했다. 결론은 의외로 간단했다. 누군가를 비판해야 한다는 것. 비판이 거래되었다. 너 지각한 걸 말할 테니, 너는 내가 수업 시간에 졸았다고 해라. 니가 선생님 욕을 했다고 할 테니, 너는 내가 담벼락에 낙서를 했다고 해라. 니가 장작을 훔쳤다고 할 테니, 나는 교과서를 안 가져왔다고 해라. 니가 수입 대 지출이 안 맞는다고 할 테니, 나는 금지곡을 흥얼거렸다고 해라. 나의 비판과 너의 비판을 더 무겁거나 더 가볍지 않게 만드는 것도 쉽지 않지만, 가볍다고 생각한 것이, 또는 장난처럼 만들어낸 것이 뜻밖의 화를 불러오는 경우도 적지 않았다. 무엇보다 조작되고 거래되는 비판이어도, 비판은 불쾌했다. 그러니 진짜 비판은 당연히 감정을 상하게 하고 원한마저 품게 했다. 학교를 졸업할 무렵, 위대한 수령님의 은총으로 대학에 가게 된 것을 망각하고 부화방탕하게 여학생들과 어울렸다는 비판을 받은 학생이 있었다. 언젠가 이걸 갚아주겠다고 벼르던 그에게 마침내 기회가 왔다. 등굣길에 학교 입구 담벼락 아래 누군가 똥을 싸놓았는데, 아침 서리가 내려 하얗게 덮여 있었다. 그걸 본 친구가 "에이씨, 어떤 새끼가 여기다 백두산 무지(무더기)를 만들어놨나?"라고 했고, 보복할 때만 노리고 있던 학생은 생활 총화시간에, 민족의 영산 백두산을 비하하는 발언을 했다며 친구를 비판했다. 그 친구는 학급총화로도 모자라 전교생이 모인 교단에까지 올라가서 전교생의 비판을 받았고 그의 대학 진학은 취소되었으며 무산의 탄광으로 발령받았다.

숨길 수 없는 것(1983년 10월 7일)

다음 날, 우리는 바닷가에 갔다. 아침에 잠에서 깬 오빠는 화자 언니를 보고 자꾸만 웃었다. 웃다가는 뚝 그치고 언니를 멀뚱히 바라보다가 다시 웃고 또 바라보더니 화자 언니를 끌어안았다.

"이상해. 너무 이상해. 네짱이 여기 있는 게 믿어지지가 않아. 어제께 내가 자다가 일어나서 누나가 자고 있는 거 보고 갔는데, 몰랐지?"

그러고 나서 오빠는 바닷가에 가자고 했다.

"네짱, 멍게 좋아하잖아. 내 말 맞지?"

"그걸 기억해?"

"가자. 내가 멍게 잡아줄게."

어머니는 급히 주먹밥을 만들고 전날 먹다 남은 반찬으로 도시락을 쌌다. 그리고 막 집을 나서는데 안내원이 나타났다. 우리가 바닷가에 멍게를 잡으러 간다고 말하자 그는 좀 어이없는 표정을 지었다. 그러고는 열 걸음쯤 뒤에서 우리를 따라왔다.

해변에 도착하자 구름이 끼고 바람이 불기 시작했다. 쌀쌀한 날씨였다. 그래도 오빠와 나는 아랑곳하지 않고 신발을 벗고 물속으로 걸어 들어갔다. 화자 언니는 물 밖에서 우리를 쳐다보며 서 있었다. 오빠와 나는 고개를 박고 바윗돌을 뒤집었다. 멍게가 그런 곳에 있을 리 없었지만 오빠는 언니에게 멍게를 잡아주고 싶어 했고 나는 오빠의 장단을 맞춰주고 싶었다. 바닷물은 뜻밖에 따뜻했다. 어머니와 언니가 춥다고 나오라고 할 때마다 오빠와 나는 물속이 따뜻하다고 소리쳤다. 우리를 바라보고 있던 언니도 신발을 벗고 발을 담갔다. 오빠는 또 웃었다.

"네짱! 네짱이 어떻게 여기 있어?"

고개를 처박았다가 한 번씩 들 때마다 술래처럼 언니를 찾으며 웃었다. 의심스러운 눈초리로 우리를 바라보던 안내원이 언젠가부터 보이지 않았다.

허탈함이 너무 커서 온전히 기뻐할 수 없는(1983년 10월 10일)

믿을 수 없는 일이 벌어졌다.

화자 언니에게는 우리 집을 떠난 후에도 단체 일정이 남아 있었다. 총련 활동가들만 따로 움직인다고 했는데 아마 장군님을 만나는 일정인 것 같았다. 언니가 떠나면서 총련 지부장을 통해 아버지와 오빠 일을 알아보겠다고 했지만, 아무런 기대도 갖지 말자고 의식적으로 노력했다. 그리고 오빠가 다시 아오지로 돌아가는 날이 되었다.

어머니와 오빠가 묵묵히 짐을 꾸리고 있는데 누가 문을 두드렸다. 나가보니 이번 방문행사 때문에 낯이 익은 보위부원이었다. 그는 봉투 하나를 내밀었다. 봉투에는 평양교포총국 이름과 마크가 찍혀 있었다.

오빠 이름이 적혀 있는 파견장이었다. 오빠 이름, 은덕군 주소, 김책 주소와 함께 10월 10일 오늘 날짜가 적혀 있었다. 모르는 글자가 하나도 없는데 도무지 무슨 내용인지, 뭘 말하는 건지 이해할 수가 없었다. 오빠와 나와 어머니가 한참 동안 종이를 들여다보다가 보위부원을 쳐다보았다.

"뭐 공교롭게도 날짜가 오늘 날짜니까 은덕으로 돌아가지 않아도 되갔구만. 만일에 거기에서 가져올 짐이 있다면 여행증을 끊어주갔소."

어떻게 이런 일이? 거주지 한 번 옮기려고 해도 행정위원회에 가서 식량정지증명서를 떼고 그걸 다시 이전하는 곳으로 가서 등록해야 하는데, 10년 노동형을 감해주는 일이 종이 한 장으로 처리된다는 게 믿어지지 않았다.

"어드레케? 여행증 필요한 겁네까, 아닌 겁네까?"

오빠는 고개를 절레절레 저었다. 오빠를 바라보던 어머니도 고개를 저었다.

아버지에 대해서는 아무 말이 없다. 물어보지도 못했다. 기뻐하지도 못했다. 허탈했다.

이렇게 간단하다니……

화자

•

김책에 갈 수 있을까

(2010년 5월 1일)

사기의 세계는 오묘하여라

아오지에서 돌아온 경엽은 이상한 열기 같은 것에 휩싸여 있었다. 고강도의 혹독한 훈련을 치르고 돌아와 북한에서의 삶에 완전 적응했다고 할까.

"네짱, 제강소니 일급 기업소니 다녀봐야 다 필요 없어. 끝없이 눈치 보고 아무리 열심히 해도 까딱 실수하면 어떻게 될지 한 치 앞을 몰라. 네짱, 부탁인데, 좀 도와줘. 장사를 해볼게. 여기 교통 사정이란 게 얼마나 형편없는지 몰라. 몇 달 전 대게 철에 친구가 청진에 가서 대게 사는 걸 도운 적이 있어. 대게를 사면, 아, 대게 사기 전에 먼저 해안가를 지키는 군인들을 구워삶아야 해. 술이라면 아주 환장을 해. 그리고 나서 근처 개인 집에서 대게를 삶아 구루마에 싣고 내륙으로 가지고 가면 사람들이 그걸 사는 건데, 문제는 운반이야. 제대로 된 운반 수단이 없거든. 구루마를 끌고 사흘 밤낮을 걸었어. 그런데 그 길에 구루마도 없이 배낭 하나에 물건을 짊어지고 가는 사람이 수두룩한 거야. 대게, 명태, 미역, 청어, 이런 것들을 사다가 장사하는 건데, 배낭에서 물이 뚝뚝 떨어져서 옷이 다 젖어. 버스가 지나가기는 하는데 언제 올지도 모르고 사람이 가득 차 있으면 타지도 못해. 그나마 차비낼 형편도 안 되는 사람들은 그냥 걸어. 젖은 옷이 얼어붙어서 갑옷처럼 딱딱해진 채로 걷는 거야. 밑천이 별로 없는 여자들이 주로 그렇게 걸어. 요즘은 국경에서 중국 물건들이 암암리에 들어오고 있다는 소문이 파다해. 그런 공산품은 황해도처럼 농사를 많이 짓는 곳으로 가져가서 곡식이랑 바꿔. 말하자면, 공화국에서는 상품 유통을 개인들이 하는 거야. 눈과 귀를 다 막고 있는 것 같지만 그래도 돈이 흘러가는 경로를 예리하게 눈치채는 사람들이 있어. 그런 건 아무래도 내가한 수 위 아니겠어? 고등학생 때까지 밖에 안 살았어도 자본주의 물을 먹었는데. 네짱, 봉고차 하나 있으면 먹고사는 데 걱정이 없겠어. 벌써 무슨 장사 할 건지도 다 생각해놨어. 바닷가에서 유통 관련 일을 할까 해. 당장은 국수 기계를 갖다 팔려고. 시골은 국수 기계가 없거든. 옥수수국수 같은 걸 빼는 기계 말이야."

일본에 있는 이모나 외삼촌, 그리고 어머니는 경엽의 생각에 대찬성이었다. 스스로 먹고살 기반을 만들 수만 있다면 그보다 좋은 게 어디 있나. 니가타 항에서 봉고차가 배에 실려 청진까지 갔다. 몇 년 후에는 트럭이 실려갔다. 또 몇 년 후에는 오토바이가 건너갔다. 관광버스까지 건너갔다. 바다를 건너 청진까지 가기는 하는데, 다음에 가보면 아무것도 없었다.

이유는 너무 단순하고, 어처구니가 없었다. 사기였다. 그것도 모두

당 간부들에 의한 것이었는데 도저히 어찌해볼 수 없게, 교묘하게 얽어맨다고 했다. 그들은 일본에서 도와주는 친척들이 있다는 정보를 너무나 잘 알고 있었다. 외화벌이 회사에 들어와서 사업을 하라고, 마치 특권이라도 주는 것처럼 권유하는데 그걸 거절하는 게 쉽지 않다고 했다. 처음에는 정말 권력이라도 되는 줄 착각해서 유혹에 넘어가지 않을 수 없지만, 당 간부에게 거절하는 것 자체가 괘씸죄가 될까 봐 불안하기 때문이다. 그렇게 개인 차량을 국가에 등록하게 되면 이후에는 무슨 꼬투리를 잡아서 쫓아낸다고 했다. 그렇게 한번 당하고 나면 어떻게든 국가 차량으로 등록하지 않으려고 요리조리 빼보는데, 요리조리 빼기 위해서 필요한 게 뇌물이었다. 보위부, 안전부에 뇌물을 주면서 길을 잘 닦아놔야 걸리지 않는다는 것이다. 어디에도 걸리지 않으려고 곳곳에 기름 치듯 뇌물을 발라놓는 것이다. 보안구역 안전부에서 감찰부까지 기름만 잘 발라놓으면 뻔히 알면서도 서로 눈감아주는 커넥션이 만들어진다. 야, 좀 봐줘라, 한마디면 눈감아준다. 대신 상납의 고리 어디 한 곳이라도 얼빵하게 챙기면 몰수당하는 건 일도 아니라는 것이다. 까딱 밉보인 순간, "기름은 어디서 났나?" 하며 치고 들어오는데, 기름이란 건 국가밖에 나올 곳이 없으니 그런 식으로 거슬러 올라가면 국가에서 도둑질한 게 되는 것이다.

8년 전에 본 경엽은 완전히 폐인이었다. 전형적인 알코올중독이었다. 얼굴색은 숯덩이처럼 새까맣고 입술 주위는 헐어서 진물이 흘렀다. 입술이 헐은 증상은 헤르페스라고 했는데, 전염이 되는 건지 온 식구가 얼굴에 허옇게 버짐이 피고 입술이 헐어 있었다. 가족들 모습이 어떤지조차 경엽은 관심 없는 것 같았다. 삶에 대한 한 오라기의 미련도 기대도 다 잃어버린, 그 끈을 놓아버린 모습이었다. 한동안 술을 마시지 않으면 손까지 떨고 춥다면서 이불을 뒤집어쓰기도 했다. 밥보다 술을 찾았다. 밥도 귀하지만 술은 더 귀한 것 아닌가? 당장 먹을 식량도 부족한데 누가 술을 담아 판다는 건지…….

"술을 어디서 구하노? 술을 살 수 있기는 하나?"

"하하, 네짱. 돈만 있으면 뭐는 못 구할까 봐."

"자본주의하고 다른 기 하나도 없네?"

"모르는 소리. 우리 공화국을 어떻게 보시고. 자본주의보다 훨씬 우월하지요."

신경반응성정신병이라고, 경엽의 처가 귀띔해주었다.

"병명 하나는 참 세밀하기도 하구나."

하는 소리마다 기막히지 않은 게 없어서 놀랍지도 않았다.

"고모님, 그런데 여기는 약이 없어요. 다음에 오실 때 약 좀 가져다주실 수 있어요?"

경엽이 아오지에서 돌아오고 나서 사업이란 걸 하기 시작하고 아주 잠깐 돈을 좀 만지면서 살 만할 때 결혼한 경엽의 처도 역시 귀포였다. 귀포라고는 하지만 일본에 친척 하나 없는 고아였다. 아들 딸 쌍둥이 낳고 그 아래 막내는 결핵뇌막염으로 잃고 경엽이 서서히 폐인이 되어가는 동안 그녀는 자기 살을 발라 먹이기라도 하는지 1, 2년에 한 번 갈 때마다 겨울나무처럼 앙상하게 말라갔다. 오십 초반의 나이에 나보다 더 노파같이 보였다. '하늘에 내리는 눈이 그대로 백발이 되었는가.'(변방을 여행하는 고초를 말하는 일본의 관용구)

정신이 들락날락하는 경엽을 보고 있으면 먹고살라고 보낸 것이 오히려 죽이는 게 되었는가 싶어 자책감이 들었다.

김책에는 갈 수 있을까

유령의 집 같은 합숙소가 있던 곳이 온정리 근처란 건 다음 날 아침에야 알았다. 평양과 원산의 중간쯤 되는 것 같았다. 너무나 당연하게도 자동차는 오지 않았고 고맙게도 식당에서 밥은 먹여주었다. 아무도 없는 유령의 집인줄 알았는데 식당에 가보니 예닐곱 명이나 되는 사람들이 밥을 먹고 있었다. 출장 중인 당 관리들인 듯했는데 하나같이 이마 주름이 깊게 파인 얼굴로 묵묵히 밥을 먹고 조용히 사라졌다. 그들이 각자의 방에서 아무런 기척도 없이 자고 떠난 이후로 합숙소 주위에는 사람 그림자도 보이지 않았다. 관리원도 보이지 않고 안내원도 자동차도, 점심시간이 지나도록 나타나지 않았다.

꼬여도 단단히 꼬여가고 있다는 느낌을 떨쳐버릴 수 없었고, 머리와 가슴이 기름틀로 조이듯 아팠다. 핏줄을 타고 흐르는 피가 끈적끈적하게 응고되는 게 눈에 보이는 것 같아 얼른 혈압약 하나를 먹고 바깥으로 나갔다. 어둑신한 방에서 나오니 오월의 햇살은 은총처럼 비치고, 발아래는 손톱보다 작은 꽃들이 피어 있었다. 무엇일까 그윽해라, 조그만 제비꽃.(바쇼) 보라색 제비꽃을 들여다보고 있으려니 그것이 꼭 어린 소라의 모습처럼 보였다.

"하나코, 나도 데려가줘."

가출에서 돌아올 때면 소라는 다음엔 꼭 자기를 데려가달라고 졸랐다. 스무 살 시절 어쩌자고 피는 자주 뜨겁고, 남들은 꽃 같은 나이라는데 차라리 모가지를 똑 분질러버리고만 싶어질 때면, 내 몸 속을 흐르는 피가 내 것 같지 않게 나를 들쑤셔 길로 나서게 했다. 뜨거운 피가 나를 살렸다. 집 떠나 길에 나서면 살 것 같았다. 세토나이카이 해를 따라 야마구치, 히로시마, 오카야마, 오사카, 그리고 교토까지, 교토에서 산으로 둘러싸인 바다 같은 호수 오쓰를 만날 때까지 바쇼가 함께했다.

들판에 해골로 뒹굴리라
마음에 찬바람
살에는 몸으로 떠나 대합조개가
두 몸으로 헤어져
가는 가을이어라.

소라는 내가 보고 들은 이야기를 다 보고 듣고 싶어 했고, 여행길에 내가 읽은 시를 들려주면 몸으로 반응했다. 나무하고도 이야기하고 꽃과도 소통하는 아이였다. 바쇼의 문하생 이름이 소라라고 하자, 그게 바로 자기라고 기뻐하던 모습이 잊히지 않았다. 바쇼가 걸었던 길을 따라서 함께 여행하자고 약속했었는데……. 연꽃잎 다 떨어지고 대궁만 남은 곳에 눈 쌓이는 걸 보여주겠다고, 새끼손가락을 걸고 약속했는데……. 이제 나는 시를 잊었고 바쇼가 걷던 길이 아닌 오호츠크 해를 오가고 있고 소라는 김책이란 곳에서 벗어날 수 없으니, 약속은 지켜질 수 있을 것인지. 그런데 김책에는 갈 수 있는 걸까? 소라에게 무슨 일이 생긴 건지…….

합숙소에서 일이나 해주고 살아야 하는 게 아닐까 싶어질 무렵 자동차 소리가 들렸다. 컴컴한 방에 누워 있다가 뛰쳐나가니 안내원이 대뜸 수리비 내역서부터 내밀었다. 알아볼 수도 없이 휘갈겨 쓴 글씨들이 갱지 한 장 가득 쓰여 있었다. 간신히 알아볼 수 있는 글씨라고는 '타이어 네 개 4천 엔'밖에 없었다.

"타이어는 한 개 빵꾸 났다고 안 그랬습니까?"

다시 말씨름하고 싶지도 않았지만 너무 어처구니가 없어서 멍청이처럼 또 물었다.

"거기 다 써 있잖습네까."

대답도 뭣도 아닌, 다만 짜증 섞인 목소리.

"써 있습니다. 그런데 왜 네 개냐 이 말입니다. 빵꾸 난 건 하나 아닙니까?"

"여긴 원래 그럽네다."

아참, 원래 그렇지, 흐흐흐.

원산까지 오는 동안 자동차 안의 공기는 에어컨이라도 켠 것처럼 냉랭하다. 수리비는 어젯밤 예상보다 더 나왔는데, 공연히 그들을 불쾌하게 만들어서 그렇게 된 것인지 실제로 그만한 돈이 든 것인지, 아니면 원래 그런 것인지 내가 무슨 수로 알 수 있겠나. 어쩌면 이번 기회에 아예 자동차를 새것으로 만들 작정이었는지도.

원산 송도원호텔에는 땅에서 솟아난 것처럼 중국 관광객들로 붐비고 있었다. 갈마반도 주변으로 엄청난 레저타운을 개발한다고 하니 관광객들은 더욱 많아질 것이다. 가족 방문 온 교포는 아무도 없는 것 같다. 이제 가족들을 방문하려는 교포들의 수는 급속히 줄어들고 있다. 한 번씩 북한에 올 때마다 함께 오곤 하던 이들이 뭉턱뭉턱 빠져나갔다. 너무 늙어서이거나 또는 이미 이 세상 사람들이 아니었다. 지금은 나만 남았다고 해도 좋을 정도다. 먼 여행을 버틸 수 없이 늙어버린 그들은 이제 연금으로 간신히 자기 한 몸을 버티고 있었다. 그들의 자식들은 본 적도 없는 친척들에게 정이 있을 리 없었고, 그렇게 가족들을 잇고 있던 끈은 서서히 끊어질 것이다.

네짱에게 나의 죽음을 알리지 마라

8년이란 세월이 이 땅에서는 80년처럼 흘러간다. 지난 8년 동안, 너무나 많은 것이 달라져 있었다. 호텔 식당으로 들어오는 게 경엽 부부와 쌍둥이 아이들일 거라고 예상하고 있었다. '8년 전 쌍둥이 용선, 용미가 고등학교 졸업반이었으니 어른이 되었겠구나, 어쩌면 용미는 결혼을 했을지도 모르겠구나'까지가 내 예측이었다. 그런데 뒤로 햇살을 받으며 식당으로 들어오는 아이들의 실루엣은 나의 예측을 여지없이 깨부순다.

자리에서 일어나 멈칫거리는 손을 경엽 처가 덥석 붙잡으며 울먹인다. 얼른 입구 쪽을 바라본다. 경엽이 보이지 않는다. 경엽의 처 옆에 서 있는 건 쌍둥이 아들 용선이고, 용선 옆에 다소곳이 서 있는 건 용미가 아니다. 용미는 멀리 시집을 갔나. 경엽은 왜 안 보이나? 많이 아픈가? 그런데 내려다보니 용선이 꼬마 아이 손을 잡고 있었다. 현기증이 난다. 어른이 된 용선에게서는 외삼촌의 모습이 어른거린다. 경엽 처는 더 이상 빠질 살도 없는지 8년 전보다 차라리 얼굴이 좋아진 것 같다.

"내가 너무 오랜만에 왔제? 잘 있었나?"

지 어미보고 묻는데 대답은 용선이 한다.

"우리야 뭐 늘 위대한 김정일 지도자 동지의 배려로 아무 근심, 걱정 없이 잘 살고 있습네다. 고모님은 어떠십네까?"

"앉자."

한눈에 봐도 근심, 걱정이 넘치는 얼굴이다. 이번엔 또 무슨 소식을 들을지, 묻는 게 두렵다. 어수선한 마음이 정리도 되지 않았는데 떠밀리듯 식사가 나오기 시작한다. 잡채와 불고기, 북엇국과 숙주나물, 두부조림, 멸치조림이 조그만 접시에 담겨서 테이블 가득 놓였다.

"고모님, 저 결혼했습네다."

안 그래도 물어보려고 했는데, 그새를 못 참고 용선이 말한다. 용선이 몇 살이던가? 스물여섯인가 일곱인가. 결혼할 때가 되었구나. 내 아들은 마흔이 다 되어가는 나이에 결혼은 생각도 하지 않고 히키코모리처럼 집에서 빈둥거리고 있는데. 용선과 결혼한 여자도 역시 귀포 자녀였다. 그들 중에 어쩌다 당원과 결혼하는 경우도 있지만 승진 문제에 걸림돌이 되면 곧바로 이혼 사유가 된다니, 비슷한 계급끼리 결혼하는 게 맘은 편할 것이다. 출신 성분, 토대, 이런 것들은 금강석이 유리 가루처럼 산산이 흩어질 즈음에나 사라지게 될까.

용선이 아이를 무릎에 앉히며 말한다.

"아들입네다. 종화야, 고모야. 고모, 해보거라, 고모."

꼬마 아이는 자기 앞에 놓인 음식을 집어 먹느라 정신이 없다. 용선은 손을 탁 치면서 연신 고모라고 말하란다.

"고마 됐다. 그라고 고모가 아니고 고모할매다. 용미는 왜 안 보이노? 용미도 시집갔나?"

네짱에서 고모로, 이제 고모할매라니, 나는 죽지도 못할 것이다. 용선은 또 씩씩하게 말한다.

"용미가 노래를 잘했잖습네까. 그래서 학교 졸업하고 곧바로 선전대에 뽑혀 나갔습네다. 기업소와 근로작업장에서 노래 부르는 건데, 그거 아무나 못 하는 겁네다. 선전대에서 노래하다가 얼마 전에 연변에 있는 외화벌이 식당에 가무단으로 뽑혀갔시요. 거기서 아주 잘 지내고 있답네다."

학생 시절 머리에 빨간 리본을 꽂고 아코디언을 켜면서 노래를 부르던 용미가 떠올랐다. 악기도 조금만 가르쳐주면 금방 익히고 창법이나 무용 솜씨도 뛰어났다. 너무나 깜찍하게 노래와 율동을 하고 있건만 귀엽고 즐겁기보다는 자꾸만 눈물이 나려고 했다. 아무리 봐도 타고난 재주 같은데 집안에서 그럴 만한 재주를 가진 사람은 총련 시절 가무단에서 춤, 노래, 연극 솜씨가 좋아서 가무단 단장까지 맡은 나 말고는 없는 것 같았다. 재주라고 하기에도 민망하고 설마하니 용미가 내 피를 물려받았을 리도 없지만, 어쩐지 좋지도 않은 걸 물려받았구나 싶은 생각이 들었다. 그리고 지금 다시 드는 생각은 칠팔십 년대에 이모가 불법체류 한국여성들을 데리고 룸살롱을 했던 일이다. 집안이 망하고 나라가 망해도, 망하게 하는 건 남자들이고 그 뒤치다꺼리 해가며 어떻게든 살아내는 건 여자들 몫이구나 싶은 생각.

먹히지 않는 걸 억지로 먹으면서 궁리한 건 어떻게 하면 천하의 수전노 같은 안내원을 따돌리고 마음 놓고 이야기할 수 있을 것인가였다. 호텔 방에 올라가봐야 어디에 도청 장치가 되어 있는지 모르는 상황이고 해서 잔디밭으로 나가기로 했다. 이를테면 용선의 결혼축하 자리다. 복무원에게 맥주 몇 병을 부탁해서 아이들에게 그걸 들고 밖에서 기다리라고 했다. 애들에게 줄 선물을 가져온다는 핑계로 호텔 방에 올라와서는 약부터 먹었다.

경엽에 대한 이야기를 아무도 하지 않는다. 결혼하고 아이 낳은 이야기를 하면서도 아버지 이야기를 하지 않는다. 무슨 일이 생긴 걸까. 또다시 수용소로 끌려간 건 아닌지. 정신이 오락가락해서 그런지, 삶의 끈을 놓아버린 탓인지 경엽은 술이 취하면 말을 함부로 했다.

"아버지를 어디로 끌고 갔느냐고요? 그 말도 못 물어봤어. 바보 병신 새끼가, 아들이 돼갖고 왜 아버지를 끌고 갔냐고오, 그 말 하나 못 물어봐. 아버지가 스파이래. 네짱, 아버지가 스파이래. 선반 일밖에 모르는 무식한 사람한테 스파이래. 이 억울함을 어떻게 해야 돼? 스파이든 뭐든 아버지를 만나게나 해줘야 될 거 아니야. 다 나 때문이야. 귀국하자고, 일본에서는 미래가 없다고, 미래를 사랑하는 북조선으로 가야 한다고, 조총련 꾐에 빠져서……. 조총련 새끼들, 내가 아작을 내버리갔어. 이빨로 잘근잘근 씹어버리갔어. 그 새끼들, 뼈를 가루를 내버리갔어. 갈아 마셔도 분이 안 풀릴 거 같아……. 그런데 북조선에서 한 발짝도 못 움직이니, 죄수처럼 갇혀 있으니 그놈들을 내가 어떻게 해볼 수가 없잖아. 어흑……. 네짱, 내가 이렇게 비겁한 졸장부가 돼버렸어. 이러려고 그런 게 아니었는데, 잘 살아보려고, 조국에 충성하고 자랑스러운 내 나라에서 잘 살아보려고 했는데……."

외삼촌이 귀국한 게 경엽 때문이란 건 그때 처음 알았다. 외삼촌은 내게 스스로 결정한 것처럼 자랑스럽게 얘기했고, 실제로도 자기 때문에 가족들이 이 모양이 되었다고 자기 두 팔다리를 도끼로 끊어버리고 싶다고 했다지 않았나. 그러고 보면 외삼촌과 나는 같은 핏줄이 틀림없나 보다. 나나 외삼촌은 죄책감을 올가미처럼 목에 걸고 사는 족속인 것이다.

물건을 챙겨서 내려가니 나무 그늘 아래서 맥주도 마시지 않고 멍하니 나 내려오기만 기다리고 있다. 안 동무는 보이지 않는다. 나는 애들에게 여행 가방을 풀어보라고 내민 후 경엽 처에게 물었다.

"경엽이는 우예 됐노?"

경엽의 처는 입술을 앙다물며 고개를 푹 숙인다.

"퍼뜩 말해봐라."

"죽었어요."

긴 한숨이 나오는데, 놀랍지도 않고 담담했다. 이상하다. 약발이 너무 센가? 약발 때문인지 모르겠지만, 외삼촌처럼 수용소에 끌려가서 죽었는지 살았는지도 모른 채 평생 피 말리게 하지 않고 죽어 시신이라도 보여주는 게 남은 가족들에게 할 수 있는 마지막 헌신이며 사랑이라는 생각이 드는 걸 어쩔 수 없다.

"고모님 주신 약을 먹었지만 자꾸만 배가 불러오는데, 금방이라도 터질 것처럼……."

"병원에는 갔드나?"

"복수가 찼다고 그랬어요. 복수는 뽑았는데, 복수만 문제가 아니라고……. 얼굴이 노랗게 변하다가 나중에는 새까맣게 변하더니, 피똥을 줄줄 쌌어요."

경엽은 8년 전, 내가 돌아가고 나서 얼마 지나지 않아 죽었단다. 경엽이 아무것도 못하고 폐인처럼 집에만 있으니 처가 장마당에서 장사를 시작했고 그러다 보면 며칠 집을 비우게 되는 일도 종종 생겼는데, 그때도 한 닷새 정도 함흥을 다녀오는 길이었단다. 용미가 선전대 훈련에 들어갔고 용선도 무슨 돌격대에 가게 돼서 집에는 경엽 혼자 있었다. 밥이라도 빨리 해주려고 부엌부터 들어가 쌀이랑 강냉이를 씻으면서 "용선 아버지, 용선 아버지" 하고 불러도 대답이 없었다. 또 성질부리겠구나 싶었다. 말 한마디를 해도 다정하고 자상해서, 실수를 해도 소리부터 치지 않고 왜 그랬는지 물어봐주는 게 고맙고 좋아서, 남편이라기보다 애아버지라기보다 마음 기댈 곳이라고 생각한 사람이었다. 그런 사람이 병이 깊어지면서부터는 정신이 들락거리는 게 아니라 악마가 들락거리는 것 같았다. 스스로도 통제되지 않는 것 같았다. 화를 벌컥 내고 짜증을 내고 신경질을 내고 투정 부리는 건 다 이해하겠는데 "이 시라미 같은 새끼, 시라미 같은 새끼" 하며 자학만이라도 하지 말았으면 싶었다. 자학을 할 때면 눈앞에서 자결이라도 할 것처럼 칼까지 들고 설쳤는데, 그럴 땐 눈알이 돌아가 흰 동자만 번들거렸다. 반찬도 아니고 요기도 되지 않는 멍게를 사온 건 경엽의 웃는 모습을 보고 싶어서였다. 밥을 안치고 멍게 한 접시를 들고 방문을 열었다. "용선 아버지" 하며 성큼 방 안으로 들어섰는데 한동안 머리가 띵했다. 눈앞에 벌어진 풍경이 무엇인지 알아차리는 데 한참이 걸렸다. 경엽은 방에 반듯하게 누워 있는데 누가 경엽 주위에 까만 깨라도 뿌린 것처럼 온통 새까맸다. 새까만 깨 같은 것들 하나하나가 각각 움직이는데, 그러니까 살아 있는 그 무엇이라는 의미였는데, 깨처럼 조그만 것들이 살아서 움직이는 속에 묻힌 경엽은 미동도 하지 않고 있었다. 시라미(이)! 경엽이 그렇게나 싫어하던 시라미였다. 시라미는 경엽을 까맣게 덮고 마치 한 덩어리인 것처럼 움직이고 있었다. 마치 경엽을 끌고 갈 것 같은 기세였다. 새까만 시라미 위로 떨어진 접시에서 멍게가 튀어나와 꽃처럼 붉게 피었다.

고난의 행군 시기에 듣던 말이 그거였다. 사람이 죽으면 제일 먼저 그 사람 속에 깃들어 살던 벌레들이 기어 나온다고. 자기가 숙주로 삼고 있던 사람의 죽음을 제일 먼저 알아차린다고.

"네짱한테는 알리지 마라."

"내가 죽으면 네짱이 안 올지도 모른다."

그나마 맑은 정신이 돌아오면, 경엽이 잊지 않고 하던 말이란다.

경엽아, 미안하다. 내가 너무 늦게 왔구나. 네 죽음을 이제야 알게 되는구나. 하지만 걱정 마라. 네짱 아직 짱짱하다. 작년에는 보험회사에서 팀장으로 승진했단 말이다. 어쩌면 그것도 다 너그들 덕분인지 모른다. 너그들 보고 가면 한 푼이라도 더 벌어서 너그들 갖다 줄 생각밖에 안 드니까, 그래서 더 열심히 일하는 거다. 그기 네짱 보람이다. 너는 그렇게 죽었지만 네짱은 죽고 싶어도 못 죽는다. 죽을 때까지 너그 가족들 모른 체 안 할 거니까 편히 쉬거라.

"너그 집에 좀 가보자."

"고모님, 집에는 뭐하러 갈라고 그러십니까."

경엽 처가 당황해서 내 팔을 잡는다.

"너그들 사는 거를 내가 좀 봐야 되겠다."

그렇게 실랑이를 하며 호텔 밖으로 나가는네 안 동무가 막아섰다.

"어디를 가십네까?"

"우리 애들 사는 집에 좀 가볼라고 그랍니다."

"그건 안 됩네다."

"왜 안 됩니까? 내가 조카 집에도 못 갑니까?"

"그건 일정에 없습네다."

"여보시오. 고모가 조카 집에 가는데, 일정이 다 뭡니까? 고모가 비행기를 타고 공화국까정 왔는데 조카 사는 집에도 못 갑니까? 세상에 그런 법이 어딨습니까?"

"이거 와 이러십네까?"

"와 이러기는요? 안내원 동무요. 안 동무라 캤습니까? 그라지 마입시다."

어제처럼 이성적이고 합리적으로 따지는 할매가 아니라 막무가내 할매 카드를 꺼냈더니, 안 동무는 체념했는지 운전기사를 불렀다.

"이거, 규정에 어긋난다는 거 분명히 아셔야 됩네다. 특별히 봐줄테니, 자동차를 타고 가십시오."

자동차로 10분도 걸리지 않는 거리였지만 안 동무는 내가 마을을 걸어 다니는 걸 더 걱정했을 것이다. 아이고, 집도 집도…… 이게 집이냐, 거지도 이보다는 낫겠다. 김책 집은 여기에 대니 고대광실이구나. 창문은 유리가 없어 비닐이 쳐 있고 아파트라면서 장판 벽지도 없이 그냥 흙벽이구나.

"쌀통은 어디 있노? 쌀통 좀 보자."

경엽 처는 꾸중 듣는 아이처럼 쩔쩔맸다.

"고모님, 뭘 자꾸 볼라고 그러십니까?"

"내가 너희들 뭐 먹고 사는지 좀 봐야 되겠다."

쌀통에 쌀은 보이지 않고 맨 옥수수에 껍질이 절반이고, 쌀이라고 간간이 보이는 것은 싯누렇게 변한 것들이구나. 야미시장(장마당)에 가면 깨끗하고 하얀 쌀들이 수북수북 많기도 하던데, 어째 배급이라고 나눠주는 건 다 이 모양이냐.

"반찬은 뭘 먹노? 이거 끓이갖고 반찬은 뭐 해갖고 먹노 말이다."

경엽 처가 목소리를 낮추며 말한다.

"고모님. 달걀은 먹을 수 있습니다."

"달걀이 어딨노?"

달걀 얘기만 들으면 소라 집에서 먹던 달걀 프라이가 생각난다. 하얀 저것이 아무리 봐도 달걀 프라이 같은데 노른자가 있어야 할 자리가 허전했다. 노른자가 노른자가 아니라 흰자라고 해야 될 것 같은 색이었다. 내가 한참 들여다보니 소라가 말했다. 닭도 먹는 게 있어야 노른자도 생기지. 1년에 두 알 나오는 배급이 그 모양인데, 경엽 처는 무슨 수로 달걀을 먹을 수 있다고 하는가. 경엽 처는 부엌 쪽으로 가더니 마루장 하나를 뜯어낸다. 뭔가 싶어 들여다봤더니, 하느님 맙소사, 거기에 닭이 한 마리 있었다. 나는 너무 놀라서 그 자리에 주저앉아버렸다.

"고모님, 놀라셨습네까? 누가 훔쳐갈까 봐 숨겨놓은 건데……."

"아이고야, 내사 그 안에 갇혀 사느니, 고마 죽는 기 낫겠다."

하도 기가 막혀서 넋두리를 하는데, 씩씩한, 아니 씩씩하던 용선이 내 앞에 털썩 앉더니 그렁그렁한 눈으로 말한다.

"고모, 우리 고향은 한국이라지요? 아버지가 그랬습네다. 우리 고향은 한국이라고. 경상남도 고성이라고. 고모, 전쟁 나면 그때는 고향에 갈 수 있을까요?"

"야야, 고향에 누가 있노? 고향이라고 가봐야 아무도 없다."

"고모, 차라리 전쟁이나 나면 좋겠어요."

"그런 말 하지 마라. 너그들이 이래 사는 게 다 전쟁 때문이다."

"고모, 무섭습네다. 아버지 돌아가실 때 생각만 하면 무섭습네다."

나는 용선의 어깨를 쓰다듬으며 말했다.

"살아만 있어라. 살아 있어야 통일도 보고, 고향도 가볼 거 아이가. 그때까지 살아만 있어라."

소라

•

생각하지 말라면 더 생각하게 돼

(1985년~1989년)

그립다는 말 대신 쓰는 이야기(1985년 7월 1일)

"뭘 생각하지 말라고 하면 더 생각하게 되잖아."

이즈음 들어 담덕의 말이 자꾸만 떠오른다. 그중에서도 곱추 이야기가……

"한 곱추가 있었어. 아주아주 부자였는데, 고리대금 업자야. 거기에다 소작료까지 착취해서 그 사람만 빼고 나머지 사람들은 모두 고통 속에서 살았어. 하지만 그에게도 치명적인 약점이 있었는데, 바로 곱추라는 거야. 그러던 어느 날, 동방에서 온 점성술사가 이 고장을 지나가게 되었는데, 수염이 길고 회색빛 눈동자는 투명하고 키가 홀쩍 커다란 게 어딘지 신비로운 느낌의 사람이었어. 그가 나타나고 잠시 후, 지금까지 그 점성술사가 고치지 못한 병이 없다는 소문이 파다하게 퍼졌어. 소문을 들은 곱추가 자기의 병을 고쳐주기만 하면 달라는 대로 다 주겠다고 제안했어. 점성술사는 자기가 하라는 대로만 하면 하룻밤 만에도 고칠 수 있다고 했어. 곱추는 평생을 짊어지고 살아온 혹을 하룻밤 만에 뗄 수 있다고 하니, 신이 나서 좋다고 했어. 점성술사는, 자루에 금화를 지고 다니면서 만나는 사람들마다 줘라, 그다음에 할 일은 그걸 다 하고 나면 말해주겠다고 했어. 온 마을 사람들이 줄을 서서 곱추에게 돈을 받아갔어. 사람들은 끝도 없이 나왔어. 점성술사는 시간을 벌려고, 사람들이 받아온 돈을 따로 모아놓고는 또 돌아가서 돈을 받아오라고 시켰어. 해가 지고 어둠이 내리자 점성술사는 동네 한가운데 장작을 높다랗게 쌓고 모닥불을 피우라고 했어. 그리고 곱추에게 실오라기 하나 걸치지 말고 다 벗은 후 모닥불 주위를 돌라고 했어. 모닥불과 곱추를 가운데 두고 사람들이 둥그렇게 원을 그리면서 빼곡히 둘러쌌어. 저러다가 정말로 혹이 사라지는 건지 잔뜩 호기심 어린 눈으로 곱추를 지켜보고 있었지. 정말이지 진귀한 구경거리잖아. 혹도 혹이지만 사람들의 고혈을 쥐어짜던 곱추가 홀딱 벗고 모닥불 주위를 도는 모습이라니, 얼마나 우스웠겠어. 그때 점성술사가 말했어. 이제부터 내가 문제를 내겠노라. 그런데 이건 혼자 힘으로는 안 되는 것이다. 지금 수백 명이 구경하고 있는데, 이 사람들 중에 누구도 머릿속으로 원숭이를 떠올리면 곱추의 허리가 안 펴진다고 한 거야. 그런데 뭘 생각하지 말라고 하면 더 생각하게 되잖아. 그 말을 들은 사람들이 옆 사람들 얼굴을 돌아보았는데, 한눈에 딱 봐도 머릿속에 원숭이를 떠올리고 있는 표정인 거야. 곱추는 인상을 잔뜩 쓰고 사람들을 윽박지르듯이 노려보았어. 점성술사는, 사람들 머릿속에서 원숭이가 사라지면 허리가 펴질 것이고, 허리가 안 펴지면 이들 중 누군가 원숭이를 생각하기 때문인 줄 알라고 하고는 휘리릭 사라져버렸대."

책 제목은 '안정질서의 교란자'라고 했다. 나도 보고 싶다고 하자 이미 없어졌다고 했다.

"무슨 말이 그래? 없어지다니?"

"나도 몰라. 아버지 서재에 있는 책은 갑자기 없어지기도 하고 또 어떤 것들은 시커멓게 칠해져서 다시 돌아오기도 하고 그러니까."

"숨겨놓지 그랬어."

그 말을 해놓고 나도 깜짝 놀랐다. 나를 이상하게 생각할까 봐 조마조마했다.

"숨길 데가 어디 있어?"

나한테 물어보는 건가? 나는 뜨끔해서 입을 다물었다.

"우리 집 책 목록은 도 당에서 관리하고 있기 때문에 우리 집에 무슨 책이 있는지 우리보다 더 잘 아는데, 숨길 수가 있겠어?"

숨길 수도 있어, 라고 말하고 싶지만 꾹 참았다.

"안정질서의 교란자. 책 제목이 참 묘하네. 누가 쓴 거야?"

'실은 공화국을 조롱하는 내용 아니야?'라고 말하고 싶었지만 둘러서 말했다. 북조선 작가가 이런 책을 쓸 수 있었는지 궁금했다.

"어릴 때 읽어서 기억이 가물거리는데, 주인공 이름이 호쟈 나스레찐인가 그랬던 거 같고, 작가는 이스라엘 사람 아니면 이집트 사람이었던 거 같아."

그럼 그렇지.

"책 마지막인가? 왕이 매일 조회할 때마다 신하들한테 즉흥시를 짓게 하는데, 신하들이 어떻게 하면 왕에게 아첨하고 충성하는 시를 지을지 고민하는 장면이 나와. 그거 읽을 때가 열 살 무렵이었는데 책 내용이 우리 이야기랑 너무나 비슷하다고 생각했었어."

우리 이야기랑 비슷하다고? 나는 깜짝 놀라서 담덕을 쳐다보았다.

"너는 나보다 더 잘 알겠지? 다른 나라에서 살다 왔으니까."

나는 무표정하게 가만히 있었다.

"주위에서 벌어지는 일만 봐도 뻔히 알 수 있잖아. 그런데 당에서 내려오는 소리는 좋은 소리밖에 없어."

그런 말을 할 때 담덕은 무척이나 어른스러워 보였다. 담덕은 어릴 때부터 책꽂이에 있는 책을 다 읽었는데 한글을 배우기 시작하면서 부터는 독서기록장도 빼놓지 않고 썼다고 말했다.

"네가 우리 공화국으로 오기 전에 아주 큰 소동이 있었어. 인민학교 다닐 땐데, 학습장 공책 표지에 그림이 그려져 있었어. 산 능선이 그려져 있고 하늘에는 제비가 두어 마리 날아다니고 땅에는 민들레가 피어 있었어. 그냥 평범한 풍경화였어. 그런데 수업 시간에 공부하기가 싫어서 주리를 틀던 놈이 있었나 봐."

"그게 누군데?"

"그게 누군지는 중요한 게 아니고 더 들어봐. 이놈이 수업 시간에 공책 표지 그림에 덧칠을 하고 있었어. 그러다가 깜짝 놀란 거야. 이놈이 손을 번쩍 쳐들고는, 선생님, 여기 미국 놈 있습니다, 이런 거야."

"미국 놈?"

"선생님이 뭔 미친 소리냐고 했더니 공책을 뒤집어 보이면서 설명을 하는데, 산 능선은 사람 이마에 코처럼 보이고 민들레꽃은 안경처럼 보이더래. 안경을 쓰고 웃는 얼굴 모양이더란 거야. 하늘에 날고 있는 제비는, 앞에 거는 인쇄를 잘못한 것처럼 하얗고 부드럽게 그려져 있고 뒤에 거는 좀 날카롭게 그려진 검은 제비였는데, 이게 북한 비행기가 미국 놈 비행기한테 쫓기는 것처럼 보이더란 거야. 똑바로 놓으면 그냥 평화로운 시골 풍경인데 뒤집어놓으면 섬뜩할 정도로 이런 게 또렷이 보였어."

"너도 봤어?"

"나도 그 공책을 썼으니까. 길주 펄프공장에서 나온 공책이라서 함경도에 살던 아이들은 다 그 공책을 썼을 거야."

"누가 일부러 그랬다는 거야?"

"그랬겠지. 아주 선명했다니까. 일부러 그리지 않고서는 그럴 수가 없잖아."

"누가 그랬는지 찾아냈어?"

"아마도…… 길주 펄프공장이나 인쇄소 어딘가, 그림이나 도안 하는 사람들 중에서 찾아냈겠지. 학교마다 공책 표지 전부 뜯어서 태우고 대대적으로 성토대회를 했어. 간첩이 반동적인 그림을 그려서 책동한다면서……."

"그런 사람이 있었구나."

"한번은 달력을 몽땅 수거해서 태운 적도 있었어. 엄마가 색동저고리 입은 아기를 안고 웃는 그림이었는데, 자세히 보면 분홍색 한복바지의 명암 속에 해골 형상이 숨어 있었던 거야."

나는 책을 숨겨놓았어. 오빠는 음반을 숨겨놓았지. 책은 썩어빠진 일제의 정신이라고 할 수 있는 하이쿠 시집이고 음반은 우리의 혁명성을 흐리게 만드는 미제의 팝송이야.

담덕이 내게 곱추 이야기를 해주었을 때 나는 내 이야기를 해주고 싶었다. 이 아이는 괜찮을 거야, 이 아이는 내 편일거야, 이 아이는 비밀을 지켜줄 거야, 자꾸만 그런 생각이 들었다. 그런데 마지막 순간, 무엇인가가 내 입을 막았다.

담덕이 옆에 있다면 얼마나 좋을까.

귀여운 여인, 박옥숙 동무(1985년 8월 8일)

"이 자리는 아무한테나 주는 거 아니라는 거 알지?"

정무원 합숙소에 일자리를 주면서 리 관리위원장이 생색을 내며 하던 말이다. 하지만 그 자리가 어떤 자리인지 나는 모른다. 다만 화자 언니가 여기저기 돈 봉투와 선물을 주고 간 것과 연관이 있을 거라고 생각할 뿐이다(오빠가 결혼한 것도 화자 언니 덕일 것이다. 일본에서 후원해주는 누군가가 있다는 게 하나의 토대가 되는 것이다. 새언니도 귀포다. 아버지는 남양군도인지 어딘지 징병으로 끌려가서 죽고 어머니는 일본 사람과 재혼했지만 언니가 귀국선을 탄 후 죽었다고 한다). 정무원은 공무를 수행하는 당원들이 지방에 내려올 때 숙박하는 곳이다. 리 당원들이 신경 쓰는 건, 거기 오는 사람들 중 평양의 당간부들도 섞여 있기 때문이다. 먹고 자는 곳일 뿐이지만 여러 지역 당원들이 모이게 되면서 말도 많고 탈도 많았다. 서비스가 좋으니 나쁘니 하면서 리에 대한 평가가 이루어지다 보니 리의 얼굴이나 마찬가지였다. 그래봤자 여관 종업원이었다.

밤늦게 도착하는 사람들도 있고 새벽같이 떠나는 사람들도 있기 때문에 근무시간이 일정하지 않아서 피곤하고 고되지만 당 간부들과 접촉할 기회가 많아서 사람에 따라서는 원하는 자리이기도 했다(육체노동을 하지 않는 자리는 무조건 인기가 있다). 책임자로 있는 박옥숙 부인이 그런 사람이었다. 그녀는 어딘지 야심이 있어 보이는 여자였다.

한 달 전쯤, 관리위원장이 나를 따로 불렀다.

"어때?"

뭘 물어보는지 몰라서 지낼 만하다고 대답했다. 그러자 관리위원장은 가느다란 눈을 치켜뜨며 말한다.

"박옥숙 동무래, 어드런가 이 말이다."

여전히 뭘 물어보는지 몰랐지만 그렇다고 '좀 푼수 같습니다'라고 대답할 수는 없어서 가만히 있었다.

"잘 지켜보라. 박옥숙 동무가 아무래도 쌀을 빼돌리는 거 같으니까 증거를 잡으라. 빼도 박도 못할 증거를 말이다."

그러니까 나에게 박옥숙 책임자의 비리를 지켜보고 있다가 밀고하라는 말이었다.

고통스럽게도, 박옥숙은 말이 많은 여자였다. 자기에 대한 이야기를 궁금해하기도 전에 털어놓았다. 별로 알고 싶지도 않은 과거사와 원치 않는 조언까지 했다.

"군 간부들 올 때 잘 봐두라. 여기서 잘 만하면 좋은 데 시집갈 수 있다. 좋은 데? 그거야 평양이지. 평양까지는 못 가더라두, 차령산맥은 넘어야 하지 않갔네? 차령산맥 넘어 평성이란 데가 있다."

그녀의 수다는 밉지 않았다. 나에게 대놓고 귀포라고 해도 조금도 상처 주려는 의도가 아니란 걸 알 수 있다. 그녀는 나만 보면 곱다 곱다 하며 얼굴을 쓰다듬었는데 그 말 뒤에는 "말만 하지 말라. 입만 열면 귀포 표시가 나누마. 얼굴만 보면 평양 가게 생겼는데 아깝다, 아까워" 하면서 혀를 찼다.

"나도 처음에는 결혼 잘한다고 소문이 자자했다. 남편이 인물도 좋고 멀쑥한 데다 평성에 살았고 직장도 군수품공장에 다녔거든. 시집갈 때 나는 이불에 치마에 속옷까지 다 해갖고 갔는데, 평성에 가보니까 말짱 거짓말이더라 이 말이야. 여기서 결혼할 때 남편이 걸치고 온 양복이며 코트, 시계 그거 다 빌린 거고 자기 거는 팬티하고 구두밖에 없더라. 속옷도 구멍이 나서 기웠는데 그것도 남의 것이더라. 내 옷을 뜯어서 남편 작업복 만들고 내 팬티 고무줄 빼서 남편 거 만들어주고 그랬다 말이다. 당원이란 것도 거짓말이더라. 여기서 평성에 사는 사람에 대해서 알 수 있는 방법이 없잖나. 그러니까 보기 좋게 속았지. 그런데 이 병신이 바람까지 피우네. 거지 같은 살림살이를 이만큼 살아냈는데 뒤통수를 친 거라. 그래도 양심은 있어갖고 이혼해달라는 말은 못 하고 패는 거야. 술만 마시면 온갖 생트집을 잡아서 때리는 거야. 내가 알아서 손들게 만들려고 그러는 거야. 나중엔 허리를 다쳤는데 이러다가 정말 병신 되겠다 싶어서, 이혼해라, 그러구 공민증 줘버렸어."

"여자가 있다는 건 어떻게 알았어요?"

"빨래하다가 주머니에서 연애편지를 발견했는데, 남편은 발뺌을 하더라. 계속 거짓말만 해. 아무것도 아니래. 믿음이 무너졌지."

"그럼 이혼하신 거예요?"

"야, 이혼도 백이 있어야 되더라. 공민증까지 줬는데 이혼이 안 돼

서 내가 재판소까지 찾아갔어. 왜 이렇게 이혼이 안 되는 거냐고 변호
사한테 따지니까, 이리 와보라고 내 손을 끌고 가서 서류장을 열어 보
여주는데 서류가 바닥에서부터 천장까지 쌓여 있어. 그러면서 다시
시집갈 거 아니면 그냥 버려두라는 거야. 성격 차이, 가정 폭력, 이런
거 재판해주지도 않아. 가장 빨리 이혼할 수 있는 길은 당에서 지시하
는 거야. 그럼 곧바로 이혼할 수 있어."

"그럼 이혼이 안 되신 거네요."

"에라, 모르겠다 그러구 아새끼들 데리고 친정이 있는 김책으로 와
버렸지. 평성이 좋다 좋다 해도 친정에 오니까 얼마나 마음이 편한지
몰라. 평성이 과학기술도시라고 대학도 있고 높은 기관들도 많지만
소비재는 못 따라가. 된장도 한 사람 앞에 500그램, 간장도 500그램,
이렇게 코딱지만큼 배급되니까."

그녀는 정무원이 음식 재료가 풍부해서 무엇보다 좋다며 한쪽 눈
을 찡긋했다. 그녀의 신랄함과 생생함과 약간은 엉뚱하면서도 악착같
이 살아내는 모습이 내게는 귀엽기만 했다. 평성으로 시집가라고 할
때는 언제고 평성이 살 곳이 못 된다고 욕을 하고, 느닷없이 뜨락또르
하는 남동생을 소개해주겠다고 했지만 바쁜 일 한번 몰아치고 나면
다 잊어버렸다.

미안하지만, 나는 박옥숙 동무를 밀고할 마음이 조금도 없었다.

농사나 지어라 (1986년 11월 11일)

3대혁명 소조원들 다섯 명이 정무원에 온 날이다. 제대한 군인이나
열성 당원, 대학졸업반 학생들, 김일성 고급 당 학교 학생들, 대학을

갓 졸업한 기술자와 사무원들로 이루어진 조직원은, 엘리트 중에서도 엘리트다. 이른바 박옥숙 동무가 말하던 평양의 권력자들로 곧 편입될 사람들이다. 이들은 전국 각지의 공장, 기업소, 협동농장 같은 경제, 행정, 문화 기관에 파견되어 사상혁명, 기술혁명, 문화혁명, 즉 3대혁명을 지도한다. 이들은 노동 계층의 혁명화, 농민과 인텔리들의 혁명화와 노동계급화를 이루어 인간개조를 해야 한다고 주장한다.

이들이 한번 휩쓸고 지나가면 간부 중에서도 주로 나이 많은 간부들이 보수주의, 관료주의, 기술신비주의에 빠져 있다는 비난을 받으며 우수수 숙청당했다. 그러고 나면 기술혁명과 문화혁명이 뒤따르고 갓 대학을 졸업한 젊은층이 그 자리를 메웠다. 그들은 무섭게 부상하고 있는 김정일 지도자 동지의 후원을 받으며 목숨까지 바쳐 싸울 각오로 똘똘 뭉쳤다. 그들이 똘똘 뭉친다는 것은 사회주의 건설에 더욱 박차를 가한다는 것이고, 그것은 각종 전투적인 구호로 쏟아졌다.

김일성 수령님의 교시를 달성하지 못할 때는 죽을 자유도 없다, 김일성 수령님의 교시 관철을 위해서는 살아도 영광 죽어도 영광, 천리마운동, 청산리방법, 3대혁명 붉은기 쟁취 운동, 숨은 영웅 모범 따라 배우기 운동, 3대혁명 소조운동, 700일 운동, 속도전, 섬멸전, 피바다 돌격대……

리 관리위원장은 전날부터 구석구석 청소를 하라고 성화를 해대더니 이제 부엌까지 따라 들어온다.

"동무, 밥은 쌀밥으로 하라."

정무원 합숙소에서는 쌀과 옥수수를 7대 3으로 섞는 것이 원칙이었다.

"그건 규정에 어긋나는데요?"

"그건 나도 알아. 하지만 소조원 동무들이 얼마나 고생이 많은네."

"그럼 소조원 동무들 것만 쌀밥을 하란 말입니까?"

"다른 동무들 것까지 그렇게 할 수는 없고, 그냥 소조원 동무들 것만 쌀밥으로 하라."

"그러면 밥을 따로 해야 하는데……, 그리고 밥상 들어갈 때 다른 동무들 눈도 있고, 다들 볼 텐데……."

그날 합숙소에는 3대혁명 소조원들 말고도 다른 지역에서 출장 온 당원들도 묵고 있었다.

"아, 이 동무래 답답하구만. 적당히 모르게 따로 상을 차려서 뒤로 들어가란 말이다."

"그러면 나중에 식권이랑 쌀 양이랑 맞지 않아서 지적당할 건데요?"

"이 에미나이, 참 말귀를 못 알아듣는구만. 그런 거야 적당히 식권 한두 장 더 빼돌려서 맞추면 되지 않네. 그걸 하나하나 가르쳐줘야 하네?"

따로, 뒤로, 그런 건 박옥숙 동무가 잘하는 게 아닌가. 박옥숙 동무가 쌀, 된장 조금 퍼가고 남은 밥 좀 가져간 걸 적발해서는 인민재판에 회부하지 않았더라면 이럴 때 손발이 잘 맞았을 것 아닌가. 그러면서도 규정을 가장 우습게 아는 게 그였다. 소조원들은 뭐가 다른가. 원칙적으로 쌀밥이 나오지 않는다는 걸 소조원 동무들이 모를 리 없건만 그들은 아무것도 모른다는 듯 배부르게 양껏 먹고, 관리위원장이 몰래 들여 넣어준 술까지 마셨다. 이런저런 소조에서 그들에게 할 말이 있다고, 줄 것이 있다고 찾아오는 발길도 이어졌다. 밤이 깊어지면 살그머니 들어가는 여자들의 발자국 소리도 들렸다. 살그머니 들어간 게 아니었나? 가끔씩은 깔깔거리는 여자의 웃음소리가 새나오기도 했다.

나는 그곳에서 3년 11개월을 일하고 쫓겨났다. 그 정도면 관리위원장이 꽤나 오래 참은 것이다. 도무지 말귀를 알아듣지 못하고 손발도 맞지 않는 나를 그래도 두고 본 건, 말귀는 못 알아들어도 말을 옮기지는 않는다는 걸 알았기 때문일 것이다. 그러나 그는 아무래도 과묵한 나보다는 손발이 맞는 사람이 필요해진 것 같았다. 어느 날 그가 박옥숙 동무를 다시 데리고 왔고, 그는 나에게 발길질이라도 하듯이 소리쳤다.

"가서 농사나 지으라!"

꽃피고 새가 울다니(1989년 5월 18일)

사과밭이, 발길질에 날아온 곳이다. 과수분조에서 접을 붙여서 묘목을 만들고 옮겨 심는다. 묘목은 계속 만든다. 접을 붙여서 옮겨 심고 또 옮겨 심고 그렇게 옮겨 심은 것은 2년쯤 있으면 꽃이 필 거라고 한다. 거름은 나무 주위를 둥글게 50, 60센티쯤 파서 그 반쪽에 거름하고 이듬해에는 반대쪽을 반달처럼 거름한다. 가지가 조금씩 자란 만큼 땅속에서 뿌리도 그만큼 자란다고 한다. 추운 곳이라 과일나무가 자라기 어렵다. 과수원은 양지바른 곳에 만들었다. 꽃사과보다 작은,

접붙이지 않은 토종 알구배(아그배나무) 열매는 그냥 먹으면 깍지가 너무 많아서 먹을 게 없지만 삶아서 먹으면 맛있다고 한다. 그 나무에 사과 가지치기한 걸 접붙이는 것이다. 그렇게 해서 사과배라는 품종이 만들어졌다. 매일 나무가 자라는 것을 일지를 쓰면서 심혈을 기울인다. '사과꽃이 피었다'라고 쓰는 날이 오기를 기다린다.

일은 고되다. 비탈진 언덕에 나무를 심는 것도 힘들지만 거름을 만드는 것도 보통 일이 아니다. 정무원에 있을 때는 집에 못 가는 날이 많아도 30분 거리에 집이 있었는데, 과수원은 집과 너무 많이 떨어져 있어서 새벽같이 집을 나서야 하고 집에 돌아가면 한밤중이었다. 집에 가지 못하고 숙직실에서 자는 날도 적지 않았다. 그래도 나는 과수원 일이 좋았다. 거름만 만들라고 해도 나는 차라리 사람들 대접하는 일보다 그걸 택했을 것이다. 흙과 나무를 만지는 것만 해도 좋은데 그 나무에 꽃이 필 거라고 생각하면 가슴이 설렜다. 2년 후에는 열매도 볼 수 있고 그 열매를 먹을 수도 있다니, 이보다 좋은 일이 있을까.

어느새 2년째 봄으로 접어들었다. 다른 작업을 하고 있으면서도 온 신경이 언덕 위 사과밭에 가 있었다. 점심을 먹고 남자들이 담배를 피우고 여자들이 수다를 떨고 있을 때 나는 사과밭으로 올라갔다. 가느다란 가지에 오돌도돌 깨알 같은 꽃눈이 돋아나기 시작한 걸 발견한 후부터는 조바심이 났다. 꽃눈이 돋아나기 시작한 후에는 하루가 다르게 조금씩 커졌다. 처음 꽃눈이 생기는 게 어렵지, 한번 돋아나고 나니 작은 꽃눈이 품고 있는 폭발할 것 같은 생명의 기운이 느껴졌다. 그 기운을 누르고 다스리며 때를 기다리며 몸살을 앓고 있는 게 느껴졌다. 그리고 어느 날, 희끗희끗한 뭔가가 보였다. 눈에 티끌이 들어갔나? 눈을 비볐다. 다른 묘목에 거름 작업을 하던 중이었다. 거름을 뿌리는 손길이 바빠졌다. 거름을 다 뿌린 후 나는 냅다 언덕 위로 달려갔다.

달려가면서 보았다. 꽃이었다. 하얀 사과꽃이 핀 것이다. 알구배꽃은 손톱만 했는데 사과꽃은 그것보다 컸다. 하나가 아니라 여러 개의 꽃이 뭉쳐서 피었다. 나는 부끄러운 줄도 모르고 소리쳤다. "꽃이 피었어요, 사과꽃이에요. 꽃이 피었다고요." 내가 손나팔을 해서 있는 힘껏 지르는 소리에 사람들이 작업을 멈추고 나를 쳐다보았다. 그러고는 서로 뭐라고 이야기를 하더니 마치 달리기 시합이라도 하는 것처럼 달려왔다. 그들도 사과꽃을 두 손으로 떠받들 듯이 바라보며 얼굴이 하얗게 벙그러졌다. 꽃이 피었네, 사과꽃이에요, 분조장은 얼른 달려 내려가더니 일지를 가져왔다. 그는 사과나무를 하나하나 들여다보면서 어떤 나무에 사과꽃이 피었는지 몇 개나 피었는지 꽃눈은 몇 개인지 하나하나 세어서 기록했다.

"백 동무."

쉬는 시간에 사과밭으로 올라가려는데 분조장이 불러 세운다.

"이거 받으라."

그가 내미는 건 과업 일지였다. 내가 멀뚱히 바라보기만 하자, 그가 빙그레 웃으며 말한다.

"가만 보니, 백 동무가 매일 사과밭에 올라가던데, 사과꽃 핀 게 그리 좋으네?"

"네, 좋습니다."

"좋지, 좋아. 열과 성을 다해 가꾸고 퇴비 주고 노력한 것이 나타나 주니 얼마나 기쁘네. 이거 백 동무가 기록하라. 대신 다른 작업을 빼줄 테니까……."

"정말입니까?"

"대신 나는 안 갈 거니까, 빠짐 없이 보고하라."

사과꽃은 돌아볼 때마다 늘어났다. 눈 한번 깜빡하고 나면 퐁퐁, 꽃망울을 터뜨렸다. 나와 숨바꼭질이라도 하듯이, 잠깐 고개만 돌려도 퐁퐁 피어났다. 퐁퐁퐁퐁, 피어난 꽃이 구름처럼 언덕을 덮었다. 구름처럼 덮인 사과꽃 아래를 과업보고 일지를 들고 걸어 다녔다. 봄이면 개살구꽃도 피고 진달래꽃도 피고 복숭아꽃도 피고 구름나무꽃도 피었다. 구름나무에서 하얗게 피는 구름꽃이 벚꽃과 가장 닮았다. 구름꽃이 하얗게 피면 벚꽃 아래서 화자 언니와 하이쿠 읊던 정경이 떠올랐다. 구름나무 열매는 푸른색도 띠고 보라색도 띠었다. 그러다 가을이 되면 까맣게 익었다. 버찌보다 크고 맛있었다. 사과꽃이 피기 전에는 구름나무가 공화국에서 가장 좋아하는 나무였다.

쉬는 시간마다 사과꽃 핀 언덕으로 올라갔다. 사과꽃 아래 앉아 있으면 팔뚝에 소름이 끼쳤다. 소름 돋은 팔뚝을 문지르면 이상하게도 눈물이 났다. 눈물이 나는 게 꼭 소름 돋은 팔뚝 때문인 것 같았다. 나는 눈물은 내버려두고 팔뚝만 닦았다. 사과꽃이 뭉게뭉게 피어오를수록 눈물도 더 많이 났다. 사람들이 점심을 먹으러 들어가버리고 나면 과수원은 모든 소음을 빨아들인 진공상태처럼 고요했다. 고요 속에서 벌이 잉잉거리고 새가 울었다.

꽃 피고 새 우는구나. 꽃 피고 새가 울다니.

'꽃은 웃어도 소리가 없고, 새는 울어도 눈물이 없구나.' 할머니가 먼 산을 바라보며 넋두리처럼 하던 말이었다. 그 말이, 그 한숨이 무엇을 담고 있었는지 이제야 어렴풋이 헤아려졌다.

내가 사과나무를 관찰하고 있을 때 분조장은 나를 관찰하고 있었다.

"백 동무 지금 몇 살이네?"

"스물일곱 살입니다."

"아이쿠, 노처녀구먼. 그동안 결혼도 안 하고 뭐 했네? 결혼도 안 하고 그냥 늙어 꼬부라질라고 그러네? 꽃나무도 이렇게 열매를 맺는데, 하물며 사람으로 태어나서 결혼도 하고 자식도 낳고 그래야지, 안 그러네?"

분조장은 이미 나를 늙어 꼬부라진 할멈처럼 이야기한다. 그다음에 나올 이야기가 뭘지 뻔하다. 나는 다음 이야기가 나오지 못하도록 그의 입을 막는다. 나는 귀포라고, 아버지는 정치범 수용소에 있으며, 오빠는 아오지에 끌려갔다 온 적도 있다고. 그런데 그는 이미 알고 있다면서 너그럽게 웃더니 남동생 이야기를 꺼내고야 만다. 그는 자기 집안이 열사 가족이며 부모님이 로동당 당원일 뿐만 아니라 동생은 착하고 성실한데 딱 한 가지 휠체어를 탄다고, 그런데 그 휠체어는 김일성 수령님께서 하사하신 것으로 수령님 이름까지 써 있다고 한다.

나는 결혼하고 싶지 않다고, 그것은 휠체어랑 아무 상관없는 것이라고 말한다. 어떻게 생겨먹은 건지 원래부터 남자에 도통 관심이 없다고 덧붙인다. 독신주의자인 것 같다고 말하며 웃는다.

그러나 그는 나의 말을 조금도 이해하는 것 같지 않다. 그는 모욕당한 표정으로 씩씩거리며 나를 노려보다가 몸을 돌려서 내려간다.

"감히 귀포 따위가 열사 가족을 무시해!"

열매 맺지 말라우(1989년 6월 29일)

순백으로 하얗던 꽃이 끄트머리부터 조금씩 바래기 시작했다. 공책 종이처럼 누렇다. 곧 열매가 달릴 것이다. 언젠가부터 분조장의 말이 사과에 대한 것이 아니라 사람에 대한 얘기처럼 들린다.

"모든 종자가 다 열매를 맺는 건 아니지. 싹수가 노란 건 미리미리 솎아내는 기야. 너무 다닥다닥 붙어 있어도 안 돼. 될성부른 것들만 키워야 해. 제대로 된 거 하나가 닭알만 한 것들 열 개만 못하거든."

꽃 떨어진 자리에 연둣빛 투명한 멍울이 맺힌다. 쌍둥이 조카들 잇몸에 하얗게 돋아나던 이처럼 보인다. 누렇게 색 바랜 꽃잎이 여기저기 흩어진 것을 보면 순결한 무엇이 짓밟힌 듯 울컥 모욕감이 들었다. 꽃 피면 열매를 반드시 맺어야 하는가. 세상 이치란 고작 그런 것인가.

저 아래서 누군가 올라오고 있었다. 하얀 가운을 입고 다니는 분조장은 아니다. 인민복도 아니고, 적위대복도 아니고……. 군복이다. 저벅저벅 걷는 걸음걸이가 분명한 목적지를 가진 것이다. 모자챙에 가려 얼굴은 보이지 않는다. 나뭇잎 사이로 그의 모습이 사라졌다 나타나고 나타났다 사라진다. 가끔 허리를 숙여 땅바닥에 떨어진 뭔가를 줍기도 하고 돌아서서 마을을 한참 동안 내려다보다가 다시 또 걷는다. 걸음걸이가 조금씩 분명하게 보이기 시작한다. 독특한 걸음걸이. 경중경중 걷는 듯도 하고 사뿐사뿐 걷는 듯도 한, 쾅쾅 내려딛으면 땅이 무너지기라도 할 것 같이 조심스러운 걸음걸이다. 무릎 관절에 스프링을 넣은 로봇처럼 통통 튕기듯이 걷는 게 꼭 구름 위를 걷는 것 같았다. 담덕이다.

나는 벌떡 일어나 몸을 숨겼다. 왜 그랬을까? 너무나 그리웠고 보고 싶던 담덕이 나를 보러 오는데 왜 숨었을까. 나는 정확한 이유도 모른 채 담덕이란 걸 알아차리자마자 반사적으로, 작업실로 쓰는 간이 막사 뒤로 돌아가 나무 틈새로 담덕을 지켜보았다. 계급장을 보니 일반 사병은 아닌 것 같다. 낡았지만 깨끗하게 손질한 군복은 주름이 칼날처럼 서 있고 모자도 각이 잡혀 있다. 간이 막사까지 온 담덕은 내가 앉아 있던 자리를 두리번거리다가 막사 안을 기웃거린다. 간이 막사 책상에 놓여 있는 과업 일지를 들고 한 장씩 들춰 보다가 자세히 들여다본다. 담덕은 내 글씨를 알고 있다. 일본어를 쓰던 버릇 때문에 한글도 둥글게 쓰는 내 필체를 보고 담덕이 말했다. "네 글씨는 둥글둥글 굴러가는 거처럼 예쁘구나. 글씨도 사람을 닮는다던데." 한참 동안 일지를 들여다보던 담덕이 막사 밖으로 나오더니 갑자기 소리친다.

"소라야, 백소라."

소리가 커진다. 언덕 아래까지 들리도록 점점 커진다. 담덕은 아래 작업장 사람들에게 내가 여기 있다는 걸 듣고 왔을 것이다.

나는 막사 뒤에서 천천히 걸어 나왔다. 목이 터져라 애타게 부르더니 막상 내 모습을 보자 담덕은 그 자리에 털썩 주저앉아버렸다.

"야, 간 떨어질 뻔했다. 귀신처럼 그렇게 스윽 나타나면 어쩌냐?"

나도 모르게 웃음이 터져버렸다. 근엄한 군복 속에서 내가 알던 소년 담덕이 툭 튀어나온 것 같았다.

"하하, 너 오는 거 다 보고 있었어."

"뭐? 그걸 보고도 모른 체 숨었다는 거야? 내가 너를 보려고, 김책한번 오려고 얼마나 애를 썼는데…… 편지를 해도 답장도 안 하고, 내가 얼마나 걱정했는지 아네? 김책에서 왔다는 사람만 보면 네 안부를 물었어. 우연히 네 이야기를 듣기도 했다. 너, 신포로 명태잡이 돌격대 갔더랬니? 거기 회령 사람들이 갔었지? 나도 그때 인솔대원으로 갈 뻔했는데 갑자기 국경 수비대로 발령이 나버려서 못 갔다. 사람들이 그러더라. 김책에서 귀포 처녀가 한 명 왔다고. 그런데 벙어리처럼 말도 잘 안 하고 사람들하고 어울리지도 않는다고 하길래 너라고 생각했지."

담덕은 군대를 제대하면 뭘 해야 될지 막막해서 그냥 직업군인이 되었다고 말했다.

"넌, 아버지 따라서 작가가 되고 싶다고 했잖아."

"그랬었지. 그런데 아버지를 보고 포기했어."

"군인이 좋아?"

"좋기야 하겠냐? 대학을 못 가게 되고 나니까, 그 길밖에 없더라."

"하지만 군인은 너무 낯설다."

"나 소위로 승진했어. 그래서 너한테……."

담덕은 자기 손을 만지작거리더니 나를 쳐다보며 말했다.

"실은 너한테 청혼하러 왔다."

담덕이 청혼이란 말을 하는 순간 나는, 이유도 모르게 짜증이 났다. 내가 반사적으로 몸을 숨긴 것과 짜증이 난 것 사이에는 어떤 연관이 있는 것 같았다. 군복이 보기 싫었고 그것도 담덕이 입고 있는 군복은 더더욱 보기 싫었다. 결혼 같은 건 하고 싶지도 않았지만 청혼이란 말만 안 했어도, 어쩌면 담덕이랑 살 수는 있을 것 같았다. 내가 짜증이 난 건, 단순히 시기적인 이유 때문인지도 몰랐다. 여기저기서 결혼 얘기를 하고 신랑감을 소개해주겠다고 하는 말 때문에 한참 짜증이 나 있던 차에 담덕이 나타난 건지도. 하지만 담덕이 나타나서 청혼을 해도 내 마음이 움직이기는커녕 싸늘하게 식어 내리는 걸 보고, 내가 정말 결혼하고 싶어 하지 않는다는 걸 다시 확인했다. 그 사실을 깨닫게 해준 사람이 담덕이라는 게 씁쓸했다.

"혹시 누가 있네?"

담덕이 조심스럽게 물었다. 나는 담덕을 똑바로 보면서 말했다.

"담덕아, 난 결혼 안 해."

담덕은 더 묻지 않았다. 결혼 안 한다는 내 말을 누가 있다는 말로 이해했는지 아니면 자기를 결혼 상대로 생각하지 않는다는 말로 이해했는지는 나도 알 수 없었다. 우리가 결혼은 하지 않지만 그래도 친구인 건 변함없냐고 묻자, 담덕은 고개를 끄덕였다.

우리는 옛날이야기를 하면서 웃기도 하고 사과밭을 한 바퀴 걷기도 했지만 어딘지 서먹서먹했다. 결혼할 나이의 남녀는 친구가 되기 어려운 것 같았다.

사과 세 알(1989년 10월)

김책탄광으로 발령을 받았다. 명령에 이유 같은 건 없으니까 가라는 대로 가고 오라면 오면 되지만, 이유 없는 명령은 없다. 설명 없는 명령이 있을 뿐. 내가 해야 하는 일은 기다란 컨베이어벨트를 타고 오는 석탄 중에서 저질탄을 골라내는 일이다. 처음 작업장에 들어갔을 때 새까만 얼굴에 눈만 반짝거리는 탄광 노동자들을 보고 쥐새끼 굴에 들어온 것 같았는데, 이삼 일 사이에 나도 머리부터 발끝까지 새까맣게 되었다. 그들과 똑같아지자 마음이 얼마나 편한지 몰랐다. 누가 누군지 분간도 가지 않고 말도 필요 없는 작업이 딱 마음에 들었다. 덥다고 남자들이 웃통을 벗어던지고 일해도 벗었는지도 몰랐다. 천장에서 자꾸만 물이 떨어져 새까만 석탄가루가 한번 붙으면 잘 떨어지지 않았다. 전기가 끊어져서 벨트가 멈추면 쉬는 시간이었다. 벨트가 멈추면 사람들은 가차 없이 장갑을 벗고 밖으로 나왔다.

오늘도 벨트가 멈춰서 담장 그늘 아래 앉아 있는데 누가 내 이름을 불렀다. 올려다보니 박옥숙 동무였다.

"쯔쯔, 어쩌다 여기까지……."

박옥숙 동무는 얼굴을 잔뜩 구긴 채 혀를 끌끌 차며 서 있었다. 그녀가 반갑기도 했지만 나를 알아본 게 더 신기해서 나도 모르게 이를 드러내며 웃었다. 내 얼굴을 볼 수는 없었지만 아마 그렇게 멍청한 표정을 짓는 날이 다시 올 것 같지는 않은, 어쩌면 내 생애 최고의 멍청한 얼굴일 거라는 생각을 하면서 이를 더 활짝 드러냈다. 그게 최고의 반가움의 표시라도 되는 것처럼. 그러나 그녀는 내 마음을 몰라주는 것 같았다. 그녀는 더욱 인상을 찡그리면서 고개를 절레절레 저으며 타박했다.

"처녀 얼굴이 그기 뭐이가? 과수원에 가서 일 잘하고 편히 지낸다고 해서 안심했드만."

여기가 훨씬 좋다고 말했지만 그녀는 입에 발린 말은 하지 말라고 했다. 그리고 관리위원장 동무가 숙청당했다는 소식을 전했다.

"나더러 쌀 훔쳐간다고 뒤집어씌우더니 그 동무는 아예 쌀을 상납 받았더라야. 간부가 쌀 가져오라믄 어케 거절하나? 뭐 서로서로 눈감아주는 거지. 그걸 식구들 시켜서 장마당에 내다 팔다가 걸렸다더라. 나야 굶는 식구들 때문에 남은 밥 좀 가져가고, 뭐 쌀도 좀 가져갔지만도, 그래도 그렇게 크게 해먹진 않았지 않네."

기업소마다 배급이 밀리는 날이 많았다. 밀린 배급은 나오지 않았다. 간신히 나온다 해도 밀린 것의 절반도 안 되었고 그 절반은 강냉이껍질이었다. 일을 해도 배급이 안 나오니 결근을 해도 관리장들이 큰소리도 못 쳤다.

박옥숙 동무는 가방에서 사과 세 알을 꺼내서 내게 주었다.

"정무원에 사과 배급하러 온 동무가, 이거 소라 동무 꼭 좀 갖다 주라고 하더라. 자기들은 출하 작업하느라 바쁘다고. 사과가 주렁주렁 아주 잘 달렸다고 꼭 좀 전해주라더라."

빨간 사과껍질에서 반짝반짝 빛이 났다. 입안 가득 신물이 고였다.

미오

•

나는 왜 거기가 아닌 여기에 있는가

드디어 원산에 가도 된다는 허락이 떨어졌어. 원산의료원에 계시는 부원장님 아버지하고 우리 아버지가 친했다는 걸 알게 되었는데, 그래서 그 후로 부원장님하고는 가끔 편지도 주고받고 했는데 3년 동안 갈 수가 없었어. 왜 못 가는지는 나도 몰라. 원칙이 뭔지도 모르고. 그냥 못 간다고 하면 못 가는 거야. 평양 밖으로 가려면 더 까다롭다는 것밖에는 몰라. 보여주고 싶지 않은 거겠지. 우리도 그렇잖아. 우리 집에 손님이 오면 더럽고 부끄러운 건 감추고 싶고, 좋고 멋진 것만 보여주고 싶잖아.

전날 저녁에 나도 모르는 사이에 심사를 봤더라. 룡해 동무가 방으로 전화를 해서 옷을 잘 갖춰입고 로비로 내려오라고 해서 가보니 한 남자가 앉아 있었어. 나이가 지긋하다는 것밖에는 뭐라고 설명할 만한 특징이라고는 없는, 그런 사람. 그림으로 치면 아주 희미한 연필 선으로 그려진 것 같은…… 공화국에는 왜 오시는가, 무슨 일을 하시는가, 이런 걸 물어보더라. 그거 뻔히 다 알고 있는 거잖아. 나중에 생각해보니 그게 원산에 가도 된다는 허락을 내리기 위한 절차 같은 거였어. 강호가 옆에 있었으면 분명히 따졌을걸. '그러는 당신은 누구십니까?'

그럴 때마다 '강호와 나는 이렇게 다르구나' 하는 걸 느껴. 강호는 굉장히 이성적이고 합리적이고 논리적이야. 죽 일본학교를 다녀서 그럴까? 김일성 우상화 작업이 벌어지던 시기에 민족주의 광풍이 불었다고 했잖아. 일본은 민족의 원수니까 일본과 관련된 모든 게 비난의 대상이 되었지. 일본인 배우자와 이혼하라는 교시가 내려올 정도면 다른 건 말할 필요도 없지 뭐. 일본 말을 써도 안 되고, 옷과 물건도 물론. 일본 말을 몇 번 썼는지 서로 감시하고 칠판에 적고 그랬어. 학생들끼리 린치 사건이 시도 때도 없이 벌어지고 선생님들까지 학생들을 폭행하는 무시무시한 일이 벌어졌어. 그런 폭력이 다 묵인되었어. 마치 정의의 칼날이라도 되는 것처럼. 민족주의라고는 하는데 좀 이상한 거였어. 그동안 민족의 영웅이라고 가르치고 떠받들던 이순신 장군이며 을지문덕 장군이 갑자기 사라지고 그 자리에 김일성 장군이 들어섰어. 민족을 그렇게 내세우고 인민주의를 내세우던 북한이, 그것들을 모조리 끌어내린 거야. 조국력사의 명장 연구실은 김일성 원수의 혁명력사 연구실로 바뀌고, 김일성의 가계도까지 모조리 외워야 했어.

언니는 일본국적 때문에 못 견디고 자퇴했지만 나는 그냥 다녔어. 그래도 나는 일본학교보다는 우리학교가 좋았으니까. 하지만 뭔가 이상하고 잘못돼간다는 건 느꼈어. 주체사상 교육이 점점 심해졌으니까. 어느 날부턴가 아버지는 집에만 계시고 어머니하고 돈 때문에 매일 부부 싸움을 하시고, 그 전에도 아버지가 돈을 잘 벌어온 건 아니었는데 집에 틀어박혀서 한가하게 책만 보고 있는 것 자체가 어머니에게 질투심을 불러일으킨 것 같아. 나는 아버지가 집에 있는 게 더 좋았지만, 그런 말을 하면 어머니가 나까지 미워할 테니 말할 수 없지. 하여간 이런 건 밖으로 드러내면 안 되는 거구나, 이런 말은 하면 안 되는 거구나, 이렇게 말하면 어른들이 기뻐하는구나, 이런 말은 학교에서는 하면 안 되는구나, 이런 눈치만 늘어갔던 시기였다고 할까. 그때 나는 이중적인 사고를 했던 거야. 약간은 즐기기도 했어. 어른들이 속아 넘어가면 재미있었고, 혼자 게임을 했던 거 같아. 요즘 애들은 미숙하면서 조숙한 척하잖아. 나는 조숙한데 미숙한 척했다고 할까? 자신을 감추려고, 세상이 너무 빨리 변하니까 본능적으로 나를 보호하려고 그랬던 거 같아.

원산으로 가는 차 안에서 룡해가 묻더라.

"선생님 어머니가 일본분이라고 하셨지 않습네까? 그런데 아버지께서는 어쩌다 일본분하고 결혼하시게 되셨습네까?"

"하하하, 사랑이죠."

"아, 사랑. 그런데 그 시절은 해방되고 얼마 안 지났을 때니까 일본 사람과 결혼한다는 게 아무래도……."

"사랑이라니까요?"

룡해는 사랑이란 말만으로는 도무지 납득이 되지 않는 눈치야.

"아버지는 해방이 된 후에 고향인 제주로 돌아갔어요. 그런데 부모님하고도 말이 안 통해서 열흘 동안 방 안에서 책만 봤대요. 다들 얼마나 가난한지 도무지 뭘 어떻게 해볼 수 없을 정도였대요. 그래서 열심히 공부해서 뭔가 고향에 도움이 될 만한 사람이 되어서 돌아오자 결심하고 다시 일본으로 밀항했어요. 외삼촌은 해운업으로 꽤 자리를 잡고 있었는데 아버지는 돈만 아는 외삼촌이 싫어서 신문팔이, 구두 닦이를 하면서 고학을 했어요. 친구 집 마당에 판자로 얼기설기 움막 같은 걸 지어놓고 살면서 말이죠. 어느 날 어머니가 그 친구 집에 놀러 갔다가 개집 같은 데서 기어 나오는 아버지하고 마주친 거예요. 그리고 사랑이 시작되었어요."

"설마 개집에서 기어 나온 것 때문에 사랑에 빠진 건 아니겠지요?"

"어머니는 대학에서 영어와 시를 전공한 부잣집 외동딸이었어요. 그런 여자 앞에, 와세다대학을 다니는 전 식민지의 가난한 고학생이 나타난 거예요. 문학의 비극적 낭만을 알아버린 여대생에게는 그게 바로 큐피트의 화살이죠. 그래서 사랑이 신비한 거 아니겠어요?"

"그 신비한 랑만적인 사랑에 발목 잡혀서 고향에도 못 돌아가셨군요."

"돌아가긴 했어요. 돌아가신 후에."

"돌아가신 후에? 그럼 아버님 묘소는 제주도에 있단 말입네까?"

"살았을 때도 그렇지만, 죽고 나서도 자기 마음대로 되는 건 없나 봐요. 큰아버지가 선산에 묻어야 된다고 얼마나 고집을 부리던지……."

"리 선생님도 가셨습네까?"

"장례식 땐 못 가고 6, 7년이나 지나서 문민정부 시절부터는 갈 수 있었어요. 하지만 이명박정권이 들어선 후에는 또 못 가고 있어요."

"아니, 왜요?"

"제가 조선국적인 데다, 북한에 왔다 갔다 하는 것 때문에 블랙리스트에 올라 있거든요. 하하하."

"이거 참, 남한 정부가 정말 옹졸하단 말입네다. 부모님 성묘도 못하게 하는 건 반인륜적입네다. 빨리 통일이 되어야 이런 비극이 사라질 건데 말입네다."

룡해는 어쩌면 그렇게도 옳은 말만 하는지, 얼마나 진실되게 말하는지, 나까지 눈 깜빡하고 넘어가게 돼. 본질적인 문제는 쏙 빠진 채 옳고 그름, 적과 동지, 이런 게 머릿속에서 아주 분명하게 이분법적으로 나뉘어 있으니까, 조금도 의심하지 않아서 그런지 말에 진정성과 힘이 깃들어 있어. 나처럼 약삭빠르게 이중사고를 하지 않는, 아주 순진무구한 사람인 거야.

그리고 룡해가 내 아버지가 어떤 분이었는지 물었어. 하지만 아버지가 주체사상을 반대해서 숙청당했다는 말은 할 수 없잖아. 그게 아버지의 전부도 아니고. 그래서 나는 이중적 사고를 하는 순진하지 않은 사람답게 아버지 유산에 대해서 이야기해주었어.

"아버지는 그렇게 재미있는 분이 아니었는데, 마지막으로 아주 큰 웃음을 유산으로 남겨주셨어요."

"큰 웃음 말입네까?"

"아버지는 조선말을 잘하지 못했어요. 나중에는 내가 조선학교에 다니게 되면서 나보다 실력이 딸린다면서 열심히 공부하시더라구요. 어느 날 아버지가 엄청나게 두꺼운 사전을 들고 왔는데, 한국에서 출판된 국어사전 초판본이라고 했어요. 한 손으로는 들 수도 없이 커다

랗고 두꺼운 사전이었어요. 스테레오카세트 크기만 했어요. 그게 두
권이나 됐어요. 아버지는 그 책이 꼭 갖고 싶었나 봐요. 그렇지만 그
책을 사고 얼마 지나지 않아 폐암으로 돌아가셨어요. 삶은 아이러니
로 가득 차 있는 것 같아요. 아버지가 돌아가신 게 내가 의과대학에서
흉부외과 수련의를 마쳐갈 시기였으니까요. 아버지는 그 사전을 제게
선물로 준다고 했어요. 어차피 아버지는 더 이상 볼 수도 없었으니까
요. 그게 아버지가 제게 남겨준 유산이예요. 그런데 그 유산에는 부록
이 딸려 있었더라구요."

"부록 말입네까?"

"아버지가 돌아가신 후에 그 사전을 보게 되었는데, 디근 부분이
이상하더라구요. 대물림이라는 단어를 찾는데 아무리 찾아도 없어
요. 찬찬히 살펴보니 왼쪽 페이지 제일 마지막 단어가 대머리인데, 오
른쪽 페이지 제일 첫 단어가 대충대충인 거예요. 역시 페이지 숫자가
10여 페이지나 빠져 있더군요. 제본 불량인 거죠. 그래서 서점으로 찾
아갔어요. 아버지가 늘 책을 사던 단골 책방이 있어요. 사전도 거기서
샀더군요. 그래서 이 사전이 낙장본인데 새것으로 바꾸어줄 수 있는
지 물었는데 주인아저씨가 몹시 곤란한 표정을 해요."

"아, 곤란한 표정을……."

"책방 아저씨는 아버지하고 친구처럼 지낸 분이고 저도 그곳 단골
인데, 그때까지 제게 그 말을 하지 않았다는 것을 알고 저도 놀라고
말았어요."

"무슨 말을 말입네까?"

"책방 아저씨가 몹시 머뭇거리면서 말하기를, 낙장본이라면 바꿔

주는 게 맞기는 한데, 그 책이 아직 값을 치르지 않은 책이라는 거예요."

"네?"

"그러니까 아버지가 그 사전의 값을 지불하지 않았던 거죠."

"아, 이런……."

"그 얘기를 듣고 저는 정말 아버지가 사랑스럽게 느껴졌어요. 아버지는 돈이 없었거든요. 하지만 제가 곧 수련의를 마치고 돈을 벌게 될 걸 알고 그 사전을 산 거예요. 외상으로. 저에게 졸업선물이라고 했지만, 사실은 아버지가 너무 갖고 싶었던 거죠. 제대로 본 건 몇 달 되지도 않지만요."

"안타깝습네다. 리미오 선생님이 조선말에 대해서 애착심을 가지고 열심히 공책에 적는 이유를 알 것 같습네다."

아버지가 어떤 분이냐고 물어왔을 때 사실 나는 몹시 외롭고 쓸쓸한 사람이었다고 말하고 싶었어. 조총련에서 나온 후에 아버지를 찾아오는 사람들 발길이 뚝 끊어졌거든.

아버지의 유일한 술친구는 외할아버지였어. 외갓집은 일본에서도 전형적인 우익 집안이야. 외할아버지는 러일전쟁에도 참가한 군인이었고 일제시대 때는 경찰 간부를 지내고 전쟁 후에도 헌병으로서 공산주의자들을 잡는 사람이었으니까, 조센징이라면 끔찍하게 싫어했다고 해. 그런데 외동딸이 조선인 남자하고 결혼한다고 했을 때 심정이 어땠겠어. 내 어머니는 휘트먼의 시 중에서 「풀잎」을 특히 좋아했대. '부를 경멸하라, 원하는 모든 이에게 자선을 베풀라, 당신의 영혼을 모욕하는 것은 무엇이든 경멸하라, 흑인들 사이에서, 백인들 사이에서, 아프리카인들 사이에서, 버지니아인들 사이에서, 그리고 미국인들 사이에서 똑같이 자라난다.' 어머니는 미국의 민주주의 평등사상에 물들어 있는 진보적인 여성이었으니까 결혼을 결사반대하는 자기 아버지를 경멸하면서 가출해버린 거야. 할아버지도 엄마를 버린 자식 취급했고. 하지만 세월 앞에서, 그리고 손녀딸들 앞에서 할아버지도 별수 없었던 거지. 아이러니한 건 외가 집안 누구도 술을 좋아하지 않아. 술을 좋아하는 건 결사반대했던 사위뿐인 거야. 두 사람이 술 마시는 풍경이 지금도 눈에 선해. 별로 얘기도 하지 않으면서 술을 주고 받고 또 주고 받고⋯⋯. 지금 생각해보면 아버지는 속이 여린 사람이었던 것 같아. 자기 안에 있는 생각을 밖으로 잘 드러내지 않아. 자기를 알아주는 사람이라면 드러내지만 다른 사람에게 뭘 강요하는 사람이 아니었어.

아버지가 세월에 떠밀려 힘없이 늙어갈 때 어머니의 사랑은 점점 식어갔어. 돈 벌 생각은 하지 않고 집에서 책이나 보고 팔리지도 않을 평론이나 쓰고 있으니까, 경제적으로도 어려워지고. 돈도 없으면서 책은 왜 사냐고 싸우던 기억이 지금도 생생해. 어머니의 사랑은 식어가고 자기를 결사반대했던 장인만이 유일한 술친구가 되어 있는, 그게 아버지의 말년이었어.

하지만 말이야, 나는, 아버지가 차라리 아무것도 하지 않아서 더 나쁜 사람은 되지 않았다고 생각해. 그렇게 세상과는 완전히 동떨어져서 식물인간처럼 읽고 쓰고 하던 아버지가 어느 날 노래 테이프를 가져왔어.

"룡해 동무, 김민기라는 가수 알아요?"

"김민기? 처음 들어봅네다. 재일동포 가수입네까?"

"그건 아니고, 룡해 동무랑 아버지 얘기를 하다 보니까 갑자기 떠오른 노래가 있어서요. 한번 들어볼래요?"

"좋습네다. 리미오 선생님 노래라면 좋지요."

이 세상 어딘가에 있어요, 있어요, 분홍빛 고운 꿈나라, 행복만 가득한 나라, 하늘빛 자동차 타고, 나는 화사한 옷 입고, 잘생긴 머스매가 손짓하는 꿈의 나라.

이 세상 아무 데도 없어요, 정말 없어요. 살며시 두 눈 떠봐요, 밤하늘 바라봐요, 어두운 넓은 세상, 반짝이는 작은 별, 이 밤을 지키는 우리, 힘겨운 공장의 밤.

고운 꿈 깨어나면 아쉬운 마음뿐, 하지만 이제 깨어요, 온 세상이 파도와 같이, 큰 물결 몰아쳐온다, 너무도 가련한 우리, 손에 손 놓치지 말고 파도와 맞서보아요.

아버지 얘기를 하다가 내가 너무 감상적이 돼버렸나 봐. 준은 알지? 내가 아무 데서나 노래를 부르는 사람이 아닌데 한번 필 받으면 계속 부르는 거 말이야. 하하하, 노래를 부르면서 마음속으로 이 노래 가사가 이랬던가? 이런 노래, 괜찮나? 이러면서 끝까지 불러버렸어. 룡해 표정이 어쩐지 좀 떨떠름한 것 같았어.

"노래가 어쩨 좀 슬픕네다."

"아버지가 어느 날 테이프를 가져와서 들려준 노래예요. 그러면서 절대로 비밀로 해야 한다고 말했어요."

"아니, 왜요?"

"남한의 독재 시절에 질기게 독재반대 투쟁을 하던 사람들이, 밟아도 밟아도 죽지 않는 풀처럼 죽이고 또 죽여도 반대 투쟁하던 사람이 계속 나오던 시절, 사람들은 독재자가 다스리는 나라에서 숨죽이고 이런 노래를 만들었는데, 몰래 녹음한 테이프는 몰래몰래 퍼지고 퍼져서 마침내 일본까지 온 거예요. 그게 아버지 손에까지 들어오고 어린 나까지 그 노래를 들은 거예요. 그런데 지금 남한의 독재자는 암살당했고 이 노래는 정식 음반으로 만들어져서 팔리고 있다고 하더군요."

"아, 네."

룡해는 짧게 감탄사를 터뜨리고는 말이 없었어. 내 말을 듣고 무슨 생각을 했을까.

소라

•

죽음이 나를 아는 체하네*

(1994년~1997년)

서거(1994년 7월 8일)

어두컴컴한 작업장에 시커멓게 붙어 서서 새까만 석탄만 보고 있는데도 하늘이 컴컴해지는 게 느껴졌다. 활짝 열린 작업장 문으로 먹구름이 시커먼 계곡물처럼 흘러 들어오는 게 보였다. 하늘마저 컴컴해지나, 라는 생각을 하면서 출근길에도 어두웠고 해가 뜨지도 않았는데 아침이 된 것 같아 이상한 날이라는 생각을 했다는 걸 떠올렸다. 하루도 이상하지 않은 날이 없어서 이상하지 않은 게 더 이상한, 뭐가 이상하고 이상하지 않은 건지에 대한 감각이 거의 사라져 무감각해지는데 마지막 남아 있는 하늘에 대한 감각마저 사라지겠구나, 하며 머릿속으로 말꼬리잡기 놀이를 하고 있는데, 마치 '이건 어때?' 하듯이 장대비가 쏟아졌다. 그 소리가 얼마나 큰지, 빗줄기가 아니라 모래

* 프리모 레비의 시에서.

알을 퍼붓는 것 같았다. 알몸으로 그 모래알을 다 맞으며 서 있는 것처럼 온몸이 따끔거렸다. 쏴아 소리 내며 쏟아지는 빗줄기를 와아 하며 온몸의 세포가 환영하는 것 같았다. 천둥과 번개가 번갈아가며 쳤다. 그리고 잠시 후, 못 버티겠다는 듯 정전이 되었다. 사람들이 일제히 장갑을 벗고 작업장 입구로 몰려나갔다. 암흑 속에서 조금 덜 암흑 같은 바깥으로.

사람들은 작업장 입구와 처마 아래 붙어 서서 하늘을 쳐다보았다. 이런 비는 처음이라고 오십 먹은 사내가 말했고, 나도 처음이라고 스물이 갓 넘은 처녀가 말했다. 사람들의 말소리는 이내 빗소리에 묻혀버렸다. 폭포수 아래 서 있는 것 같았다. 개울가 버드나무가 통째로 뽑히고 산에서는 토사가 흘러내렸다. 늘 시꺼먼 물이 흐르던 개울에 시뻘건 토사가 섞여 흘렀다. 아랫마을은 개울이 넘칠 게 분명했다. 이 비의 반의반이 안 내려도 개천이 범람하고 집이 떠내려가는데, 이 정도라면 마을 하나가 통째로 사라진다고 해도 이상하지 않을 것이다. 통째로 사라지지 않는 게 더 이상할 것이다. 발아래도 푹 꺼져버릴 것 같았다. 할 수 있는 건 아무것도 없었다.

그때 관리실 쪽에서 간부들이 뛰어나오더니 뭐라고 소리치기 시작했다. 팔을 마구 흔드는 걸로 봐서 관리실로 모이라고 하는 것 같았다. 특별 생방송을 한다고, 소리치는 게 간신히 빗소리를 뚫고 들렸다. 뭐라네? 특별 생방송? 수해 났다는 거 갓디. 아야, 방금 비가 쏟아지기 시작했는데 어드러케 벌써 생방송을 하네? 그러면 카터가 온 거 아이네? 카터, 그래, 카터가 오나 보다. 갸 새끼는 와 하필이면 이런 날 오네? 며칠 동안 미국 대통령 카터가 공화국을 방문한다는 얘기가 뉴스에서도 사람들 사이에서도 큰 화젯거리였다. 티브이가 있는 사업소 관리실까지 뛰어가는 잠깐 사이 옷이 흠뻑 젖었다. 사람들 머리에서 물이 뚝뚝 떨어졌다. 특별 생방송은 벌써 시작한 것 같았다. 남자들 뒤에서 텔레비전 화면은 잘 보이지 않았고 아나운서의 말소리가 먼저 들렸다. 아나운서의 목소리가, 언제나 지나치리만치 당당하고 힘이 있던 목소리가 지나치리만치 떨고 있었다. 혁명 열사가 어쩌고저쩌고하더니, 김일성 수령님이라는 말이 나오고 그 뒤에 따라 나오는 말이 귀에 확 꽂혔다. "김일성 수령님의 위대한 전 생애는……"이라고 했다. 전 생애? 전 생애라니……. 전 생애라고? 사람들 틈을 비집고 들어가 텔레비전 화면을 쳐다보았다. 놀랍게도 화면에는 김일성의 사진이 나오고 있었는데, 네모난 사진을 두르고 있는 테두리가 새까맸다. 까만 리본으로 둘러친 사진은 분명 영정이었다.

"위대한 김일성 수령님께서는 서거하셨지만 그 혁명 정신과 업적은 영원히 살아 계실 것이다……."

서거!

장엄하고도 슬픈 음악과 금방이라도 울음을 터뜨릴 것 같은 아나운서의 목소리만 방 안을 울리고 있었다. 가열 차게 퍼붓는 빗소리도 들리지 않았다. 사람들은 얼어붙은 듯 미동도 하지 않았다. 그러나 머릿속은 그 어느 때보다 바빴을 것이다. 차라리 하늘이 무너지면 무너졌지 김일성 수령이 죽을 수도 있는 사람이라고 생각해본 적이 단 한 번도 없는 사람들은, 텔레비전 화면 속의 일들이 알 수 없는 딴 세상의 일 같기만 했다. 그걸 어떻게 받아들여야 하는지, 어떻게 반응해야 하는지 한 번도 생각해본 적이 없는 일이었지만, 정지화면 같은 상황이 오래가지는 않았다. 누군가 그 자리에 풀썩 주저앉아 바닥을 치면서 통곡하기 시작했고, 사람들은 한발 늦은 것을 안타까워하면서 그러나 제일 마지막이 되지 않으려는 안간힘으로 통곡했다. 가능하면 더 큰 소리로, 가능하면 더 높이 팔을 치켜올리면서…… 그럴 때 뭘 해야 하는지는 생존 본능이 잘 알고 있었다.

나는 내 몸과 마음이 그토록 살고자 하는지 그때 처음 알았다. 생각이라는 걸 미처 하기도 전에 통곡하는 사람들에게 쓸려 바닥에 주저앉아 바닥을 쳤는데, 아무리 곡소리를 내고 바닥을 쳐대도 눈물은 나지 않았다. 눈물은 고사하고 자꾸만 웃음이 나오려고 했다. 나는 고개를 더욱 깊이 숙여 무릎 사이로 얼굴을 감췄다.

이제 울겠습니다 (1994년 7월 9일)

온 나라가 태풍의 소용돌이에 휘말린 것 같다. 인민들은 공포에 휩싸여 있다. 공화국 사람들은 김일성이 죽을 수도 있는 존재라고 생각해본 적이 없는 사람들이다. 김일성의 죽음에 대해 생각만 해도 소스라치게 놀라거나 불충이라고 자책할 사람들이다. 그들은 김일성을 영생불사의 존재라고 믿었다. 한 치의 의심도 없이 진심으로. 반세기를 수령으로 군림하던 이의 죽음은 놀라움보다는 하늘이 무너진 것 같은 공포로 다가왔다. 그의 취향대로 잘 길들여진 인민들은 변화가 두렵고 싫은 것이다.

나는 김일성의 죽음보다 이렇게 철저히 길들여질 수 있는 인간이란 존재가, 더 무섭다. 나조차도 두렵다. 나는 어떤 모습일까? 나라고 해서 그들과 다를 것인가. 하루미짱과 유리짱이 나를 본다면 뭐라고 할까? 자신이 없다.

관청과 기업소와 학교에, 너무나 신속하게, 마치 그의 죽음을 기다린 것처럼 일사분란하게 김일성의 영정과 빈소가 차려진 것도 어쩌면 공포에서 나온 힘이 아닐까. 그리고 사람들은 자리만 만들어주면 운다. 울 자리가 만들어지면 어떻게든 울 수 있었다. 곡소리가 나오고 눈물이 나왔다. 놀 자리를 만들어주면 기를 쓰고 놀던 그것이 울 때도 꽤 도움이 되는 듯했다. 그러나 노는 것처럼 저절로 잘되지는 않았다. 우는 걸 잘할 수 있었던 건 경쟁 때문이었다. 노는 건 적당히 놀아도 뭐라고 하지 않았지만 우는 걸 적당히 하면 언제 어디에서 누구의 눈초리에 찍힐지 몰랐다. 그건 언제든 자아비판거리가 될 소지가 있었다.

그런데 시간이 흐르면서 사람들은 우는 걸 즐기고 있었다. 울고 싶어도 마음껏 울 수 없었던, 울고 싶었던 지난날들의 모든 사연과 추억들을 끌어모아, 마치 향을 피우고 소지를 태우듯이 우는 것 같았다. 돌아가신 어머니를 생각하며 사라진 아버지를 떠올리며, 억울하게 매 맞고 쫓겨나던 일이나 굶주림의 슬픔과 회한을 하나씩 끄집어내 들여다보며 우는 것 같았다. 그런 것 같았다. 내가 그랬기 때문에 다른 사람들도 그런 것처럼 보였다. 나는 놀라고 깔아준 멍석보다는 울라고 깔아준 멍석이 더 마음에 들었다.

여름 국화(1994년 7월 10일)

애도 기간 동안 국화를 바치란다. 한여름에 국화가 어디 있나?

당이 결심하면 우리는 한다(1994년 7월 11일)

내가 틀렸다. 당의 결심을 내가 우습게 봤다.

국화는 한여름에도 핀다. 빈소마다 국화가 바쳐졌다. 누가 누가 많이 바치는지 숫자를 세었다.

조선인민민주주의공화국 만세(1994년 7월 17일)

김일성이 죽었는데도 공화국은 건재하다.

왕의 아들(1994년 7월 20일)

그에게는 아들이 있었다.

죽음의 신호탄(1994년 11월 10일)

김일성의 죽음은 거대한 신호탄이었을까.

죽음의 행렬이 뒤를 따른다.

처형, 사형, 총살, 교수형, 살인, 도둑, 사기, 횡령, 아사, 기아, 그리고 도강, 인신매매…….

어떻게 죽더라도 죄목은 똑같다. 조국 배신자.

삼십대 여성이 끌려나온다. 왜소한 체격에 국방색 적위대복을 입고 있다. 끔찍한 고문으로 여자는 이미 만신창이다. 산발한 머리는 갖가지 체액으로 굳어 바람에 날리지도 않고 등이며 팔다리와 엉덩이 부분이 찢어진 옷은 상처와 피로 얼룩진 피부에 달라붙어 있다. 여자는 꺾여버린 꽃처럼 고개를 툭 떨어뜨리고 있다. 마을 공터 단상에 마련된 처형장에 올려져 목에 올가미가 걸린다.

보위부원이 들고 있던 종이를 펼쳐 건조하고 큰 소리로 낭독한다.

"○○○ 동무는 외화벌이 상점에 근무하는 자로서, 아침저녁 달라지는 환율의 차이를 이용해서 횡령······."

형이 집행된다. 보위부원이 손을 치켜들자, 뒤에서 올가미의 끝자락을 잡고 있던 보위부원이 줄을 힘껏 잡아당긴다. 짧은 순간, 잠깐 여자가 고개를 쳐들었다. 목에 감긴 올가미를 잡아당기기 전 찰나의 순간, 여자의 눈빛이 자신의 마지막을 바라보는 사람들의 눈동자에 새겨진다. 여자의 몸이 공중으로 휙 끌려올라간다. 순간 국방색 바지 앞섶이 펑 젖는다.

총살(1995년 2월 12일)

죄명은 도둑질과 살인미수. 한밤중 남의 집에 칼을 들고 들어갔다. 잡히던 순간 칼은 책상 위에 놓여 있었다. 도둑질도 살인도 일어나지 않았다.

죽이지 않을 거라고 생각했다. 그러나 주위 사람들은 이미 알고 있는 눈치였다. 나중에 사람들이 수군거렸다. 입에 재갈이 물려 있는 건 죽인다는 표시라고 했다.

총살(1995년 10월 7일)

천변에 언젠가부터 장마당이 생겼다. 구석에 말뚝 네 개가 세워졌다. 트럭에서 사람들이 끌어 내려졌다. 두 명의 여자와 두 명의 남자. 두 손을 뒤로 결박당한 이들은 만신창이다. 헝겊 인형들처럼 질질 끌려와 말뚝에 묶인다. 여자는 인민반장으로 도강을 알선한 인신매매범이라고 했다. 남자는 꽈벨선(지하 매설 공사용 전기선) 공사를 하던 중 구리선을 잘라 중국에 팔아먹었다고 했다. 또 하나는 선반 일을 하던 사람인데 값비싼 부속을 몸에 감고 도강하던 중 잡혔다고 한다. 또 한 사람이 팔려고 갖고 있던 건 강아지였단다. 그들 앞에는 의자가 놓여 있다. 식구들을 위한 자리다. 아들이, 딸이, 아내가, 어머니가, 오빠가, 언니가, 아버지가, 가족이 죽는 모습을 관람하라고 친절하게도 의자를 갖다 놓았다.

이런 장면을 모든 인민이 보게 하는 건 이미 충분하고도 넘치는 공포를 더욱 단단하게 다지겠다는 의도겠지만, 나는 이런 장면을 볼 때마다 피가 싸늘하게 식어가는 걸 느낀다. 공포를 느끼던 때는, 아직 피가 뜨거울 때였다는 걸 깨닫는다. 나는 총알이 아니라 피가 싸늘하게 식어서 죽어갈 수도 있다는 걸 보여주고 싶다는 강렬한 욕망을 느낀다. 이런 생각을 하다니, 어쩌면 이미 나의 피는 식어가고 있는 중인지도 모른다. 이제는 하이쿠의 구절도 떠오르지 않는다. 단 한 구절도 잊어버린 건 아니지만 마치 강바닥의 깊은 뻘 속에 묻힌 듯 떠오르지 않는다. 하이쿠의 세계는 너무나 먼 세계다. 대책 없이 아름답기만 하다. 아름다운 시가 혐오스럽다. 피가 식어가는 가장 확실한 증거. 내 피가 아직 뜨겁다면 아름다운 시 앞에서 나를 부끄러워해야 할 것이다. 아니, 두려워해야 할 것이다. 나는 분열되지 않는 나의 정신을 혐오해야 한다. 뻔뻔하도록 질긴 나의 정신을 무서워해야 한다. 나의 두 눈은 마치 시력을 잃은 듯 아무런 감정도 없이 사람이 사람을 죽이는 장면을 본다.

자력갱생의 길, 그 끝에 있는 것(1996년 4월 16일)

공화국은 건재하고 무너지는 건 인민들이다. 배급은 연기되거나 아예 끊어졌고, 배급을 주지 않는 직장은 나갈 이유가 없고 당장 먹을 걸 구해야 했으므로 나갈 수도 없었는데, 그러기도 전에 먼저 공장이 가동을 멈추었다. 가동을 멈춘 공장에서 근로자들은 쇠파이프를 끊고 구리선을 끊어내 중국으로 가져가서 팔았다. 탄광도 전기가 들어오지 않아 가동을 멈췄다. 작업반장은 전기가 끊겨졌기 때문이라고 하지 않고 기계 점검 때문에 잠시 문을 닫는다고 했다.

배급이 완전히 끊어졌는데 온전할 때도 구경하기 어려웠던 것들이 장마당에 나온다. 쌀을 팔고 산다. 안전원들이 아무리 단속을 해도 장마당은 사라지지 않고 더욱 커진다. 쌀이 어디에서 나서 팔고 있으며 사는 사람들은 무슨 돈으로 사는지, 참으로 이상하고 신기한 나라다. 가장 먼저 굶어 죽는 사람들은 그런 나라에 적응하지 못하는 사람들이다. 귀국 교포들이 제일 먼저 쓰러졌다. 일본에도 공화국에도 손 벌릴 친척 하나 없는 이들이다. 외부에서 이식된 나무는 토착종보다 약하다는 분조장의 말이 떠오른다.

오빠도 무너졌다. 자력갱생의 길을 찾겠다고 말했던 게 88년이던가, 90년이던가. 오빠는 화자 언니가 한 번씩 올 때마다 가져오는 돈을 넙죽넙죽 받기 미안하다며 차라리 봉고차를 한 대 사달라고 했다. 자력갱생은 공화국이 좋아하는 말이었다. 오빠가 화자 언니에게 봉고차를 사달라고 할 때, 나는 얼굴이 화끈거렸다.

"여기는 유통이라는 개념이 아예 없어. 필요한 사람이 가서 구해야 되는 거야. 개미처럼 개인들이 이고 지고 나르는 거 그게 유통이야."

결혼도 했고 거기다 쌍둥이까지 낳았으니 이제는 무슨 수를 써서라도 이 땅에 뿌리를 내려야겠다고 결심한 것 같았다. 봉고차 한 대가 니가타 항에서 뱃길을 따라 청진항에 도착했다. 오빠는 부지런히 바닷가와 내륙을 오가면서 장사를 했다. 바닷가에서 나는 여러 가지 수산물을 내륙으로 가져가서 팔고 그 돈으로 바닷가에서 구할 수 없는 물건을 사서 어촌으로 가져가서 팔았다. 그렇게 해서 간신히 돈을 좀 만지려고 하자 당 간부가 찾아와서 외화벌이 회사에 들어오라고 했다. 개인 사업은 허락할 수 없으니 국가 재산으로 등록한 후에 장사를 하라는 거였다. 그래야 하는 줄 알았고 당 간부의 말을 거절할 수도 없었다. 오빠는 해안가의 군인들 구워삶는 것만 알았지, 당 간부들을 구워삶아야 한다는 건 몰랐다. 당 간부뿐 아니라 보위부, 안전부, 감찰부, 돈 냄새를 맡을 만한 곳이면 토대를 닦아야 한다는 걸 몰랐다. 장사를 하고 돈을 벌면서 돈을 먹이지 않으면 어떻게 되는지 몰랐다.

이유는 얼마든지 만들 수 있었다. 어느 날 감찰부에서 사람이 나와서, 이 차에 넣는 기름이 어디서 났느냐고 물었다. 기름이야 국가에서밖에 나올 데가 없는데, 그런 질문을 한다는 건 이미 밉보였다는 뜻이었다. 그걸 캐고 올라가면 결국 국가에서 도둑질한 게 되었고, 물건을 떼다 팔면서 얼마를 남겨 먹었는지, 그따위 더러운 자본주의자들의 착취는 어디서 배웠는지 따지고 비판하더니 어느 날 자동차를 몰수해버렸다.

"그거 사기잖아. 국가가 자기 국민한테 사기를 치나?"

화자 언니는 어이가 없다면서 헛웃음을 터뜨렸다.

"와이로(뇌물의 일본어) 잘 먹여라."

봉고차 다음에는 관광버스가 한 대 왔고, 관광버스를 또 사기당한 후에는 오토바이가 왔지만 그것 역시 국가 재산으로 몰수당했다.

한번 사기당한 사람은 계속 사기를 당한다. 그가 만만한 먹잇감이란 걸 이미 아는 사람들 앞에서 발버둥쳐봐야 소용없었다. 와이로는 먹이면 먹일수록 먹여야 할 사람들이 더 늘어나서 어디서 구멍이 날지 알 수 없었다. 봉고차와 관광버스, 오토바이까지 모두 저들 손에 넘어간 후 오빠는 술 없이 살 수 없는 폐인이 돼버렸다. 옥수수죽도 먹기 힘든데 술이라니……. 그러나 옥수수가루 구경하기는 어려워도 알코올중독자는 늘어만 갔다. 이상하고 신기한 나라에서 일어나지 못할 일은 아무것도 없었다.

조용히 식어가던 어머니는 어떻게 사기꾼이 되었나 (1996년 8월 16일)

하루 종일 묵정밭을 헤매고 다닌다. 옥수수알맹이 하나 구경하기 어려운데 묵정밭은 점점 더 늘어난다. 농장 일을 해봐야 배급이 나오지 않으니 사람들은 작업반장이 아무리 일하러 나오라고 해도 나가지 않는다. 차라리 산이며 묵은밭을 뒤지고 다니는 게 더 나으니까. 당장 오늘 먹을 게 없는데 몇 달 후에 나올 배급을 믿는 사람은 아무도 없다. 묵은밭에는 쑥만 자라나 내 키보다 크고 팔목보다 굵은 게 꼭 나무 같다. 이걸로 뭘 하겠다는 생각도 없이 뽑는다. 허기진 몸으로 그걸 뽑을 수 없다는 걸 알면서, 그래도 이게 쑥이지, 하면서 뽑는다. 뽑히지도 않는 걸 잡아당기고 있자니 내가 공화국의 땅덩어리를 뽑고 있는 것 같다. 공화국의 땅덩어리와 줄다리기라도 하는 것 같다. 갑자기 이상한 오기가 솟구친다. 솟구쳐봐야 아무 쓸모도 없는 오기가 솟구치는구나 생각하면서 쑥대를 붙잡고 씨름하는 나를 바라본다. 씨름하는 나를 바라보는 나의 웃음보가 터진다. 이것은 누구의 장난인가? 먹어야 사는 존재로서 먹는 순간 존재의 비참을 느껴야 한다면, 그런 존재가 어떻게 존재할 수 있을 것인가. 개, 돼지나 염소라는 존재를 비하할 생각은 눈곱만큼도 없지만 그것들이 먹을 때 너무나 당당하게 비굴한 모습은 나를 비참하게 만든다. 나는 어째서 개, 돼지나 염소만큼도 당당하게 비굴하지 못한 것인가. 쑥은 뽑히지 않고 껍질만 벗겨져 손바닥을 시퍼렇게 물들였다.

시퍼런 손으로 풀뿌리 몇 개를 들고 터덜터덜 집으로 돌아와 그것들을 씻었다. 어머니는 이불을 덮고 누워 있었다. 며칠 전부터 온몸이 떨린다면서, 가만히 있어도 땀이 뚝뚝 떨어지는 한낮에도 이불을 덮고 누워 있었다. 두꺼운 이불을 덮고도 덜덜 떨었다. 어머니에게서 무언가가 조용히 빠져나가는 게 느껴졌다. 아무리 두꺼운 이불을 덮어도 막을 수 없는 무언가가…… 장사를 하던 오빠가 원산에 부자가 많이 산다는 보위부원의 꼬임에 넘어가 보위부원에게 와이로까지 써가면서 그쪽으로 이사를 간 뒤부터 어머니는 갑자기 늙어버렸다. 머리가 하얗게 세고 허리가 굽기 시작하고 앉고 설 때마다 무릎에서 나뭇가지 부러지는 소리가 났다. 그것들은 오빠와 쌍둥이 조카들이 빠져나간 자리처럼 보였다. 그들이 빠져나간 자리에서 흰머리가 자라나고 허리가 푹 꺾이고 무릎은 버틸 힘을 잃어가는 것 같았다.

그런 줄 알았다. 어머니도 조용히 식어가는구나. 그렇게 생각했고 그걸 막을 방법은 없는 것 같았고 아니, 조용히 식어가는 걸 막아야 할 이유가 있는지를 잘 몰랐다. 그런 어머니를 조용히 생각하는 것만이 내가 할 수 있는 일인 것 같아서 조용히 풀뿌리를 끓였다. 풀뿌리가 조용히 끓고 있는 물은 끓이면 끓일수록 새까맣게 변해갔는데, 그걸 먹으면 피가 새까맣게 변할 것 같다고 생각할 즈음, 서너 명의 부인네들이 들이닥쳤다. 인민반장을 앞세우고 들이닥친 부인네들은 너무나 혈색이 좋아서 당 간부의 부인일 거라는 짐작이 맞았다. 혈색 좋은 그들은 신발도 벗지 않고 방으로 들어갔다. (20년도 넘게 깔려 있던 장판은 하도 낡고 닳아빠져서 구멍이 숭숭 뚫렸는데 그나마도 오빠가 원산으로 갈 때 어머니가 벗겨 주었기 때문에 길바닥이나 다름없는 흙바닥이었으므로 '방에 들어가실 때는 신발을 벗으세요'라는 말을 차마 할 수가 없었다.) 혈색이 좋은 부인네들이 어머니가 덜덜 떨면서 덮고 있는 이불을 단숨에 걷어내자 부인들의 혈색이 얼마나 좋은지 더욱 확연히 보였다. 조용히 무언가가 빠져나간 어머니는 이불 속에서 물기가 다 날아간 감자처럼 쪼그라들어 있었다.

혈색 좋은 부인네들은 바들바들 떨고 있는 어머니에게 소리쳤다. 사기꾼이라고, 사기꾼 년이라고, 내 돈 내놓으라고, 돈만 가져가고 물건은 어디 있냐고, 귀포 따위가 감히 당 간부의 부인네들을 속였다고, 악질 반동 사기꾼이라고 고래고래 소리를 질렀다. 어머니는 더욱 바들바들 떨었고, 그럴수록 더욱 쪼그라드는 것 같은 몸을 웅크려 혈색 좋은 부인들 앞에 엎드렸다. 영문을 알 수 없는 나는 어머니가 그대로 더 쪼그라들다가는 이불에 묻은 한 점 먼지가 되어버릴 것 같아서 쪼그려 엎드린 어머니의 허리를 뒤에서 양팔로 끌어안았다. 어머니가 두 손을 싹싹 빌며 "갚을게요, 다 갚아드릴게요" 하는 걸로 봐서 혈색 좋은 부인네들이 사기꾼이라고 몰아치는 데에 이유가 아주 없는 것 같지는 않았다. 어머니가 사기꾼이 된 영문을 알 수 없어서, 나도 함께 사기꾼이 되어 어머니와 같이 포개어져 머리를 조아렸다. 그렇게 어머니와 포개어지니 뜻밖에도 마음이 고요해졌다. 혈색 좋은 그들을 보지 않는 것만으로도 두근거리던 심장이 가라앉는 것 같았다.

어머니가 사기꾼이 된 사연을 들을 수 있다는 게 얼마나 감사한 일인지 부들부들 몸서리치면서 깨달았다. 혈색 좋은 부인네들에게 당장에 끌려가 아버지처럼 사라지지 않은 것에 대해, 당장 보위부에 고발하지 않고 '안 갚으면 네년 머리채를 다 뽑아버릴 거야'라는 협박만으로 그친 것에 대해, 그것이 얼마나 고마운지를 그네들의 고함이 사라진 후에야 깨달았다. 그건 모두 일본에 있는 화자 언니의 존재 때문이었다.

어머니가 혈색 좋은 부인네들을 알게 된 건, 가내 작업반에 다니면서부터였다. 가내 작업반은 인민들의 생활필수품을 만드는 곳인데, 국가에서 자재를 대주지 못하니까 각 가정에 남는 물품을 조달하여 사업하라는 교시에 의해 오래전에 만들어진 조직이었다. 그곳에서 이불도 만들고 베갯머리도 만들고 벙어리장갑도 만들고 아이들 옷도 만들어서 팔았다. 그러니까 각 가정에 남는 물품이란 건 입지 않는 치마나 천 같은 걸 말하는데, 그런 물품이란 게 약에 쓰려고 해도 찾을 수 없게 된 뒤로는 산에 가 나무를 베어 곡괭이, 호미, 마당비나 무쇠솥을 닦는 솔비를 만들어 팔기도 했다. 바느질 솜씨가 좋은 어머니가 인민반장에게 이끌려가, 그나마 각 가정에 남는 물품이란 것이 있던 시절에 잠시 일을 했고 그때 같이 작업한 부인 중에 당 간부의 부인들과 인맥이 닿는 이들이 있었던 것이 사기의 시초가 된 셈이었다.

혈색 좋은 당 간부 부인네들은 화자 언니가 보내오는 시계와 스카프, 비타민, 청심환 같은 걸 쌀이나 돈으로 바꿔주는 주요 고객들이었고, 그들 덕분에 내가 탄광을 그만둔 후에도 어머니와 내가 먹고살 수 있었다. 오빠가 국가적으로 조직적인 사기를 당한 후에는(오빠가 당한 사기에 대해서 오빠가 누군가를 협박했다는 소리는 들은 기억이 없다) 오빠 가족들까지 그들 덕분에 먹고살았고, 알코올중독까지 이어질 수 있었다. 그들 중에 아들 결혼을 앞둔 부인이 있었다. 부인은 어머니에게 시계와 옷감을 구하고 싶다고 했고 어머니는 물건이 없다고 했음에도 부인은 돈을 미리 주면서 예약을 했다.

"그 돈을 안 받았어야 했어."

혈색 좋은 부인에게서 돈을 받은 게, 1년이나 2년에 한 번 정도 보내주는 소포를 받은 지 반년도 지나지 않은 때였고, 혈색 좋은 부인의 아들 결혼식은 두 달 후였으니, 어머니 말대로 그 돈은 받으면 안 되는 거였다. 그러나 그렇게 말할 수 없었다. 두꺼운 이불 속에서 부들부들 떨고 있는 어머니에게 새까만 풀물을 떠먹이는 지금, 어머니가 돈앞에서 흔들렸을 유혹은 상상만으로도 너무나 강렬하고 잔인했다. 허기가 배 속을 할퀴는 지금은 아무리 그 장면을 떠올리려고 해도 아무것도 떠오르지 않았다.

그런데 나는 왜 이런 걸 쓰고 있는 걸까. 나무 아래 소녀에게 나의 이야기를 들려줄 수 있다는 생각은 잊은 지 이미 오래다. 이제 내가 그리워하는 건 그런 생각을 했던 소녀다. 그 소녀가 나였다고 말할 자신도 없다. 그러나 소녀를 떠올리면 미소가 떠오른다. 내 얼굴에 미소가 떠올랐다는 걸 깨닫는 순간 깜짝 놀라지만 다시 미소 짓는다. 그래서 쓰는 걸까? 아니다. 그게 아니다. 미소를 기억하려고 쓰는 것도, 배고픔을 잊으려고 쓰는 것도 아니다.

내가 쓰는 이유는, 그것이 금지된 것이기 때문이다. 숨어서 하는 것이기 때문이다. 숨어서 뭔가를 한다는 그 자체에 중독되었기 때문이다. 숨어서 뭔가를 하면서 내가 확인하는 건, '나'이다. 그리고 똑같은 크기의 공포. 마치 깊은 물속에서 떠올라 긴 숨을 토해내며 안도하는 순간, 이내 누군가가 물속으로 머리를 처박을 거라고 생각하는 공포 같은 것. 그것만이 온전히 내 것이다.

죽음이 나를 아는 체하네(1997년 4월 16일)

내가 죽음에 대해 무심했던 건 그것이 곧 내 것이 될 것이라고 생각했기 때문이었다. 곧 내 것이 될 것을 조급해하며 기다릴 필요도 없지만, 동정이나 연민을 가질 이유도 없다고 생각했다. 그러나 그게 진실이었을까? 그렇게 의심하는 나조차도 의심스럽다. 처음도 끝도 보이지 않는 곳에서, 이를테면 사막이어도 좋고 바다여도 좋고 북극이라도 좋고 시체 더미였어도 좋은 곳에서 나의 감각은 얼마나 진실할 수 있을까. 허기가 할퀴어대는 배를 움켜쥐고 길거리에 굴러다니는 시체를 볼 때 무슨 생각을 해야 옳단 말인가. 죽음의 행렬이 끝도 없이 이어지는데, 나도 곧 그 줄을 서게 되는데, 누가 누구를 동정하고 연민을 가진단 말인가.

어수선한 역 대합실에서 이상하게도 운이 좋아 빈자리에 앉으면 잠시 후 옆에 앉았던 사람이 스르르 내 어깨에 기대오다가 길게 누워버렸다. 그곳에 이상하게 빈자리가 있다는 건, 그 자리가 곧 죽음의 자리가 될 거라는 표시였다. 사람들은 마치 잠에 곯아떨어진 사람에게 하듯이 팔다리를 가지런히 놓아주었다. 한 번도 저항해본 적이 없는, 저항이라는 게 뭔지도 모르는 사람들은 마지막 죽음의 순간까지도 순하게 받아들였다. 꾸륵꾸륵, 마지막 숨넘어가는 소리조차 부끄러워하는 것 같았다. 밖에서 죽어가는 사람들은 이미 집에 살아 있는 사람들이 아무도 없거나, 뭔가 먹을 걸 찾으러 나왔다가 기력이 없어서 돌아가지 못한 사람들일 것이다. 먹을 걸 찾으러 돌아다니지도 않고 집에서 마지막을 맞이하는 일가족도 많았다. 어느 날 문득 인기척이 끊어진 집의 문을 열어보면 마치 모닥불이 사위어가듯이 일가족이 나무토막처럼 포개어진 채 식어가고 있었다.

시체들은 창고 안에 장작더미처럼 쌓인다. 더 이상 쟁여놓을 곳이 없어질 때면, 안전원이 젊은이들을 끌고 나타나 장작더미처럼 딱딱해진 시체를 차에 옮겨 싣고 매장하러 간다. 시체를 옮기는 사람들과 시체의 차이라면, 아직은 걸어 다닐 기운이 한 줌 남아 있다는 것밖에 없다. 그들을 움직이는 건 안전원이 주는 옥수수죽 한 그릇이다. 옥수수죽 한 그릇이 시체와 그들 사이에 놓여 있을 뿐이다.

언젠가 내가 대합실에서 보았던 여자도 그랬다. 한눈에도 옥수수죽 한 그릇이 생과 사의 갈림길에 놓여 있다는 걸 알 수 있었다. 내 맞은편에 앉아 있었는데, 포대기로 아기를 업고 있었다. 두 볼과 눈이 움

푹 꺼지고 나무 꼬챙이처럼 말라서 아기를 업고 있는 건지, 자기와 아기를 묶어놓은 건지, 몹시 기묘한 분위기가 눈길을 끌었다. 그러다가 순간, 기묘한 분위기의 정체를 깨달았다. 잠이 들어서 고개를 푹 떨구고 있는 것 같은 아기가 실은 죽었음을, 그러나 여자는 아직 아기의 죽음을 모르고 있음을, 생과 사가 그렇게 하나로 묶여 있다는 것을. 여자는 커다란 동공을 불안하게 굴리고 있었다. 그녀의 눈동자가 향하는 곳은 젊은이들을 차출하고 있는 안전원이었다. 그나마 기력이 좀 남아 있는 것 같은 젊은이들을 안전원이 차출하는 것이 무슨 의미인지 이제 모르는 사람들이 없었다. 안전원은 기력을 뽑아가는 것처럼 보였다. 여자가 벌떡 일어나 자기에게도 일을 좀 시켜달라고 매달렸다. 안전원은 여자를 아래위로 훑어보더니 안 된다고 밀쳤다. 여자는 다시 매달렸다. 안전원이 다시 밀쳤다. 여자가 다시 매달리려고 달려들 때 안전원의 시선이 여자 등허리에서 종처럼 흔들리는 아기의 머리로 향했다. 안전원은 잠시 아기를 쳐다보다가 지휘봉으로 젊은이들이 모여 있는 쪽을 가리켰다. 여자가 얼른 그쪽으로 가서 섰다. 여자는 옥수수죽 한 그릇의 기력만큼 삶 쪽으로 자리를 옮기게 될 모양이었다. 그렇게 여자가 내 눈앞에서 사라졌다고 생각했다.

그러나 잠시 후, 역 바깥에서 여자의 날카로운 비명과 통곡 소리가 들려왔다. 여자는 땅바닥에 주저앉은 채 아기를 내려다보며 오열하고 있었다. 흘러내린 포대기는 더 이상 두 사람을 묶고 있지 않았으며, 깨진 죽사발에서 튄 옥수수죽이 두 사람을 묶어주고 있었다. 여자는 흙바닥에 튄 죽을 손가락에 묻혀 아기 입에 넣어주려고 했지만, 아기 입은 열리지 않았다.

여자를 내려다보면서 우두커니 서 있는 내 배 속에서 아기가 발길질을 했다.

겨우내 얼어 있던 땅이 녹아 시체 썩는 냄새가 진동을 하는데, 아기가 태어났다. 아기에게 나의 성을 붙여주었다.

백해랑. 바다 해, 물결 랑.

내가 자기를 죽이려고 한 것도 모르고 아기는 나를 보며 웃는다. 배속에서 태기를 느끼자마자 속이 뒤집힐 것처럼 구역질이 나왔다. 입덧을 해서 태기를 안 것이 아니라, 태기를 알고 나자 입덧이 아닌 구역질이 나왔다. 아이를 죽이려고 온갖 짓을 다 해도 아이는 악착같이 살아 지옥 같은 세상으로 나왔다. 지옥 같은 세상에서 천사처럼 웃었다. 지옥을 알리러 온 천사처럼. 아이는 웃는데 나는 무섭다. 배 속에서 죽지 않고 내 품에서 죽어, 지옥의 지옥을 가르쳐주려 온 것 같다. 공포가 하나 더 늘었다. 작은 불안으로부터 도망치려다가 더 큰 공포하나를 어깨 위에 덜컥 올려놓은 나의 어리석음을, 아기가 비웃는 것같다. 나의 어리석음을, 나의 무지와 비겁과 오만을 여기에라도 털어놓아야 할 것 같다.

그때만 해도 어머니가 사기꾼으로 몰리기 전이었다. 오빠가 다 죽어간다는 올케의 편지를 받고 당장 원산으로 가겠다는 어머니를 말리는 데 꼬박 하루가 걸릴 정도로 어머니의 기력은 괜찮았지만 며칠이 걸릴지도 모르는 길을 떠날 정도는 아니었다. 역시, 기차는 달리는 시간보다 멈춰 서 있는 시간이 더 많았다. 가다 서고 또 잊을 만하면 달리는 기차가 간신히 신포를 지나고 다시 함흥을 지나 금야를 앞두고 있을 때 기차는 달리는 걸 완전히 잊어버린 듯 꿈쩍도 하지 않았다. 두 시간이 지나고 세 시간이 지나자 사람들이 하나둘 자리에서 일어났다. 나도 기차에서 내리는데 뒤에서 누가 내 이름을 불렀다.

담덕이었다. 담덕은 새까맣게 그을린 얼굴로 웃고 있었다. 거의 10년 만이었고 청혼을 거절한 사이였지만, 그런 건 아무런 문제가 되지 않았다. 담덕의 목적지도 원산이었으므로 우리는 같이 걸었다. 그러지 못할 이유가 무엇인가. 우리는 눈 속에서 단소를 연주하던 것과 이듬해 봄에 눈이 녹아서 단소의 멜로디가 아지랑이처럼 피어오르던 것, 그리고 내 말 속에 아직도 남아 있는 일본어 억양에 대해 이야기를 나누다가 결국은 미루고 미루어도 해야 할 숙제인 양 결혼 이야기가 나왔다. 담덕이 이미 결혼을 해서 사내아이가 하나 있다고 먼저 말을 꺼낸 건, 나에 대해 궁금해서였을 것이다. 내가 결혼하지 않았다고 말하자 담덕은 가시에라도 찔린 듯 짧게 아, 하고는 말이 없었다.

묵묵히 걷다가 해가 떨어질 무렵 내가 말했다.

"담덕아. 나 부탁이 하나 있어."

"뭔데?"

"오늘 밤, 우리 같이 자면 안 될까?"

"그게 무슨 소리야?"

"내가 한 말 그대로야."

"어떻게……."

"너, 결혼한 거 난 상관 안 해. 난 어차피 결혼할 생각이 없으니까……. 별것도 아닌데 내가 아직 처녀라는 게 나를 구속하는 거 같아서, 그래서 너한테 부탁하는 거야. 다른 의미는 없어."

다른 의미가 없다고 했지만 배꼽 주위에서부터 이상한 열기 같은 게 번져 나오는 것 같았다. 아릿하기도 하고 비릿하기도 해서 구역질이 나오려고 했다. 그러나 구역질을 하는 건 예의가 아닌 것 같아서 침을 꿀꺽꿀꺽 삼켜가며 후미진 헛간을 찾아 숨어들었고, 역시 구역질을 참아가며 옷을 벗었다. 첫 경험은 상상했던 만큼 아프지 않았는데 그것보다는 골반뼈가 부딪치는 게 더 아팠다. 포근하지도 달콤하지도 애틋하지도 않아서 조금 슬펐고, 이가 딱딱 부딪칠 정도로 추웠다. 섹스를 하는 중에도 자꾸만 이가 딱딱 부딪쳤는데, 그것은 구역질처럼 참아지지도 않았다. 별것도 아닌 터널을 지났다고 생각하려고 했지만, 옷을 입고 나자 치가 떨리도록 외로워졌다. 한 번도 느껴본 적 없는 비릿한 감정이었다. 부부란 건 이렇게 비릿한 것들을 참아가는 존재이거나 스스로 비릿해져버리는 존재일지 모른다는 생각이 들었다.

외로움을 채우려고 한 것도 아니고 외로움은 무엇으로도 채워지는 것이 아니라는 게 내 생각이었는데, 그것이 오히려 나를 더 외롭게 만든 것만은 사실이었다. 그 밤중에 그대로 담덕과 헤어져버린 건, 그 때문인지도 몰랐다. 어둠 속에서 시커먼 파도가 나를 삼킬 것처럼 밀려오는 것이 보이는 것 같았고, 그러면 나는 담덕의 바짓가랑이를 잡을 것만 같았다.

화자

•

너를 찾아, 숨소리마저 참아내며

(2010년 5월 2일)

가미사마와 오지랖의 사이

호텔로 돌아올 때만 해도 금방 쓰러져서 잘 것 같았는데 막상 침대에 누우니 잠은 오지 않고 머리는 더욱 맑아진다. 너무나 복잡한 생각이 머릿속을 뒤죽박죽으로 헝클어놓는다. 냉장고에서 맥주 하나를 꺼내 마시고 누워도 의식은 냉장고 속보다 차갑다. 일어나 공책을 펼친다.

경엽은 사십 고개도 못 넘고 죽어버렸다. 펄펄 끓던 청춘 짓밟히고 알코올중독자로 죽어가는 것이 백 없고 토대 나쁜 귀포들의 말로인가. 용선의 얼굴에서는 외삼촌의 모습이, 그리고 경엽의 모습이 어른거리는 것 같다. 용선의 아들 이름이 종화라고 했던가. 종화가 용선처럼 자라 어른이 되고 여자를 만나 아이를 낳고, 또 그 아이가 아이를 낳고……. 그때는 나도 죽어 백골이 되어 있겠지.

"오지랖도 오지랖도 니 겉은 오지랖이 또 있겠나."

요양원에서 돌아가신 어머니는 내가 방북 신청을 할 때마다 혀를 차고, 외할머니는 서리서리 원한에 사무친 말을 남기고 돌아가셨다.

"내 죽으면 내 뼈가지 한 개도 조선땅에 갖고 가지 말그라."

그리고 해랑.

"네짱이 가미사마예요."

그 사이에 내가 있다.

소라가 절대로 결혼하지 않겠다고 했을 때 나는 누구보다 그 심정이 헤아려졌다. 경엽이 결혼해서 사업이니 뭐니 하며 원산으로 가버린 후로 소라는 혼자돼버린 외숙모를 모시고 가장 역할까지 해야 했다. 그런데 97년이었나. 김일성 죽고 나서 3년 후쯤 김책에 갔더니 외숙모가 여자아이를 업고 있었다. 그게 해랑이었다. 결혼도 하지 않았고 애아범도 보이지 않는데 애만 있었다. 결혼을 하지 않겠다는 건, 아이 낳는 게 싫기 때문이 아니었던가?

"그런 건 인간이 결정하는 게 아닌가 봐."

소라는 복잡한 표정으로 웃었다.

"내 인생에서 단 한 번 남자와 잤는데 아이가 생긴 거야. 해랑이 눈을 들여다보고 있으면, 내가 담덕이랑 자서 해랑이 생긴 게 아니고 해랑이 이 세상에 오려고 나를 담덕과 만나게 한 것 같은 생각이 들어. 그 순간만 기다리다가 번개처럼 내 속에 똬리를 틀어버린 거지."

아이까지 생겼는데 담덕은 이미 결혼을 했다니, 또 하나의 비극이 생겨버린 것 같아 마음이 아프다. 소라는 아이를 떼려고 안 해본 짓이 없다고 했다. 배 속의 아이와 같이 죽어버릴까 생각도 했단다.

"너무 많은 죽음이 널려 있으니까 삶보다 죽음이 훨씬 가깝게 느껴지고, 삶과 죽음의 경계가 종잇장보다 얇아. 사는 게 너무 고통스러우니까 죽으면 이 고통이 끝나겠구나 하는 유혹이 훨씬 달콤하게 느껴져. 아침에 눈을 떠서 내가 살아 있는 건지 죽어 있는 건지도 잘 모르겠고, 그러다 아직 살아 있다는 걸 깨닫는 게 더 고통스러워. 살아서 느끼는 모든 감각, 햇살이 비치고 새소리가 들리고 비가 내리고 덥고 춥고, 그리고 배고픔…… 그 모든 감각이 저주스럽게 느껴지고, 아이에게 보여줄 게 저주밖에 없는데 어떻게 아이가 기쁨이 될 수 있겠어. 기쁨이란 감각은 이미 잊힌 지 오래인데…… 내가 아이에게 해줄 수 있는 한 줌의 사랑이라도 남아 있다면 이런 세상을 보지 않게 해주는 거, 그거밖에 없는데.

돌이고 나무고 가리지 않고 눈에 띄는 걸로 마구 배를 때리고 후려치고, 산에서 굴러 떨어지고 나중엔 쇠꼬챙이로 아랫도리를 찔렀어. 그걸 엄마가 본 거야. 난생처음 엄마한테 맞았어. 엄마가 뺨을 갈기고 몽둥이로 등허리를 때리는데 아프지도 않아. 그냥 때리는 대로 맞았어. 왜 때리지? 그것도 모르겠는데, 그렇게 맞고 있다 보니 이상하게 속이 후련해지고 침착해지는 거야.

그때 갑자기 '내가 무슨 권리로 이 아이를 죽이려고 했나' 이런 생각이 들었어. 이 아이는 내 아이가 아닌 것 같은 느낌, 그냥 이 세상으로 오려는 한 생명이고 난 몸을 빌려준 것뿐이란 생각, 그 생명에 대해 나는 아무런 권리도 없다는 생각이 든 거야. 번개에 맞듯이 갑자기 그런 생각이 들었어."

하필 고난의 행군 시기에 태어난 해랑은 살아 있는 인형 같다. 살아 있지만 자라지 않는, 작은 몸에 생각은 애늙은이처럼 깊은, 너무나 슬

폰 인형. 그러나 그건 내 생각일 뿐, 세 사람은 전보다 훨씬 밝아 보였다. 웃음소리도 들렸다. 그것은 겨울이 지나 봄이 되면 여기저기 피어나는 꽃처럼 자연스럽게 느껴졌다.

"언니, 해랑이 눈을 좀 봐. 눈동자가 얼마나 맑은지……. 내가 저를 죽이려고 했던 걸, 내 죄를 다 알고 있는 것 같아."

정말이지 해랑의 커다란 눈동자는 무섭도록 투명하고 맑았다. 까만 동공은 영혼까지 빨아들일 것처럼 아득하여 깊이를 알 수 없는 우주가 그 너머에 있는 것 같았다. 신비하고 아름다운 눈동자였지만 어린아이의 눈이라기에는 너무 깊었다. 해랑의 무의식 속에는, 태내에서 느낀 생존에 대한 위협이나 공포가 고스란히 기록되어 있을 것이었다. 애늙은이처럼 속 깊은 것도 살고자 하는 본능처럼 보여 애잔했다. 8년 전에 보았던 해랑은 일곱 살이었지만 키는 다섯 살도 채 안 돼 보였다. 더 이상 크기를 거부하는 것 같았다.

1997년 김책으로 가던 기차가 멈춰버려서 버스를 타러 가던 길에 보았던, 짐승으로밖에 보이지 않던 그것이 어린아이들이란 걸 알았을 때의 충격을 어떻게 설명할 수 있을까. 차라리 걸어 다니는 실뭉치라고 하는 게 나을 것 같았다. 새까맣게 때에 절은 아이들이 눈을 반짝이며 흙바닥에서 먹을 걸 찾던 모습은 그 자체로 철퇴를 내리치는 형벌 같았다. 어떻게 아이들을? 어른들은 다 어디 가고? 저것이 지옥이 아니면 무엇이 지옥인가? 내장이 뒤틀리고 욕지기가 치밀었다.

일본에서 그런 보도를 볼 때마다 저열하고 악의적이라고 욕했던 것이, 다 사실이었다. 도대체 김일성은 뭘 어떻게 했길래 자기 백성을 이 지경으로 만든단 말인가. 북한에 한 번씩 올 때마다 사회주의도 뭣도 아닌 그냥 자기 국민을 소경 바보로 만드는 독재국가일 뿐이고, 권력욕에 눈이 멀어 이제는 그 아들에게 권력을 물려주는구나 생각했지만, 그래도 외할머니나 어머니, 이모가 북한을 비난할 때는 은근히 반발이 들어서 역성을 들기도 했었다. 가난하고 못사는 거야 그럴 수 있는 거 아닌가, 우리 조선인들도 한때는 지지리도 못살지 않았나, 그래도 미 제국주의와 자본주의에 조금도 주눅 들지 않고 맞대응하는 건 지구상에 저 조그만 북한밖에 더 있나? 그렇게 보면 얼마나 대단해? 이렇게 역성을 들었던 건 냉정하게 따지고 보면, 그들을 비난하는 게 바로 나의 젊은 시절을 부정하는 것이기 때문이었다. 하지만 이건 아니었다. 야차지옥이 바로 이곳이구나, 살아서 지옥을 보는구나, 나의 죄책감에 기름을 끼얹고 불을 붙이는 것 같았다.

그렇게 형벌 같은 길을 가서 만난 게 외숙모 등에 업힌 해랑이었다.

김책에는 갈 수 있을까

새벽이 다 되어서야 간신히 잠이 들었는데 창문으로 비쳐 드는 아침 햇살에 잠이 깨버렸다. 잠을 잔 것 같지도 않아 이불을 뒤집어쓰는데 팔다리가 잘린 아이의 영상이 불쑥 떠올랐다. 꿈속 장면들이 두서없이 떠올랐다. 숨이 턱 멎을 것처럼 섬뜩한 모습이었다. 아이는 팔다리가 잘린 채 해맑게 웃고 있었고 커다란 집게가 아이를 집어 올렸다. 그게 누구의 얼굴인지는 알 수 없었다. 그게 정말 꿈이었을까. 모든 것이 의심스럽다. 찬란하게 해가 떠오르는 지금 이 순간보다 꿈속 장면이 더 현실인 것 같다. 누가 아니라고 말할 수 있을까? 나는 이 방이 더 의심스럽고 내가 더 의심스럽다. 창밖의 태양마저도 의심스럽다.

저것은 어째서 꿈이 아닌가?

갑자기 가슴을 쥐어짜는 것처럼 아파왔다. 맹금류의 길고 날카로운 갈고리 발톱이 심장을 후벼 파는 것 같았다. 숨이 가빠왔다. 온몸이 후끈 달아오르면서 식은땀이 흘렀다. 통증만이 현실이다. 내가 느끼는 현실은 고통뿐이다.

가슴을 부여잡고 기다시피해서 로비로 내려가자 소파에 앉아 텔레비전을 보고 있던 안 동무가 벌떡 일어났다.

"병원 좀……."

"무슨 일이십네까?"

"심장이…… 가슴이 아파요."

"잠시만 여기 앉아 계시라요."

안 동무는 식당으로 화장실로 뛰어다니며 운전기사를 찾아서 자동차를 대기시키고 나를 부축했다. 병원으로 가는 중에도 안 동무는 몇 번이나 뒤를 돌아보면서 괜찮으냐고 물었다.

'보면 몰라? 아파하는 거 안 보여?'라고 싸늘하게 쏘아주고 싶었지만 앙다문 입에서는 아무 말도 나오지 않았고 가슴만 끌어안았다. 후끈하던 열이 갑자기 싸늘하게 식으면서 오한이 들었다.

병원 앞에 도착하자 안 동무가 뒷문을 열고 나를 부축했다. 뼈만 남은 강골질의 느낌이 왼쪽 팔과 등으로 전해졌다. 병원 현관을 막 들어섰을 때 아무도 안 보는 틈을 타서 손에 움켜쥐고 있던 것을 그의 윗옷 주머니에 쑤셔 넣었다.

"뭡네까?"

그가 움찔하면서 허리를 살짝 뒤로 뺐지만 나를 부축한 팔은 놓지 않았다. 그게 뭔지 이미 알고 있다고 그의 몸이 말하고 있었다.

'돈 봉투다, 이놈아'라고 하는 대신 나는 그의 두 손을 꼭 잡고 말했다.

"안 동무, 내 나이가 곧 칠십이에요."

"그래서 병원에 데려왔잖소."

"내년에도 오고 또 후년에도 와서 우리 동포들도 만나고 조국의 산과 들을 보고 싶지만 이제는 나도 내일을 모르는 나이가 돼버렸단 말입니다."

"무슨 말을 하는 겁네까?"

"부탁입니다, 안 동무. 김책에 있는 내 동생한테 무슨 일이 있는지 좀 알아봐주시오. 그 동생의 오빠가 죽었다는 소식을 어제 들었어요. 내가 8년 동안 못 왔거든요. 그러니 그 동생은 또 무슨 일이 생긴 게 아닌지 걱정이 돼서 한숨도 못 잤어요. 내가 여기 한번 오려면 달나라가는 것보다 힘이 드는데, 김책도 한번 못 가보고, 내 사랑하는 동생얼굴 한번 못 보고 돌아갈 수는 없잖아요. 어쩌면 이게 마지막이 될지도 모르는데…… 늙은이가 이렇게 부탁합니다. 제발 김책에 무슨 일이 있는지 좀 알아봐주시오."

"나 원 참! 알갔소. 빨리 진찰실에나 들어가시라요. 여기서 이럴 시간이 어디 있습네까?"

안 동무는 투덜거리고 있었지만 나는 투덜거리는 그의 말투에서 오히려 은근한 정을 느꼈다. 그것만으로도 가슴 통증이 사라지는 것 같았다.

혈압계를 체크하는 의사는 미오가 말하던 의사인 것 같았다. 후리후리하게 큰 키에 마른 체격, 각진 턱과 짙은 눈썹, 뚜렷한 이목구비가 무뚝뚝해 보이는 인상이지만 쌍꺼풀과 축 처진 눈꼬리, 숱이 많은 흰 머리가 어딘지 섬약한 느낌을 주었다. 내가 일본에서 왔다고 하자 안경 너머로 힐끔 쳐다보았다. 그때를 놓치지 않고 물었다.

"리미오상 공화국에 온 거 알고 계십니까?"

처방전을 쓰던 손을 멈추고 나를 유심히 바라본다. 왼쪽 눈에는 반가움이 오른쪽 눈에는 미심쩍음의 불이 반짝 켜진다. 이 사람이 맞구나.

"모르고 계시군요. 미오상하고 같은 비행기를 타고 왔는데, 평양에서 헤어졌습니다. 제가 원산에 가족을 만나러 간다고 하니까, 원산의 료원에 아는 의사 선생님이 있다고 말하더군요. 그땐 그냥 흘려들었는데, 제가 이렇게 아파가지고 올 줄은 꿈에도 몰랐습니다."

"그러십니까? 저는 미오 씨가 온 걸 모르고 있었습니다만……."

미심쩍음은 조금씩 반가움과 친근함으로 바뀌어갔다.

"뭐 하나 일정대로 되는 것 같지도 않고, 제 경우입니다만, 연락도 잘 안 되는 거 같고, 그러다 보니 그렇겠지요……. 하하, 사람이 하는 일이니까 어쩔 수 없죠, 뭐."

"두 분이 잘 아는 사이신가요? 선생님은 일본 어디에 살고 계십니까?"

"저는 교토에 살고 있습니다."

"그렇군요. 리미오 씨도 교토라고 했는데……."

"맞습니다. 그런데 선생님 아버지하고 미오상 아버지가 친구라고요?”

“3년 전에야 알게 됐어요. 교토에 살고 계시다고 해서 생각도 안 했
는데, 무슨 얘기 끝에 도쿄에서 학교를 다녔다는 이야기가 나와서 이
렇게 저렇게 맞춰보니 미오 씨 아버지가 저도 알던 분이더군요. 저희
아버지와 가까우셨죠. 집에도 자주 놀러 오시고.”

“선생님도 도쿄에서 사셨군요.”

“네.”

“저도 젊은 시절에는 그곳에서 좀 살았습니다.”

“그러십니까?”

내 혈압 상태는 스트레스 때문에 일시적으로 찾아온 통증이었던
것으로 판명 났고 그는 내가 가지고 있는 약을 살펴보면서 이것으로
충분하겠다고 말했다. 그는 차라도 한잔하면서 마음을 편히 쉬는 게
지금은 가장 좋은 처방일 것 같다며 도라지차를 뜨거운 물에 타주었
다. 우리는 둘 다 도쿄에서 젊은 시절을 지낸 것이다. 나이를 물어보지
는 않았지만 나와 비슷하거나 나보다 몇 살 적은 것 같았다. 그가 도
쿄에서 가장 좋아하는 곳이 우에노공원의 시노바즈노이케라고 했을
때 나는 너무 반가워서 소리를 질렀다.

“나도 그 연못에 자주 갔어요. 연꽃이 필 때는 매일 갔어요. 달밤에
도 가고 새벽에도 가고.”

“연꽃, 참 장관이지요. 저도 좋아했습니다. 그런데 저는 이상하게
그 연못의 이름에 더 끌렸던 것 같습니다. 지금도 그 이름을 생각해보
면……”

“시노바즈노이케, 불인지(不忍池). 참지 못하고, 남몰래 애인을 찾아

간다는 말이지요?"

"참을 인 자니까, 저도 그렇게 알고 있었는데, 그것보다는 자기 숨소리까지 참아내면서 애인을 찾아가지 않을 수 없다는 해석에 더 끌리더군요."

"오, 그런 해석이 가능한가요. 한 번도 그렇게 생각해보지 않았는데, 멋지네요. 시적이에요."

"사실은 미오 씨 아버지가 한 말입니다. 그분 말을 듣고 있으면 말의 묘미라고 할까 맛이라고 할까, 그런 게 느껴졌죠."

"미오상 아버지가요?"

"시를 쓰거나 하진 않았지만 문학에 조예가 깊으시고 말년에는 문학평론 글을 좀 쓰셨지요. 미오상도 조선어에 관심이 많던데, 자식이란 그런 존재구나 하는 생각이 들더군요. 얼굴이 닮는다거나 걸음걸이가 닮는 것하고는 어딘지 다른 느낌이었습니다."

"미오상 아버지를 좋아하셨나 봅니다."

"사실 그땐 잘 몰랐습니다. 그냥 점잖고 겸손한 분이라고만 생각했는데……. 그땐 좀 그랬지 않습니까? 저도 정신적으로 미숙했고, 니 편 아니면 내 편 흑백논리가 심했죠. 그래서 어디에서도 환영받지 못했지만, 지금 생각해보면 시대적인 유행에 휩쓸리지 않고 양심의 소리를 따른 분이었던 겁니다. 그때는 그런 것조차도 용기가 필요한 일이었죠. 어떤 분들은 돌아가신 후에 점점 더 크게 느껴지는 그런 분들이 있죠."

"그분 성함이?"

"리병호 선생님입니다. 폐암으로 돌아가셨다더군요. 담배를 많이 피우긴 하셨지만 그래도 너무 일찍 돌아가셨습니다."

"리병호 선생님이라면, 혹시 도쿄 총련에 계시던……?"

"네, 젊으셨을 때……."

소라

·

거기, 말이 있었다
(2003년~2009년)

남자는 양계장 수탉 (2003년 10월 26일)

앞에 앉은 아주머니가 보따리에서 옥수수를 꺼내서 사람들에게 반쪽씩 나눠주며 말한다.

"이 아가씨를 보니 제사공장에 있을 때 생각나누마. 나, 아가씨 때 말이다."

이 아가씨는 나를 가리키는 말이다.

"공장에서 기숙사 생활을 했는데, 맨 아가씨들뿐이야. 그래서 우리가 한숨을 쉬면서 그랬어. '야, 남자 구경하기 힘들다.' 정말이지 남자라고는 한 명도 없었으니까. 오죽하면 남자 간부들한테 양계장 수탉이라고 했간."

옥수수알을 뜯어먹던 사람들이 와그르르 웃었다.

"그거 진짜 희한하다야. 우리도 그리 말했더랬는데."

"어데서?"

"고등학교 졸업하고 함흥에 김일성 수령님 동상돌격대 갔을 때야요. 산골에만 살다가 처음으로 큰 도시에 간 건데, 그러니까 내심으로는 도시에 가면 총각들도 좀 있겠지 이랬는데 웬걸, 거기도 여자들이 더 많더라고. 순 공사판인데도 그래."

"젊은 것들은 다 군대로 탄광으로 공사장으로 가버리고 집에 남아 있는 것들은 밥이나 축내는 늙은이들뿐이니……."

"그래갖고 내가 결혼할 때는 무슨 군사작전하는 것처럼 했잖아. 그때 신랑이 온성탄광에서 일하고 있었는데, 시어머니가 나를 자기 아들하고 결혼시킬라고 전보를 쳤댔지. 전보를 그냥 쳐갖고는 되지도 않으니까, 엄마가 지금 숨이 끊어질라고 한다, 사망 직전이다. 그래갖고 간신히 여행증 끊어와갖고는 벼락치기로 약혼식을 했잖아. 그렇게 벼락치기로 하고 나니까, 신랑 얼굴이 생각이 안 나더라야. 본 것 같지도 않고……. 신행 때 돗자리를 준비해서 갔는데, 시숙이랑 시동생이랑 줄줄이 앉아 있는데 누가 신랑인지 알 수가 없어. 신랑이란 작자도 저 여자가 누구던고? 하는 눈초리야."

또다시 와그르르 웃음이 터진다.

물도 씻쳐 먹을 년(2004년 7월 1일)

보따리 장사를 시작했다. 사기꾼으로 낙인이 찍혀버린 어머니는 그날 이후 누가 찾아오기만 해도 방구석으로 숨기 시작하더니 이제 대문 밖으로는 한 걸음도 나가지 않으려고 한다. 어머니를 사기꾼으로부터 구해내기 위해서는 풀뿌리나 캐서는 안 될 일이었고, 뭔가를 더욱 더 적극적으로 나서서 해야 했는데, 거기에다 해랑이까지 태어났다. 누군가 내 등을 떠미는 것 같았다. 자꾸만 구석으로 움츠러들려고 하는 나를 칼바람 부는 들판으로 밀쳐내는 것 같다. 아기가 태어났으니 아기를 먹이기 위해 어미는 아기를 품에 안을 새도 없이 밖으로 떠돌며 먹이를 구해야 하는 것이다. 어머니가 사기꾼으로 낙인찍히고 해랑이 태어나기 두 달 전, 화자 언니로부터 구호품이 도착했다. 구호품이란 건 신기하게도 대체로 꼭 죽을 것만 같을 때, 숨이 깔딱거릴 때쯤 도착했다. 이걸 보내기 위해 화자 언니가 얼마나 힘들게 일하는지, 구호품을 보면 화자 언니의 마음 씀씀이가 눈물겹게 들여다보였다. 큰 봉지, 작은 봉지가 전부 먹을 것과 꼭 필요한 약, 영양제였고 돈으로 바꿀 수 있는 것들은 작고 비싼 것들이었다. 몸은 일본에 있으면서 머릿속에는 김책에 대한 생각으로 가득한 것 같았다. 그러나 이제는 가만히 앉아서 받아먹기만 할 수 없는 처지가 되었다. 오빠가 말한 대로 자력갱생해야 하는 것이다. 할 수 있는 건 결국 장사밖에 없었다. 집을 나서면 돌아갈 때까지 열흘이고 보름이고 한뎃잠을 자면서 다녔다. 남의 집 처마 밑에서도 자고 축사에서도 자고 역에서도 자고 기차에서도 잤다. 생산하고 싶어도 생산할 기반이 아무것도 없으니 몸이라도 놀려야 했다. 오빠처럼 자동차도 없으니 몸이 자동차가 되고 수레가 되어 이고 지고 다녀야 하는 것이다. 토대라고는 오직 몸뿐이었다.

자동차도 되고 수레도 되는 내 몸을 실을 수 있는 건 기차뿐이다. 그게 못마땅한지 기차는 툭하면 멈췄다. 멈춰도 불안하고 달려도 불안하다. 덜컹덜컹 끽끽, 온갖 불협화음을 연주하며 달린다. 오래 듣다 보면 불협화음도 음악처럼 들린다. 긴 연주 사이에는 잊지 않고 파국도 끼어 있었다. 큰북이나 심벌즈가 끼어드는 것처럼 심상치 않은 소리가 들리면 정전이나 고장이었다. 낡고 삭은 연결고리나 부품들이 일시에 빠져서 조각조각 해체되어버릴 것 같은 소리였다.

여행증 같은 걸 신경 쓰는 사람은 없었다. 돈만 있으면, 안 되는 게 없는 세상이 되었다. 그러나 힘에서 딸리는 건 어쩔 도리가 없다. 타려는 사람들이 한꺼번에 몰리면 계속 뒤로 밀렸다. 그러면 유리가 없는 창문으로 올라간다. 다리가 짧은 여자들이 버둥거리면 서로 엉덩이를 밀어주고 남자 중에는 자기 어깨를 밟으라고 들이미는 이도 있었다. 다들 얼마나 크고 무거운 짐을 머리에 이고 다니는지, 가느다란 목이 그걸 지탱하는 게 신기했다. 몸이 토대가 되지 못할 이유가 없는 것이다. 배낭을 먼저 창으로 들이밀면 사람들 손을 타고 흘러 흘러, 어디로 갔는지 모를 때도 있었다. 그럴 땐 피가 뚝뚝 떨어질 것 같은 비명 소리가 들린다.

"이 도적놈 새끼들아! 날래 안 갖고 오간? 그거 우리 식구들 목숨 줄이단 말이다. 종간나 새끼, 그거 안 내놓으면 내 손에 죽을 줄 알라."

배낭은 다시 사람들 손을 타고 돌아오거나, 정말 피비린내를 보고야 마는 끔찍한 소동이 벌어지기도 한다. 보따리 하나에 목숨 줄이 몇 개나 붙어 있는지 몰랐다.

빽빽하게 붙어 선 사람들 중 누가 도둑인지는 아무도 모른다. 옥수수를 나눠 먹던 사람이 갑자기 도둑이 되기도 하고 도둑이 옥수수를 나눠줄 수도 있다. 자기 건 자기가 지켜야 한다. 콩나물시루같이 복잡한 열차에서는 무엇보다 돈을 잘 숨겨야 한다. 한 치의 틈도 없이 몸이 밀착되어 있다 보면 종이 한 장의 틈만 있어도 파고들어온다. 틈으로 파고드는 게 무엇인지 긴장을 놓지 말고 살펴야 한다. 손바닥 두터운 굳은살 속에 면도칼을 숨겨놓은 것도 보았다. 돈은 완전히 내 몸과 하나가 되도록 숨겨야 한다. 은유가 아니다. 내 피부와 똑같이 만들어야 한다. 돈을 넣은 방수포를 배나 종아리에 붙이고 헝겊으로 둘둘 마는 게 그나마 안심할 수 있는 방법이다.

그래도 며칠 동안 기차에 흔들리다 보면 긴장이 소금처럼 녹아버리는 때가 있었다. 훔칠 때 훔치더라도 먹는 것만큼은 혼자 숨어 먹는 치사한 짓은 하지 않는다는, 인심이랄까 소신이랄까 그런 분위기가 잠깐씩 파도처럼 밀려오는 때가 있는 것이다. 옥수수 쪽이라도 나누다 보면 그보다 작은 것도 조금씩 나누어 먹게 된다. 그렇게 주위 사람들과 음식을 나누고 말을 트고 이야기를 하다 보면 누군가 그 이야기에 끼어들고 또 끼어들었다. 재미있는 이야기다 싶으면 몇 겹으로 사람들이 모여들었다. 옥수수를 얻어먹으려고 움직이지는 않아도 재미있는 이야기는 사람을 움직였다.

여자들은 단연 이야기의 중심이었다. 남자들이 배급도 주지 않는 기업소에 매여 있을 때, 장마당에 나와 돈이 될 만한 것이라면 무엇이든지 사고팔면서 식구들을 먹여 살린 건 여자들이었다. 산과 들로 쏘다니면서 나물이라도 캐서 팔고 쑥떡을 만들어 팔고 시골 친척에게서 얻어온 시래기와 된장과 소금을 팔고 감자로 전을 만들어 팔고, 돈이 될 만한 것이라면 몸뚱이만 빼고 다 팔았다. (몸뚱이를 판 여자들이 없었던 것 같지는 않지만, 장마당에 나온 여자들과 몸뚱이를 파는 여자들 사이에도 어떤 계급이 있는 것 같아서 장마당에서 몸뚱이 파는 이야기는 들어본 적이 없었다.) 일단 집을 나온 여자들은 이곳의 물건을 저곳으로 옮겨가기만 해도 떡고물처럼 이익이라는 게 붙는다는 걸 깨달았고, 그렇게 돌고 돌아 눈덩이가 뭉쳐지듯 돈이 만들어지는 마술 같은 신비를 경험했다. 마술 같은 그것이 바로 자본주의라는 것을 깨달았을 때는 괜히 움찔하기도 했다.

평생을 배운 게, 자본주의 구조는 착취라는 거였다. 물건을 팔고 거기에서 이익을 남기는 걸 공화국에서는 착취라고 했다. 그러나 진짜 착취를 하는 사람들이 누군지, 사람들은 다 알고 있었다.

공장 간부들 중에는 부하에게 전화를 걸어서 보리 종자나 감자 종자 얼마를 준비해놓으라고 말한다. 간부의 말은 명령이다. 부하는 내놓아야 한다. 부하에게도 물론 떨어지는 건 있다. 아예 간부 집까지 메고 가서 들여놓아주기도 한다. 때는, 보리를 파종하고 감자를 심어야 하는 시기다. 그것들이 장마당으로 나온다. 최소한의 양심이랄까, 인민들 눈이 있으니 간부 가족이 직접 팔러 나오지는 않는다. 가난한 사람들에게 이익을 조금 떼어주면 안 하겠다는 사람은 아무도 없다. 조금 떼어 받은 이익금 중 일부는 장마당을 단속하는 관리원에게 자릿세로 떼인다. 그러니까 장마당을 움직이는 숨은 손은 간부의 부인네들이었고, 그들이 팔고 있는 건 인민들에게 배급으로 돌아가야 할 것들이었다. 가장 가난한 하층민은 위에서 뜯기고 아래서 뜯긴다. 가장 많이 뜯기는 건 가진 게 아무것도 없는 사람들이다. 이놈 저놈 착취하지 않는 놈이 없다. 착취당하는 건 바보들이고 못난 것들이라고 말하지만, 장마당에 앉을 수 있는 것만으로도 아사는 면할 것이므로 착취의 고리 어디라도 필사적으로 끼어드는 것이다. 장마당에 나가면 고양이 뿔만 없고 다 있다는 말이 도는 것이 누구 때문인지 알게 된 인민들은, 더 이상 장사를 수치스럽게 생각하지 않는다.

비밀 아닌 비밀을 환히 꿰뚫어보게 된 여자들은, 자신마저 우스갯거리의 대상으로 만들어버리면서 쾌감을 느꼈다. 도둑질당한 일도 예사로 이야기한다.

　"술을 매고 다니면 사내새끼들 기가 막히게 알아채. 고무주머니에 동여매갖고 매고 걸어 댕기면 이거이 몸에 착 달라붙지 않고 툭툭 치거든. 내가 시한폭탄을 매고 다니는 격이라. 그러니까 기차에 타서도 아예 내가 그걸 깔고 앉아 있었거던. 그런데 이상하게 자꾸만 몸이 무너져 내려. 그러고 봤더니 아새끼들이 고무주머니를 칼로 째갖고 바케쓰에 받아내고 있는 거야. 차 안에 술 냄새가 진동을 하고, 아주 지랄 발광을 하더만. 남자치고 술 안 좋아하는 놈이 어디 있어? 그래서 술장사를 시작했지만 그 후로 때려치웠어."

　"내가 사는 온성도 술 풍위가 대단한 곳이야. 술 많이 마시다가 간에 복수가 와서 다 죽어 나자빠져."

　"술뿐이야? 온성은 바람도 지랄 같지. 돌멩이가 막 날아다니다가 소대가리 까는 데잖아."

　"탄광이 많아서 그런다. 탄광에서 술 안 마시면, 탄차에 바퀴 빠진 것 같다고 하거든."

　"탄부들은 노동자가 아니고 죄인들 같아서, 술이라도 안 마시면 못 견디지."

　"그래서 술이라믄 날아가는 비행기도 떨군다고 하지 않칸?"

　"술도 안 먹었는데 기차 떨어진 얘긴 들어봤나?"

　"기차가 어디루 떨어진단 말이래?"

　"기차가 탈선해갖고 기차 세 바구니(칸)가 철교 아래로 떨어지는데,

내가 아직 죽을 때가 안 됐는가, 그 아래가 강이 아니고 감탕이라서 나가 아직 살아 있는 거 아니가. 기차 레이루가 일제 때부터 쓰던 거 아니가. 침목 그거 벌레 먹고 다 썩은 거, 나무토막 하나씩 꽤 넣어서 쓰고 그러잖나. 근데 그거, 침목 박아놓은 큰 쑥빼기(쇠로 만든 대못)가 빠진 거라. 그래갖고 열차가 뒤에서부터 줄줄 미끄러지는데, 야, 그거 참 환장하겠더라. 아무리 감탕밭이라고 해도 열차가 미끄러져 내리는데 사람이 살갔나? 그런데 거기서도 도둑질을 하더라야. 시계 빼고, 어떤 놈은 금이빨도 까고. 그런데 어디서 나타났는가 보위부원이 나타나서 싹 잡아가드만."

"내가 전에 탄 기차는 기관차 대가리에 뭔 고장이 났는가 어쨌는가, 산굽이를 돌아가야 하는데, 그걸 돌지 못하는 거야. 그런데 기차 달리던 속도는 있고 하니까 고만 기차 앞대가리가 번쩍 들려버리더라. 사람은 콩나물시루처럼 타고 있는데 앞대가리가 들려버리니까 사람들이 마구잡이로 뒤엉켜서 나뒹굴고, 아비규환이 따로 없더라."

이런 사건 사고 소식은 텔레비전 뉴스에서는 절대로 볼 수도 들을 수도 없는 것들이었다. 한동네 사람들이라면 절대로 말하지 않을 것들이었다. 기차를 타고 다니는 보따리장사(장수의 북한어)들이 자기가 체험하고 보고 들은 걸 신랄하게 말할 수 있는 건 서로 다시 볼 사람들이 아니기 때문이었다.

그들의 말은 생생하게 살아 있었다. 물고기처럼 살아서 팔딱팔딱 뛰는 것 같았다. 공화국에서 그렇게 생동감 있는 말을 나는 처음 들어보았다. 어떤 아주머니가 자기 시어머니 욕을 하던 끝에, 어떻게나 깔끔을 떠는지 '물도 씻쳐 먹겠다는 년'이란 말을 들었을 때는, 한 번 본 적도 없는 그 시어머니를 눈앞에서 본 듯했다. 보따리 장사의 행렬은 처참했지만 기업소로 농장으로 끌려 다니던 사람들보다 눈빛이 살아 있었다. 그들의 눈빛을 살아나게 한 건 무엇이었을까?

아버지의 혀(2009년 12월 30일)

집으로 돌아가는 길이었다. 흘러 흘러 가다 보니 개성까지 가게 되었다. 물건을 팔면 돈이 생기고 돈이 생기면 다른 물건을 사고, 또 그걸 필요로 하는 곳으로 흘러가면 돈이 생기고 그렇게 흘러가다가 한 줌의 기운도 없으면 온 길을 되짚어서 돌아갔다. 앞을 잘 못 보는 어머니를 두고 며칠씩 집을 비울 수 있는 건 해랑이 있기 때문이다. 어머니는 자신이 점점 시력을 잃어간다는 걸 숨기고 있었다. 어느 날 저녁, 쌀을 씻는 어머니에게 다가갔는데, 쌀 함지에 뭔가 잔뜩 떠 있었다. "엄마! 이게 뭐야?" 하면서 쌀 함지를 들여다보니 쌀벌레가 둥둥 떠 있었다. 나는 함지를 들여다보면서 말하는데 어머니는 엉뚱한 곳을 쳐다보고 있었다. 내가 쌀 함지를 가리키자 그때서야 어머니가 그곳을 들여다보았다. "뭐가? 뭐가 뭐냐는 거야?" 어머니는 쌀 함지를 들여다보면서도 아무것도 몰랐다. 어머니 얼굴이 코앞에 있었다. 어머니 얼굴을 똑바로 보고 있자니, 어머니 얼굴을 가깝게 쳐다본 게 까마득히 오래전인 것만 같았고, 타인의 얼굴처럼 낯설었다.

어머니의 눈은, 아무것도 보고 있지 않았다. 내가 코앞에 있는데 어머니의 눈동자에는 아무것도 비치지 않았다. 어머니는 눈을 뜬 채, 눈을 감아버린 것이다. "쌀 본 지가 오랜만이라고 쌀도 못 알아보는 거냐?" 어머니는 웃으면서 다시 쌀을 씻었다. 방으로 돌아가는 척 발자국 소리를 내고는 방문 뒤에 숨어서 어머니를 지켜보았다. 어머니는 손으로 더듬더듬 짚어가면서 간신히 불을 피우고 밥솥을 올리고 김치를 꺼냈다. 손으로 입을 막고 서 있는 나를 바라보던 해랑이 검지손가락을 세워 입술로 가져갔다. '너는 이미 알고 있었구나.' 왜 말하지 않았느냐고 묻는 내게 해랑이 말했다. "할머니가 말하지 말라고 하셨어. 엄마는 이미 너무 힘들다고…… 엄마, 할머니는 내가 도와드리고 있으니까 걱정하지 마." 해랑은 눈이 보이지 않는 어머니의 손발이 되어주고 있었다.

기차가 평양을 지나고 있었다. 평양은 아무나 갈 수 있는 곳이 아니었다. 평양행이 아닌 사람들은 간리역에서 모두 내려서 열차를 갈아타야 했다. 평양시민이나 공무를 위한 당 간부가 아니라면 거기에 친척이라도 있어야 평양행 열차를 탈 수 있다. 평양에 친척이 있다고 해도 역에서 안전원이 여행증을 검열하고 전화를 해서 직접 확인해야 기차를 탈 수 있었다. 평양행 차표에는 빨간 줄이 두 개 그어져 있었다. 평양은 북조선 안의 달나라 같은 곳이었다.

우리가 갈아탄 열차는 평양을 멀리 에둘러 서지도 않고 지나간다. 마치 문둥병 환자라도 수송하는 것처럼. 멀리 평양의 모습이 환상의 도시처럼 번쩍거린다. 숲을 이룬 빌딩들, 하늘을 찌를 듯한 탑과 거대한 건물들, 광장과 호수. 그곳은 신기루 같았다. 열차 안의 사람들의 고개가 평양을 중심으로 한 바퀴 빙 돌아간다. 평양에서 일어나는 일들은 풍문으로만 들릴 뿐이다. 마치 옛날 우화 책에서나 보던 이야기처럼.

다시 고개를 돌린 사람들끼리 눈이 마주친다. 그들은 피식 자조적으로 웃는다.

"몇 대를 죽어나가도 저기는 못 갈 거다."

"오빠가 죽었는데 여행증이 안 나와서 그거 기다리다가 장례식 다 끝나서 들어간 사람도 있다고 합디다."

"그래도 들어가기는 했네."

이제 기차는 평성을 지나고 있다. 평성을 지날 때면 늘 가슴을 바늘로 찌르는 것처럼 아팠다. 저기 어디엔가 아버지가 있다고 생각하면 평성이 온통 아버지인 것처럼 생각되었다. 창밖으로 스쳐 지나가는 평성의 풍경에서 눈 떼지 못하는 나를 맞은편에 앉은 노인이 지켜보고 있었다. 마치 바람에 풍화되어가는 고사목처럼 뼈만 앙상한 노인이었다. 그리고 한쪽 눈이 없었다. 한쪽 눈알이 빠져버린 눈을 눈꺼풀이 반쯤 덮고 있었다. 남은 한쪽 눈은 노인의 눈 같지 않게 번들거렸다. 기차가 평성을 지나자 그가 입을 떼었다.

"이상하지? 아가씨를 쳐다보고 있으려니 자꾸만 어떤 사람 얼굴이 떠오르는구만."

머리를 아무렇게나 하나로 질끈 동여매고 펑퍼짐한 바지를 입고 다녀도, 열두 살짜리 딸이 있는 나를 사람들은 아가씨라고 불렀다. 나는 노인을 한번 쳐다보고는 외면해버렸다. 그래도 노인은 내 얼굴을 뚫어져라 쳐다보았고, 이상한 말을 한마디씩 툭툭 던졌다.

"그 사람 얼굴도 꼭 아가씨처럼 곱상한 데가 있었어. 남자인데도 말이지."

뼈만 남은 노인 몸으로 여자를 후리고 싶은 건가?

"이발사였는데……. 솜씨가 좋았어. 죄수들 머리지만 언제나 공들여서 깎았지."

이발사? 아버지가 다리를 심하게 절게 되어서 이발사로 일하고 있다는 말을 어머니가 했었는데…….

"그런데 말하는 걸 한 번도 못 봤어. 10년을 넘게 그 사람한테 머리를 깎았는데 말 한마디를 안 해. 하긴 이발사가 말이 무슨 필요야. 자기 앞에 머리통이 있으면 가위를 들면 그만이니까 말이야. 죄수 주제에 어떻게 깎아달라고 할 것도 아니고."

나는 어느새 노인을 똑바로 쳐다보고 있었다.

"그런데 누가 그러더군. 그 사람 벙어리가 아니라고. 그런 얘기를 자꾸 하다 보니까 사내가 말하는 소리를 들었다는 편이랑 말을 못 한다는 편으로 나뉘었는데, 그게 눈덩이처럼 일을 크게 만들었지. 결국 내기가 붙어버린 거야. 내기는 붙었는데 수용소에서 걸 만한 게 없잖아. 그래서 뭘 걸었는지 아나? 매맞기 내기를 했어. 흐흐, 우린 몸뚱아리밖에 없으니까. 수용소에서 제일 흔한 게 매질이거든. 제일 흔하기 때문에 제일 가치가 있기도 하지. 하루라도 안 맞고 넘어가면 뭔가를 공짜로 얻은 것 같거든. 그래서 맞힌 사람이 틀린 쪽 사람들을 때리기로 한 거야."

노인의 이야기는 조금씩 기괴해져갔다.

"그런데 문제는, 사내가 벙어리가 아니란 걸 증명해야 한다는 거야. 그걸 증명하려면 사내가 말을 해야 하잖아. 벙어리가 아니라는 쪽에 내기를 건 이들은 벙어리라고 한 사람들보다 일찍 들어온 사람들이 있었는데, 그때는 그 사람이 말하는 걸 들었다는 거지. 그러면 뭘 해? 그 사람은 더 이상 말을 안 하는걸. 안 하는 게 아니라, 할 수 없었다는 건 나중에서야 알게 되었지. 그 사람은 벙어리가 아니었지만, 벙어리가 아닌 것도 아니었어. <u>흐흐흐</u>."

노인은 음산하게 웃으며 한동안 입을 다물고 나를 쳐다보았다.

"그럼 뭐였다는 거예요?"

내 목소리는 좀 떨리고 있었다.

"자기 혀를 스스로 잘라버렸던 거야."

"……."

"그건 벙어리인가, 아닌가?"

"아저씨도 평성수용소에 있었단 거예요?"

노인은 벌레 먹은 옥수수처럼 앞니가 뭉텅 빠져 횅한 잇몸을 드러내며 낄낄거렸다. 그제야 나는 노인이 평성수용소라는 말을 한 적이 없다는 걸 깨달았다. 축축하고 거대한 혓바닥이 온몸을 훑고 지나는 것처럼 불쾌했다. 낄낄거리던 노인이 웃음을 멈추더니 얼굴을 들이대며 말했다.

"그러니까 봤지."

나는 혀를 깨물고 싶었지만 대신 어금니를 깨물며 말했다.

"말을 못한다면서, 자기 혀를 스스로 잘랐다는 걸 어떻게 알았죠?"

"<u>흐흐흐</u>……, 그를 죽였거든."

"죽여요?"

"처음부터 죽이려고 한 건 아니었어. 한 번이라도 말하는 걸 들은 사람들이 그가 말을 하게 하려고 주먹으로 몇 번 때리기 시작한 게 발단이었지. 주먹으로 가슴팍이랑 배를 몇 번 때려도 입을 꾹 다물고 있더군. 미련한 짓이지. 그때 입을 벌려 보여줬더라면 죽지는 않았을 거 아냐."

　노인의 말은 더 이상 듣고 싶지 않았지만, 듣지 않을 수도 없었다.

　"그곳은 폭력이 자연스러운 곳이야. 그런 정도는 아무것도 아니지. 게다가 폭력이란 건 시간이 지날수록 커질지언정 작아지지는 않거든. 장난처럼 시작해도 갈수록 심각해지게 되어 있지. 주먹질과 발길질은 점점 거칠어졌고 거기에 가담하는 사람들도 점점 늘어났지. 나중에는 그를 왜 때리는지도 모르게 되었지만 발길질은 멈추지 않았어. 맞기만 하던 사람들이 때릴 기회가 생긴 거니까. 그리고 그가 축 늘어져버렸을 때 사람들은 그때서야 짐작했지. 그가 진작에 혀를 잘랐다는 걸. 그는 죽어가면서도 비명 한 번 지르지 않았고, 나중에 축 늘어져서 입을 헤벌리고 있을 때 그 입속이 마치 깊은 동굴처럼 텅 비어 있다는 걸 발견한 거야. 흐흐."

　"그런데 왜 그 얘기를 저한테 하는 거예요?"

　"왜? 몰라. 그냥 생각이 났어. 아가씨가 평성을 바라보는 눈길을 바라보고 있으려니 어쩐지 그 사내의 눈이 떠올라서 말이지. 말을 못하는 사람들은 눈으로 말하거든. 나는 그의 깊은 눈을 보았으니까."

　"그 사람하고 저하고 닮았다는 건가요?"

　"뭐, 좀……."

　"그 사람 이름이 뭐였죠?"

　"말했잖아. 말 한마디 나눈 적이 없다고. 우리는 그를 절뚝발이 이발사라고 불렀지. 한쪽 다리를 절었거든. 그를 묻을 때보니 새끼발가락이 하나 없더군."

　"묻었다고 했어요?"

"묻었지. 죽었으니까."

"새끼발가락이 없다고요?"

"혀도 없었지. 그 사람 말 한마디 잘못해서 붙잡혀왔다더군. 그래서 자기 혀를 잘라버린 것 같은데, 그런 사람이 한둘인가? 쓸데없는 자존심이지. 쓸데없는 자존심이 그를 죽인 거야."

나는 자리에서 벌떡 일어났다. 더 이상 노인 앞에 앉아 있을 수가 없었다. 얼굴이 홧홧거리고 모멸감이 느껴졌지만 정확한 이유는 알 수 없었다. 차량 사이에서 칼바람을 맞으며 서 있었다. 노인이 말한 사람은 아버지가 분명했다. 기차를 타고 다니면서 언젠가 아버지에 대한 소식을 들을지 모른다는 기대가 늘 마음 밑바닥에 깔려 있었다. 하지만 이런 방식은 너무나 모멸스러웠다. 아버지에 대한 모멸이기도 했다. 노인을 한 대 후려갈기고 싶은 분노가 일었다. 하지만 다시 생각해보면 그건 분노나 모멸감이 아닌 죄책감이었다. 우리 가족은 어느새 아버지를 포기하고 있었던 것이다. 언제였던가. '죽었다면 시체라도 봐야 끝나는 거야, 그러지 않고는 포기할 수 없어.' 어머니가 그렇게 말했을 때, 그 말이 이미 아버지를 포기했다는 의미란 걸 우리는 알고 있었던 것이다. 열과 성을 다해 충성하면 아버지가 돌아올지도 모른다던 생각은, 열과 성을 다해 살지 않으면 우리도 어떻게 될지 모른다는 생각으로 바뀌었던 것이다. 내가 노인에게 느꼈던 모멸감은, 아버지의 모멸스러운 죽음을 방조했다는 것에 대한 자기모멸이었던 것이다.

다음 정거장에서 기차가 멈췄을 때 나는 그가 있던 차량으로 가보았으나 그는 이미 사라지고 없었다. 몹시 작위적인 연극 한 편이 막을 내린 것 같았다.

화자

•

우리는 누구의 칼날 위에서
춤추고 있는 걸까

(2010년 5월 2일)

눈먼 시절

"다 눈 감으라!"

강당 문을 걷어차고 들어온 교관이 고함쳤다. 의자와 책상에 앉고 서서 잡담을 나누던 중이었다. 교육생들은 영문을 몰라 하면서도 재빨리 의자에 앉아서 눈을 감았다.

"내가 죽 지켜보고 있었는데 요즘 제군들 생활 태도가 영 틀려먹었다. 교육 시간에 지각을 하지 않나 위대한 수령님의 투쟁사를 배우는 시간에 조는 교육생까지 있다. 문답 시험 결과도 한심하기 짝이 없다. 그따위 해이하고 썩어빠진 정신 상태로 총련 활동가가 될 수 있다고 생각하는가? 조국통일의 과업을 달성할 일꾼으로서 혁명가로서 자격이 있겠는가. 이제, 눈 뜨라. 교육받은 지 한 달이 지났다. 그동안 제군들의 생활 태도를 한 사람씩 자아비판 한다. 한 치의 부끄럼도 없도록 철저히 비판하라. 너!"

교육생은 사오십 명쯤 되었다. 도쿄, 이바라키, 군마, 야마나시 등 주로 관동지역 지부에서 온 활동가들이었고 간혹 니가타, 시즈오카, 아이치, 오사카, 나가사키, 시코쿠 같은 먼 지역에서 온 사람도 있었다. 여자는 3분의 1가량 되었다. 모두 조총련 전임 활동가로서 3개월 동안 심화사상교육을 받기 위해 모인 것이다. 월급이라고 말하기도 민망한 수당을 받으면서 신발이 닳도록 돌아다니며 일하는 활동가들이었다. 먼 지역으로 출장이라도 가게 되면 여관비가 없어서 동포들 집에서 자고 먹고 다녀야 할 정도였다. 사회주의에 대한 순수한 이상과 믿음은 현금 두둑한 지갑보다 더 마음 든든한 것이었고 거지처럼 얻어먹고 다녀도 조국을 위해 일한다는 애국심과 자부심으로 조금도 부끄럽지 않았다. 동정 어린 동포들의 따뜻한 격려 한마디면 맨발로 천 리라도 갈 수 있을 것 같았다. 그런 청년 전임들이 꿈꾸는 게 있다면 '김일성 주석과 악수라도 한번 해봤으면', '나란히 사진 한 장 찍어봤으면'같이 소박한 것이었다.

합숙교육 장소는 산속 대나무가 울창한 곳이어서 밖에서는 안이 전혀 보이지 않았다. 대숲 깊숙한 곳에 목조 아파트 건물이 있었고 옆에는 단층으로 된 강당 건물이 있었다. 입구와 건물 주변에는 커다란 개가 나무에 묶인 채 컹컹 짖어대고 있었다.

다음 날부터 곧바로 본격적인 학습이 시작되었다. 오전에는 조선로동당력사와 마르크스레닌주의 같은 사회주의 기초리론을 배웠다. 그중에서도 가장 중요한 교과서는 전 24권으로 된『빨치산 투쟁 참가자들의 회상기』와 전 15권으로 된『인민들 속에서』였다. 백전백승의 강철 명장 김일성 장군이 얼마나 용감무쌍하게 일본제국주의와 싸워

이겼는지를 기록한 무용담이며 김일성 수상이 얼마나 자애롭고 위대한 지도자인지 기록한 책이었다. 책 속의 김일성은 하늘이 내린 지도자였으며 신적인 경지의 인격체였다. 그런 사람에게 반하지 않을 사람이 있을까. 교관은 그걸 최소한 백 번 이상 읽으라고 했다. 그 내용의 절반 이상이 창작이거나 허구란 걸 알게 된 건 몇십 년이나 지나서였다.

3개월 동안 교육생들은 거의 격리되어 있었다. 수업이 없는 일요일도 외출은 금지되었다. 한 달에 한 번 목욕하러 나갈 수 있었는데 그것도 저녁을 먹은 후 단체로 나가서 한 시간 안에 돌아와야 했다. 도쿄에 친척이 있는 경우 간곡히 부탁을 해야 겨우 허락되었다. 술도 철저히 금지되었다. 교육생들은 끼리끼리 모이면 불평을 털어놓았다.

"이렇게까지 해야 되나? 이건 감금이잖아."

"가끔씩 머리를 식히기도 해야 학습 효과도 높아진다고."

"그럼, 혁명도 쉬어가면서 해야지."

"혁명하는 목적이 뭐야? 즐겁게 살자고 하는 거 아니야?"

투덜거리면서도 냉혈한처럼 통제하는 교관 앞에서 따지는 간 큰 교육생은 없었다. 목욕 다녀오는 한 시간이 그나마 숨통을 틔울 수 있는 시간이었고 술 좋아하는 사람들에게는 절호의 기회였다. 니가타에서 온 활동가는 그 시간을 알뜰하게 활용했다. 그는 정말 술을 사랑하는 사람인 것 같았다. 여자 교육생들이 목욕을 마치고 나올 즈음 그는 언제나 길모퉁이에 있는 작은 주점 앞에 서 있었는데, 미처 머리도 말리지 못한 채였다. 우리가 눈에 띄면, 그는 "목욕하고 나서 마시는 물맛이 정말 좋군" 하며 너스레를 떨었지만, 그게 술이라는 걸 모르는 사람은 없었다. 간혹 다른 남자 교육생이 "그 물 나도 좀 마시자구" 하면 몹시 아쉬워하며 바닥에 남은 술을 건넸다. 그걸 받아 마신 이도 "이 집 물이 특별히 맛있는걸" 하며 장단을 맞추면, 우리는 별것도 아닌 그 모습을 보며 깔깔거렸다. 합숙소 안에서는 웃을 일이라고는 없기 때문이었다. 평소에는 과묵하던 그가 술 한잔 들어가면 코미디언처럼 온갖 동물 흉내도 잘 냈다. 숙소로 돌아가는 동안 웃음소리가 끊이지 않았다.

교관이 제일 먼저 지적한 사람이 바로 그였다. 순간 모든 교육생의 머리에 떠오른 건 두말할 것도 없이 술이었다. 술을 참지 못하는 게 부끄러워서 우스갯짓을 하던 그가 그걸 털어놓지 않을 리가 없었다. 그는 잔뜩 주눅이 들었지만 진심으로 자신을 비판했다.

"저는 목욕을 다녀오면서 술을 마셨습니다. 규정상 금지된 일이란 걸 알면서도 못 참고 술을 마셨습니다. 다음부터는 절대로 그런 일이 없도록 여러 동지들 앞에서 맹세합니다."

"규정상 금지된 걸 알면서도 마셨다. 그 정도의 자제심도 없으면서 혁명가라고 할 수 있겠는가?"

교관은 곧바로 그를 무섭게 추궁하더니 교육생들을 둘러보면서 말했다.

"이 문제는 자아비판으로 끝낼 수 없다. 돌아가면서 호상비판 하라."

처음에는 쭈뼛거리면서 무슨 말을 해야 할지 모르던 교육생은 냉혈한 같은 교관의 추궁을 받으며 점점 궁지에 몰린 고양이처럼 날을 세우기 시작했고, 마침내 술을 물이라고 너스레를 떤 일이며, 그걸 언어 마신 활동가까지 비판을 당했다. 그 자리에서는 함께 웃어넘긴 일이었지만 집요한 추궁에 누구라도 말하지 않을 수 없는 막다른 곳까지 몰렸고 내가 아니면 다른 누구라도 할 이야기였다. 비판의 날은 점점 예리하게 벼려졌다.

"술을 마신 것보다 거짓으로 짜고 마셨다는 게 더 수치스러운 일입니다."

"당장 목에 칼이 들어와도 거짓말을 하는 건 혁명가의 길이 아닙니다."

"누구보다 정직해야 할 총련 일꾼으로서 거짓말은 용납할 수 없는 일입니다."

"거짓말을 한 일꾼의 말을 어떤 동포가 믿고 따르겠습니까?"

"과연 총련 일꾼으로 자격이 있는지 의심스럽습니다."

더 자극적인 말을 찾지 못해 머뭇거릴 즈음에야 교관이 나섰다.

"이것이 제군들의 진면목이다. 동무들은 컵에 들어 있는 게 술이란 걸 뻔히 알면서도 주의를 주지 않았다. 처음부터 따끔하게 지적하고 충고했다면 저 동무가 이렇게까지 되지는 않았을 것이다. 전원 모두 자아비판 하라!"

눈물에 젖어 얼굴이 번질거리던 니가타 교육생은 끝내 어깨를 들먹이며 울기 시작했다.

조국통일을 위한 력군으로 혁명가로 총련의 투철한 활동가로 새로 태어나야 한다는 위대한 명분으로 시작된 생활총화는 나날이 도가 심해지고 가혹해져서, 정신을 차릴 수 없었다. 나중에는 자기반성과 각오를 위한 깃인지 인신공격인지 알 수 없을 지경이었다.

리유를 설명하라 해서 리유를 설명하면, 교관의 지도에 복종하지 않는다고 비판당했고 천박한 자기 생각을 고집한다고 비판당했고 대선배의 지도에 귀 기울이지 않고 자기를 내세운다고 비판당했고 잘 나빠진 자존심을 버리라고 비판당했고 자존심도 없이 굴종한다고 비판당했고 부끄러운 줄도 모른다고 비판당했고 모멸감도 모른다고 비판당했고 비판적 사고력도 없다고 비판당했고 건방지다고 비판당했고 비판한다고 비판당했다. 이 모든 것의 마지막 결말은 눈물을 흘리며 용서를 비는 것이었다. 그게 끝이 아니었다. 더 이상 비판할 거리가 없어지자 조금씩 과거로 거슬러 올라가다가 철없는 시절에 저지른 작은 실수까지 털어놓기에 이르렀다. 어린 시절의 과오와 미숙함과 나약함조차 철저히 비판받았고, 이웃집 양계장에서 달걀 몇 개 훔쳐 먹은 것이 반동으로 낙인찍히기도 했다.

"항일 빨치산 투쟁 시기, 김일성 장군님은 아무리 배가 고파도 도적질 따위는 절대로 안 된다고 하셨다. 그런데 동무는 전쟁 시기도 아닌데, 그따위 썩어빠진 정신 상태로 살다니 부끄럽지도 않나? 그런 안일한 정신 상태야말로 반동이요, 우리 총련의 수치다. 당장 김일성 장군님께 사죄하시오."

생활총화는 매일 강의가 끝난 오후에 진행되었다. 분위기가 과열되면 자정이 넘을 때도 있고, 심한 경우에는 새벽 동틀 때까지 이어지기도 했다. 한 사람당 일주일 이상 계속되는 게 보통이었다. 사생활은 만천하에 까발려지고 한 줌의 자존심도 남지 않았다. 그렇게 당하고 나면 개인의 정체성은 산산이 해체되고 한동안 넋이 나간 듯 지냈다. 심약한 여자 교육생 중에는 발작을 일으키거나 기절하는 경우도 있었다. 매일매일의 총화시간은 마치 온몸의 뼈와 장기를 낱낱이 분해하는 것처럼 고통스러웠다. 그런데 이상한 건, 그런 과정을 통해서 우리들은 한 몸처럼 강력한 연대감으로 묶여가고 있었다는 것이다. 그리고 비정해졌다. 아픈 할머니 때문에 약을 훔쳤다는 고백에, 우리는 혁명을 앞두고 그깟 늙은이 하나 죽는 게 대수냐고 입을 모아 비판했다.

3개월 교육 과정이 끝나갈 무렵 우리는 동트기 무섭게 일어나 마당 여기저기에서 중얼중얼 소리를 내며 『빨치산 투쟁 참가자들의 회상기』와 『인민들 속에서』를 외우고 또 외웠다. 온갖 과오와 미숙함을 깨끗이 몰아낸 머릿속에 김일성주의가 꽉 들어차갔다.

아사마 산장에서 일본적군파 학생들이 생활총화라는 미명 아래 자기 동료들을 차례차례 살해한 충격적인 사건(1972년 일본적군파 학생들이 군경에게 쫓겨 아사마 산장 여주인을 인질로 잡고 대치하다가 9일 만에 진압된 사건)이 일어났을 때 나는 그곳에서 무슨 일이 있었는지 바로 짐작할 수 있었다. 그들이 잔인하게 동료들을 살해하면서 붙인 죄목은, 동지 간 남녀 교제, 부적절한 발언, 단독 행동 같은 것이었다. 생활총화는 인간의 본능을 깡그리 발가벗기는데, 그러면 자기도 모르는 짐승이 눈을 뜬다. 한없이 온순하던 사람이 맹수로 돌변해서 사납게 날뛰는 모습을 나는 수도 없이 보았다.

그녀는 몸을 팔지 않아도 되었을까

총련 활동가들에게 주어진 가장 중요한 임무는 동포들을 설득해서 북조선으로 귀국시키는 것이었다. 총련 중앙본부에서는 한 사람이라도 더 많이 북조선으로 귀국시키라는 지시가 내려왔다. 처음에는 부자나 유력자 집안의 자녀들이 포섭 대상이었지만 일본에서 만족스럽게 살고 있는 이들은 잘 걸려들지 않았다. 만만한 건 아무 희망이 없는 가난한 동포들이었다. 이 사람이다, 싶으면 매일같이 그 집에 드나들면서 북조선에서 보내온 귀국자들의 사진이나 편지를 보여주며 '지상락원'의 훌륭함을 력설했다. 편지에는 '식량은 배급제고 거의 공짜다', '집값이 싸고 생활이 즐겁다', '아이들은 모두 대학에 진학했다'고 써 있었다. 듣기 좋은 소리뿐이었다. 그게 전부 검열을 거친 거란 걸 그때는 까맣게 몰랐다.

"택도 없는 소리 하지 마라", "귀신 씻나락 까먹는 소리 하네", "차라리 죽은 어메가 살아났다 캐라" 하면서 믿지 못하는 동포들을 현혹시키는 최고의 수단은 영화였다. 총련 사무실 한쪽에서는 북조선 기록영화를 수시로 상영했는데 여기까지 데려오기만 하면 절반 이상은 넘어간 것이었다. 영상에서는 폭포수처럼 물이 쏟아져 내리는 수풍댐이 보이고 현대식 설비를 갖춘 공장들이 기운차게 돌아가고, 드넓은 김일성종합대학에서는 대학생들이 활기차게 공부하고, 김일성 수령이 자애로운 모습으로 작업 현장을 지도하거나 정력적으로 해외 유명 인사들을 만나는 모습이 비쳐졌다.

비료공장이나 수풍댐이 일제강점기에 지어진 것이란 걸 총련 전임들이 알 리도 없었지만 의심해볼 생각조차도 해보지 않았다. 그즈음 북한에서 배를 타고 남으로 넘어가려다 잘못해서 일본으로 떠밀려온 사람들이 있었다. 일본에서 그들을 비행기에 태워 남으로 보내준다는 보도를 보고 우리는 비행장까지 쫓아가서 "오빠야, 가지 마라, 너그들

비겁하게 도망가냐"라고 소리치면서 데모를 했다. 그들이 왜 내려왔는지는 생각도 해보지 않았다. 우리는 무조건 그들을 배신자, 비겁자로 몰아붙였다. 그때는 세상 무서운 게 하나도 없었다.

하루는 여맹위원장이 내 나이 또래의 젊은 여자를 사무실로 데려왔다. 남조선에서 밀항해온 여자였는데 어떡하든 북조선으로 가도록 설득하라고 했다, 어떡하든……. 나는 그 말에 조금도 의심을 품지 않았고 가련한 여자를 돕는다는 갸륵한 생각으로 나의 하숙까지 데리고 가서 며칠 동안 같이 먹고 자면서 그녀를 설득했다. 진심이 통했는지 이틀쯤 지나자 여자가 자기 이야기를 털어놓았다. 여자는 정말이지 흙을 주워 먹을 정도로 가난한 집안에서 태어났는데 그렇게 가난할 수밖에 없는 게 부모가 무능하고 무기력하기 짝이 없어서였다는 걸 한참이 지나서야 알게 되었다고, 그걸 알기 전이나 알고 난 후나 다를 바 없이 무능하고 무기력한 가족을 위해 몸을 팔았다고 했다. 몸을 팔아서 가족을 먹여 살렸고 그러다가 일본 땅까지 흘러들어왔는데 여기서도 몸을 팔아야 할 형편이라고, 그러나 정말이지 부모를 버리는 한이 있어도 아니 차라리 부모를 버리면 버렸지, 이제는 몸을 팔아서 살기는 싫다고 했다. 이 정도면 다된 것이었다. 내가 여자에게 귀국선을 탈 것을 권하자, 여자가 나를 빤히 쳐다보며 물었다.

"그렇게 좋은데 언니는 왜 안 가요?"

'건방진데?'라고 말하지 못했다. 그즈음에는 사실 내가 그 말을 하고 싶었다. 총련 조직이 뭔가 잘못되고 있는 게 아닌가 하는 회의와 의심이 자꾸만 고개를 쳐들려고 했지만 내 사고 능력은 나 스스로도 통제하지 못할 정도로 철저히 세뇌되어 있었다. 우리 활동가들은 동포들의 뒷바라지를 다 한 다음 제일 늦게 갈 거라는, 매뉴얼 북을 읽듯 영혼 없는 대꾸를 했을 뿐이다. 나는 끈질기게 그녀를 설득했고 그녀는 결국 귀국선을 탔다. 내가 보낸 수많은 귀국자 중 한 명이 되었을 때 수십 년 후, 그녀를 떠올리며 가슴 아파하게 될 거라고는 상상도 하지 않았다. 지금 그녀는 어떻게 되었을까? 공화국에서는 몸을 팔지 않아도 되었을까?

리 선생은 제국주의의 앞잡이

리병호 선생은 다른 곳을 보고 있는 것 같았다. 자기 앞에 있는 사람들을 보는 것도 아니고 그 뒤 벽 너머 차원이 다른 곳을 보고 있는 듯, 몸만 이곳에 있고 생각은 전혀 다른 곳에 가 있는 표정이었다.

총련중앙본부 부지부장이 리병호 선생을 비판하고 있었다.

"김일성 수령님께서 내린 교시는 단순한 배타주의가 아닙니다. 사회주의국가들이 흔들리는 것은 사상적으로 더욱 강력하게 무장하지 못한 데다, 제국주의자들과 반동들이 사회주의에 대한 사상 문화적 침투 책동을 악랄하게 벌이고 있기 때문입니다. 이에 김일성 수령님께서는 우리 총련 활동가들에게 일본인 배우자와 결혼한 자들은 모두 이혼하라는 교시를 내린 바 있습니다. 대부분의 활동가들이 이혼을 하고 이혼소송 과정 중에 있습니다. 그런데 우리 지부의 다른 사람도 아닌, 사상 담당 교관을 맡고 있는 리병호 동지가 일본인 처와의 이혼을 거부하고 나섰습니다. 이는 명백히 김일성 수령님의 교시를 정면으로 반발하는바 이에 대해 비판하도록 하겠습니다. 먼저 리 동무는 스스로에 대해 자아비판을 하시라요."

리 선생은 묵묵히 앉아 있었다. 지부장이 다시 한 번 재촉하자 리 선생은 고개를 돌려, "할 말 없소이다"라고 짧게 대답했다. 지부장은 얼굴이 빨개져서 책상을 탕탕 쳤다.

"할 말이 없다니, 여기가 어떤 자리라고 그런 반동적인 언사를 하시오. 어서 자아비판 하시오."

리 선생은 마지못해 말문을 열었지만 이미 어떤 소통 같은 걸 체념한 표정이었다.

"정이 그렇다면 한마디 하지요. 십여 년 넘게 살면서 아내와 연애 시절의 정 같은 게 남아 있는 것도 아니고, 오히려 아내는 조선인인 나와 결혼한 걸 내심 후회하는 게 아닌가 싶은 눈치마저 보이고 있습니다. 어쩌면 아내가 먼저 이혼소송을 청구할지도 모르겠습니다. 그렇지만 나는 이혼소송을 당할지언정 내가 먼저 이혼 청구는 안 할 작정입니다. 그것도 교시에 따른 이혼은 더더구나 하지 않을 것입니다."

리 선생을 가장 가혹하게 몰아친 건 조직부장이었다. 그는 과격한 민족주의파로 집회나 시위 때 선전선동을 잘했고 특히 국적을 한국으로 바꾼 사람들을 맹비난했다. 그즈음 들어서는 주체사상에 대해 의심스러운 발언을 하는 사람들을 비판하는 목소리를 높이곤 했었다. 그런데 리병호 선생은 주체사상을 의심스럽게 보고 있었다. 주체사상을 담은 교육안이 북한에서 오고, 그것으로 교육하라고 했지만 리병호 선생은 그것을 꼼꼼히 들여다본 후 그런 교육은 할 수 없다고 말한 것이다.

"사회주의와 유일사상은 도저히 만날 수가 없는 거예요. 이건 김일성 장군을 신적인 존재로 만들겠다는 건데, 이 문제는 스탈린 동지가 죽은 후 소련에서도 강력하게 비판한 겁니다."

그때 그런 생각을 한 사람이 리병호 선생만은 아니었을 것이다. 그러나 입밖으로 내어 말한 사람은 리병호 선생뿐이었다. 그러던 차에 일본인 배우자와 이혼하라는 교시가 내려온 것이다. 아마 리 선생이 일본인 처와 이혼을 하겠다고 했어도 숙청은 피할 수 없었을 것이다. 리 선생도 이미 숙청을 예상하고 있었고 그렇게 마무리되면 좋았을 것이다. 그러나 비판의 칼자루는 전임 활동가들 모두에게 쥐어졌다. 거기에는 조직부장의 라이벌 의식도 작용했다, 다시는 총련에 발붙이지 못하도록 하겠다는.

리병호 선생은 다른 총련 간부들과 달리 목청이 크지도 않고 과격하지도 않은 데다 진실하고 겸손하고 인품까지 훌륭해서 싫어하는 활동가들이 없었다. 나는 리 선생을, 나를 새롭게 태어나게 해준 아버지 같은 분이라고 마음속 깊이 존경하고 있었다. 사장 부부가 조선어를 배우라고 보낸 곳이 총련의 야학이었고 그곳에서 자연스럽게 사회주의 강의를 듣게 되었는데 그 강사가 리병호 선생이었다. 리 선생의 강의는 사회에 대한 의식도 없고, 역사관도 세계관도 없이 조선인으로 태어난 것에 대한 불평불만과 열등의식으로 가득 차 있던 나의 의식을 쇄빙선처럼 산산이 부숴주었다. 새로운 세상이 펼쳐지는 것 같았다. 가슴에서 뜨거운 열정이 솟구쳤다. 왜 살아야 하는지, 삶의 가치가 무엇인지가 보이자 세상이 환하게 빛나는 것 같았고, 더럽고 무식하고 차별받는 조선인들에 대한 뜨거운 애정이 솟구쳤다. 가끔 집에 들러 궁금한 걸 물으면 매우 자상하게 설명해주고 책을 빌려주기도 했다. 선생의 집은 후쿠오카 똥꼴 동네와 크게 다르지 않았지만 책이 가득한 집은 가난하다는 느낌보다는 소박하고 향기롭다는 느낌을 주었다. 하얀저고리 까만치마의 조선학교 교복을 입은 아이들은 사랑스러웠다.

"미오라는 이름은 아버지가 조선말로 지어주신 이름이에요."

두 딸이 무척 닮아서 내가 이름을 헷갈리게 불렀을 때, 자기 이름에 대해서 차근차근 설명해주던 아이가 미오였다.

"미오를 일본 말로 하면 영(澪)인데요, 뜻이 두 개예요. 하나는 강이나 호수 밑바닥에 자연스럽게 생긴 수로, 물길이에요. 그 길을 따라 배가 안전하게 다니는 거예요. 또 하나는 배가 지나가면서 물에 남기는 흔적, 물꼬리예요."

표정에는 이름에 대한 자부심이 묻어났다.

"아버지는 이런 것까지는 모르고 지었대요. 조선말로도 일본 말로도 어감이 비슷하니까 좋다, 이렇게만 생각했대요. 아버지가 모르고 지었다는 게 저는 더 마음에 들어요. 더 운명적이잖아요. 나중에 제가 크면 조선과 일본을 이어주는 사람이 되라는 운명 말이에요."

그때는 그런 운명이란 게 어떤 건지 알 수도 없었고 그냥 어린애가 하는 말로 흘려들었는데, 이 아이는 결국 자기 운명을 살고 있는 것인가.

선생의 일본인 아내는 꼭 저녁을 먹고 가라고 붙잡았다. 갑자기 찾아온 손님에게 저녁 대접을 하는 법이 없는 일본인들과는 다른 따뜻한 여자였다. 조선이나 총련 일에 대해서도 그리고 재일동포들 문제에도 관심이 많았다. 식사 시간에 토론 비슷한 분위기로 흘러가는 일도 종종 있었는데, 선생 부부의 대화에서는 일본인이니 조선인이니

하는 경계가 조금도 느껴지지 않았다. 어쩌면 나는 그때 진정한 사회주의자들의 대화를 들었던 건지도 모른다. 그런 아내와 왜 이혼해야한다는 건지 나는 오히려 그걸 따져 묻고 싶었다.

그러나 한번 쏜 총화의 화살은 과녁을 맞히고 피를 봐야 했다. 막걸리보다 사케를 좋아한다, 조선말을 못한다, 일본여자를 찬양했다, 그때마다 조직부장은 비밀주의자, 종파주의자, 트로츠키주의자에 날라리 수정주의자까지 각종 주의자를 동원해서 재판관처럼 죄명을 붙여서 비판했다.

마침내 내 차례가 되었다. 그나마도 할 만한 건 앞에서 다 해버린 후였고, 아무리 생각해도 더 이상 떠오르는 게 없었지만, 뭐라도 말하지 않으면 안 되는 분위기에 짓눌려 있었다. 머릿속으로 선생의 집에 갔을 때를 영화 화면처럼 돌려보았다. 한 가지가 걸렸다. 리 선생 집에서 저녁을 먹고 차를 마시면서 밤늦게까지 놀던 날이었는데 그날 큰딸이 사왔다면서 팝송 음반을 틀었다. 노래 제목이 뭐냐고 했을 때 큰딸이 웃으면서, "그냥 내버려둬"라고 말했고 내가 "언니한테 그런 말버릇 못써"라고 해서 다들 한바탕 웃었던 게 기억났다. 비틀스의 〈렛 잇 비〉는 경엽이 하도 틀어대서 이미 잘 알고 있던 노래였다. 나는 어쩔 수 없이 그 말을 했다.

"리 선생은 집에서 딸들과 함께 팝송 음반을 들었습니다."

그날 선생의 최종적인 선고는 미 제국주의자의 앞잡이였다.

불길한 소문이 쉬쉬하며 떠돌기 시작했다. 불쾌한 침묵의 카르텔이 만들어지고 있었다. 사람들이 모여서 웅성거리다가 누군가 나타나면 갑자기 말이 뚝 끊어지고 불편한 침묵이 흘렀고 그것은 예민하게 감지되었다. 그러나 더 이상 누른다고 눌러지지 않는 지경에 이르자, 행방불명, 연락 두절, 실종, 숙청, 처형, 스파이 등등의 말이 여기저기서 폭죽처럼 터지기 시작했다. 사무실의 전화기가 쉴 새 없이 울리기 시작하더니 사람들이 찾아오기 시작했다. 아들과 연락이 안 된다, 편지를 보낸 지 1년이 다 돼가도록 답장이 없다, 연락을 해달라. 그러나 그들을 대하는 총련의 모습은 동포들을 북송선에 태울 때와는 너무나 다른 고압적인 태도였다. 같이 불안해하고 걱정하고 어떻게든 조치를 취해주는 모습은, 상대의 재산에 따라 달라졌다. 그는 조선인 사이에서 도로포장 공사를 하며 건설업계에서 크게 성공한 사람이었다. 일본에서 더 이상 희망이 없다고 생각해서 아들 가족을 북으로 보냈고 아들이 갈 때 엄청난 돈과 물자를 실어서 보낸 실력자였다. 가난하고 힘없는 동포들을 무시하던 간부들은 그를 안심시키고 달랬다. 그러나 그뿐, 간부들도 아들의 소식을 알아내지는 못했다.

총련 조직 내부의 활동가들도 사라지기 시작했다. 총련 조직은 점점 거대한 기관차가 되어갔다. 도저히 있을 수 없는, 있어서는 안 될 일들이 벌어지고 있는데도 총련 고위 간부들은 아는지 모르는지 시치미를 떼고 있었다. 조직이 비대해지고 북한과의 관계가 점점 밀착되어가면서 바른말을 하는 사람이 아무도 없는 조직이 되었다. 총련 조직은 부패하고 있었다. 권력과 돈 때문이었다. 동포들 중에서도 상업적으로 성공한 재력가들이 생겨나고 있었고 귀국하는 사람들 중에서 어차피 북한에 가면 필요 없다면서 전 재산을 총련에 기부하고 가는 경우도 있었다. 총련은 그 자금을 바탕으로 은행을 세우고 뒤로는 전국적으로 빠칭코 사업을 해서 벌어들인 돈이 북한으로 흘러들어갔다. 북한에서 총련 간부들은 영웅 대접을 받았다. 그들은 권력과 돈의 달콤함에 빠져 기관차를 멈출 생각이 없었다. 공화국에서는 도대체 무슨 일이 벌어지고 있는 것일까?

'돈이 있는 사람은 돈을, 힘이 있는 사람은 힘을, 지식이 있는 사람은 지식을' 이런 캐치프레이즈를 외치며 장차 조국으로 돌아가겠다는 일념 하나로, 아이들을 가르치는 학교를 만들고 동포들의 권익을 위해 총련 조직을 만들 때는, 동포들을 이런 식으로 이용하고 배척하리라고는 꿈에도 생각지 못한 일이었다.

그동안 가족의 방문을 거부하던 북조선이 웬일인지 79년부터 허용하는 정책으로 돌아섰는데, 그것도 결국 돈 때문이었다. 호텔에서 만나면 얼마, 집에까지 찾아가서 자려면 얼마를 더 내야 한다는 식이었다. 세계청년학생평화우호축전 때는 500만 엔 이상 내면 비행기로 북한을 방문해서 위대한 김일성 주석과 접견할 수 있고 귀국 가족에게도 응분의 혜택이 돌아가며, 50만 엔 이상 내는 사람은 배로 방문해서……. 꼭 식당 메뉴처럼 지시서가 내려왔을 때 총련 일꾼들의 분노가 폭발했다. "우리가 30년간 몸 바쳐 활동해도 수령을 접견할 수 없었는데, 이게 뭐냐?" 그런데 보상은커녕 활동가들까지 실종되는 일이 종종 일어났다. 북에서 내려온 교시를 잘 따르지 않거나 반항적인 사람들이었다. 그런 이들은 북한에서 송환 지시가 내려오면 두려움에 떨었다.

외삼촌의 편지를 다시 한 번 찬찬히 살피다가 우표 뒤에 쓴 글을 발견한 게 그 무렵이었다.

'절대로 오지 마라.'

그때의 충격이 남은 생을 결정해버렸다. 절대 오지 말라는 그곳에 나는 꼭 가봐야 했다. 젊음과 청춘과 순정을 고스란히 바친 일이었다. 그 열정으로 수많은 사람들을 떠나보낸 곳이었다. 나는 첫 방북 신청서를 냈다. 내 나이 서른다섯 때의 일이다.

화자

•

원산 바다에서 오래 울다

(2010년 5월 3일)

새까맣게 하늘을 덮고 있는 건 새 떼였다. 새 떼는 하늘에서 해류처럼 바람을 타고 흘렀다. 그 무리는 거대한 하나의 익룡처럼 한 몸으로 보였다. 그래서 무시무시하지만 조금은 평화롭게 보이기도 했는데 미처 알아채지 못한 사이 서서히 방향을 틀기 시작하더니 이내 돌개바람처럼 소용돌이치기 시작했다. 수천, 수만 개의 날갯짓이 일으킨 소용돌이는 걷잡을 수 없이 빨라져 돌풍을 일으켰다. 바닷가 모래알이 일제히 돌풍 속으로 빨려 들어가고 있었다. 하늘과 바다는 서로 몸을 뒤바꾸기로 작정한 것처럼 보였다. 그리고 어느 순간, 거대한 새 떼는 일제히 한방향을 향해 내리꽂히기 시작했는데 그것들이 향하는 곳은 나였다. 마치 포탄이 쏟아지듯 돌진하는 목표는 나의 머리인 듯했다. 나는 바닷가에 우두커니 선 채, 머리카락을 뽑아버릴 듯 불어대는 돌풍 속에서도 굳건히 모래에 발을 묻고 선 채, 그것들이 내 머리를 쪼아대는 걸 바라보았다. 머리를 쪼고 마침내 뇌수를 파먹고 있는 걸 나는 보고 있었다. 나의 뇌수가 파먹히는 걸 바라보는 나는 누구인가.

까르륵, 까르륵, 까르륵.

퍼뜩 정신을 차리고 나서도 머리를 망치로 때리는 것처럼 울려대는 게 전화벨 소리란 걸 한참 만에야 알았다. 온몸이 식은땀으로 끈적거렸고 침대가 흥건했다. 거머리처럼 얼굴에 달라붙은 머리카락을 떼어내면서 수화기를 집어 들었다. 땀이 찬 손바닥에서 수화기가 미끄러졌다.

"괜찮으십네까?"

안 동무였다. 나는 숨을 몰아쉬며 침대에 잠겨 있는 몸을 끌어올려 머리판에 기댔다.

"네, 자고 있었습니다."

목이 잠겨 목소리가 마귀할멈처럼 갈라져 나온다.

"나 참, 걱정했습네다."

"아이고, 미안합니다. 꿈을 꿨어요. 안 동무가 나를 살려줬어요. 흐흐."

"네? 그게 무슨 말입네까?"

"아니아니, 그냥. 흐흐."

"김책에서 연락이 왔습네다."

"그래요? 뭐라고?"

찬물 한 바가지를 뒤집어쓴 것처럼 정신이 번쩍 들었다.

"백소라 동무 집이 텅 비어 있더랍네다."

"텅 비어요?"

"어디를 갔는지, 이웃에서도 모른다고 하는데……."

"그런데요?"

"백소라 동무 어머니가 죽었다고……."

"외숙모가 죽어요? 언제요?"

"작년 연말쯤이라는데……. 그런데 그게…… 자살이라고……."

"자……살?"

"자살……, 그거는 조국과 당에 대한 크나큰 모독이고 죄란 말입네다. 그래도 이웃 사람들이 도와서 산에 묻어주었다는데……."

"그런데요? 그런데 집은 왜 텅 비었다는 겁니까?"

"그건 모르지요. 얼마 전부터 백소라 동무를 본 사람이 없다고 합네다."

나의 뇌수를 파먹던 새들은 다 어디로 갔나. 바닷가로 나갔다. 뇌수 따위는 이미 없는지도 몰랐다. 사시미 칼로 온몸을 난자당하고도, 눈 멀뚱히 뜨고 꼬리지느러미를 부르르 떠는 물고기가 되어 바다로 향하고 있는 것이다. 걸음은 휘청거리고 무릎이 푹푹 꺾였다. 하늘은 지랄맞게 푸르고 바다는 비단을 풀어놓은 것처럼 잔잔했다. 시커먼 먹구름이 몰려오고 광풍이 불어대고 파도가 치면 안 되는 것이다. 그런 날씨로 나를 위로하면 안 되는 것이다. 파도 소리와 바람 소리에 기대 큰 소리로 울어도 될 거라는 안이한 생각을 허락하면 안 되는 것이다. 거대한 파도가 덮쳐주는 일 따위는 기대도 말라는 듯 바닷물이 발목에 부드럽게 감겼다.

*

    외삼촌이 북조선으로 귀국하기로 했다는 편지를 받고, 나는 총련 사무실에 그 사실을 자랑스럽게 알렸다. 총련 간부들의 격려와 칭찬이 쏟아졌다. 내가 한 건 아무것도 없는데도 어깨가 으쓱해졌다. 후쿠오카로 내려가서 니가타까지 동행하고 싶다고 하자 총련 간부들은 '이왕에 가는 길이니' 하면서 몇 가지 과업을 지시했다. 니가타에는 이미 총련 출장소가 있었기 때문에 특별한 건 아니고 도쿄 지부 차원에서의 현장 감시와 보고 같은 거였다. 귀국을 원하는 동포들은 일단 니가타 항에 집결하는데 거기에서 일주일에서 열흘 정도 머무르면서 세계적십자사와 일본적십자사에 의해 출국 심사가 이루어졌다. 이 과정에서 적지 않은 말썽이 일어났다.

    세계적십자사에서 가장 크게 주목하고 집중적으로 면담하는 것은 귀국 결정이 순수한 자의에 의한 것인지를 확인하는 것이었다. 그들의 입김에 의해 조총련은 면담 과정에서 점점 배제되었다. 니가타에서 출항하기 전까지는 동포들과 접촉도 못 하게 막았다. 순수한 자신의 의지만으로 살 수 없는 삶이 있다는 걸, 우아하고 세련된 서양인들이 짐작이나 할 수 있을까. 그래서 그들이 무엇을 해줄 수 있다는 건지 대안도 없이 감시하고 참견만 하는 게 아니냐고, 기껏 공들여놓은 사업을 망치려는 거냐며 총련 내부에서는 불평이 많았다. 그러나 일본 언론은 매우 협조적이었다. 근대의 시민들은 자신의 거주와 이전에 있어 자유와 선택권을 가져야 하며(그렇다면 강제징용은? 그때는 근대가 아니라서? 해방과 동시에 근대가 시작되기라도 했단 말인가?), 조선인들의 귀국 문제는 인도주의적인 차원에서 접근해야 한다고(일본인들에게 인도주의라는 깃발은 적십자 깃발을 든 히틀러처럼 역겹다) 떠들어댔다. 그때까지 재일동포 문제에 대해 손 놓고 방관만 하던(무시와 외면, 그리고 추방 혹은 협박 카드를 적절히 섞어 제풀에 나가떨어지게 만든 건 아니었을까?) 남한 정부는 귀국 사업이 본격화되자 발등에 불이 떨어진 것처럼 다급하게 비난하고 나섰는데, 고작 한다는 소리가 '자국민의 북송은 적국을 이롭게 하는 행위'라는 것이었다. 적절한 외교적 시기를 다 놓친 남한 정부가 할 수 있는 건 협박과 테러라는 방해 공작뿐이었고, 그나마 들통나는 바람에 국제적인 망신만 샀다. 행패에 가까운 질 낮은 남한 정부의 회유는 이미 마음이 돌아선 동포들의 냉소만 자아낼 뿐이었다. 거기에 비하면 일본 당국의 전폭적인 협조는 감동적이라고 할 만했다. 일본 당국은 생활보호연금 대상자들에 대해 경찰까지 동원해서 기습적인 조사를 벌이고, 조건에 조금만 어긋나면 가차 없이 연금 자격을 박탈해 부랑자 신세로 전락시켰다. 그것은 귀국에 대한 갈등과 고민의 시간을 현저히 줄여주었다. 그리고 '거주이전의 자유와 인도주의는, 내 나라 밖에서!' 라고 분명히 선을 긋는 것이어서 미련을 접는 데 큰 도움이 되었다.

그럼에도 귀국을 결심해놓고 취소하거나 역에서 사라지거나 심지어는 니가타 항에서 가지 않겠다고 버티는 사람들이 뜻밖에도 적지 않았다. 귀국자를 포섭하는 것도 중요했지만 취소자나 변심자들의 마음을 돌리는 일도 중요했다. 서류며 짐까지 다 꾸려서 니가타 항까지 가서 변심한 경우에는 억지로 배에 태우는 경우도 적지 않았다. 심지어는 술을 잔뜩 먹여 곯아떨어진 사람을 업어서 배에 태운 일도 있었다. 포섭하는 게 점점 어려워지면서 일단 포섭한 사람들을 보내는 일을 소홀히 하지 말라는 강력한 지시가 떨어진 때문이었다.

후쿠오카 역에서는 총련 지부에서 마련한 환송 행사가 벌어졌다. 플래카드가 나붙고 총련 소속 활동가들이 총출동해서 김일성 장군의 노래를 연주하고 눈물겨운 환송사와 답사가 이어졌다. 그때 나의 주선으로 경엽이 귀국자 대표 답사를 했다. 늘씬한 키에 준수하게 생긴 경엽이, 새로운 조국 건설의 일꾼이 되어 일본에서 온갖 차별을 받고 사는 우리 동포들이 하루빨리 돌아오고 싶은 나라를 만들겠다고 다짐했고, 감동에 겨운 박수가 터져 나왔다.

환송식이 끝나고 하나둘 열차에 올라타기 시작했다. 니가타까지 가지 않는 사람들은 가족들을 붙잡은 손을 놓지 못하고 끌어안고 눈물 흘리며 마지막 작별식을 하느라 어수선했다. 나는 후쿠오카 활동가들과 대화 중이었는데, 외삼촌과 경엽이 허둥대는가 싶더니 소라가 내 허리에 매달리며 소리쳤다.

"네짱, 엄마가 안 보여."

"화장실 간 거 아닌가?"

그렇게 말하는데 퍼뜩 짚이는 게 있었다. 환송식을 하느라고 시끄러울 때 외숙모가 자기 오빠와 있던 장면이었다. 곧 헤어질 남매의 대화라고 생각했던 그것이 다시 생각해보니 어딘지 이상했다. 외숙모가 이야기하는 표정이 어딘지 평소와 달랐다. 외숙모는 뭔가를 안타깝게 하소연하는 분위기였고, 오빠는 고개를 흔들며 동생의 팔을 자꾸만 잡아끌었다.

열차에 탄 사람들은 일제히 플랫폼으로 얼굴을 내밀고 있었다. 열차 안과 밖에서 사람들의 팔이 강아지풀처럼 흔들리고 있었다. 외삼촌과 경엽이 숨을 헐떡이며 달려왔다.

"화장실에도 없고 역 바깥에도 안 보여."

"먼저 가 있어. 엄마는 내가 찾아서 곧 뒤따라갈게."

나는 울먹이는 소라와 경엽의 어깨를 두드리며 기차에 올려 보내고, 택시를 잡아탔다.

외숙모는 오빠의 집에 있었다. 여동생을 빼돌리겠다고, 말을 안 들으면 머리채를 휘어잡고서라도 끌고 가겠다고 택시까지 대기시켜놓고 데려간 곳이 고작 자기 집이었다. 그에게는 딸이나 다름없는 동생이지만, 여동생에게는 진짜 딸이 있다는 걸 그는 이해하지 못했다. 오누이는 집 마당에서 실랑이를 벌이고 있었다. 가면 안 된다, 거기가 어떤 곳인지 너는 모른다, 내가 너를 어떻게 키웠는데, 너를 보낼 수 없다면서 그는 여동생을 막아섰고, 여동생은 그곳이 어떤 곳이든 사람 사는 곳이 아니냐고, 설마 사람이 못살 곳에 보내기야 하겠느냐고, 그리고 자기는 이제 다른 남자와 결혼해서 남편과 자식이 있는 몸이라고, 설마 그곳이 사람 살 곳이 못 된다고 한들 내가 가족을 떼어놓고 혼자 여기서 편히 살 수 있겠느냐고 그의 다리를 붙잡고 호소하고 있었다.

내가 나타났을 때 오누이의 표정은 안도와 절망으로 극명하게 갈렸다. 외숙모는 엎어질 듯이 두 팔로 내 허리를 부여잡았고 그는 어쩔 수 없다고 체념하면서도 마지막 발악을 하듯 여동생의 허리를 끌어안았다. 내 뒤를 따라온 총련 활동가들이 아니었으면 실랑이는 좀 더 길어졌을 것이다. 총련의 청년들은 발버둥치는 그의 양 어깨와 다리를 포박하듯이 떼어냈는데 그 모양새는 결코 아름다운 게 아니었다. 차분하게 앉아서 말로 설득하고 이해를 구할 시간이 없는 것도 아니었는데, 마치 남매를 생이별시키는 모양새가 되어버린 것이다.

니가타까지 가는 기차에서 외숙모는 내 손을 꼭 잡고 몇 번이나 고맙다고 했지만, 마음 한구석은 찜찜했다.

"이 사기꾼들아, 이러는 거 아니다. 너희들, 천벌을 받고 말 거야."

땅바닥에 퍼질러 앉아서 소리치는 그의 형형하던 두 눈이 잊히지 않는다. 그의 말대로 나는 천벌을 받고 있다.

소라

•

집이 있는 사람은 돌아간다

(2010년)

허를 자른 아버지가 남긴 유언(2010년 4월 16일)

이제 소녀에게로 간다. 소녀의 기다림이 너무 길다. 나무 아래 소녀가 초조하고 불안해 보인다. 팝송 음반과 책을 들고 서성이던 그날로부터 너무 오랜 세월이 흘렀다.

하이쿠 시집 몇 권을 들고 암탉처럼 종종거리던 나는 어디로 가고, 이제 해랑이 그 나이가 되어 있다. 나는 종종 해랑이 나인 줄 착각한다. 해랑을 보노라면 나를 보는 것 같다. 세월이 너무 많이 흘렀거나 아니면 조금도 흐르지 않았는지도 모른다.

부엌 아궁이 옆 구덩이에서 공책들을 꺼내자 해랑이 놀란다.

"글씨가 이상해요, 엄마."

"세상에 이상하지 않은 건 없어. 그중에서도 우리가 제일 이상한지 몰라."

기를 쓰고 하지 않던 말이, 사랑이란 말이었다. 어떤 말들은 결코

발성되지 않는 것들이 있다. 사랑도 그런 말 중 하나였다. 사랑도 없이 사랑이란 말을 하고 싶지 않았고, 사랑이란 말이 저절로 나오는 날을 기다렸다. 아끼거나 외면했다. 그런데 이제 보니 잃어버린 거였다. 누구에게나 똑같이 아무런 대가 없이 주어지는 그것을 아끼다가 다 잃어버린 거였다. 사랑 한번 해보지 못하고 이 나이에 이르러, 가장 아픈 방식으로 사랑을 말하게 되었다. 이것이 사랑이 인간을 벌하는 방식일까.

말 한마디 잘못한 죄로 아버지는 남은 생을 벙어리로 살았다. 말 한마디가 아버지의 삶을, 그리고 가족의 삶을 산산이 부숴버렸다. 아버지는 어머니에게 종종 그렇게 말했다지. 나 때문에, 내가 잘못해서 이 땅으로 건너와 애들이 고통받는 걸 보면 내 팔다리를 도끼로 끊어버리고 싶다고. 그게 아버지의 사랑이었지. 자식들에게 미래를 만들어주고 싶었던 아버지의 사랑이었지.

그런데 나는 너를 세상에 오지 못하게 하는 게 사랑이라고 생각했으니, 얼마나 옹졸하냐. 얼마나 부끄러우냐. 그런데 너는 내게 사랑을 주러 왔구나. 가련한 내게 사랑을 가르쳐주러 왔구나. 너의 사랑 속에서 엄마는 비로소 엄마가 되었고, 사랑을 알게 되었다. 사랑을 하기에 더없이 좋은 나이가 된 것 같다. 이제 아무것도 두렵지 않으니까. 이 땅이 내게 베풀어준 게 있다면 그것이다. 세상에 이상하지 않은 건 아무것도 없으니까 무서울 것도 없다. 사랑이 내게 말한다. 용기를 내라고. 나는 이미 용감하다. 너를 사랑하니까.

나는 어머니에게 아버지 소식을 전하고 싶었다. 이제 아버지는 더이상 다른 곳을 꿈꾸지 않아도 되는 곳으로 갔다고, 아버지가 어디 있는지 더 이상 궁금해하지 않아도 된다고 얘기해주고 싶었다. 아버지는 팔다리 대신 혀를 끊어냈다고 말해주고 싶었다.

화폐개혁 소식을 들은 건 간리역에서 내려 김책으로 가는 기차를 기다리고 있을 때였다. 대합실에 사람들이 모여 웅성거리고 있었다. 누군가 다급한 목소리로 뭐라고 떠들었고 그걸 들은 사람들 표정이 바뀌기 시작했다. 사내는 사람들이 많이 모여들수록 더욱 흥분했고 주위에 있던 사람들이 너도나도 다퉈가며 그에게 뭔가를 물어대는 통에 무슨 말인지 알아들을 수 없을 정도로 혼란스러웠다. 한 가지 분명하게 알수 있는 건, 심각한 상황이 발생했다는 것이었다. 그리고 누구 하나 빠짐없이 충격을 받았다는 것도. 누군가는 비명을 질렀고, 누군가는 믿을 수 없다는 듯이 두 손으로 입을 가린 채 숨을 쉬지 못했고, 얼굴이 하얗게 질려서 그 자리에 털썩 주저앉아버리는 사람도 있었다.

한 마디 두 마디씩 알아들은 말을 꿰어 맞춰보니, 오늘부로 화폐개혁이 단행되었다는 소식이었다. 단행할 것이다가 아니고 이미 했다는 것이었다. 100원짜리 지폐를 신권 1원으로 교환해주는데, 1인당 최대한도는 10만원까지이며 그 이상의 돈은 저금소에 저축하라는 것이었다. 사람들이 경악하는 건, 이미 겪어본 악몽이기 때문이었다. 1992년, 지금으로부터 17년 전, 내가 서른 살이었을 때도 화폐개혁을 했었다. 그때만 해도 사람들은 순진해서 저금소에 저축하라는 말을 그대로 믿었다. 그러나 한번 저금소로 들어간 돈은 나오지 않았다. 복잡하게 말할 것도 없이, 당에서 인민들의 돈을 강탈한 것이었다. 1전, 2전, 먹을 것 먹지 않고 아끼고 아껴 모은 돈을 당에서 가로챈 것이다.

배급을 못 주게 되었을 때도 당에서는 월급으로 대신 주겠다고 했다. 쌀이나 옥수수처럼 현물이 아닌 돈은 그냥 종이에 적힌 숫자일 뿐이었다. 그나마도 밀리게 되자, 1,328원을 받아야 되는데 28원만 주고 1,300원은 저금쪽지로 주었다. 1,300원은 나중에 천천히 찾아서 쓰라고 했지만, 나중에 천천히 찾아 쓸 만큼 여유 있는 사람들은 없었다. 저금소에 가서 돈을 찾으려고 하면 돈이 없다고 다음에 오라고 했다. 다음에 가면 또 다음에 오라고 하고, 다음다음에 가면 다음다음다음에 오라고 했다.

어머니가 돈을 숨기는 장소는 이불을 쌓아둔 방바닥 아래였다. 어머니는 치밀하지 못해서 돈을 숨기거나 세는 장면을 내게 자주 들켰지만 나는 아는 척하지 않았다. 어머니의 눈은 이제 거의 보이지 않아서 다섯 걸음 이상만 떨어져 있어도 누가 있는지 전혀 몰랐다. 그래도 돈 숨긴 장소만은 더듬거리지도 않고 금방 찾았다. 내가 가져다주는 돈 중, 겨울을 나기 위한 연탄과 식량 사는 걸 제외하고는 모두 그리로 들어갔다. 어머니는 신앙처럼 돈에 집착하고 있었고, 그것이 휴지조각이 된 것이다.

그러나 그때 내게는 그게 중요하지 않았다. 아버지 얘기를 해주던 노인이 사라진 걸 발견한 후, 나는 노인을 찾아 온 기차를 다 돌아다녔다. 찾을 수 없다는 걸 알면서도, 마치 찾을 수 없다는 걸 확인하겠다는 듯이 온 기차를 돌아다녔다. 그는 어쩌면 환영인지도 몰랐다. 그리고 나는 아버지의 목소리를 들은 것 같았다.

'떠나라.'

팔다리 대신 혀를 잘린 아버지가 떠나라 말하고 있었다. 외눈박이 노인은 그걸 말해주려고 온 것 같았다. 그러니 돈 따위가 무슨 문제란 말인가. 그러나 세상 모든 일은 늘 한발 앞서거나 뒤늦었다. 집에 도착했을 때, 문 앞에서 울고 있는 해랑을 보았을 때, 무슨 일이 벌어졌는지 나는 이미 본 것 같았다.

'이것은 누구나 똑같이 평등하게 살아야 한다는 사회주의 이념에 충실하기 위한 당의 결정이다.'

라디오와 텔레비전, 각 기업소와 관공소, 마을의 스피커마다 거룩하고 공허한 외침이 메아리쳤다. 어머니의 죽음은 많은 죽음 중 하나일 뿐이다. 또다시 죽음이 줄을 이었다. 심장마비, 졸도, 반신불수, 자살……. 그러나 자살은 반역 행위. 거룩한 당의 결정에 감히 반기를 드는 행위. 당은 어머니의 시체마저 반역 행위자로 체포하여 수용소에 감금하려 할 것이다.

*

긴 겨울이 끝나간다. 강물도 풀렸을 것이다.

저녁 벚꽃아
집이 있는 사람은
이내 돌아간다

에필로그

아라시야마로 가는 한 칸짜리 전차에는 빈자리가 많았다. 엷은 커튼이 쳐 있던 목조 아파트의 베란다 창들은 굳게 닫혀 있었고 차창에는 빗방울이 빗금을 그으며 떨어지고 있었다. 여름이 끝난 것이다.

그리고 아라시야마는 '이제부터 가을!'이라고 선언하듯 울긋불긋하게 단풍이 든 숲이 가을비에 젖어갔다. 가을비에 붉게 젖은 아라시야마에는, 새 발바닥 같은 신발을 신고 경중경중 달리던 근육질의 청년들도 북장단에 맞춰 자맥질을 해대던 가마우지도 보이지 않았다. 한 달 전에 내가 본 모든 것이 헛것인 것만 같았다. 나는 달이 건너는 다리란 이름이 붙은 도게쓰쿄[渡月橋] 다리를 건너 산 그림자를 밟으며 강을 따라 걸었다.

소라가 어린 소라를 두고 왔다는 나무는 어떤 나무일까. 그 나무가 여기 있을 리가 없는데도 나는 두리번거리며 비슷한 나무를 찾았다. 소라가 말하는 나무가 반드시 후쿠오카에 있는 그 나무만은 아닐 것이라고 생각하자 모든 나무가 내게 손을 내미는 것처럼 보였다.

소라와 해랑은 어떻게 된 것일까? 어디로 갔을까? 소라의 글은 소라와 해랑이 집에서 사라지는 것을 끝으로 더 이상 없었다. 갱지 공책은 중간에 찢긴 것도 있었고 어떤 글은 다른 종이를 찢어서 쓴 것도 있었는데, 찢어진 조각들을 맞춰봐도 이후의 것은 보이지 않았다. 화자의 공책은 원산 앞 바다에서 우는 장면이 마지막이었다. 두 사람에게 무슨 일이 일어난 걸까.

강둑의 끝자락은 숲으로 연결되고 있었다. 거기에 아름드리나무 한 그루가 서 있는데, 꼭 내가 오기를 기다리고 있었던 것 같았다. 내게는 꼭 그렇게 보였다. 나는 우산을 접고 두 팔을 벌려 나무를 끌어안았다. 나무를 끌어안고 가만히 귀를 가져다 댔다. 풀벌레 소리가 들리고 산 그림자가 강물에 발을 담글 때까지 나는 나무를 꼭 끌어안고 있었다.

옷과 머리카락이 다 젖은 채 집에 돌아가니 미오와 강호는 벌써 퇴근해서 술을 마시고 있었다.

"준, 다시 돌아와주었구나."

미오는 마치 가출했다가 돌아온 딸을 본 듯 말했다. 강호가 하하 웃었다. 나는 돌아올 때 사가지고 온 백합꽃 한 다발을 티브이 옆에 있는 강호 어머니 유골함 위에 올려놓았다.

"돌아온 것도 고마운데, 꽃까지……."

강호가 사케병을 따면서 말했다.

다시 이어지는 미오의 이야기

화자 언니랑 내가 돌아오는 비행기가 같은 걸로 알고 있었거든. 그런데 화자 언니를 만나지 못했어. 얼마나 걱정이 되던지. 게다가 원산 의료원의 부원장님한테서 화자 언니가 병원에 왔더란 이야기를 들었으니까. 룡해에게 부탁해서 화자 언니네 안내원에게 전화를 해봤지만 무슨 이유인지 내내 불통이었어.

그런데 나는 휴가를 내서 간 거니까 돌아오자마자 병원 일이 바빠서 짬을 낼 수가 없었어. 언니 연락처를 모르니까 차일피일하다가 총련 사무실에 물어봤는데 개인정보를 알려줄 수 없다고 해서 또 차일피일하고. 그래, 그 꽉 막힌 김규식 씨가 그랬어. 그럴 땐 나도 방법이 있어. 우리 병원 의사 중에 김규식 씨 학교 선배가 있거든. 그렇게 압력을 넣으니까, 흥, 개인정보가 어딨어? 금방 알려주더라. 전화번호랑 주소를 알아냈는데 전화를 받지 않아. 당장 찾아갈 형편은 안 되고 그래서 생각날 때마다 전화를 했는데, 한참 만에야 전화를 받는 거야. 그런데 남자가 받아서 얼마나 놀랐는지. 알고 보니 아들이었어. 어머니가 아프셔서 전화를 받을 수 없다고, 그런데 전화를 받을 수 없을 정도로 아프다는 건지 그냥 그때 잠시 전화를 받을 수 없다는 건지 분간을 할 수 없이, 덤덤하게 말하더라. 결국 또 차일피일, 그러다가 7월이 거의 끝나갈 무렵에야 집으로 찾아갔어. 그러니까 평양에서 돌아오고 나서 거의 두 달 가까이 지난 거지?

내가 지금까지 의사로 살고 있지만, 그 잠깐 사이에 한 사람이 그렇게까지 달라질 수 있다는 것에 너무 충격을 받았어. 다른 사람도 아니고 그렇게나 씩씩해 보이던 사람이었으니까. 심근경색으로 쓰러져서 한 달 가까이 병원에 있다가 집으로 왔다는데 반신불수가 되어서 누워서만 지내고 있더라. 말도 어눌하게 간신히 할 정도였어.

나는 언니가 나를 보고 싶어 하지 않는 줄 알았어. 그냥 가라고 해도 할 수 없다고 생각했어. 그런데 그게 아니었어. 언니는 나를 애타게 기다리고 있었어.

말 한 마디를 하려면 온몸의 기운을 다 끌어내야 할 만큼 진땀을 흘리면서, 그렇게 힘들어하면서도 언니는 나에게 그동안 있었던 이야기를 다 해줬어.

다시 이어지는 화자의 이야기

김책도 못 가고 내가 어떻게 돌아와. 아무도 없다고 해도, 소라도 해랑이도 외숙모도 아무도 없다고 해도, 다 죽고 없다고 해도 내가 어떻게 그냥 돌아와. 30년 동안 내 집처럼 드나든 곳인데……. 갔지, 갔어. 안 동무, 돈만 주면 좋은 사람이야. 그거 탓할 수 없잖아. 북한만 그런가 뭐? 북한이 그렇다고 비난할 수 있는 사람이 누가 있겠어? 내가 가진 돈을 다 주면서 부탁하니까, 안 동무가 오히려 내 걱정을 하던걸. 가봐야 빈집일 텐데, 이렇게까지 해서 갈 필요가 있느냐고.

그 말에 멈칫했어. 필요라는 말. 지금까지 나는 필요에 따라서 산다고 생각해본 적이 없었어. 젊은 날, 조총련에 헌신했던 것이 필요 때문이었을까? 아니라고, 지금까지 아니라고 생각했지만, 안 동무의 말에 갑자기 자신이 없어졌어. 헌신이니 희생이니 이런 말들이 이제는 아무런 가치가 없는 말이 되어버렸으니까. 가치라니, 오히려 조롱거리가 되지 않았나?

아니, 아니, 그게 아니야. 나는 지금까지 누구에게도 내 젊은 날을 이야기하지 못했어. 가장 뜨겁게 열정적으로 살았던 날들이지만 할 수만 있다면 내 인생에서 잘라버리고 싶었어. 수치와 모욕이 뒤범벅이 된 날들이야. 결국 북한의 거짓 선전을 앵무새처럼 읊어댄 조총련의 꼭두각시일 뿐이지만, 내 죄는 없는 걸까? 내 죄는, 나 혼자 거짓 선전에 속아 넘어가지 않고 거기에 다른 사람들까지 끌고 들어간 거겠지. 30년간 북한을 들락거린 건, 그 죄책감 때문일 거야.

결국 안 동무의 말이 맞는지 몰라. 앵무새가 된 것도 꼭두각시가 된 것도, 그때의 나는 그게 필요했기 때문일 거야. 민족이란 것이 나를 안전하게 보호해줄 거라고 생각했던 거지. 여기서도 저기서도 밀쳐낼 때 너무 추워서 따뜻한 담요를 뒤집어쓰고 싶었던 게 내 죄였어. 그리고 그 죄를 씻는 데 평생이 걸렸어.

소라는 내 죄의 결정체라고 할까? 백지처럼 깨끗하고 순수한 어린 아이가 어른들의 추악한 속임수 때문에 송두리째 삶을 짓밟혔으니까. 맘 같아서는 북한을 다 뒤져서라도 소라와 해랑이를 찾고 싶었어. 젊은 날의 나라면 아마도 그랬을 거야. 안 동무는 다음 날 아침에 떠날 테니까 아프지 않도록 몸조리하고 푹 자라고 걱정하는 말까지 해주더군. 워낙 큰돈을 받아서 그런가, 어디 보고하고 허락받고 이런 것도 없이 전적으로 자기 책임으로 움직이는 것 같았어. 운전기사도 없이 직접 운전했으니까. 자동차에 참기름이라도 발랐으려나. 자동차는 잔고장 한 번 없이 김책까지 얼마나 부드럽게 잘 가던지. 열시쯤 떠났는데 세시 무렵에 김책에 도착했어.

세상에, 아무리 빈집이라고 어떻게 그럴 수가 있을까. 살던 사람들

떠났다는 게 소문이 났는지, 세간이 하나도 남아 있지 않았어. 처음부터 세간이라고 할 것도 없었지만, 그래도 어떻게 깨진 밥그릇 하나 없을까? 텅 빈 방에 김일성 김정일 부자 초상화만 걸려 있었어. 얼마나 허탈하던지. 안 동무 말대로 고작 이걸 보려고 여기까지 왔나 싶더라고.

안 동무에게 날 좀 내버려달라고 부탁했어. 이제 가족 하나 남아 있지 않고 도망갈 곳도 없는 사람이니, 제발 좀 혼자 있게 해달라고 말이야. 혼자 음복도 좀 해야 할 것 같으니 저녁도 필요 없고, 어두컴컴해지면 죽지 않았나 들여다보러 오라고, 그때 호텔로 가겠다고 말했어. 외숙모를 어디에 묻었는지도 모르니까 그냥 그 집에서 상을 차렸어. 외숙모와 경엽을 위한 거였지. 귀신은 초능력자니까 어디든 찾아오지 않겠어? 상이 있나, 그릇이 있나. 과일이랑 과자랑, 술 사간 거 적당히 바닥에 늘어놓고 촛불 하나 켜놓고 청승 떠는 거지. 어느 벽을 향해서 차려야 하나 하다가, 우선 김 씨들 초상화부터 떼어냈어. 뭐 다른 감정이 있어서는 아니고 자꾸만 누가 지켜보는 기분, 그게 고약하더란 말이지.

하여간 나도 참 어지간한 오지랖이구나 싶긴 했어. 흙바닥이나 다름없는 텅 빈 방바닥에 제상이라고 차려놓고 촛불 켜고 앉으니 미친년 같더라고. 아니, 미친년이었어. 가만히 앉아 있다가 나도 모르게 혼자 뭐라고 중얼거렸으니까. 어쨌든 기분이 말할 수 없이 이상했어. 어쩐지 섬찟하기도 하고, 안 동무가 나를 데리러 오지 않으면 어쩌지 하는 생각도 들다가, 그래도 그럴 사람은 아니지 싶어서 안심도 되었다가, 나도 모르게 안 동무를 의지하고 있나 싶어서 헛웃음도 나고, 그러다가 갑자기 울음이 터져서 한참을 소리 죽여 울었어. 도대체 산다는 게 뭔지 모르겠더군. 죽을 때가 다 되어오는데 나는 삶이란 게 뭔지도 모르는 거야.

그렇게 멍하니 앉아 있는데 뒤에서 문 여는 소리가 들렸어. 이 사람, 좀 천천히 오랬더니 벌써 왔나 싶어서 돌아보지도 않았어. 그런데 안 동무 목소리가 아니었어. "네짱?" 이러는 거야. "소라니?" 내가 소리 치면서 돌아앉았어. 방은 어둑하고 문 뒤로 아직 해가 남아 있으니 그림자밖에 안 보이는데 남자하고 어린 여자아이가 서 있는 게 꼭 소라 남매 같았어. 소라가 지 오빠 손을 잡고 서 있는 거 같더란 말이야.

경엽은 죽었다고 하지 않았던가? 난 정말로 귀신이 찾아온 줄 알았어. 누나가 왔다고 경엽이 찾아온 줄 알았어. 무섭지도 않고, 귀신이라도 반갑다는 생각만 들었어. 그런데 "네짱" 하면서 나에게 달려온 애는 소라가 아니고 해랑이더라고. 나한테 가미사마라고 했던 애. 하긴 소라가 지금 몇 살인데…….

"이게 누구니? 해랑이 아니냐. 네 엄마는 어딨냐? 그리고 저 사람은 누구냐?"

해랑은 내가 묻는 말엔 대답도 하지 않고 내 가슴에 얼굴을 파묻고 우는 거야. 꼬마 인형 같은 것이 얼마나 서럽게 우는지, 어린아이 울음 소리가 어찌나 청승맞던지, 나는 그 소리를 들으면서 알아버렸어. 그냥 다 알아버렸어.

소라가 죽었구나.

남자는 리담덕이었어. 해랑이 아버지. 한 번 본 적도 없고 소라한테 말만 들었는데 금방 알겠더라. 해랑을 닮았더라고. 해랑이 지 아빠를 닮았다고 해야겠지? 하여간 인상이 나쁘지 않았어. 좋은 사람 같았어. 그런데 군복을 입고 있더군. 군복은 나도 마음에 걸렸어. 그게 무슨 상관이냐고 소라에게 말했지만, 막상 보니 나도 마음에 걸리는 거야.

소라는 어디로 가려던 것이었을까. 그건 풀리지 않는 수수께끼야. 하여간 외숙모의 자살이 소라에게 어떤 충동을 불러일으켰나 봐. 소라도 그렇게 써놓았지만 외숙모가 자살한 건, 화폐개혁 때문인 거 같아. 작년 12월에 갑작스럽게 화폐개혁을 하는 바람에 그동안 모아놓은 돈이 완전히 휴지조각이 된 게 너무나 큰 충격이었나 봐. 그 돈, 소라가 보따리 장사로 온갖 고생을 해서 번 돈이잖아. 어쩌면 외숙모 자기가 번 돈이라면 그렇게 충격을 받지 않았을지도 모르지. 외숙모가 원래 그렇게 돈만 아는 사람은 아닌데, 하지만 돈밖에 믿을 게 없는 삶을 살아왔으니 충격이 컸겠지.

소라는 차근차근 집안을 정리하고 떠났대. 해랑이 말에 의하면 찬밥도 좀 남겨두고 빨랫줄에 빨래도 걷지 않고 이부자리도 깔아놓은 채로 보따리를 쌌대. 그러니까 해랑이도 그렇게 멀리 갈 거라고 생각 못 했나 봐. 그렇지만 그건 눈속임이었던 거지. 누가 봐도 금방 돌아올 거라고 믿게 만들려고 그랬던 거지. 해랑이 말에 의하면 거의 일주일 넘게 걸렸대. 낮에는 사람들 사이에 섞여서 걷다가 밤이 되면 남의 눈에 띄지 않는 길로 걷고 그러다가 남의 집 헛간에 숨어 들어가 잤다가 계속 걸었대. 그러다 강가에 도착했다는데, 아마 두만강이겠지. 리담덕이 두만강 국경 수비대에 근무한다는 걸 소라가 몰랐을 리 없으니까, 해랑이랑 둘이서만 두만강을 건너려던 건 아니었을 거 같은데……. 그렇다고 담덕을 찾으러 간 건지 그것도 알 수 없고…… 그건 정말 알 수 없는데……. 그런데 정말 애매한 곳에서 소라가 죽어버린 거야.

소라는 해랑이 손을 잡고 강둑을 내려서던 중이었대. 그때 뒤에서 누군가 서라고 소리쳤나 봐. 그런데 무슨 일인지 소라는 해랑이 손을 잡은 채 서지 않고 그대로 걸었고, 걸었다기보다는 달렸고, 다시 서라는 소리가 들렸지만 그래도 소라는 달렸고, 그리고 총소리가……. 해랑이 비명을 질렀대. 비명을 지르면서 그 자리에서 몸을 웅크렸는데 해랑이 손을 잡고 있던 소라가 풀썩 앞으로 쓰러져 버렸다는 거야. 해랑이 울면서 하는 소리가 하여간 그랬어.

우는 해랑이를 안고 리담덕을 쳐다봤어. 소라에게 총을 쏜 게 누구냐고 묻고 싶었지만, 물을 수가 없었어. 설마, 아니겠지. 아니겠지만 그래도 너무 끔찍한 대답을 들을까 봐 두려워서 물을 수가 없었어.

리담덕이 마치 내 생각을 읽은 것처럼, 무거운 얼굴로 이야기하더군. 자기는 그때 다른 초소에 있었다고. 해랑이 자기 이름을 말해서 국경 수비대로부터 연락을 받았다고. 소라의 시신은 강 언덕에 묻었다더군. 아마 그곳에서 끝내 건너지 못했던 강을 바라보고 있겠지.

해랑은 작은 인형처럼 내 품에 꼭 안겨 있었어. 커다란 눈망울이 그렁그렁한 채 나를 올려다보고 있었지. 리담덕에게 내가 말했어.

"우리 조카, 해랑이 내가 데려가면 안 되겠나?"

나, 원, 참. 내가 실성을 했지. 내가 착각을 해도 단단히 했지. 거기가 어딘데 그런 소리를 했는지……. 나도 모르게 그런 말이 나와버린 거야. 해랑의 새까만 눈망울을 보고 있으려니 소라를 보는 것 같았거든. 리담덕이 해랑이 아빠라고는 하지만 생판 남처럼 낯설 거 아니야. 난 내가 해랑이를 데려가야 한다고 생각했어.

리담덕이 아주 화들짝 놀라더니, 당장이라도 내 품 안에 있는 해랑이를 낚아챌 것처럼 말하더군.

"무슨 말씀을 하십니까? 해랑은 제 딸이고 여기는 해랑의 조국인데……."

그 말이 서운하지는 않았어. 그 말이 맞다고 생각했어. 아니, 고마웠어. 그렇게 벌컥 화를 내는 게 얼마나 고맙던지. 사실, 내가 무슨 권리로 해랑이를 데려간단 말이야. 그렇게 생각을 하면서도, 해랑이를 두고 가면 내 삶의 저주는 영원히 끝나지 않을 것 같았지. 하지만 그건 내 몫이니까…… 나는 리담덕에게 정중하게 사과를 했어.

"미안하네. 늙은이가 실언을 했네. 우리 해랑이, 잘 좀 부탁하네."

해랑은 내 품에서 떨어지려고 하지 않더군. 해랑과 헤어지는데, 내 살점을 도려낸들 그리 아플까?

헤어지기 전에 해랑이 보따리를 보여주더군. 자기 어머니가 소중하게 간직하던 건데 모두 일본 말로 써 있다면서. 얼른 보니 일기 같은 거였어. 나는 시시하다는 표정으로 말했어. 네 엄마가 문학소녀라서 그냥 시 같은 걸 끄적거려놓은 거 같은데, 이건 네짱에게 마지막 선물로 주면 안 되겠냐고 물었어. 해랑은, 자긴 어차피 일본 말을 모르니까 네짱이 가지고 있으면 좋겠다고, 아마 엄마도 그걸 더 좋아할 거라고 말하더군. 혹시라도 리담덕이 보자고 할까 봐 조마조마했는데, 리담덕은 그냥 가만히 쳐다보기만 하더군.

다시 이어지는 미오의 이야기

화자 언니는 일본의 집으로 돌아와 소라 일기를 다 보고 나서 쓰러진 것 같아. 그 마음을 어떻게 다 헤아릴 수 있겠어. 소라의 글은 자신의 피를 찍어서 쓴 것처럼 한 문장 한 문장이 비수처럼 가슴을 찔렀어. 얼마나 먹먹하던지, 나조차도 한동안 허깨비처럼 지냈어. 화자 언니가 왜 굳이 이 일기를 나에게 주었는지, 원망스러웠어. 정말 왜? 너무나 마음이 불편해서 차라리 보지 않는 게 좋을 뻔했다고 후회도 했어. 그걸 내가 또 준에게 읽으라고 준 거야. 나를 원망해도 좋아. 하지만 그러지 않을 수 없었어.

한 달쯤 지났을 거야. 슬그머니 화자 언니가 걱정되기 시작했어. 흠, 내 아픔이 가시고 나야 남의 아픔도 돌아보게 되는 게 사람이잖아. 내가 이렇게 아픈데 화자 언니는 얼마나 아플까? 화자 언니는 젊었을 때 자신의 과오 때문에 평생 동안 죄책감에 쌓여 살아온 거야. 일본도 조총련도 북한도, 그 어느 누구도 미안하다는 말 한마디 하지 않는데, 화자 언니는 평생을 십자가처럼 그 죄의식을 끌고 온 거야.

언니가 얼마나 안쓰럽던지, 그냥 마주 앉아서 이야기나 하고 싶어서 찾아갔어. 만약에 말이야…… 내가 그때 학생이 아니고 화자 언니처럼 순수하고 혈기 왕성한 청년이었다면, 나도 화자 언니처럼 하지 않았을 거라고 장담할 수 없어. 아니, 나도 그렇게 했을 거야.

그날은 내 환자의 임종을 지켜본 날이었어. 그 사람, 말기암 환자였는데 의사였어. 연명 치료를 원치 않는다면서, 다만 알고 싶은 건 얼마나 더 살 수 있겠느냐는 거라고 했어. 동포는 아니고 일본 사람이야. 그런데 항상 혼자 오는 거야. 상태가 점점 나빠지는데도 혼자 와서 가족이 없는 줄 알았어. 그래서 조심스럽게 물었더니 아내도 있고 아들딸도 있었어. 하지만 누구에게도 폐를 끼치고 싶지 않다고 말하는 거야. 그래서 내가 말했어. 지금까지 가족으로 살아왔던 사람이 혼자서 떠나는 게 오히려 폐를 끼치는 거라고. 그것이 그들에게 상처를 줄 거라고. 그 사람, 그러고 나서야 가족들 부축을 받으면서 왔어. 사람이 살면서 누구에게도 폐를 끼치지 않고 혼자만 고고하게 살아갈 수는 없는 거잖아. 문제는 그런 게 아니겠지. 그 사람, 가족들이 지켜보는 가운데 편안하게 세상을 떠났어. 내게는 자기가 아끼는 도자기 컵을 남겨주었어. 그날이 공교롭게도 8월 16일이었어.

그분이 가는 걸 보고 밖으로 나오니 거리에는 고잔노오쿠리비를 보려고 몰려나온 사람들이 가득했어. 고잔노오쿠리비는 다섯 개의 산에 다섯 개의 글자를 써서 불을 지르는 거야. 하루 전날은 오봉절인데 그날 조상의 영혼을 맞아들여 대접하고 다음 날 조상의 영혼을 다시 하늘로 올려보내는 의식을 치르는 거야. 일본 사람들은 산에 타오르던 불이 다 꺼지면 조상의 영혼이 다 올라간 거라고 생각해. 죽어서 이 세상을 떠난 사람들과도 어떻게든 연결되고 싶어 하는 게 사람 마음인가 봐. 사람들 행렬을 따라 다니면서 멀리 산에서 큰 대(大)가 활활 타오르는 걸 보다가 화자 언니 집으로 갔어. 그런데 화자 언니 집 앞에 조등이 걸려 있는 거야. 한동안 어리둥절했어. 다이몬지상에 타오르던 불길과 조등이 겹쳐 보였어. 집 앞에서 망설였어.

나는 안으로 들어가지 않고 돌아가려고 했어. 그런데 집 앞에 자동차가 멈추더니 머리가 하얗게 센 노인이 내리더라고. 어쩔 수 없이 인사를 하게 되었고 내 소개를 했어. 그녀가 아, 하고는 고개를 숙이더라. 알고 보니 화자 언니의 글 속에 몇 번 등장하던 이모였어. 하는 수없이 집 안으로 들어갔어. 마루에 조촐하게 빈소가 차려져 있었는데,

거기 언니 사진이 놓여 있었어. 손목을 그었다더군. 며칠 전 이모에게 전화를 해서는 오랜 통화 끝에 이제는 너무 피곤하다고 했는데, 그게 마지막 말이었대. 이모는 좀 쉬라고, 아무 생각 하지 말고 쉬라고 했는데, 자살할 거라고는 생각 못 했다더군.

나는 이모에게 말해주었어. 화자 언니가 아버지에게 가지고 있던 죄책감은 터무니없는 거라고. 아버지는 그렇게 숙청당한 걸 조금도 서운해하지 않았으니까. 나는, 아버지가 차라리 아무것도 하지 않았던 사람이란 게 고맙다고 말했어. 그 덕분에 더 나쁜 사람이 되진 않았으니까. 화자 언니에게 해주고 싶은 말이었는데, 내가 한발 늦었지.

세상일은 늘 이렇게 한발 늦거나 한발 빠른 건가 봐.

*

그날 밤 나는 가방을 꾸렸다.
다행스럽게도 내겐 돌아갈 비행기 티켓이 있었다.
그리고 더 늦지 않게 써야 할 글이 있었다.

북한 얘기를 쓴다고 하자 주위의 반응은 두 가지였다. "북한 얘기? 그걸 누가 읽어? 안 그래도 짜증 나고 피곤한 일이 얼마나 많은데……." 또 하나는 "그거 잘못 쓰면 우파로 몰릴 텐데……."

북한의 실상을 까발리려고 이 소설을 쓴 건 아니다. 북한의 실상은 이미 까발려질 대로 까발려져서 전 세계가 다 알고 있지 않은가. 할리우드의 블랙코미디 영화 소재로 전락하고, 김정은이 스위스치즈를 많이 먹어서 통풍에 걸렸다는 등 조롱거리가 되어버린 현실이 슬프긴 하지만, 우리나라처럼 선정적인 정치 쇼로 호도하지도 않고, 북한 인권 얘기가 무슨 신성불가침의 금기어인 것처럼 입 다물고 있지도 않으니, 아마 우리 집안일을 다른 나라에서 더 제대로 알고 있을지도 모를 일이다.

만경봉호 사진이 어린 시절 흑백의 기억 속에 남아 있다. 부두에 거대한 배가 정박해 있고, 배에 탄 사람들과 타지 않은 사람들이 서로 간절하게 손을 흔드는 장면이었다. 잘 차려입은 그들 위로 종이테이프가 흩날리는 게, 축제의 한 장면 같았다. 얼굴이 너무 작아 표정도 보이지 않고 자세한 내막도 모르면서 기묘한 슬픔으로 남아 있는 사진이었다. 지금 생각해보면, 그건 어딘지 어긋난 간극이 만들어낸 파장인 것 같다. 아무리 봐도 이별의 장면이 분명한데, 축제처럼 보이는 게 어린 눈에도 이상하다고 생각했던 게 아닐지. 이 소설은 이 한 장의 사진에 감춰진 진실에 대한 이야기이다.

어쩔 수 없이 역사의 격랑에 휘말린 개인들의 이야기일 뿐이라고, 더 이상은 그렇게 말하지 말자. 그것은 어쩔 수 없는 게 아니었다. 거기에는 국민을 볼모로 삼은 국가 권력의 정치적인 음모와 계략과 분명한 의도가 있었다. 일본은 국제적십자사를 앞세워 한 사람이라도 더 등 떠밀 궁리를 했고, 북한은 사회주의의 우월성을 국제사회에 선전할 기회로 이용했으며, 남한은 무책임했다. 역사의 편린이라고 묻어두기에는 아직도 그들의 삶이 너무나 생생하게 현재진행형이다. 무엇보다, 한 인간의 운명을 뒤흔든 일이다.

나는 우리 근현대사를 통해서 가장 밑바닥에서 희생당했으면서 국가로부터 버림받은 사람들의 이야기를 통해, 과연 국가라는 것이 무엇인지 묻고 싶었다. 그것이 북한의 문제만이 아닌, 지금 여기 우리 남한에서도 여전히 유효한 질문이라는 것이, 세월호를 통해서 드러나지 않았던가.

소설을 쓰는 내내 가장 신경이 쓰인 것은 좌우 어디에도 치우치지 않게 균형을 잡는 일이었다. 짜증 나고 피곤한 일들이 더욱 산적해가는 마당에, 미흡한 작품을 당선작으로 선정해준 눈 밝은 심사위원들에게 머리 숙여 감사의 마음을 전하고 싶다. 당선 소식을 세월호 유가족들을 취재하는 중에 들었다. 몹시 애매하게도 힘겹게 아이들 이야기를 하던 유가족들의 축하를 받게 되었다. 무당이 되고 영매가 되어 소설 속으로 들어가라는 의미로 받아들이겠다.

북한을 직접 가볼 수 없는 남한의 작가로서 탈북자들로부터 많은 도움을 받았다. 두 딸과 함께 당당하게 살고 있는 마 선생님의 기억력과 틈틈이 써놓은 문학적 향기 넘치는 글은 70년대 북한을 묘사하는 데 큰 도움이 되었으며, 고등학생으로서 북송선을 탔던 문 선생님의 억울함이 이 소설로 조금이나마 위로가 되기를 바라는 마음이다. 그 외에 여러 수기와 자료를 참고하였는데, 특히 전 조총련 간부였던 장명수 선생의 양심고백서인 『배반당한 지상낙원』(1992, 동아일보사), 자유조선방송 사이트를 통해 접하게 된 한광희 선생의 『우리 조선 총련의 죄와 벌(わか朝鮮總連の罪と罰)』(2002, 문예춘추), 건국대 통일인문학연구단이 엮은 구술집 『고난의 행군시기 탈북자 이야기』(2012, 박이정)는 소설의 디테일을 살리는 데 큰 도움이 되었다는 것을 밝히며, 모든 분들에게 고마움을 전한다.

무엇보다 화자(가명)가 입을 열지 않았다면 이 소설은 쓰이지 못했을 것이다. 북한에 가족이 있다는 것은 마치 인질로 잡혀 있는 것과 비슷한 것이기도 하거니와 괴로운 기억을 떠올리고 싶어 하지 않는 그녀를 본의 아니게 무척 괴롭힌 꼴이 되었다. 그리고 당선 소식을 듣고 일본에서 보내온 친구의 편지 한 대목을 소개하고 싶다.

기쁜 소식, 고마워. 상을 받은 게 기쁜 게 아니라 많은 사람들이 성아 책을 봐주는 기회가 마련되었다는 게 진심으로 기뻐! 성아가 일본에 있는 우리 같은 존재, 햇빛이 쪼이지 않는 그림자 안에 있는 우리를 다시 따뜻한 햇빛 아래 꺼내준 것 같아서 기뻐!

2015년 8월, 비바람이 몰아치는 구례에서
이성아

제11회 세계문학상 우수상

가마우지는 왜 바다로 갔을까

초판 1쇄 인쇄 2015년 9월 8일
초판 1쇄 발행 2015년 9월 11일

지은이 이성아
펴낸이 이수철
주 간 신승철
편 집 정사라, 최장욱
마케팅 정범용
관 리 전수연

펴낸곳 나무옆의자
출판등록 제396-2013-000037호
주소 서울시 용산구 한강대로 109 용성비즈텔 802호(04376)
전화 02) 790-6630 팩스 02) 718-5752

페이스북 www.facebook.com/namubench9
카페 cafe.naver.com/namubench
인쇄 제본 현문자현 종이 월드페이퍼

• 나무옆의자는 출판인쇄그룹 현문의 자회사입니다.
• 잘못된 책은 바꿔드립니다.
• 책값은 뒤표지에 표시되어 있습니다.
• 이 책의 전부 또는 일부 내용을 재사용하려면
  사전에 저작권자와 도서출판 나무옆의자의 동의를 받아야 합니다.

• 이 도서의 국립중앙도서관 출판예정도서목록(CIP)은 서지정보유통지원시스템
  홈페이지(http://seoji.nl.go.kr)와 국가자료공동목록시스템(http://www.nl.go.kr/kolisnet)에서
  이용하실 수 있습니다. (CIP제어번호 : CIP2015023590)